吳蔚作品集／02

韓熙載夜宴

吳蔚

新銳歷史小說家、劇作家

好讀出版

目錄

引子

中國的東南部有一座奇異瑰麗的城市，名為金陵[1]。據說戰國時期，楚威王看出此地有王者之氣，便埋金以鎮之，由此得名。然而「江南佳麗地，金陵帝王州。逶迤帶綠水，迢遞起朱樓」[2]，金陵的帝都之氣與生俱來，即使埋金也鎮不住這虎踞龍蟠的江山勝景。

金陵城的東邊亦有兩座奇山——寶華山和東廬山[3]。這兩座山各自發源於一條河流，婉轉西流，剛好在金陵城東門外交會，這便是名聞天下的秦淮河。此河古名「龍藏浦」，意為龍藏身的水域。相傳昔日秦始皇東巡時，望見金陵上空紫氣升騰，有天子之氣，為防範這裡也出個皇帝，他派人將連綿的山崗鑿斷，龍藏浦就是鑿山鑿出的成果，後人誤認此水是秦時所開，所以又稱「秦淮」。

秦淮河在金陵東門交會後又分成兩支：一支繞道南城牆外向西流，稱外秦淮河；另一支內秦淮河通過東門東水關進入金陵城，由東向西穿過全城後，從九西門西水關穿出，足有十里之長。河上畫舫凌波，絲竹縹緲，晝夜不絕；兩岸酒家妓館林立，舞榭歌臺一座接著一座，此地自六朝以來便是著名的風月煙花之區，金粉薈萃之所，富麗繁華。「煙籠寒水月籠沙，夜泊秦淮近酒家」，在秦淮河的點綴下，金陵變得一腔脂粉，半面愁容，令文人騷客惆悵無窮。

只是，表面的金粉繁華掩飾不住城市積澱的氣度，「吳宮花草埋幽徑，晉代衣冠成古丘」，中國歷史上，沒有任何一座城市像金陵這樣，折射出盛衰的滄桑——「南朝三十六英雄，角逐興亡盡此中。有國有家皆是夢，為龍為虎亦成空。」自金陵得名的那一天起，人間的干戈起伏，王朝的興亡更替，便在這片土地上反反覆覆上演。

不過到了五代十國時期，中原混戰，北方烽火狼煙不斷，哀鴻遍野，民不聊生，南邊的金陵反倒成為一方樂土。徐州人李昪創建了南唐王朝，整個江淮地區成為中國南方的中心，「比年豐稔，兵食有餘」，金陵於亂世中傲然挺立，經濟發達，文化繁榮。轉眼到了南唐第三代君王李煜在位。此時，雄才大略的宋朝開國皇帝趙匡胤已於開封立國，先後討平了南平、後蜀、南漢，天下開始呈一統之勢。南唐政權作為江南大國，也無可避免地成為趙匡胤的下個目標。

西元九七五年十一月二十七日，這是一個令所有金陵人難以承受的悲慟日子。這一晚，南唐都城金陵在堅守一年多後，終於被宋朝大軍攻陷。主帥曹彬曾事先約束將士，於是宋軍入城後秋毫無犯。深宮中的南唐國主李煜本來立誓「聚室自焚，終不作他國之鬼」，他已在宮中備好柴禾，預備一旦城陷便自焚殉國，但臨到最後點火的關頭，他驀然畏縮了，最終除去冠服，只戴青布小帽、穿貼身白衣，捧玉璽、降表出降。

隨後，李煜與親屬被曹彬派軍押送至大宋京師開封。離開金陵時，這位更適合當詩人而非國主的大才子揮毫寫下〈渡中江望石城泣下〉一詩：「江南江北舊家鄉，三十年來夢一場。吳苑宮闈今冷落，廣陵臺殿已荒涼。雲籠遠岫愁千片，雨打歸舟淚萬行。凡弟四人三百口，不堪閑坐細思量。」淒涼悲壯，意境深遠，果真是「國家不幸詩家幸，賦到滄桑句便工」。「舊家鄉」從此變成「夢一場」，李煜再沒能返回南方的故土，南唐也由此正式宣告滅亡，自李昪立國，到李璟，再到李煜，共傳三主，歷時三十九年。江南三千里山河自唐帝國崩潰後一直獨立於中原王朝之外，至此又被重新歸入中原版圖。

過了十來日，金陵城禁方才解除，普通百姓終可自由進出。原南唐江寧縣典獄官張士師陪同父親張泌，冒著嚴寒來到金陵南城外的聚寶山；蒼涼的季節，蒼涼的萬物，父子二人自然不是來遊覽風景，而是打算在離開金陵前，拜祭一位葬在東南山崗上的名士，之後便要回到老家句容鄉下隱居。

葬在聚寶山的這位名士，雖與張氏父子非親非故，在江南卻一度是個家喻戶曉的風雲人物。甚至日後亦有不少史學家認為，倘若南唐國主及早重用此人，必定不會走到亡國的局面。這個被視作有能力挽救南唐危局與大宋抗衡的人，名叫「韓熙載」。然而，他得以留名青史，更多的原因是由於一幅名為〈韓熙載夜宴〉的人物連環畫。只是這幅畫作所展示的既非他的濟世之志，亦非他的藝術才華，而是他人生中最陰暗、最灰色的一幕，這實在是歷史對他最大的嘲弄。

張氏父子將至墳塋之時，遠遠見到有人佇立在大墓前，冬日寒風中孑然一身，頗有形影相弔之感。那人披著一件碩大的灰色斗篷，從頭到腳蓋住了全身，完全看不出面貌身形，甚至分不清是男是女，然肩頭之處微微聳動，似在抽泣，顯見與韓熙載生前關係非同一般。父子二人不由得交換了一下眼色，心中均感驚訝好奇：「這個人到底是誰？」

自韓熙載於五年前離奇身死後，他已連同他那盛大的夜宴逐漸為金陵人遺忘。即使人們茶餘飯後偶然談起聚寶山，也不再是議論這昔日雨花臺主人韓熙載如何風流倜儻、才氣高逸，而是津津樂道發生在韓府最後一次夜宴上的離奇命案。那晚，一名年輕美貌的女子在眾目昭彰之下被人巧妙下毒，當堂死於非命——豪門夜宴，紙醉金迷；預謀殺人，內藏玄機；紅顏殞歿，一屍兩命。作為茶餘飯後的話題，這個又香豔又血腥的故事著實比韓熙載本人更具吸引力。

實際上，如果不是這起費盡心思籌畫的謀殺案，以及凶案背後隱藏的淒美哀婉過去，它也不過是一場燈紅酒綠的華麗夜宴而已。但也正因為這起命案，張氏父子才得以深入瞭解韓熙載這個人，也成為二人今日到聚寶山憑弔的緣由。

記憶之門慢慢打開了。雖已時隔日久，但那波詭雲譎的案情於張氏父子而言，彷彿就發生在昨日，一切均歷歷在目。

1今江蘇南京，為中國著名四大古都之一，以及歷史文化名城。
2見謝朓所作〈入朝曲〉。
3寶華山：在今江蘇句容；東廬山：在今江蘇溧水。

卷一　有美一人

此刻，張士師絕對料想不到，一起殺人陰謀正在暗中展開，而他本人卻因這趟意外的送瓜之旅成了當晚夜宴凶殺案的首要疑凶，並就此深深捲入其中，就連自己那退休致仕已久的老父親張泌也不得不重新出山，全力勘破案情，希圖洗清兒子的殺人嫌疑。

故事要從六年前的六月說起。當時正是三伏天時節，金陵暑氣陣陣，燥熱難耐。

在這個炎熱的夏季，二十六歲的張士師每日都揮汗如雨，分外忙碌。他的名字叫士師，吃的也是負責掌管刑獄的「士師」祿米。他在江寧府江寧縣任縣吏，官就典獄一職，掌管江寧縣大獄。南唐於京師金陵設江寧府，下轄江寧、上元、句容、溧水、溧陽五縣，其中江寧、上元二縣都在金陵城內，以秦淮河為界，南北分治，即所謂「赤縣」，較之其他三畿縣公務要繁忙得多。

自從北邊大宋皇帝趙匡胤平滅南漢劉鋹政權後，江南的局勢驟然緊張了起來。其時，南唐已經向大宋稱臣，李煜不得稱「皇帝」，而是稱「國主」；李煜所下諭旨，不再稱「聖旨」，而改稱「教」；中央的行政機構亦改變稱呼，如中書、門下省改為左、右內史府，尚書省改為司會府等。如此貶損制度，自是刻意修藩臣之禮，表示不敢與大宋皇帝平起平坐之意。然而，趙匡胤志在天下，總說：「天下一家，臥榻之旁，豈容他人酣睡。」日前正派人大肆在荊湖造船，南侵之意昭然若現，南唐政權已岌岌可危。

自開春以來，金陵城中不斷有操持北方口音、疑似大宋探子和細作[1]的人被抓捕，城中心的江寧府大獄人滿為患後，不得不轉送部分囚徒至位於城北的江寧縣大獄監押。然而，數日前，突然有中使來傳國主李煜口諭，將拘禁在府、縣兩獄的探子、細作全部放出，當然亦不允准他們繼續留在南唐，而是如數遣歸北方。

這件事在金陵激起軒然大波，城中一時傳聞紛紛：有人說國主畏懼大宋如虎，竟然連細作都不敢得罪，生怕惹怒宋朝皇帝趙匡胤；有人說國主有意向大宋稱臣求和，放還細作，是不想給趙匡胤南侵的藉口；還有人說，國主此舉，不過是有意向大宋示弱，以贏得時間進行備戰準備。但針對第三種說法，又有新的流言，說國主即將拜熟悉北人情況的韓熙載為宰相，預備請他出山支撐大局。

在此有必要先瞭解一下韓熙載這個人。韓熙載，字叔言，本是北方濰州北海[2]人，為後唐同光年間進士。其父韓光嗣為平盧軍留後，軍權在握，雄霸一方，是個實力派人物，因意外涉及最高權力鬥爭而被殺，並株連整個韓氏家族。當時，韓熙載年僅二十四歲，僥倖逃過一劫，在好友李谷的掩護下，化身成商賈，逃往江南，後一直在南唐為官，歷事李昪、李璟、李煜三主，成為南唐的著名臣僚。他才華橫溢，精文章，擅書畫，通音律，能歌舞，加上儀表出眾、風度翩翩，時人稱之「神仙中人」。每次他外出時，人們仰慕其大名，隨觀者前呼後擁，場面十分熱烈，成為金陵的一大奇觀。不過由於韓熙載是北方人，性情孤傲，不畏權貴，一直為江南士族排擠，多次捲入黨爭，雖一直位居高位，卻只是南唐朝廷的裝飾點綴，並不為國主真正信任，也沒有任何實權。

韓熙載本來自負才華，意圖有所作為，出仕南唐後曾有「幾人平地上，看我半天中」的詩句，然卻時刻面臨備受猜疑的境遇，心灰意冷之下，便漸漸開始流露名士風流放縱的一面——他不肯與城中鳳台里官舍的妻小住在一處，而是在金陵南門外的聚寶山建造一座大宅，內中蓄養四十餘名美貌姬妾，時常大開夜宴，縱情笙歌，過起了聲色犬馬的日子。儘管如此放浪形骸，韓熙載的大名還是遠播海內外，就連大宋皇帝趙匡胤也對他極為重視，曾特意派宮廷畫院祗候王靄為使者，出使南唐，暗中畫下三個被趙匡胤認為可能是日後統一江淮的三名障礙——三人分別為宋齊丘、韓熙載、林仁肇；宋齊丘號稱「江左之諸葛武侯[3]」，林仁肇則是南唐著名戰將，韓熙載得與此二人並列，足見趙匡胤對他的重視。後主李煜即位後，本來大肆猜忌北方籍大臣，甚至藉口韓熙載的某次進諫有失大臣顏面，而罷去他兵部尚書的職位。但據說李煜自從聽聞派往汴京的探子回報王靄作畫一事後，也開始對韓熙載刮目相看、日益重視起來。

雖滿城風雨，張士師偶然也聽人議論這些傳聞，但他性情隨意，從未真正關心過。他是江寧府句容人氏，張家世代居住於此，不問政事，雖也是公門中人，但只在當地縣衙出任小吏，從不因王朝迭變而有過任何改變。他的祖父張復，是五代十國時期吳國的句容縣「老行尊」；父親張泌則是南唐的句容縣縣尉，算是家族中唯一入品級的官吏，雖已致仕退休，卻依舊是名震一方的人物，昔日就連江寧府尹也曾請他到金陵相助破獲奇案。張士師不僅子承父業，也承襲了對時局不大熱心的家族傳統。數月前，他將調到京師任江寧縣縣吏，家中人人反對，唯獨父親贊成，說京師為樞紐重地，各種勢力盤根錯節，能讓他的人生多所歷練。張士師也視其為見識世面的大好機會，一直兢兢業業，不敢有絲毫怠慢。自從前幾日細作全部放歸北方後，他也好不容易難得清閒，是以這一日到江寧府遞了公文、辦完公事，便回家換上便服，預備獨自前往西城秦淮河畔的金陵酒肆飲酒。

一出門，便望見好幾個挑著擔子、走街串巷賣李子的小販，李子個個飽滿圓潤，玲瓏剔透；偏偏當地有句俗諺說「桃飽人，杏傷人，李子樹下抬死人」，極言李子不可多食。張士師隨便喊住一個小販，一文錢買了三十個李子，用衣襟兜著，拿去前院給房主的孫子小豆子當零嘴吃，然後自出了巷口，往西而去。

剛拐上御街，便遇到一大群簇擁新科狀元遊街的人。人潮洶湧，登時將張士師擠到一旁。

南唐一直奉唐朝為正朔，制度亦沿襲唐制，每年均舉行科舉考試，只是考試時間改為每年的五月初五。說起這日子，可頗有一番來歷，還得從唐玄宗李隆基第十六子李璘說起。安史之亂時，李璘為了與兄長唐肅宗李亨爭奪皇位，便以平亂為號召，擅自在江陵起兵，引軍東下，後來兵敗被殺。南唐的創建者李昪本姓潘，為了抬高自己的地位，自稱是永王李璘的後人，改姓為李，也把南唐的科舉考試訂在永王李璘的生日五月初五這一天。每年的六月初六，則是南唐進士榜的放榜日子。按照慣例，放榜後，新及第的進士要騎馬環城一周，稱為「遊街」。

在遊街的進士中，最風光、最引人矚目的當然是領先而行的頭名狀元。今年的新科狀元是位少年才子，名叫郎粲，才二十歲出頭，是今科進士中最年輕的一位；面白鬚淨，年輕帥氣，穿一身專為狀元郎準備的大紅長袍，胯下一匹棗紅的高頭大馬，越發顯得英姿瀟灑。不過，相較於背後那些年紀比他大上不少、滿面紅光掩不住得意之色的進士，郎粲反倒顯出與年紀不甚相配的老辣沉穩，不像其他人那般興奮，他只是四下環顧人群，似乎在尋找什麼人。

江南民風溫軟柔媚，素有享樂的傳統，詩曲歌舞風行，不說歷代才子佳人大多出自江南，就連這裡的販夫走卒都比其他地方要風雅得多，進士遊街更是金陵了不得的一大盛事。除了看熱鬧的人外，更有不少權貴微服藏身於人群，品頭論足，意欲從進士之中為自家愛女覓得佳婿。一時間，街道兩旁擠滿熙熙攘攘的民眾，比肩接踵。兩名司會府的差役在前面鳴鑼開道，另有十餘名差役護在進士隊伍周圍，極力趕開聚攏過來的人群。

張士師本就不喜熱鬧，加上不好讀書，最怕與文士來往，對觀覽進士遊街毫無興趣，卻不得已陷在人流中，眼見無數顆腦袋爭相雀躍向前，毫無休止之意，只好努力朝外擠去。他背後恰好站著一個挑擔子賣李子的商販，肩頭擔子還沒來得及卸下，已經被人群擠得東倒西歪，籮筐中的李子也散落出不少來。張士師這一轉身，剛巧踩到一枚李子上，腳下一滑，手肘順勢甩出去，立時撞到了一人。那人當即痛叫一聲「哎喲……」，卻是個清脆的女子聲音。張士師自知適才用力甚猛，忙賠禮道：「得罪了……」

那女子尚不及回答，旁邊又有人不留神一腳踩到她。她「啊」了一聲，仰天便倒，卻被後面往前湧的人一帶，身子又向前撲倒。張士師順手扶住她的肩頭，往斜邊大力一帶，總算出了人群，這才放開那女子，問道：「適才多有得罪，有沒有踩壞小娘子[4]？」

那女子大約十八、九歲年紀，穿一件蓮花色紗衫，下繫一條百褶湖色羅裙，身形纖細嬌弱，也不應張士師的問話，只埋頭理平衣衫的褶子，又彎腰撣去繡鞋上的塵土，嘟囔道：「我的新鞋……」張士師見她明明臉有痛色，卻更關心衣衫和鞋子，而不是自己的身子和腳，不禁微感詫異，又問道：「小娘子要緊麼？」

待得那女子抬起頭來，粉面桃花，清麗可人，只覺眼前一亮。他登時記得曾在東城九曲方教坊[5]見過此女，她名叫王屋山，不過現下她已非教坊女子，而是前任兵部尚書韓熙載養在聚寶山雨花臺別宅的其中一名姬妾。能走進聚寶山，當然有過人之處，她是這金陵城中最有名的舞伎；傳說她擅跳「綠腰」軟舞，每當她翩然起舞，慢處柔媚入骨，快處眼花繚亂，令人過目難忘。國主李煜先後立周娥皇、周嘉敏姊妹為王后，時人稱大、小周后，均為江南著名才女；大周后擅彈琵琶，小周后擅長舞蹈。然而曾有幸參加宮中私宴的大臣卻私下議論，大周后的琵琶樂〈霓裳羽衣〉有開元天寶餘音，固然絕妙，卻不及韓熙載姬妾李雲如的〈十面埋伏〉那般層次分明、動感十足；小周后的「霓裳羽衣」舞纖細婀娜，亦遠遠不如王屋山的「綠腰」那般柔軟曼妙、勾魂奪魄。是以在傳聞之下，江南最有才藝的女子竟不似在南唐的王宮中，反倒聚集在聚寶山雨花臺。

張士師認出王屋山後，不由得頗感惶恐。他聽說舞伎舞姿的奧妙全在一雙腳，國主王宮中有個叫窅娘的舞伎，為了在一群宮女中脫穎而出，甚至甘願忍受身體的痛苦，用帛纏成小腳，用足尖支撐身體舞蹈，舞姿果然格外與眾不同，由此深得國主讚賞，譽其為「凌波妙舞月新升」，上行下效，纏足的風氣也在江南婦女中傳散開來。張士師見王屋山的繡鞋精緻小巧，揣度她說不準也纏了小腳，因而在擁擠的人群中難以立穩。

王屋山匆忙整理好衣衫髮髻，又伸手向懷中探去，大概是在查驗是否掉了什麼東西，摸到東西還在，這才鬆了口氣，抬起頭來，杏目圓睜，瞪著張士師，嚷道：「你這人到底怎麼回事？」語氣甚是倨傲惱怒。

張士師自知理虧，忙賠禮道：「得罪了。」見王屋山不停地看著繡鞋，又問道，「小娘子的腳要緊麼？要不要在下送你回去？」不料，王屋山卻發怒道：「我好不容易擠進人群，你這莽撞漢子[6]又將我拉了出來，好沒道理。」

張士師聽了不禁愕然，暗暗忖道：「若不是我將你帶出來，你這時恐怕已經不是站在這裡，而是躺在地上了。」心中雖然這般想，嘴上卻不願意與女子、尤其還是一個美貌女子爭吵，只好道：「實在抱歉。」

王屋山卻還不依不饒，質問道：「你弄亂我的新舞衣，又踩髒我的新繡鞋，這筆帳可要……」

一語未畢，忽聽見近身的人群「呀」的一陣驚呼，忙捨了張士師循聲望去。卻見馬匹上的新科狀元郎粲正志得意滿地朝她這邊揮手，不少圍觀的人也喜悅地揮手致意。她立時綻放了如花的笑靨，心中充滿無限得意與驕傲。眼前圍觀的人，還以為狀元郎是在向他們探望招手，只有她知道，他探望的其實是自己，於潮水般的人群中，他揮手示意的只有她一人而已。

張士師卻甚是機靈，知道這女子愛慕虛榮，有意將適才在人群中遭遇的混亂遷怒於自己，見她注意力轉移，便趕緊趁機溜走。離開御街後，總算沒了人山人海的壯觀場面。經過諸司衙門後，他便逕直向西，奔金陵酒肆而去。

金陵酒肆位於飲虹橋畔的渡口，毗鄰魚市與銀行[7]，是個繁庶熱鬧的所在不說，還是昔日唐朝大詩人李白題詩所在地：「風吹柳花滿店香，吳姬壓酒勸客嘗。金陵子弟來相送，欲行不行各盡觴。請君試問東流水，別意與之誰短長。」正是這首〈金陵酒肆留別〉，令金陵酒肆聲名昭著近兩百年。然而，這兩百年的太白遺風卻抵擋不住一朝一夕的「飲魂橋」恐怖傳說[8]。自附近突然冒出這個飲魂橋鬧鬼的故事後，酒肆生意一落千丈，再也沒了昔日人聲鼎沸的氣概。

到得金陵酒肆，果然門可羅雀，與御街進士遊街的風光相比，簡直有天壤之別。店內就幾名老文士聚在角落一桌，正低聲交談著什麼。張士師也認得那些人是老熟客，只是跟他們從無話說，自挑了一張臨窗的桌子坐下，要了兩瓶老酒、一碟花生米、一碟筍脯豆，自斟自酌起來。

這樣炎熱的天氣，這種冷清的環境，又是這般沉悶的氣氛，就連一向好客的店主周姬都覺得甚為無聊，完全沒了待客的熱情，只縮在櫃檯後，快快發呆。但對於生性隨意的張士師來說，這不過是一個正常而平淡的日子。他人生中的二十六年，絕大多數都過著這樣的日子，他並不覺得今日會有什麼不同。雖然有時他也感到茫然，渴求更新鮮更刺激的生活，但照舊只要喝上幾杯酒，發上一陣子呆，無聊的感覺很快就會過去，他照樣覺得日子過得很快樂。命運的神祕在於未來不可預知。他當時還不知道，這一天，恰好就是他人生中最傳奇的一天。

張士師所坐的位置，正好能窺見飲虹橋全貌。這是一座弓形石拱橋，弧線優美，斜跨在秦淮河上已有近百年歷史。內秦淮河剛好在這裡分流，一支直接向西流出九西門，一支向北再向西，流向金陵城西北的石頭山。秦淮河上的橋不少，如上浮橋、長樂橋、鎮淮橋、武定橋等，唯獨飲虹橋的名字最風雅。據說，「飲虹」本是當年修築這座石橋的工匠之女名字，如此命名，倒也不失為一樁美談。只是最近半年突然傳說這是一座很不吉利的橋，還得了個新名稱，叫做「飲魂橋」，意即能吞噬人的魂魄，金陵城中甚至有童謠傳唱道：「飲虹橋，飲人魂。夜半裡，淒聲聲。」

其實傳說的起源，不過是半年前的冬天，接連兩晚有一男一女各自從飲虹橋上投水自殺。緊接著又有好事者從城中老人那裡挖出陳年舊帳，說是當年那個名為飲虹的女子，是在十六歲那年從飲虹橋上跳秦淮河而死——如今，她的鬼魂又回來了。從此以後，飲虹橋完全變了樣，晚上無人敢走不說，還有各種各樣的流言蜚語，說飲虹橋不但飲人魂，而且開始鬧鬼——據聞每到月圓之夜，都有披頭散髮的水鬼在橋頭遊蕩，陰魂不散，還不斷發出淒厲的哭聲。傳言者往往繪聲繪色，鑿鑿有詞，不由得讓人不信。有個外地來的行商，膽子很大，從來不信鬼神傳說，聽了之後特意深更半夜跑到飲虹橋上走了幾遭，結果第二天一早回到客棧就病倒了，拖了一個多月也沒治好，最後客死在金陵客棧。自那以後，再也沒有人敢輕易走過這座橋。金陵酒肆素來晚間的生意最好，不少畫舫遊船總是特意停靠在這裡，夜橋燈火，直連星漢，水郭危檣，逼近斗牛；然則自飲虹橋成為飲魂橋後，客人便不再願意來此光顧，這家百年老店的生意由此一落千丈。

這飲魂橋的傳說，張士師原也聽過，他本不大相信真有鬼魂這回事，只是這跳橋自殺的男子身分特殊……但是按照張家的傳統，凡涉及政治的事絕對不可沾手，他心裡雖有些好奇，卻絕對不敢違背祖訓。何況在金陵城中傳出這等真假難辨的鬼故事，本就相當奇怪，既然負責京城警衛的金吾衛士不理，負責刑獄治安的江寧府不睬，又哪裡輪得到他一個小小江寧縣吏來管？

還有最好笑的，金陵酒肆的對岸就是上元縣衙，恰離飲虹橋不遠，縣衙公差過河也寧願繞遠道不走這橋，說是晦氣。問他們為何不查查鬧鬼的事，他們竟回答，上頭又沒要人去查，何必多此一舉？實際上，這對張士師而言倒非壞事，自有了飲魂橋傳說後，金陵酒肆賓客銳減，他再也不必因來得遲而苦等座位，酒錢也跌了一半呢。

不急不緩飲完兩瓶酒，張士師已然微有醺醉之意，他乾脆瞇起了眼睛，向外眺望風景。

明亮的陽光灑在平靜的河面上，看上去有些燥熱刺眼。水面上不斷漾起一圈圈微細漣漪，閃閃發亮中自有一種雅氣風韻，彷彿裡面潛藏著許多古老的美麗。徜徉河畔的人，鼻息中總有一縷暗香氤氳綿綿，那是秦淮河獨有的水草幽香。這氣味自鼻息直達腦門，漸漸遍佈全身，清新怡然，縈心繞魄，令人不由自主對眼前這條河流玄思遠想起來。這就是秦淮河的魅力呀，雖然經歷千年的風雨歲月，卻依舊如璞玉般溫潤內斂，沉寂著無盡的遐思。面對它的時候，感覺總是如此安詳、恬靜，令人全然忘記了茫茫苦海、洶洶人欲，只管享受著人生中的小小愜意和滿足。難怪有人說，來秦淮河之前，不曾有惆悵的理由；而來到秦淮河之後，不再有漂泊的藉口。這樣一條河流，這樣一種相遇，怎能不令人魂牽夢縈、心蕩潮汐？

思緒正漫無邊際之時，不知何處船舫中有人吹起了笛子。笛聲婉轉悠揚，帶著濃濃的秦淮味道——七分繾綣多情，又有三分幽怨，倒也為這悶熱的天氣平添幾絲涼意。就連酒肆裡那幾名一直在竊竊私語的老文士也停下交談，側耳傾聽起笛聲來。

又有女子和著笛聲唱道：「泛泛淥池，中有浮萍。寄身流波，隨風靡傾。芙蓉含芳，菡萏垂榮。朝采其實，夕佩其英。采之遺誰？所思在庭。雙魚比目，鴛鴦交頸。有美一人，婉如清揚。知音識曲，善為樂方。」

聲音頗為嬌媚柔美，最後「有美一人，婉如清揚」一句反覆唱了三遍，情意綿綿，帶著幾分婉約。然曲終之時，終不見吹唱者人影。遙望西北石頭山數峰一片青翠，幽然立於江上，綿邈含情，而眼前垂柳依依，水氣蒸騰，彷似煙波不盡，未免增添無限迷離惆悵。

便在此時，隱隱有暗香浮動，眾人循著香氣一起朝門口望去，只見一名二十七、八歲的雪衣女子飄然步入酒肆——只見她眉目如畫，全無粉黛之色，面容雖略見憔悴疲憊，卻依然冰肌玉骨，展露出驚人的美麗。眾人各自大震，心頭均是一模一樣的想法：「所謂『有美一人，婉如清揚』，當真便在眼前了。」一時間，似不能相信眼前所見便是事實。

那女子盈盈奔到櫃檯，問道：「周老公[9]，我訂的二十罈老酒可曾預備好了？」聲音又是清亮又是柔美，娓娓動聽，彷彿天外傳來的聲音。她便是有「江南第一美女」之稱的秦蒻蘭。世人論人間之絕色女子，當以花為貌，以鳥為聲，以月為神，以玉為骨，以冰雪為膚，以秋水為姿，以詩詞為心。而這秦蒻蘭竟每樣兼備了不說，還精通音律、廚藝、女紅，才貌舉世無雙。就連張士師這等只聞其名、未見其人者，一望之下便即目瞪口呆，心中只道：「這一定就是秦蒻蘭，只有她才配有這般花容月貌。」

他適才在御街遇到韓熙載其中一名姬妾王屋山，已經深歎其美貌，只是不喜其為人，所以未多理睬，現今見了秦蒻蘭，方知何謂絕色——閃亮的星星點綴天幕誠然美麗，但皎潔的月亮一出，在光華的映照下，星星亦要黯然失色。

周姬聽到秦蒻蘭發問，忙站起身，客氣地道：「何勞娘子親自前來！韓府要的老酒，適才已經讓犬子周壓與夥計迯平一道趕車送往聚寶山了。」秦蒻蘭聽說，便道了謝，不再多說，轉身如風拂楊柳般走了出去，身姿極為婀娜。只留下一陣極清極淡極雅的香氣，仿若幽谷蘭花，猗猗揚揚，也不知道是人香，還是花香。

張士師一直緊盯著秦蒻蘭，目光未離半刻，直到她從視線中消失許久後，腦中的暈眩迷離才慢慢散去。他又將目光投向窗外，突然心又跳得快了起來，那秦蒻蘭竟然又出現在他的視線裡——她正慢慢踱到飲虹橋東邊的渡口，最終佇立在那裡。她這種天生的美人尤物，無論從何種角度看，都是風姿綽約、楚楚動人的。

然而，她現在的神態卻有些特別，只是癡癡地凝視著水面，彷彿一幅懷舊寫意的水墨畫。較之陽光，水其實更有靈氣和生機，它總能穿透雲山霧罩的幻覺以及山盟海誓的諾言，用溫潤的清純挑動最柔軟的情感，又能用潮濕的含蓄深藏所有回憶，輕而易舉拉長人的思緒，既帶給心靈熟悉的感動，又為腦海帶來迷離的清醒。此刻，秦蒻蘭的心思大約也被這一方靈動的秦淮河水給揪住了。她長久地臨水而立，便如驚鴻照影，寂寂地等待著，看上去有些幽怨，又有些神祕；有些溫柔，又有些冰冷。

若是她站在秦淮河岸別處，只能引來張士師更多癡迷豔慕的目光，但她卻偏偏站在飲虹橋旁邊。張士師出生公門世家，對環境天生有一種警覺。他遠遠瞧見她臨水照花、孤芳自賞的樣子，心中忍不住歎息，就算旁人不知道究竟，難道她秦蒻蘭不知道這飲魂橋的詭異傳說其實正與她本人息息相關麼？那一夜跳橋自殺的北方男子，正是因為她而死。確切地說，應該是因為韓熙載的刻意作弄而死。

那男子本是北方大宋派到南唐的使者，名叫陶谷。他本是北方有名的學者，強記嗜學，博通經史，諸子佛老，均有涉獵；且擅書法，字跡雄秀，效柳公權，家中藏有大批名家名畫。趙匡胤發動陳橋兵變後，群臣尚不知所措時，陶谷卻從袖中掏出一份早已寫好的〈勸進表〉，力勸趙匡胤稱帝。

宋朝立國後，他自然備受器重，被任為禮部尚書翰林承旨，半年前又被趙匡胤派到南唐出使。不料陶谷一到南唐，便擺出一副大國使臣的架子，盛氣凌人，見了南唐國主李煜也甚為傲慢無禮，語多不遜。南唐君臣雖然大為不滿，但在宋朝國力的強大壓力下，也只能忍氣吞聲。偏偏韓熙載在北方時早已結識陶谷，認定此人不過是虛有其表的偽君子，決意設下圈套引陶谷露出廬山真面目。既然陶谷表面上正直不阿，以剛克之顯難奏效，便只能以柔克之。經過精心策畫，韓熙載派自己府中最美貌的姬妾秦蒻蘭出馬，裝扮成驛吏之女，安置到陶谷居住的驛館中。每日，秦蒻蘭都在陶谷居處前打掃，陶谷見她溫婉美麗，雖然布衣釵裙、不事粉黛，卻舉止不俗，便留了心，放下狂傲不羈的架子，上前溫言詢問。秦蒻蘭自稱是館驛守門老卒之女，因夫婿亡故，無以依靠，不得不託身於老父。陶谷聽了很是同情，二人言談甚歡。當晚，秦蒻蘭又為陶谷彈奏了一曲琵琶，情致纏綿，深情款款。早已心猿意馬的陶谷終於沒能抵擋住誘惑，違背了士人的「慎獨」之戒，情不自禁地擁著美人成一夕之好。次日起床後，他還特意填了一首〈春光好〉詞，贈予秦蒻蘭留念。

過了幾天，南唐禮部再設盛宴款待陶谷，陶谷又擺出高傲的架子，正襟危坐，堅持不肯飲酒，儼然一副正人君子威儀。韓熙載便高叫歌伎出來唱歌助酒。那歌伎不是別人，正是秦蒻蘭，所唱的曲子正是陶谷所填的〈春光好〉。陶谷這才知道中了韓熙載事先安排的美人計，當即狼狽不堪，無地自容，只得赧然退去。在場的宋朝隨從也個個面紅耳赤，尷尬不已。次日，宋朝使者道貌岸然的風流韻事傳遍了全城。此時的陶谷已經六十七歲，他這回出使南唐，本來身負重大使命，不料意外受此羞辱，再也沒有面目回到宋朝。於是在一個寒冷無光的夜晚，他悄然來到秦淮河邊，從飲虹橋上跳了下去，屍首於次日才在下游九西門發現。此事鬧出人命後，國主李煜曾擔心因此觸怒大宋皇帝，不料趙匡胤聽說其中情由後，也自默然，良久後才說陶谷咎由自取，怨不得南唐君臣；又傳聞，就連趙匡胤聽說秦蒻蘭的驚人美貌後，也一度起了嚮往之心。

本來張士師初見秦蒻蘭時，很為她的氣質姿色傾倒，但見她此時如此泰然自若地站在飲虹橋畔，表現得陶谷自殺一事似與她無半點干係，不由得又心寒此女子之冷漠。莫非世間出生風塵的女子皆是無情無義之輩？他身為典獄，雖早已見慣監獄中各色犯人的各種病痛苦楚，但一想到那可憐老人陶谷客死他鄉不說，其折辱於秦蒻蘭石榴裙下之故事亦成千秋笑柄，也不由自主地同情起他來——試問天下男子，有幾人能抗拒秦蒻蘭的風情魅力呢？何況在她刻意偽裝引誘之下，誰能不上鉤呢？

張士師一邊刻意想著秦蒻蘭的壞處，一邊強迫自己將目光從她身上收回，但心中還是莫名其妙地感到失落。他慢慢地吃完筍脯豆，又吃了兩粒花生米，正欲起身結帳離開，又忍不住扭頭再往窗外望去——卻見到一名黃衣女子悄然出現在飲虹橋橋頭，似在探望於渡口佇立的秦蒻蘭。她雖不及秦蒻蘭那般擁有絕世姿容，但亦美貌出眾，且年紀要小上許多。而那秦蒻蘭絲毫未覺，依舊凝眸河面，似在欣賞美景，又似若有所思。

恰在此時，一條小船劃破寧靜無波的水面，穿過飲虹橋下的橋洞，緩緩向渡口划來。秦蒻蘭見到船頭那衣蓑荷笠的漁夫時，竟然舉起手來招了一下。誰也料不到，如此絕代佳人，獨自站在渡口等候的竟是一名漁夫。就連一向冷漠的張士師也起了好奇之心，忍不住想看看究竟。

但見那漁夫慢慢將船靠岸停妥後，又將半筐活蹦亂跳的鮮魚搬上了岸。他不似平常漁家那般麻利，動作甚是緩慢，倒顯出一種少見的有條不紊大將風度。秦蒻蘭很有耐心，靜靜在旁等候，直到漁夫將魚搬上岸，這才上前詢問。卻見漁夫答了兩句，俯身取出兩條用荷葉包好的魚，交給秦蒻蘭。秦蒻蘭則自懷中取出幾枚大錢，一手交給漁夫，一手接過魚來。張士師這才恍然大悟，原來她等在此處是為了買魚，難怪金陵城中盛傳韓府雖然姬妾眾多，其實卻是秦蒻蘭一人當家。他明白秦蒻蘭站在渡口是為了買魚後，不禁為適才刻意將她與大宋使者陶谷一塊聯想而羞愧。他長於觀察，但並不常懷疑人，也不明白自己為何要將她往壞處想。

只是秦蒻蘭付給那漁夫的幾枚錢，輪廓深闊，分明是不受歡迎的鐵錢[10]。張士師喜到金陵酒肆飲酒，每每也得私用鐵錢換得銅錢，以免遭來店主的冷臉，此刻見那漁夫對秦蒻蘭遞過去的鐵錢竟不加拒絕，不由得心想：「多半因為對方是江南第一美女秦蒻蘭的緣故，換作他人，未必便會如此。」又忖道：「若換作我是那漁夫，不知道會不會拒收鐵錢？」

而那名一直暗中窺測秦蒻蘭的黃衣女子則一直翹首向東張望，密密注視著秦蒻蘭與那漁夫的交談。只是漁夫始終側對著飲虹橋，加上河畔柳樹眾多，她始終無法瞧見對方的面孔，急切之下，竟不知不覺走上了飲虹橋。剛好秦蒻蘭於此時結束跟漁夫的交易，轉頭朝飲虹橋頭看了一眼，又對漁夫說了句什麼，這才轉身離開渡口，逕直往銀行街方向去了。那漁夫似也為她的絕世容光所迷，默默凝視著她的背影，直到她徹底從視線中消失，這才回轉過身，悶悶歎了口氣。不過，他並未扛起魚筐直奔僅一街之隔的魚市，而是重新將魚筐搬回小船，划起船，竟似要離開。

張士師雖覺奇怪，但又暗中揣度，這漁夫不將魚送去魚市變賣，多半是有人如秦蒻蘭一般，已經預訂了他的鮮魚，不然此刻已是下午，天氣如此炎熱，那筐魚斷然過不得夜。他一邊想著，一邊掏出幾枚大錢扔在桌上，起身離開了酒肆。

剛步出大門，便聽見飲虹橋上接連傳來兩聲女子的尖叫「啊……啊……」，抬眼望去，那黃衣女子正從橋上倒栽著掉了下去。他一驚這非同小可，忙趕到河邊。卻見那划小船的漁夫已經脫掉蓑衣斗笠，躍入水中，俐落地游過去，將那女子救上岸，平放在岸邊的一棵柳樹下。

張士師搶將過來，問道：「她怎麼樣？」漁夫站起身，警覺地看了他一眼。張士師忙自我介紹道：「我是江寧縣典獄張士師。」

典獄不僅管轄大獄，也負責治安捕盜。漁夫低低「噢」了一聲，迅速垂下頭去，壓低嗓音道：「她沒什麼大礙，就是嗆了幾口水，過一會兒就該醒過來了。」漁夫也不多說，轉身逕直跳回自己的船上。

張士師見他容貌談吐頗為文雅，決計斷定他不是普通漁夫，頗感好奇，叫道：「喂，你叫什麼名字？」那漁夫恍若未聞，只道：「人就交給典獄君照顧了。」也不顧衣服仍濕漉漉地滴著水，便重新戴上斗笠，遮住面容，這才慢慢將小船搖開。

那女子躺在地上，渾身濕透，胸口起伏不定，面色蒼白，雙眼猶自緊閉，昏迷不醒。張士師無意中遇上此事，聽說她並無大礙，待要走開，又想起天氣如此炎熱，她全身是水，萬一就此中暑，該怎麼辦？他雖然冷漠，但也僅是性子疏淡，要他見死不救，他做不到，何況還有公職在身。

躊躇片刻，他俯身將那女子抱起來，進到酒肆，放在門口通風處，回過身叫道：「周老公，麻煩你即刻煎上一碗三皮湯。」

這三皮湯是江南民間土方，以西瓜皮混上冬瓜皮、絲瓜皮煎水，專用來解暑清熱。周姬一聽便即明白，順口還不忘多問一句，道：「這位小娘子中暑了？」也不待張士師回答，便急忙奔廚下而去。

酒肆中的幾名老文士也聞聲圍了過來，聽聞一名美貌女子突然從飲虹橋上落水，不禁起了好奇心。

張文士認得張士師，問道：「典獄君，這女子是誰？」張士師搖了搖頭，表示不知。安文士則問道：「她為何大白天的要自殺呢？」張士師又搖了搖頭。

這些文士都是金陵本地人，平日無所事事，最好自命風雅，評介是非，立即七嘴八舌猜測起來，又聯想到飲魂橋的詭異之處，大發議論。張士師始終不發一言，任憑他們談論，自己只低頭打量那猶自昏迷的黃衣女子。她的雙手手形甚是奇怪，手指修長柔軟，指尖卻結著老繭，手掌肥厚寬大，顯得有些粗糙，與她本人的衣飾容貌甚是不諧。

旁邊的杜文士看了一眼，也立即留意那雙手，便道：「這女子肯定是教坊彈琵琶的女伎。」安文士奇道：「你如何得知？莫非老杜你認識她？」杜文士歎道：「家有悍妻，在下已經很久不進教坊了。你們可知道，這世上並非所有人盡學得琵琶，彈奏琵琶需要手指速度與手臂力度，這女子手指細長，手掌厚實，正是天生彈琵琶的一雙好手。」

安文士道：「老杜說得有理。瞧她容貌打扮亦不差，多半是教坊女子。莫非她遭遇了什麼不幸之事，所以才要跳橋自殺？」杜文士不解地道：「聽聞教坊副使李家明極喜弦樂，其妹李雲如琵琶技藝尤為高明……」張文士道：「那就對了，說不定這女子與李雲如一爭長短，結果受了閒氣，所以到飲魂橋尋死。」安文士道：「李雲如的芳名我也聽過，據聞韓熙載早已收她為姬妾，金屋藏嬌在聚寶山，早已不在教坊中了。」

張士師實在耐不住他們絮絮叨叨，轉身便欲離去。張文士急忙叫道：「典獄君，你別走得那麼急。萬一這女子醒來，仍舊想不開，再要跳河尋死，又該當如何？」張士師道：「她之前並不是跳橋自殺，當然也不會再跳河自殺。」安文士聽了大奇，問道：「典獄君如何得知？莫非你適才看到了所有經過？」

張士師搖了搖頭。他適才只聞其聲，不見其人，這女子掉下飲虹橋之前，發出了兩聲驚叫，若是有心自殺之人，哪裡還會有意喊叫引起他人注意？僅此一點，他便能夠斷定，這女子要麼是不小心掉下橋，要麼是被人推下河，而前一種情況的可能性占八成以上。他本想說出來，但深知這些老文士閒言碎語的厲害，一旦他說出自己的推斷，他們多半又要附會飲虹橋的飲魂一說，喋喋不休。

此時，果見安文士跌足道：「早就知道這飲魂橋不吉利……」一語未畢，忽見那女子咳了幾聲，吐出幾口水，緩緩睜開眼睛。張文士喜道：「她醒了。」杜文士急忙上前，小心翼翼地扶著那女子坐起，一邊輕輕拍打她的背，助她順暢呼吸。

張文士、安文士一旁見狀，不禁相視而笑，各自均想道：「老杜年輕時也是個風流人物，極會討女人喜歡。現今年紀大了，這套討好女人的本領絲毫不減。若讓他那凶悍的妻子知道了，準保又得一場大鬧。」

那女子神色尚有些恍惚，露出渾然不知所措的樣子。杜文士勸慰道：「即使有什麼想不開，也不必輕生啊。娘子還這麼年輕美麗……」一邊說著，一邊將女子扶起。安文士取來一條長凳，扶她坐下，從旁勸道：「老杜說得對。何況人生哪有死結？想通了，不過就是饑來食、倦來眠而已。」張文士也道：「是啊，娘子如此年輕美麗，為何好端端地要跳橋自殺？」女子莫名其妙地望了他一眼，嘴角一翹，道：「我沒要跳橋自殺……」語氣中儼然有不滿之意。

張文士訝然問道：「難道娘子適才是不小心從橋上掉下？」那女子低頭望了望自己的身子，恍然回想起什麼，回頭看了看飲虹橋，突然露出極為恐慌的表情，問道：「那橋……飲魂……橋……我剛剛上去了麼？」安文士道：「是呀，娘子不記得了麼？你適才可是從飲虹橋上掉進了河裡。」女子驚惶地道：「不……不是……」安文士茫然不解地問道：「不是什麼？」女子：「是……適才有人推我下橋……」

幾名文士聽了大為詫異，各自交換了一下眼色。最驚訝的卻是張士師，心中暗想道：「我起身離開酒肆之時，尚不見飲虹橋上有其他人。想害這女子之人，定然是在那一刻間悄然摸到她背後，下手推她。我聞聲趕過去時，除了那漁夫，四周並不見旁人，看來凶手已飛快逃逸。時機把握得如此之好，似乎早有圖謀。只是依適才這女子的反應判斷，她應該是無意間走上了飲虹橋，那想害她之人如何事先得知有此良機？莫非此人一直暗中尾隨這女子，伺機加害？如此看來，這女子的來歷多半不簡單。」一時之間，不覺好奇心大起，他其實並非愛管閒事之人，只是出身衙門世家，對獄案有一種天生的本能反應。

正自思忖間，卻聽見張文士高聲嚷道：「光天化日之下，竟然有人在金陵城中行凶。典獄君，你是公門中人，又當場撞見，可要好好查明這件事。」

這金陵酒肆雖勉強位於江寧縣轄區邊上，可是河的對岸屬於上元縣，這女子掉進了秦淮河中，按慣例歸上元縣管。張士師尚在躊躇中，只見店主周姬端著一碗三皮湯出來，急不可待地表功道：「典獄君，為了這碗三皮湯，我可是特意殺了個老圃西瓜……」乍然見到那女子，不禁一驚，問道：「你……你不是韓相公府中的李雲如娘子麼？」

周姬曾多次到聚寶山韓府送酒，那女子也認得他，當即點了點頭，招呼道：「周老公。」眾人這才確實大吃了一驚。杜文士緊盯著李雲如的手，喃喃道：「難怪……難怪……」

李雲如又問道：「我這是在周老公的酒肆中麼？」周姬道：「正是。」端了三皮湯上前，道：「娘子先飲了這碗三皮湯，解解暑氣。」

那三皮湯雖然用冷水鎮過，但畢竟還是熱的，李雲如接過來只飲了一口，便皺緊眉頭。杜文士見狀急忙道：「娘子不如等湯涼些再喝。」將湯碗接過來，放在一旁的方桌上，又自懷中取出摺扇打開，在湯碗旁輕輕扇著。

周姬尚且不知道事情經過，問道：「娘子為何弄得全身上下濕成這樣？要不要到後院換一身我老伴的衣裳？不過，可及不上娘子的綾羅衣裳。」

李雲如不及回答，張文士搶著道：「周老公，你還不知道，適才有人想謀害李家娘子。」添油加醋地說了有人推李雲如下橋一事。周姬驚駭地張大了嘴，半天合不攏。

張文士問道：「娘子可曾看到那凶手的面孔？」李雲如搖了搖頭。瞧她的神色，似乎不大願意再提此事，然而眾人目光爍爍，均落在她身上，各有探究好奇之意，遲疑了片刻，才道：「我當時站在橋上，面朝酒肆這邊，哪裡看得見背後推我的人？」安文士道：「那……娘子被推下橋之前，有沒有聽見什麼動靜？」李雲如細細想了想，最終還是道：「沒有。」

眾人頗為失望，便一起將目光投向張士師。張士師無可推託，只得出聲問道：「娘子為何要上飲虹橋？是打算過河麼？」李雲如的神情一下子緊張起來，急促道：「不，我沒打算過河。這飲魂橋如此不祥，金陵城中人盡皆知，我怎麼會從這裡過河？我……我也不知道怎麼會走上飲魂橋……」神色越來越驚惶，最後甚至露出極為恐怖的表情，還往門外看了一眼，好像生怕有什麼東西會突然衝進來吞掉她的魂魄。

旁人不明所以，各有驚異之狀。杜文士正待安慰幾句，卻見李雲如已然站起，匆匆道：「謝謝你們救了我，我得走了。」拔腳便往門外走去。杜文士忙叫道：「娘子，不如喝完三皮湯再走。」李雲如卻頭也不回。她行色匆匆，眾人不便阻攔，只能由她去。

張文士奇道：「真是怪事，這李雲如被人推下河，難道不該報官麼？別說上元縣衙就在對面，典獄君正在此處，她為何絲毫不提此事？」張士師深知一旦與這些老文士開口交談，就會囉嗦個不停，無休無止，便道：「這件事就交給在下罷。」也不待眾人反應，便緊隨李雲如步出酒肆。

他心中猶自想著，若那凶手依舊躲在附近觀察，知道適才謀害李雲如不死，多半會再次下手加害，因而追將出來後，並未立即到飲虹橋查勘現場，只是遠遠跟著她。

此時正是下午最熱的時候，江南士民素有午睡的習慣，大多數的金陵人仍在家中休息，街道上行人極少。李雲如獨自走著，不停用手絞著身上衣服的水，又撥弄著頭髮，似乎想在回到家門之前，將自己收拾妥當，不再那麼狼狽。而她的神情，與其說是驚惶，倒不如稱為惱怒。

這在張士師看來，極度不合乎常理——一名纖弱女子，剛剛被人加害未死，應該表現出強烈的不安和無助，而她看起來全然沒有這些本能反應，這倒讓張士師不由自主多了幾分好奇心。他若無其事地四下打量，始終沒發現有什麼可疑之人留意、或跟蹤著李雲如。

更奇怪的是，李雲如並未逕直回南城外的聚寶山，也沒到東城九曲方教坊去找兄長李家明，而是急步往銀行街方向行去。銀行街與魚市、花行並稱「金陵三大市集」，店鋪雲集，很是繁華。張士師起初尚且不解李雲如為何如此，後來料想韓府今晚若要大開夜宴，她必然也要隆重上場，她大概是想買一身新的行頭，換下濕漉漉的衣衫。不料，來到銀行街後，李雲如並未進入綢緞衣衫鋪，而是匆忙走進一家名叫「懸壺」的醫鋪。

張士師不便跟進去，只遠遠候在門外。恰在此時，他再次看見曾在御街撞到的潑辣女子王屋山。不過她卻沒留意到張士師，只匆匆從他面前經過，也步入了那家懸壺醫鋪。

當此情形，張士師斷定李雲如當再無危險，她既與王屋山同為韓熙載的姬妾，此刻偶遇也好，相約也罷，二人定會結伴同返聚寶山，即便凶手暗中尾隨，此刻行人漸多，也該不會再有機會。何況並不見李雲如神色如何緊張，也許她信口說謊，根本就沒有什麼凶手，至於內中情由，只有她自己知道，她既未報官，外人也不便查究。

一念及此，張士師便離開了銀行街。見時候尚早，打算先去北城接老父親。他的老父親張泌最近來到金陵小住，今日一大早便應女道士耿先生之約，一起出城去北邊遊覽。

金陵風光，以城北最秀美。出北門逕直向北不遠，便是玄武湖，周圍十數里，煙波浩渺，水鳥啾啾，如入仙境。幕府、雞籠二山淡墨如屏，環繞其西；鍾阜、蔣山諸峰蔥蘢青翠，聳立其右。山水之間，雲霞繚繞；名園勝境，掩映如畫；而六朝古跡名勝，也多集中在此處。

夏季更是玄武湖景色最迷人的時節，湖面碧色濃濃，開滿各種顏色的荷花。其中以粉紅色荷花最多，汪洋恣意地開放著，間或雜糅其他白色、紅色、黃色、紫色的花朵，稠密得有如一大片五彩斑斕的織錦。花香清新幽雅，卻綿密不絕，如潮水般無拘無束地漫向四方。在風景旖旎的湖邊走上一遭，滿鼻荷香，令人心醉神迷，逸然忘卻煩惱。

出北門往西，則是一大片綠油油的西瓜地，瓜地最東邊搭有一個小小的草棚，剛好能容一人坐臥。種瓜的老圃正解開衣衫，躺在棚下避暑。他左手抓著一塊綠熒熒的小石頭往肚子上摩挲，右手搖著一把大蒲扇，閉著眼睛，哼著小曲。張士師見他很是悠閒自得，不忍打擾，便信步走進瓜地[11]。這是金陵一帶頗為著名的老圃瓜地，取玄武湖水灌溉，瓜瓤沙甜可口，更有一股獨特的清香之氣。最奇特的是，種瓜的老圃為人精明小氣，從不到金陵城中吆喝叫賣，有誰想吃瓜，得親自跑到瓜地，現買現摘。越是如此，老圃的生意反倒越門庭若市，甚至不少商販特意到這裡買了西瓜再運到城中叫賣；加上這裡位處北門要害，是北來南往必經之處，商旅進城或臨行前，炎炎烈日下吃個金陵特產西瓜，確是一種愜意享受，往往有大快朵頤之感。

張士師來金陵不過數月，未曾真正遊覽城北，他似乎一直提不起這份閒情雅致。既然不知老父親現在何處，他便乾脆向瓜地走去，打算買個西瓜，然後在此等候老父親。

他四下打量了一番，一眼瞥見最南邊一棵李樹下結有幾個滾圓的大西瓜，其中兩個個頭尤其人，最大的一個比邊上其他西瓜足足大出一倍，瓜皮和瓜蒂上有很多白毛。當即走了過去，鼻子中卻隱約聞到一股腐臭味，不禁心想：「難怪這個瓜格外大，老圃定然淋了不少糞便在這裡。」他蹲下身，拍了拍那大西瓜，聲音沉悶厚實，看來瓜瓤已經熟透，便回過身叫道：「老圃，這個西瓜我要了。」

老圃乍然聽見人聲，一把扔掉蒲扇，順手戴上草帽，抄起一把鋤頭，一咕嚕趕將過來。動作迅捷無比，渾然不似白髮老公模樣，情狀之急切，像是生怕旁人搶走他的西瓜。

江寧縣衙鄰近北門，縣吏衙役們常常到瓜地吃瓜，老圃原認得張士師，待看清人時，這才鬆了口氣，嘟囔道：「原來是典獄！小老兒還以為又是那幾個偷瓜的小賊。」張士師這才看清老圃左臂吊著一塊以紅繩拴著的碧綠玉扇墜，當即玩笑道：「老圃，你哪裡弄來一塊石頭？」老圃道：「這是別人付的瓜錢。」張士師大笑道：「誰那麼傻，用塊好玉只換個西瓜？」老圃嘿嘿笑道：「說了你也不信，是個

渴極了的北方客。」走得近些，看清張士師挑中的西瓜，一雙眼睛瞪得溜圓，連連搖頭道：「這個瓜可

不行！這幾個大瓜都不行！韓相公府上半個月前就已經預買了！」張士師心中一動，問道：「韓相公是

前任兵部尚書韓熙載麼？」老圃點頭道：「正是。一會兒等到日頭落山，小老兒便要摘下瓜來送去韓府

呢。」

張士師聽了不禁大奇，特意問道：「老圃是要親自送瓜去聚寶山韓府麼？」他的言外之意，無非是老圃從來只就地賣瓜，現在竟說要送瓜上門，而且瓜地在北門外，聚寶山在南門外，須穿過整個金陵城，這對連幫工都捨不得請一個的老圃來說，豈不是件新鮮事？

卻聽老圃哀歎道：「唉，都怪小老兒糊塗，答應了秦家娘子……」張士師心中咯噔一下，暗想：「又是秦蒻蘭！」只聽老圃道，「她再三哀告，說韓府人手不夠，我一時心軟，竟然順口答應她可以送瓜去聚寶山。說起來真令人難以置信，這韓相公都快當上宰相了，府裡也不多請幾個僕人，凡事還總讓秦家娘子拋頭露面，像什麼樣？」

張士師心想：「果然是家家有本難念的經！這女子這般貌美，當家卻與一般婦道人家無異，也不知道是幸還是不幸？」一邊想著，一邊另挑了兩個西瓜。

老圃猶自埋怨道：「典獄君你瞧，我兒子到西城外杏花村探望他岳父還沒回來，今日無人替小老兒，待會兒我一走，那幾個偷瓜的小賊準保要趁沒人的時候來偷瓜。」一邊說著，一邊拍打自己的額頭，露出深悔不及的樣子。他確實後悔自己一時鬼迷心竅答應替秦蒻蘭送瓜，此時更有意裝出這副誇張的樣子給人看，因為打他認出張士師開始，心中便早有了盤算。

張士師卻不知對方肚裡的小小伎倆，見到他的逼真模樣，忍不住又想：「這秦蒻蘭果然不但花容月

貌，而且心計深重！也難怪老圃會迷迷糊糊地中計，想那宋朝使者陶谷乃非等閒之輩，還不是照樣被她玩弄於股掌之上。自古英雄全都難過美人關，更何況平民百姓呢。」

張士施正悶悶想著，卻聽見老圃又道：「典獄君，今日天熱，來買瓜的人少，好不容易才遇到你一個，不知可否代小老兒往韓府送一趟西瓜？當然，決計不會讓典獄君白跑，這地裡的西瓜，典獄君隨便挑上幾個搬回家，不收一文錢。」

老圃心思機敏，早已飛快地算計過：若是他自己去送瓜，瓜田準保被小賊偷個亂七八糟，損失可就不只幾個西瓜了，是以送幾個西瓜給張士師還是合算的。何況張士師只有一雙手，這一趟他只能送瓜到聚寶山，作為他酬勞的瓜只得日後再取，保不齊他忘記了，或嫌麻煩不願意出城，又或者等到六月廿四「荷誕」觀蓮節後他才想起，那時候滿地西瓜早賣完了，如此這般，豈不是連幾個西瓜的路費都可省下？

張士師哪裡想得到對方在瞬間已將各種利弊算得一清二楚，只為難地道：「老圃……」他嘴上打算直截了當地拒絕，內心深處卻隱隱有股衝動，渴望再見到那個謎團般的美人，送瓜其實就是最好的機會。這一刻，他忽然明白了，自從在金陵酒肆第一眼看到她，他就再也放不下她，他之前一直刻意想像她的壞處，是怕自己會就此癡戀上她，而她跟他顯然完全是兩個世界的人。他頓了頓，理智最終還是戰勝情感，艱難地吞了一口唾沫，婉言謝絕道：「不是我不願意幫你，實在是因為家父……」一語未畢，便望見老父親張泌與一身女道士裝扮的耿先生正朝瓜田走來，不由愣在當場。

張泌年近六十，鬚髮全白，但紅光滿面，精神矍鑠。他的容貌服飾均極為平常，走在大街上就是一普通得不能再普通的江東老漢，在人群中毫不起眼。唯有當他那雙總是瞇縫起的眼睛突然睜大時，才能看出此老的不凡之處——目光如鷹隼般犀利，帶著可怕的穿透力，被他緊盯的人常感到被洞穿的陣陣寒意。他原本是個老公門，因屢破奇案，名震江南，被破格任命為句容縣縣尉，不過他看不慣官場的種種作為，提早致仕退休，現在更是閒雲野鶴，四處遊歷。

那耿先生約摸四十來歲，頭挽高髻，寬大的灰色道袍越發顯得她的身形清瘦苗條，看上去頗具仙風道骨，只是面色蒼白如紙，慘澹無半分血色，一雙手更是枯瘦之極，形如鳥爪。她俗姓耿，道名就叫先生，原是金陵城中大大有名的人物，傳說練氣有成，道術高深，聰慧異於常人，更兼博覽群書，熟知朝野各種掌故，就連昔日南唐中主李璟在世時也曾慕名召她進宮，但後來遭後宮嬪妃忌恨，莫名捲入一起離奇凶殺案，多虧張泌破了此案，才洗清她的嫌疑。湊巧後來張士師由句容調來江寧任縣吏，他在金陵的住處恰好位於東城，毗鄰耿先生的道觀，因而時有來往。

張士師突然看到父親和耿先生在瓜地出現，不免大為意外，忙捨了老圃，迎上前招呼道：「阿爹！耿鍊師[12]！」張泌只點了點頭，神態甚是威嚴。耿先生卻笑道：「典獄君，原來你也在這裡。」張士師便說預備在這裡買了瓜再迎候二人之意。耿先生笑道：「這可巧了。張公適才也說，要來這裡買幾個老圃西瓜帶回家去解暑。」她的聲音清脆悅耳，宛若少女，若是只聽其音、不見其貌，定會誤以為說話之人是個二十歲出頭的年輕女子。

一旁老圃卻猶自不忘要託請張士師送瓜到聚寶山，他聽聞張泌便是張士師之父，忙趨上前來，賠笑道：「原來是縣尉君與耿鍊師大駕光臨！小老兒不勝榮幸。」他雖不認識張泌，卻時常聽前來瓜地吃瓜的小吏、公差談起，語氣極客氣禮貌。金陵素以清雅風流著稱，不僅帝王將相、文人騷客如此，連普通的市井小民耳聞目睹，多少也沾染些許六朝古都的煙水氣，言談舉止要比其他地方的人文雅斯文許多。

不待對方反應，老圃緊接著又道：「小老兒正央求典獄君代我往聚寶山送一趟西瓜，可巧二位來了。請隨意挑兩個瓜帶回家去，不收錢，就當作小老兒請典獄君送瓜的報酬。」他這話說得極為巧妙，既說明了事情經過，又迴避了張士師已然拒絕替他送瓜的經過，只要張泌一點頭，那便是既成事實，張士師無論如何不能拒絕。

張泌果然點頭道：「老圃年紀大了，士師，你確實該替他跑這一趟。」他竟以為張士師早已經答應要幫老圃送瓜，言下頗有讚許之意。

事情既然到了如此地步，張士師只得應道：「是，阿爹。」他雖然看起來有些勉強，其實內心卻踏實下來，暗忖道：「又可以再見到她了，這次或許還可以跟她說上話。」

老圃心想事成，忙喜孜孜地向張氏父子道謝。他心中雖然不免有點可惜白白損失了兩個西瓜，但這筆帳算不到張士師頭上，歸根究柢還是要怪秦蒻蘭，下次得多收她韓府兩成瓜錢才行。一邊想著，一邊取過剪刀，從瓜蔓處絞下那幾個大瓜，搬放到一輛雞公車[13]上。

老圃再三叮囑張士師務必將瓜交到秦蒻蘭手中，末了又遲疑道：「這雞公車是自家家用的，典獄君可要記得替小老兒送回來。」張士師心想反正他明早要回江寧縣衙，就在北門邊上，多走幾步路替他送回瓜地也不礙事，當即便答應。

張泌這邊也自挑好了兩個西瓜，又自懷中取出數枚錢，銅、鐵錢混雜其中，他特意只挑出銅錢，交給老圃道：「小兒代送瓜不過是舉手之勞，這瓜錢還是要給的。」老圃雖感意外，卻也不加推辭，立即如數收下。

一旁耿先生微笑道：「老圃，你可真是個精明人。」老圃久聞她的大名，忌憚她見識過人，只附和著乾笑兩聲，也不答話。

當下，張士師又讓父親將兩個西瓜放到雞公車上，推了車便走。他自幼習武，又正值盛年，這數個西瓜雖分量不輕，對他來說並非什麼了不得的重物，何況有推車，不費太大氣力。只是身為縣吏，推著一車西瓜在城中行走，似乎有些掉價，好在張氏父子均不在意。

三人一道進城，向東繞過宮城時，西面御苑隱有笙樂傳來。循聲仰望，那座著名的百尺樓上有女子的衣影來回飄動，一場燕舞顯然正在那美輪美奐的高臺上舉行。

百尺樓為幾年前李煜不顧國庫空虛、耗費鉅資所建，通體楠木，畫棟彩梁，極盡奢華之能事，站在高樓上，可俯瞰金陵全城，巷陌盡收眼底。樓成之日，李煜特邀群臣宴飲，群臣無不稱讚百尺樓富麗典雅，唯獨大理寺卿蕭儼冷冷道：「只可惜這樓下少一口井！」蕭儼為南唐開國老臣，忠厚耿直，名望很高。眾人聽了不解其意，料此話必大有來歷，忙追問情由。蕭儼答道：「昔日陳後主有景陽樓，樓下有胭脂井，倘若這百尺樓下增加一口井，就可媲美景陽樓了。」李煜雖是一國之主，卻素來帶有濃厚的文人氣質，性情溫和，從不輕易發火，但聽到蕭儼將自己比作安樂誤國的亡國之君陳叔寶後，忍不住勃然變色，當即將蕭儼貶為舒州判官，逐出京師。此後，再無人敢公開數落百尺樓的不是。

張泌心頭又是另一番滋味。李煜初登君位時，他仍是句容縣縣尉，基於某種原因，曾經上書力言國事，條陳十項急務，請求李煜仿效西漢文帝服勤政事、躬行儉約。李煜覽疏後大為感慨，親自批覆，並優詔慰答張泌，可惜，最終仍沒從諫如流，未能付諸實施，李煜就是這麼優柔寡斷的人；而今十多年過去，南唐江河日下，國主奢靡之風不減，頹勢再也難以挽回。張泌心中輕歎一聲，心想：「過幾日回到句容，可得將國主褒獎的詔書找個妥當的地方藏起來。」

耿先生的臉上亦露出惆悵之色，她曾多次進入宮城，瞭解許多宮闈祕事，自有不為旁人所知的感歎。

三人腳下卻是不停，繼續朝前走去，繞過宮城便即分手。張泌與耿先生各自抱了一個西瓜，往東而去。張士師本待送二人到家再往韓府送瓜，張泌卻道：「你既答應了老圃，就趕緊替人送去。何況韓府位於城外，現在天色已然不早，萬一途中有所耽誤，錯過了夜更，你今晚便無法進城了。」既然父親如此說，他便不好再堅持，只好獨自南行，向南城外的聚寶山雨花臺而去。

他推著幾個個頭絕大的西瓜在大街上行走，很是引人矚目。沿途不斷有人向他打聽價錢，有意買下西瓜，不免得費一番唇舌解釋，由此耽誤了不少行程。剛過鎮淮橋[14]，又聽見背後有人揚聲叫道：「喂……喂，賣瓜的……那西瓜如何賣的？」

張士師聞聲回過頭去，只見一名二十來歲的男子扶著一位老婦人，正從橋頭下來。那老婦人鬢髮如銀，梳理得一絲不亂，極為整齊，衣飾也甚是華麗，頗有氣度，只是背有些佝僂，一手拄著拐杖，一手扶著那年輕男子，疾步向張士師走來。

張士師見她腿腳有些毛病，行動不便，忙叫道：「太夫人，這瓜不是賣的。」那一老一少已趨得近前，男子聽說後，愕然問道：「這麼好的西瓜，怎生不賣？」

那老婦人打量張士師一身長袍，不似街頭叫賣的商販，便問道：「莫非這瓜是你自己買了推回家去？」張士師尚不及回答，那男子便搶著道：「閣下能否讓一個瓜給家母？我願意付雙倍瓜錢。」

張士師這才知道原來老婦人是那男子的母親，只是瞧她蒼老年邁，年紀似足可當男子的祖母，便猜想她大約是老來得子。他見男子態度甚是急切，又見那老婦人一雙眼睛不停在那個最大的西瓜上掃來掃去，閃動著異樣的光彩，慢慢伸出一隻手來，不停摩挲著那西瓜，顯然很是喜愛。張士師只好為難地說出了實話：「實在抱歉得緊，這幾個瓜也不是我自己的，是替人送去聚寶山韓府的。」

那一瞬間，老婦人如同被火燙著般，驀地縮回了手，眼中的光彩倏忽熄滅，轉而為一種無可奈何的失望表情。張士師見了，微一躊躇，正欲說「二位若想要瓜，可去城北老圃瓜地」，卻見老婦人低聲嘟囔一句什麼，深深歎了口氣，這悠長一歎中，似乎飽含著深長的哀傷意味。張士師心中一動，隱隱有所不忍，無奈瓜不是他自己的，他無法作主。老婦人卻不再多說，只慢慢轉身走開。男子忙追上前去，攙扶住母親。二人再沒有回頭，重新往鎮淮橋頭行去。

張士師見那婦人身影瘦削，步履蹣跚，甚是可憐，不知怎地突然有一股熱氣衝上腦門，叫道：「太夫人、這位公子，請留步！我送你們一個瓜便是。」

他這般作法其實已大大違背自己的原則，不料老婦人竟似毫不領情，只顧朝前走去，恍若未聞。那男子卻惡狠狠地回過頭來，瞪著張士師不放，目光充滿鄙夷仇恨之意。

張士師一怔之間，卻聽見老婦人叫道：「阿曜，不要生事，咱們走罷。」男子這才回轉了頭。片刻之間，二人穿過鎮淮橋，往東面烏衣巷去了。

張士師微微沉吟，已然醒悟過來：這母子二人並非怨恨他，而是與韓熙載有宿怨。南唐第二位國主李璟在位時，韓熙載一度與元老大臣宋齊丘、馮延巳等人爭權奪利，黨爭不已，在朝中結怨極多。不過，這名叫「曜」的男子年紀太輕，不足以與韓熙載爭鋒，多半是他的父親、也就是這老婦人的丈夫與韓熙載有舊怨。

一想到這裡，張士師心中陡然生出不祥之感，他甚至覺得實在不該無端答應替老圃跑這一趟，後面還不知道要發生什麼事情。但是，他仍希望能再見到那江南第一美女秦蒻蘭，哪怕遠遠見一面也好。他雖然羞愧自己有這種念頭，但這確實是他心中的真實想法。

當然，此刻他絕對料想不到，一起殺人陰謀正在暗中展開，而他本人正因這趟意外的送瓜之旅成了當晚夜宴兇殺案的首要疑兇，並就此深深捲入其中，就連自己那退休致仕已久的老父親張泌也不得不重新出山，全力勘破案情，希圖洗清兒子的殺人嫌疑。

1 細作：奸細。
2 北海：今山東。
3 諸葛武侯：即三國時期傑出的政治家諸葛亮，死後諡忠武侯。根據《諡法》，危身奉上曰「忠」，威強睿德曰「武」。
4 娘子：對年輕女子的稱呼，僕婢亦稱主母為娘子。唐朝楊玉環成為唐玄宗貴妃後，寵冠一時，宮中上下都尊稱她「娘子」，就連唐玄宗也不例外，楊玉環為此十分自得。
5 教坊：即古代梨園，專門培訓曲藝樂舞優伶人才；此處是指官方梨園。
6 漢子：對男子的蔑稱。
7 古代的「行」跟「市」一樣，都是市場的意思。魚市是賣魚的地方，菜行是賣菜的市場，花行是賣花的市場，銀行則是不分類進行商業交易的場所，類似現代的商街。
8 南京真的有「飲魂橋」恐怖傳說，但是發生在南唐宮城護龍河西面的西虹橋（後改稱大市橋）。
9 老公：對男性長輩的尊稱。
10 南唐地處江南，物產富饒，貨幣流通一向限於開元通寶銅錢。後主李煜登基後，為取媚北方大宋，不斷貢獻財物以換取和平，導致南唐財力大竭。為了挽救危機，大臣韓熙載提議鑄鐵錢以緩解朝廷財政困難，目的是祕密聚斂民間財富，為李煜所採納。本來新鑄鐵錢與銅錢幣值相當，然則新出便遭盜鑄，飛速貶值，十枚鐵錢才值一枚銅錢，又因四周鄰國均不使用鐵錢，北方大宋亦嚴禁銅錢過江，故商賈一直抗拒使用，即使在都城金陵，民間商業活動也經常堂而皇之地不收鐵錢。

11 傳說四千年前，古埃及即開始種植西瓜，後陸續東傳，大約西元四、五世紀時經西域傳入中國，由此得名「西瓜」，意為西來之瓜。因其性寒涼，五代以前，中原普遍稱為「寒瓜」。明人李時珍在名著《本草綱目》中記載：「陶弘景注瓜蒂言，永嘉有寒瓜甚大，可藏至春音，即此也。蓋五代之先瓜種已入浙東，但無西瓜之名，未遍中國爾。」（※陶弘景：南朝梁時丹陽秣陵人，即為今江蘇南京一帶；永嘉：西晉晉懷帝司馬熾的年號。※）《南史》中記錄梁代孝子滕曇恭——「年五歲，母楊氏患熱，思食寒瓜，土俗所不產。曇恭歷訪不能得，銜悲哀切。俄遇一桑門問其故，曇恭具以告。桑門曰：『我有兩瓜，分一相遺。』還以與母，舉室驚異，尋訪桑門，莫知所在。」可見寒瓜在南北朝時已經遍及南方。本書故事發生於南唐，時稱西瓜為「寒瓜」，但考慮到今日讀者閱讀習慣，本書通稱為西瓜，特此說明。

12 鍊師：對道士的尊稱。

13 一種獨輪小推車，相傳三國時由諸葛亮所創，結構相當簡單：以木頭製成，兩個扶手，一個輪子，車身微翹，形似雞頭。因獨輪著地，小巧方便，無論平原、山地、小道皆可暢行無阻，更勝畜力馱載，在江南一帶十分流行。

14 橫跨內秦淮河，即六朝時的「朱雀橋」；唐朝詩人劉禹錫所題名詩〈烏衣巷〉——「朱雀橋邊野草花，烏衣巷口夕陽斜。舊時王謝堂前燕，飛入尋常百姓家。」即指此處。

卷二　聚寶山中

他看到一名男子隱身在竹林的另一側，正暗中窺測著秦蒻蘭。朦朦暮色中，男子的面容看上去有些熟悉，尤其是那種憤怒的生動表情依稀在什麼地方見過，似乎不懷好意。他心中陡然升起一種強烈的不祥感，正猶豫要不要走近些確認那人是誰，昏暗的天色霎時徹底黑了下來，夜幕就在這個時候籠罩大地。

聚寶山位於金陵南城外，雖然名字叫山，其實只是一處高約三十丈、方圓十餘里的山崗。之所以名為「聚寶」，是因為山崗上到處是五彩斑斕的礫石，這些礫石並非普通的石子，而是天然的花瑪瑙。南朝梁武帝時期，江南佛教盛行，高座寺高僧雲光法師經常在聚寶山西邊設壇講經，據說一次說到絕妙之處時，感動了佛祖，天上落花如雨，於是有人將雲光法師講經的地方稱為「雨花臺」，而那些遍佈山崗的花瑪瑙也相應被稱為「雨花石」。

聚寶山沒有北城外山川草木、雲煙光色的綿軟風景，只長滿青松翠柏，蓊蓊鬱鬱，卻也顯得青澀、樸素、純淨。不僅如此，這裡還是南城外的一處制高點。登上聚寶山北望，金陵滿城錦繡繁華盡收眼底，而成江南登高攬勝之佳地。每處風景，自對應著一種心境。昔日唐代詩人杜牧曾在一個春雨濛濛的日子來到聚寶山登高眺望，只見眼前一派迷離動人的春色，心中蕩漾著一股開闊悲壯的氣息，當即揮毫寫下著名的〈江南春絕句〉：「千里鶯啼綠映紅，水村山郭酒旗風。南朝四百八十寺，多少樓臺煙雨中。」

此時正值夕陽西下，聚寶山上暮靄微生。霧氣像溪頭浣紗女所遺忘的輕紗，不露聲息地飄浮上松柏的樹梢枝頭，朦朧了青翠蒼勁的風姿，景致依稀模糊起來，頗有杜牧筆下煙雨樓臺的感傷味道，只有深綠色的輪廓越發顯露山崗的沉穩。

將要到達聚寶山之時，張士師迎頭遇上金陵酒肆的夥計逑平，他正在山腳卸下毛驢身上的褡褳。運酒的大車只到得聚寶山下，再往上就得單靠畜力了。他一邊將驢套上車，一邊唱著不知從哪裡學來的山歌：「八十的公公遊花園，花開花落又一年。山中確有千年樹，世上少有百歲人。」歌詞本是感傷人生有限、生命短暫，他卻唱得歡快活潑，到底還是個十餘歲的少年，根本不識憂愁的滋味。

逑平一見到張士師，便忙停下手，驚訝打量著他手裡的雞公車，叫嚷道：「典獄君！你……你這也是去韓府麼？」似乎全然不能相信他會推著西瓜去韓府作客。

張士師便說了代老圃送瓜一事。逑平這才恍然大悟，道：「原來如此！典獄君可真是個好人，還幫老圃送瓜，周老公總說城北賣瓜的老圃是個再滑頭再小氣不過的人呢！」頓了頓，又問道，「要不要小的趕驢送典獄君一程？」張士師本來便不覺得累，何況抬眼已然可望見韓府院落，便道：「不必了。多謝。」

逑平離開酒肆已久，擔心錯過夜更時間，城門關閉，再要進城，可得等明日一早了，也不再堅持，便道：「那小的先走了。」這時，他突然想到什麼，又道：「待會兒典獄君若遇見我們少店家，請他明日務必早些回酒肆，不然周老公又該罵我了。」

張士師奇道：「你是說周壓還留在韓府？」逑平道：「韓管家說，韓府今晚夜宴賓客人數比預想的要多，府中人手不夠，叫我們都留下幫忙。小的倒是很想留下，看看這韓府夜宴到底是什麼模樣，可是少店家也想留下，但總得有人將車送回酒肆去……」言語中竟是深以為憾，可見心裡對這傳說中的韓熙載夜宴是何等嚮往了。不過，他依舊是男孩子心性，情緒變化得極快，當即又展顏笑道：「不過，少店家說等下次再有機會就讓我留下。典獄君，小的先走了！」於是，他一揚鞭子，趕著驢車走了，口中又哼起「八十的公公遊花園……」山歌。

張士師心中也有些擔心誤了夜更時間，入不得城，便加快腳步，往山崗上行去。

從金陵南門到聚寶山山腳全是官道，寬闊平坦，但到了上山之時，道路立即窄了許多。婉轉穿行於一大片幽密松林中，但覺耳邊松濤陣陣，如小溪潺潺，又如人語呢喃，頗有情趣。只是地上松針厚積，如毯似氈，又混雜不少碎石子，獨輪的雞公車行走頗為不易，行程頓時慢了下來。張士師突然想解手，那雞公車手柄處有兩根比車身矮一些的支棒，停靠方便，但湊巧此處是個山坡，他擔心車立不住，便將車拖到不遠處一棵大松樹樹叢中，用樹杈別住手柄，自己蹲在松樹後方便。

此刻，日頭落盡西山，林間霧氣更重。山風徐徐，拂面涼爽，夾雜著些許清新的蓮花香氣，沁人肺腑。倦鳥也在這個時候紛紛歸巢，各自收起飛翔的翅膀，棲息到綠蔭深處，雖有不甘寂寞的「啾啾」鳴叫聲間歇響起，終究還是漸漸趨向平靜。

恰在此時，山路那邊傳來了腳步聲，腳下一個重一個輕，似乎是一男一女正要上山。但二人忽然又停了下來，只聽見有人道：「這裡沒人了，朱相公可以說了。」又柔又媚，赫然是秦蒻蘭的聲音。張士師大吃一驚，他一直期待能再次見到她，不料竟然會在這裡遇到，當此尷尬情形，只好竭力屏住聲息，避免被人發現。

又聽見一個男子道：「我剛從澄心堂聽到消息，官家派了一個細作到你們聚寶山韓府……」

澄心堂是昔日南唐烈祖李昪節度金陵時宴居、讀書、閱覽奏章的地方，自南唐建國，便成為最為核心的中樞重地。後主李煜還曾經將一種貴重的歙州墨紙命名為「澄心堂紙」，表達對這種紙的無上喜愛。

說話男子的聲音甚為低厚深沉，似乎是個中年男子。南唐通稱朝中高級文官為「相公」，秦蒻蘭既稱他為「朱相公」，此人當是朝中大官。他口中所稱的「官家」，顯是指南唐國主李煜。「官家」取自「三皇官天下，五帝家天下」，當時流行這麼稱呼皇帝；雖然南唐自李璟開始就已去帝號，改稱「國主」，但那不過是外交公文紙面上的事，在南唐國境內，國主依舊是皇帝，李氏還是官家。

秦蒻蘭顯然十分驚訝，提高聲音反問道：「細作？」那朱相公道：「嗯，是官家專門派去監視韓熙載的。」秦蒻蘭驚道：「監視？為什麼？」一副全然不能相信的口氣。

張士師聽在耳中，心頭也甚是疑惑，暗想：「近來城中傳聞紛紛，說韓熙載即將拜相，今日我親耳聽到江寧府尹也這般說，以目前局勢來看，諒來不會有假。可是官家為何還要派人監視韓熙載的一舉一動？韓熙載目前賦閒在家，並無任何實權，莫非仍然因為他是北人的緣故？嗯，這倒有可能，今上素來猜忌北人，登基以來已經賜死好幾位北方籍大臣……」

正思忖間，只聽見那朱相公刻意壓低聲音，小心翼翼地道：「最近一直有種謠言，說北邊人宋皇帝有心統一天下，為了探清我江南虛實，特意派人來收買韓熙載，承諾請他到北邊為相……」秦蒻蘭驚道：「不，這不可能。」

朱相公道：「無論怎樣，官家對韓熙載已經起了很重的疑心。蘭，你該早點打算，韓熙載根本不值得你如此辛苦留在他身邊。」聽起來，言語中似乎不但對韓熙載很不以為然，對秦蒻蘭也甚是愛慕迷戀，甚至有些替她不值。他頓了頓，又忿忿不平地道：「你可別忘記他曾向官家提議送你去北方，用美人計……」

秦蒻蘭卻打斷了他的話頭，追問道：「朱相公可知道細作是誰？」朱相公一時未答，大概對她的決然態度有些失望，沉默半晌，才道：「我也不知道。」

那秦蒻蘭便不再多問，只聽見腳步聲窸窸窣窣，大概是繼續朝前走去。那朱相公則愣在當場，過了好一會兒，才聽到他叫了聲「蘭」，快步追上去。

張士師這才站起身束好衣褌。他沒來由地聽到這樣一場對話，更覺韓府惘然莫測，決意快去快回。

他先探身查看秦蒻蘭、朱相公是否走遠，以免二人察覺適才對話被人聽見，徒生枝節。此時，尚且能看到那朱相公的背影，張士師一眼便認出他是江南著名書法大家朱銑，在朝中官任中書舍人一職，職掌詔命，又被時人戲稱為紫薇郎[2]。紫薇郎稱號風雅，位處中樞、職清地峻，消息決計比一般官員要靈通得多。朱銑又是兩朝老臣，性情穩重，只是適才他所言太過匪夷所思，也難怪秦蒻蘭難以置信。

張士師又等了好一會兒，直到二人徹底消失在視線中，這才將車推出，續上山路。過了這片松樹林，又是一大片青翠挺拔的竹林。終於，耳中聽到了叮咚泉水聲，這便是聚寶山上唯一的一眼活泉水「永寧泉」，其水質清冽，飲之甘甜，是酤茗煮茶的上上之水，在江南一帶頗具盛名。永寧泉的西側便是雨花臺，也正是韓府坐落之處。整座府邸依山形而建，起落有致，白牆黑瓦，大半掩於綠色的叢林之中，望上去澹泊而幽祕，似極了水墨畫。

未近大門，已頗見江南園林獨有特色。牆角外零零落落堆放著粗矮的青色石頭和灰色假山，配以一叢一叢的翠竹，看似參差無章，實則極費心機。大門及閘柱的顏色也很特別，並非豪門大戶常見的朱紅，而是那種淡淡的紅，悠悠的紅，紅得不耀眼，但韻味綿長。大門兩旁的裝飾，也非尋常人家常見的石獅、石鼓之類，而是一對昂首展翅的銅鶴，鮮活生動，彷彿立時便要振羽飛去。門廡的簷下早已懸掛起一對大紅燈籠，雖然天色尚明，裡面的燈燭已經點燃，紅彤彤地閃爍著，似在不動聲色昭示著今晚的夜宴。數名彩衣侍女坐在門柱旁的石凳上，互相嬉鬧，大概正等候迎接賓客。

張士師到達大門時，韓府老管家韓延正巧走了出來。老管家身材高大魁梧，蓄著長長的銀色鬍鬚，眉目之間有種大戶人家管事特有的威嚴，派頭十足，卻神色憂鬱，似有什麼不解之愁。他緊鎖眉頭，嚴肅地向彩衣侍女交代著什麼，侍女們對他態度卻不見得如何恭敬，也不站起身，只是吃吃笑著，相互打著眼色，不知道有沒聽進他的話。

這數名侍女其實也是韓熙載的姬妾，不過因為韓府近兩年來財力捉襟見肘，偌大的家底已經耗光，僕人婢女們逃的逃、散的散，一些平日不大受寵的姬妾也紛紛離開，眼前的侍女便是其中的幾個。但半個月前，她們不知從哪裡聽說韓熙載即將官拜宰相，於是又厚著臉皮重新回到韓府。不料，韓熙載竟然不顧韓延強烈反對，照常接納了她們；因韓延之前不願再讓她們進門的風波，她們對他一直懷有很深的敵意。

韓延的眉頭不由得皺得更緊，面容在蒼茫的暮色中更顯凝重。不過，他對自己受到忽視冷落的境遇並未特別不快。他素來不動肝火，總是一副溫良恭儉的模樣，數十年來未曾忤逆一人，還因而得了個「韓和尚」的外號，何況他多年來早已習慣姬妾們的各種冷遇。只是，他內心深處，未必如表面看起來那般平靜無波。

四十年前，他才十餘歲，還是個懵懂少年，卻不顧性命之憂，追隨主人韓熙載從北方逃到江南。當時他絕料不到會演變至眼前這種情形，因為窮途末路中的韓熙載曾緊握他的手，哽咽道：「韓某有生之年，必定不忘你捨命相隨之恩，天地可鑒，日月可表。」那種發自內心的感激之情，曾經在韓延的心中蕩漾溫暖了許多年。然而，時局在變，人也在變，他無論如何也想不到當年那個胸懷大志的韓熙載會變成今日這個樣子。

當初韓熙載與好友李谷在淮水分手時，並不為前途難測而沮喪，而是豪氣干雲地道：「江南若用我為宰相，我必將長驅北上，以定中原。到時我再與君痛飲。」李谷則笑著回答：「中原若用我為宰相，我取江南如同探囊取物。」於是兩個偉男子就此立下約定，要各自在南方和北方開創驚天動地的事業，韓延便是見證人。

韓熙載初到江南之時，為了迅速打開局面，主動投文江南皇帝，也就是那篇大筆如椽的〈行止狀〉，文中極力暢述平生之志，雖是毛遂自薦、請求對方接納自己，卻寫得文采斐然，氣勢如虹——「……運陳平之六奇，飛魯連之一箭。場中勁敵，不攻而自立降旗；天下鴻儒，遙望而盡摧堅壘。橫行四海，高步出群……」大有傲視群雄、收天下於囊中之勢。然而，處事謹慎、不喜張揚的江南皇帝卻認為韓熙載是狂妄不羈之徒，雖任以地方官職，卻並不重視，韓熙載在江南，始終無所作為。而北方後周世宗卻任用李谷為宰相，並採用其計謀奪取南唐的淮南之地。若非後周世宗英年早逝，恐怕果真應驗李谷所言：「取江南如同探囊取物。」之前，韓熙載雖不得志，卻也仿效昔日名士，遊山玩水，快意林泉，本意是用中國士人傳統的「養望」一招，以退為進。果然，他在江南士林中的名氣越來越大，終於驚動皇帝，將他從外州召回都城金陵。不料時隔不久，李谷領軍大舉進攻南唐，悉平江北，得南唐十四州、六十縣。南唐皇帝李璟被迫去帝稱號，只稱「江南國主」，並向後周獻貢品，歲輸貢物十萬，以求息兵。

自那之後，韓熙載便像徹底變了個人，開始他風流放蕩、醉生夢死的生活，由胸懷天下變成胸懷女子，帷薄不修，沉湎於聲色之中。他蓄養了大批姬妾，朝廷給他的俸祿，全被姬妾分去。他甚至與門生舒雅一道穿上破衣，背起竹筐，打扮成乞丐，向眾姬妾乞討飯食，以為笑樂。當然，韓延從來沒怪過他的主人，他只是不能理解，即使無法像李谷那樣一抒大志，也不必淪落到這個地步。生命的泥土委棄在地上，不生喬木，只生野草，這是上天的過錯，可是明明已經生成了喬木，卻偏要刻意放低身姿去做野草，這實在不是一般人所能理解。

正當韓延神思之時，張士師已然將雞公車靠在臺階下停好，走將過來，問道：「請問這裡是韓熙載韓相公府上麼？」

他這話著實問得有些多餘，聚寶山是金陵城南城外唯一的制高點，不允許尋常百姓居住。方圓十餘里的山崗，除了東邊山腳下有間高座寺外，就只有韓熙載這一處人家，因而金陵人笑言聚寶山聚的其實都是韓熙載私人的寶──江南的美女都聚集在這裡了。只是對張士師而言，他從未來過韓府，雖明知不會有錯，但以他審慎的個性，總是得先問上一句。

韓延從記憶深處回過神來，忙迎下臺階，客氣地道：「此處正是韓府，我便是韓府管家。閣下是……」他一眼望見一旁的推車，便已猜到對方是來送西瓜的，只是看張士師的打扮氣質並非傭僕之流，心頭未免有些疑惑，是以不動聲色地打量著對方，儘量保持沉靜的姿態，不露痕跡，以免失禮。

張士師道：「在下張士師，代替城北老圃送西瓜給秦家娘子。」韓延恍然大悟道：「我記起來了，蘭一早出門前曾交代過。」秦蒻蘭雖是姬妾身分，名義上卻也是韓延主母，張士師聽他直呼秦蒻蘭的名字，正驚詫間，韓延又問道：「夜更將至，您應當要趕著回城罷？」張士師聽他口氣，似乎秦蒻蘭出門未歸，看來今天是見不到了，只好順勢點了點頭。韓延便走至一旁，預備從推車上卸下西瓜，好讓張士師儘快下山。

張士師心下估摸時間確實緊迫，但見管家年紀老邁，門口的侍女們仍在竊竊私語，絲毫無幫忙之意，便道：「還是我來幫您推進去罷。」頓了頓，又道，「我有江寧縣衙的腰牌，進城應該不是問題。」若張士師是公事出城，自然可以在夜禁後憑腰牌叫開城門，但今日他推西瓜出南門，守城衛士都瞧見了，自然不便再假公濟私。他有意這麼說，不過是為了讓老管家寬心。韓延聽了卻信以為真，欣喜異常，連聲道謝：「原來張君在江寧縣衙當差！如此，便有勞張君了。」張士師道：「些須微勞，何足掛齒。」

韓延主動上前幫忙將雞公車抬上臺階，再推進府門。張士師平日所見的權貴管事，多是一副狗仗人勢的嘴臉，韓延身為管家，卻如此溫和謙謹、平易近人，倒是讓人驚詫。唯有那數名侍女見張士師並非晚宴賓客，不過是個送瓜的，也不加理睬，只一旁調笑。

韓延雖感歉疚，卻也只佯作不見，以免更加難堪。以張士師性情，自然也不會放在心上。他今日偶遇好幾個韓府中人——王屋山、秦蒻蘭、李雲如，雖然個個貌美出眾，卻始終感覺這幾名女子均與常人不同。所謂的不同並非指她們各有出色過人之處，而是她們身上明顯缺少金陵街頭巷尾隨處可見韶華女子的靈動與活力。也就是說，她們美則美矣，卻缺少生氣，讓人覺得壓抑，不似正常人；雖然悅目，卻並不賞心，也許是各自心事太重的緣故罷。此刻見到謙淳有禮的韓延，張士師不知怎地又生出這種奇怪的感覺，不由得心想：「莫非這就是韓府人的特色？如此，他們該終日生活在陰森的氣氛中了。」

古語有云：「侯門深似海。」張士師本以為，這種莫名其妙的壓抑感會隨著深入韓府而越來越強烈，不料一進大門，映入眼簾的便是一處極妙的庭院風景：東邊花園種有各種奇花異草，暗香撲鼻；西邊則是一大片太湖石疊成的假山，玲瓏剔透。最奇特的是，假山中間不知怎地生出一枝葛藤蘿條來，枝繁葉茂，四下攀援，爬滿大半個假山，綠意盎然中，頓生深山林壑之感。假山與園圃之間，有條青石板鋪成的小道婉轉穿行，小巧精緻，頗有曲徑通幽之意。如此景致與張士師心下預感的陰森氣氛全然不同，他長長舒了一口氣，胸中的陰鬱頓時一掃而光。

二人穿過庭院，又向西過了一道圓形拱門，局面頓時豁然開朗，一組亭臺樓閣出現在眼前。雖依舊是白牆黑瓦紅柱的江南建築風貌，飛簷漏窗、雕梁畫棟的細節處卻頗具匠心。廊榭的額枋上處處畫著花鳥蟲魚的彩畫，線條明朗生動，著色秀麗淡雅，透露出主人超凡脫俗的品味。

然而，韓延卻繼續往前走去，絲毫無停下之意。原來韓府院落甚大，分為前後兩部，適才的建築不過是前院而已。前院到後院，中間以一道複廊相連，深得江南園林玲瓏七竅之意。一進複廊，視線頓暗，一股涼意撲面而來。廊壁飾有華麗的彩燈及精巧的花窗，窗欞猶自散發著淡淡的楠木清香。透過花窗，可眺望牆外東西兩面的風景——大片的竹林遮天蔽日，嫩綠欲滴。這滿目的綠色風景雖稍顯單調，卻甚為養眼，尤顯廊道更加曲折，走在其中，無風自涼。雞公車碾在青石板鋪成的路面上，發出「吱呀吱呀」的聲音，倒為這幽靜深邃的複廊平添幾分生氣。

漸往前行，複廊越發蜿蜒起伏，似是依垣而建。兩旁竹林漸疏，蓮花香氣越濃。腳下逐聞潺潺聲，雖然微弱，卻分明是水流聲，似乎這一截複廊是建在水面上。終於來到複廊的盡頭，竟是一座石拱橋。步上橋頭，眼前一片開闊，這才發現已經不知不覺來到一處湖面上。

湖水清澈似鏡，東首生有一大片白蓮，雪一般潔淨，近乎冰冷，恍然一顧，竟有寒氣逼人之感；西面則是一池紅蓮，深紅色花瓣，豔麗之極，予人窒息之感。石拱橋則逕直通向湖心的小島。島上建有一處五開的雙層樓閣，坐北朝南，西面臨水，這便是韓府的中心地帶——花廳。花廳一樓是韓府笙歌宴會之處，二樓則是韓熙載本人的書房與住處。花廳連同前面的院落、涼亭，大約占據了島上一半的空間。小島餘處則疏植紫藤、石榴、木樨、垂柳等花木。林木參差，湖光樹影，花氣空濛，煙痕淡沱，儼然人間仙境。

湖岸的東、西、北三側，分別建有數排式樣各異的房宅臺榭，這便是姬妾們的居所。不僅南岸造有石橋連通小島與複廊，東、北兩面也各有小橋與小島相連。唯有西面湖面最寬廣，一道長長的花廊自湖心花廳直接穿出，婉轉穿過湖面，通到西岸一處臨水平臺。

看起來，此處以島心花廳最重要，其次便是西岸臺榭，再次才是東、北兩面建築。整處後院山容水意皆出天然，樹色水聲都非塵境，雖一花一草亦皆入畫。就連張士師這等不識風雅之人也不由得慨歎此宅的自然精妙。只是這樣一處偌大宅邸，走了許久，竟沒遇到任何人，不免顯得有些冷清詭異。甚至連之前於松林中遇見的秦蒻蘭、朱銑也絲毫不見蹤影，彷彿已憑空消失在這所大宅深處。

張士師剛踏上小島，陡然想起李雲如先前被人推下飲虹橋一事，正待向韓延詢問她是否已安全回到韓府，驀地，從東岸一處亭榭中傳出了激昂的琵琶聲。音樂節奏極快，高跌低宕，倏忽多變。張士師不懂音律，卻也能聽出這琵琶聲傳遞出的強烈敵意和陣陣殺機，大有災難即至的壓迫感。尤其到了後來，音樂聲同音反覆，越來越緊密，如疾風驟雨般急促，金聲、鼓聲、劍弩聲、人馬辟易聲、刀劍搏殺聲交織起伏，聲動天地，聽得人頭皮直發麻，不由自主地屏住呼吸。張士師甚至感覺弦聲每迭起一下，他的眼皮便要跟著跳一次。只是眼前景致寧靜致遠，清幽如斯，突然飄出如此劇烈的琵琶聲，凌厲冰冷之氣呼之欲出，未免有些大殺風景。

韓延見張士師呆立當場，望著東岸處發怔，似驚絕於琵琶樂聲，解釋道：「這是本府李雲如在彈奏琵琶。」

張士師心想：「李雲如既然已經回府，看來已無大礙。老管家絲毫不提今日她被人推下飲虹橋之事，可見韓府中人尚且不知情。她此時彈奏如此緊張剛勁的樂曲，每個音符都滲透著令人窒息的壓迫感，顯見心中忿恨，看來她還真是為白天被人推下橋一事鬱結難平，只是為何她不報官，又不告訴韓府中人，這到底是什麼緣故？」一時間，心中疑問甚多，便問道：「這是什麼曲子？為何聽起來如此震撼人心？」韓延道：「這是〈十面埋伏〉中描寫楚漢兩軍在九里山激戰的一段。」張士師點頭道：「原來如此。」

二人便在樂曲聲中繼續前行。張士師不過今日於秦淮河畔見過李雲如一次，對她並無太深印象，於他而言，她何以被人推下飲虹橋倒比她本人更引人揣想，但現下聽這曲〈十面埋伏〉彈奏得有聲有色，音樂流動如注，滿腔怒火盡洩，使人如身臨其境，不由得對她的琵琶技藝十分佩服，暗想道：「難怪金陵人說韓熙載擅於在脂粉堆中聚寶，單是那秦蒻蘭之花容月貌、李雲如之琵琶彈奏，便足以傲視江南、技驚四座。」

正思忖間，卻聽見韓延輕輕歎道：「每每她情緒不佳時，便會彈奏此曲。今晚明明有夜宴，她……」話到這裡便頓住了，言下之意卻十分明顯：夜宴之時，應該是李雲如心情大好之機。

張士師心想：「任誰從那傳說中飲人魂的橋被推下河，心情都不可能好。只是李雲如為何不願張揚？」突然心念一動，「莫非她知道誰是凶手，卻有心庇護？」

恰在此時，琵琶旋律倏忽拔高，狂飆兩聲後，音符陡然停頓，樂聲戛然而止。一時沉默無聲，卻別有境界。張士師之母為鄉鄰秀才之女，他幼時跟隨外祖父讀書識字，曾背誦過白居易的〈琵琶行〉，不由得心想：「難怪古人說『此時無聲勝有聲』，原來恰似這不即不離之間，令人有種期待的感覺。」但這份期待始終只是期待，琵琶聲終究未再響起。一時間，就連紛擾蕪雜的塵世也陷入這予人遐思的無窮寂靜中。

此刻，韓延已然帶著張士師繞到花廳後面一排矮小的石房前，卻見金陵酒肆的少東家周壓與兩名僕傭打扮的男子站在門口，也如適才的張士師一般，朝著東岸發愣，如癡如醉，彷彿還未從栩栩傳神的琵琶聲中驚醒過來。唯有一名男僕坐在一棵柳樹下劈柴，神情甚是專注，似乎對外界之事毫不關注。

韓延停下腳步，回過身歉然道：「這裡便是廚下了。實在抱歉，讓張君多走了這麼遠的路。」又叫那兩名男僕道：「喂，小布、大胖，你們兩個快過來，快些幫忙把西瓜卸下來。」

幾人這才恍然回過神。周壓長吐出一口氣，不無惋惜地問道：「難道就這麼完結了？」臉上猶自有失魂落魄之色，大概也在期望驟然停止的音樂還有下曲。

那叫大胖的男僕笑道：「周老弟，你運氣算不錯了。今日一來，便聽到李家娘子彈這曲〈十面埋伏〉，平常可是聽不到的。」他倒是人如其名，體態極為肥胖，兩隻小眼睛更被滿臉肥肉擠成了兩道縫。另一男僕小布才十來歲，心直口快地接道：「是啊！不過……大家都說李家娘子只有心情不好時才會彈這支曲子……」韓延忙喝道：「還胡說八道。」小布吐了吐舌頭，不再說話。

韓延又為張士師介紹道：「這是小布，是我的遠房親戚，現今也在府裡打雜。這是大胖，是府裡的廚師，他看上去有些傻裡傻氣的，卻能做一手好菜。」

韓延又道：「這位是金陵酒肆的周壓，今晚府裡有宴會，廚下人手不夠，我特意請他……」周壓卻識得張士師是酒肆常客，忙搶過來，笑著招呼道：「原來是江寧縣衙的典獄君。」

韓延這才知道張士師是江寧縣的典獄，難怪總是一副嚴峻的神情。張士師與眾人點頭招呼，留意到韓延唯獨沒介紹一旁正在劈柴的僕人。而最奇怪的是，他一直埋頭幹活，甚至沒抬起頭看四周一下。韓延察言觀色，似猜到張士師心中疑惑，道：「他叫石頭，是個啞巴，耳朵也不大好使。若要跟他說話，得走到他跟前大聲喊叫才奏效。」

張士師這才恍然大悟，怪不得眾人對李雲如的琵琶聲或多或少有所反應，唯獨這男僕置若罔聞，絲毫不動聲色。他見小布和大胖已經將西瓜卸到一旁，便就此作別。韓延既不便留他幫忙，又不能作主邀請他這等官卑職微的小縣吏參加夜宴，於是只能送客，當即叫道：「小布，你送典獄君出去，順便將燈全部掌上。」

小布應了一聲，自去廚下取了火摺出來。張士師上前扶了雞公車，正要抬腳，卻聽周壓問道：「這是城北老圃的雞公車罷？」張士師道：「正是。」周壓笑道：「我明日要去老圃那裡買瓜，不如由我順道代典獄君送去。」

張士師尚在沉吟，周壓又有些不好意思地道：「剛好韓管家答應要讓我們酒肆裝兩皮袋的永寧泉水，我也可以順便用雞公車運水下山。」張士師心想：「這是一舉兩得之事，既方便了他，也方便了我。」便答應他。周壓連聲道謝，小布自領著張士師出去。

離開湖心小島之際，暮色越濃，四周飄滿了淡藍色的輕煙，有種憂鬱的美，也為這處世外桃源般的宅邸平添了幾許詭祕。

張士師四下打量，依舊如來時般不見一個人影，清幽靜謐得令人窒息，終於忍不住問道：「這裡何以如此寂靜寥落？」他本來下句想問，「韓熙載光是姬妾不是就有四十餘人麼？為何總是見不到人？」心覺不妥，便改口道，「是不是韓府本來人就少？」小布忙辯解道：「以前才不是這樣子，那時候熱鬧得很，風光得很，光是僕人、女侍就有好幾十人了。唉，如今已是今非昔比，自從我家相公被罷官免職，人走的走，散的散，只剩下空架子了。」

張士師聽了一愣，沒有再問。小布卻接著道：「若不是廚下人手不夠，管家又何必勞煩金陵酒肆的人留下當幫手呢？」一邊說著，一邊自竹筒中取出火摺，將懸掛在石橋四角的紗燈盡數點燃。燈光在湖面上雖顯渺小幽暗，卻立時為原本剛硬的石橋漾出一絲暖意。

恰在此時，一名年輕男子不知從哪裡冒了出來，正從小島穿過東石橋，緩步朝湖東的亭臺走去。張士師身為公門中人，自有一套察人的本事，一望之下，便感到那男子神情很有些不尋常——他一身灰色長袍，看上去文質彬彬，書生氣十足，理當不是府中下人。而三十來歲的年紀太過年輕，顯然也不是這裡的主人韓熙載。湖東為李雲如居處，假如這男子是去找她，為何他蒼白的臉上掛滿了憂鬱、腳下的步履又如此徘徊不定？莫非……

正當他心念微動之時，小布陡然轉過頭來，亦看見那年輕男子，卻又即刻扭轉了頭，迅速步入複廊，好像生怕那男子留意到他。張士師見此情形，不免疑慮更深，忙跟進複廊，有心想問那男子是誰，未及開口，但見小布尷尬地望他一眼，便仰頭去點廊壁的燈。當此異樣氣氛，他自不便開口再問。之後二人別無他話，倒是伴隨二人前行的腳步，沿途的彩燈逐盞點燃，一道長長的橘黃光影輪廓在背後徐徐延展，自別有一番風景。

張士師卻絲毫未留意美景，他的腦海反覆出現幾幕情形：被人推下橋的李雲如；殺氣騰騰的琵琶樂曲；徜徉石橋上的年輕男子；小布急欲躲進複廊的笨拙模樣。他總覺得這些片段之間有著某種微妙的聯繫，雖然他不知道這種聯繫到底是什麼，但總給人一種不祥的感覺。心中盤算著，眼前的複廊似乎也沒有來時那麼長了。

及至盡頭，突然從前面暗處冒出一個高大昂然的人影。張士師跟在小布後頭，身在明處，尚看不清那人眉目，卻能辨別出那是一張稜角嶙峋的臉。也許是映著燈光的緣故，那雙紗帽下的眼眸藏有一股奇特的淩人光芒，似乎連黑暗都籠罩覆滅不了。即使視線尚不能肯定，但張士師心下已經可以確認，這人一定就是韓熙載，除了他，這裡再無旁人有如此雅致飄逸的氣度。

小布已然看清來人，忙躬身讓在一旁，恭謹地叫道：「韓相公！」既然被稱作「韓相公」，來人必當是主人韓熙載。這還是張士師頭一次如此近距離接觸大人物，不敢怠慢，忙隨同小布避讓到一邊。

只見韓熙載面色沉鬱，左手反背著背後，右手貼在胸前，不斷捋著自己的髯鬚，連頭都未側一下，便旁若無人地向前去了。他的步履極穩極慢，每邁出一步，似乎都費盡心思，襯著沉默的背影，顯得格外沉重。

小布肅手而立，大氣也不敢出，顯然對主人極為敬畏，一直等韓熙載走得老遠，連腳步聲也聽不到，這才長吁一口氣，慢吞吞地點亮剩下的彩燈。張士師見他手腳突然慢了下來，似乎有些無精打采，忙就此辭別，逕直朝前院走去。及近拱門，迎面遇上紫薇郎朱銑。他面色凝重，滿腹心事，突然見到張士師出現，竟嚇了一跳。不過他並不認識張士師，以為對方只是韓府下人，隨口問道：「你見到府上秦家娘子了麼？」張士師一怔，心想：「秦蒻蘭不是與你一道上山的麼，怎麼反倒問起我來了？」正待澄清自己並非韓府中人，卻聽見有人大叫道：「朱銑兄，你也是適才到的麼？」

只見幾名侍女簇擁著三名賓客進來，其中一人大紅長袍，最是扎眼，正是白日跨馬遊街的新科狀元郎粲。另外兩人張士師原也認得——五十餘歲的是太常博士陳致雍。他本是莆田[3]人，在閩國[4]為太常卿，南唐破閩後，又轉仕南唐。太常博士是掌祭祀、禮樂、選試博士，雖是個閒職，品級也不高，但陳致雍因精通禮學——「遍讀七經，尤明三禮」，甚得國主寵幸，適才出聲招呼朱銑的正是他；三十來歲年輕一些的，則是教坊副使李家明，也是李雲如的親兄長，負責管理在宮廷中演出歌舞、散樂、戲劇的男女藝人。南唐教坊歸屬太常寺管轄，陳致雍正是他的頂頭上司。

朱銑忙捨了張士師，回過身笑道：「只比致雍兄早了一腳的功夫。」又招呼道，「狀元公、家明老弟……」李家明忙回禮，郎粲卻只是微笑著點頭，顯露出高傲而淡然的神態。幾人寒暄著進了複廊，絲毫沒留意到讓在一旁的張士師。

走近大門時，張士師又見到畫院待詔顧閎中和周文矩。在京師下轄縣任縣吏，別的本事不說，最首要的就是要先認得大大小小的京官面孔，對方不認得自己不要緊，起碼關鍵時刻不會辦錯事。張士師雖非趨炎附勢之流，但畢竟在京畿之地當差，迎來送往的多了，少有他不認識的官員。這顧、周二人均是江南著名畫師，以擅畫人物享名天下，顧閎中尤為目識心記的寫生高手。當朝國主李煜工詩詞書畫，對這方面深具才藝的文士素見寵幸，周、顧二人雖只是宮廷畫師身分，卻得時常出入宮廷，隨侍國主左右，極得寵幸。

周文矩滿臉和善，正與大門迎客的侍女交談著什麼。他是句容人氏，與張士師同鄉里，二人本相識，但他忙於問話，並未留意正走出來的張士師。顧閎中則始終沉靜地站在一旁，默然注視著右首的那隻銅鶴，似為其振翅欲飛的風姿吸引，當視線被走出門首的張士師意外遮斷時，思緒也被打斷了。他當即記得曾在女道士耿先生的道觀見過這位江寧縣吏一面，便朝他點了點頭。張士師微微欠身，算作回禮，也不與周文矩招呼，迅疾離開韓府，往山下走去。他已經打定主意，今夜既進不了城，多一事不如少一事，不如到城外客棧住一宿，老父親見他不歸，必然猜到是因為夜禁，自不會掛懷。

暮色中，他再次回望韓府，顧閎中和周文矩已經進府，隱約有放浪的笑語聲傳來。他知道夜宴就要開始了，但他並不好奇，甚至有一絲悲哀——正如他父親曾經抱怨的那樣，江南多出「生於憂患、死於安樂」的王朝，南唐亦是在奢靡的夜宴之風中慢慢被蛀空，如今宋軍即將大兵壓境，朝中君臣卻依舊沉湎於酒色，當真是「戰士軍前半死生，美人帳下猶歌舞」。

即將進入竹林時，他再次看到了秦蒻蘭——她正蹲在永寧泉水旁，安靜凝視著石頭縫隙中鑽出的一朵藍色小花。她的神情充滿深沉的愛戀與感激，彷彿那不僅僅是一朵獨自綻放清麗的野花，它所散發的幽幽生機，似為她尋求撫慰的心靈提供了一處寧靜的歸所。而她的名字，恰好帶有一個「蘭」字[5]。

剎那間，張士師突然被一種神祕的力量觸動了，胸中湧起一股莫名的柔情。在這之前，他只知道她是個美人，美得輕浮，美得不著邊際，但在這一刻他卻看到了她的內斂——微笑中暗藏心事，眉心裡潛伏著憂傷。他甚至在想，也許她那如明月皎潔的外表下，蘊藏著一顆寒潭般晶瑩而易碎的心。

愣了好長一段時間，他終於勉強收回神思，下定決心離開。然而正當步進竹林，他突然看到一名男子隱身在竹林的另一側，正暗中窺測著秦蒻蘭。朦朦暮色中，男子的面容看上去有些熟悉，尤其是那種憤怒的生動表情依稀在什麼地方見過，似乎不懷好意。他心中陡然升起一種強烈的不祥感，正猶豫要不要走近些確認那人是誰，昏暗的天色徹底黑了下來，夜幕就在這個時候籠罩大地。

1 歙州，於宋徽宗宣和三年（西元一一二一年）改名為徽州，治歙縣，今安徽歙縣。自唐代開始為生產文房四寶的重要基地，歙硯、徽墨、汪筆均被推為天下之冠。澄心堂紙也被南唐後主李煜視為珍寶，讚其為「紙中之王」，設局令承御監製造，供宮中長期使用。澄心堂紙品質極高，但傳世極少。

2 此名稱自有來歷。唐朝開元元年，唐玄宗改中書省為「紫微省」，取天文紫微垣之意；又因中書省官署裡種了很多紫薇，所以又稱「紫薇省」，成為中國歷史上絕無僅有以花命名官署的掌故，紫薇也落了個「官樣花」的別稱。相應的，在紫薇省為官的官員也都冠上紫薇的雅號，如稱中書令為紫薇令、中書舍人為紫薇郎。唐代著名詩人白居易曾任中書舍人，作有〈紫薇花／值中書省〉詩道：「絲綸閣下文章靜，鐘鼓樓中刻滿長著。獨坐黃昏誰是伴，紫薇花對紫薇郎。」便描述黃昏時在中書省當值的情形。

3 今屬福建。

4 閩國（西元九〇九年—九四五年），五代十國的「十國」之一，先後定都於長樂（今福建福州）、建州（今福建建甌），共歷六主三十六年，為南唐所滅。

5 「蒻」意為蒲草，「蘭」意為蘭花。

卷三　不請自來

總有一種背叛令人心寒，天底下有哪個女子甘願被一而再再而三當作政治工具呢？尤其像秦蒻蘭這樣的絕色美人，生下來就該是被男人疼愛的。此刻，從月光燈影下望著她，真似一枝初放的蘭花，身姿窈窕，柔美純淨，於極清之中露出極豔，惹人愛慕憐惜。他情不自覺地悸動著，滿心思地想呵護她，甚至覺得可以為她去死。

王屋山住在湖西的琊琊榭。琊琊榭有花廊直接通往湖心的花廳，這裡也是韓府除了花廳外最好的住處，向來只有最受寵愛、地位最高的姬妾才能居住。半年前秦蒻蘭搬去前院居住後，韓熙載便命王屋山住進這裡，這件事著實令王屋山意氣風發，尤其在另一得寵的姬妾李雲如面前狠狠得意了一陣子。王屋山擅舞，李雲如擅樂，二女容貌不相上下，一直被韓熙載視為最得意的左右之寶，但二位姝女私下鬥得可厲害呢。最近王屋山一直有種莫名其妙的危機感，總覺得李雲如會拿出什麼法寶迷倒韓熙載，將從東邊的琅琅閣搬到琊琊榭，徹底取代她的位置。

正因懷著這樣的警惕，當王屋山聽到東面傳來〈十面埋伏〉的琵琶聲時，不由得揣測這又是對手的小小伎倆——此刻正值日暮，正是夜宴賓客陸續到達的時刻，李雲如還在這個時間彈奏，無非是要向賓客炫耀她那無與倫比的琵琶技藝，那支曲子是她最擅長最拿手的，確實足以技驚四座，可是畢竟太過肅殺，全然不適合夜宴這樣混沌曖昧的場合。而於紅燈綠酒中，輕姿曼舞無疑最能令人心蕩神馳，因而歷次的韓府夜宴均是王屋山風頭最勁，縱使李雲如琵琶技藝無與倫比，也只能望月興歎。但此女工於心計，一直有意壓倒王屋山，也為此費了不少心思，王屋山心知肚明，從來沒有鬆懈過，是以待琵琶聲一起，她便賭氣地坐在梳妝臺前，開始著意補妝，預備今晚再度力壓群芳。

她已經換了一襲天藍色窄袖長綾衣，這是特意從廣陵訂做的「江南春」，取自白居易詩——「織為雲外秋雁行，染作江南春水色」，時為天下聞名的染練，也是她今晚賴以大出風頭的舞服。銅鏡中的她淡掃娥眉、薄施脂粉，宛若精緻的工筆仕女，早已裝扮得無懈可擊。要知道，她可是自看完狀元遊街回到聚寶山後，便一直忙著梳妝打扮呢。為了今晚的夜宴，她早已經下足功夫。可是，為什麼她總有些心神不寧呢？

見實在沒有什麼可添補的了，她終於悻悻歎了口氣，放下手中描眉專用的毛筆。她坐的是個圓凳，沒有扶手靠背，為了讓身體更加舒適些，她將雙臂伏在妝臺上，無聊地撥弄著妝臺上的銅鏡。她的脾性有點急躁潑辣，不是一個擅於隱藏忍耐的女子，與她在歡宴上展露柔媚動人的舞姿時完全判若兩人。外面的琵琶樂聲依舊奔突著，她的面色也跟著節奏陰晴不定地變換，心中的怨氣一點一點聚積，正當她雙手一拍妝臺、情緒即將爆發時，「啪」的一聲輕響，嚇了她一大跳，定睛一看，原來是銅鏡背面掉下一片貝殼。

這是一面螺鈿鏡，鏡面的背後並非尋常的花草鳥獸等紋飾，而是在黑漆髹過的素鏡面上，嵌以白色螺蚌貝殼雕製成的圖案，黑白分明，十分立體。雖然鏡背的黑漆歷經歲月磨蝕已然開始脫落，螺鈿也失去了往昔盈白如玉的光澤，略顯晦暗，但依舊精巧細緻，古樸典雅。王屋山知道這面螺鈿鏡是唐朝天寶遺物，價值不菲，是一江東大富商向韓熙載求取文章的潤筆費，一向為他所鍾愛；王屋山急忙將鏡子轉過來，取過掉下的貝片，意欲重新嵌入背面。但當她發現掉下的那塊圖案，恰好是她一直假想成的那個人時，忍不住笑了起來。

原來這鏡子的螺鈿圖案是一名高士席坐於毯上，手持酒盅，自斟自飲，前面一隻白鶴翩然起舞，旁邊樹上的鸚鵡亦振翅欲飛。掉下來的那塊圖案，正好就是那隻翹尾的鸚鵡。在江南方言裡，「鸚鵡」發音近似「雲如」，王屋山每次心頭有氣無處發洩時，便對著那隻貝殼鸚鵡怒罵一通，在她內心深處，早已將它當作李雲如，而她自己當然就是那隻優雅的白鶴。

剎那間，王屋山終於下定決心，將鸚鵡的鈿片扔在一旁，站了起來。外面的琵琶聲竟不知已在何時休止。她重新將銅鏡轉成正面，對鏡中的自己微笑了一下，隨即出了閣門，穿過月臺，往花廳而去。

外面夜色漸濃，蓮花的香氣濃郁得近乎香甜。花廳那邊似已鋪設停當，堂上及兩廊的明角燈都已點著，燈火通明。橋頭及複廊的紗燈也正一盞盞燃亮。橘黃的燈光華彩瑩潤，為這靜謐的宅邸平添幾分別具韻味的風情。

當王屋山步入花廳時，意外發現除了幾名侍女正忙於擺好酒物器皿外，並無其他賓客，甚至連主人韓熙載及當家的秦蒻蘭都不在場，不禁一愣，問道：「人都還沒來麼？」

那幾名侍女本是府中樂伎，負責在宴會時奏樂助興，現今卻因人手不夠不得不幹起下人的活計，本就不大情願，又見與她們同樣出身的王屋山大模大樣地發問，心頭更加有氣，大多不予理睬，佯作未聞。只有吹笛的丹珠回頭看了看王屋山，遲疑著答了一句：「嗯，客人都還沒來呢。」她才十四歲，是年紀最小的樂伎，脾性也最好，圓圓的臉蛋更顯孩子氣十足。

王屋山聽了，便不再多說，轉身向外走去，臨到門檻時，忽又想起什麼，回頭交代道：「今晚我和相公要用那對金杯飲酒，記得要擺出來。」儼然一副主母的口氣。丹珠正盯著她那身藍色綾衣暗自羡慕，聽了這話，當即不快地轉過頭去，只應聲：「知道了。」

專吹排簫的樂伎曼雲忍不住道：「不勞娘子多囑咐，我們一定會將金杯擺在堂中最顯眼的位置。」她刻意加重了「最顯眼」三個字的語氣，嘲諷之意溢於言表。

這金杯原是王屋山隨同韓熙載到宮中參加宴飲時所得，雖只是國主李煜隨意賞賜之物，卻成了王屋山得意的資本，每回夜宴都要特意拿將出來炫耀一番。她聽出了曼雲話中的譏誚，竟然沒有生氣回擊，反倒露出一抹奇特的輕蔑微笑，一扭腰肢，打起珠簾便出去了。

剛出院落，王屋山眼波一轉，便瞧見舒雅正從東面石橋上下來，橋頭燈光映照著他那張蒼白文弱的臉，倒顯出幾分落落寡歡。

這舒雅本是李家明寓居歙州時的舊識，詩才頗為不俗，經李家明兄妹竭力舉薦，成為韓熙載的門生，後來參加韓熙載知貢舉主持的進士考試，當科共取中九人，舒雅高中頭名狀元。但當時正值南唐朝中黨爭，韓熙載的政敵指使落第士子聯名拜橋[2]，攻擊韓熙載取士不公，理由是九名新進士中竟有五名和他熟識，其中當然也包括舒雅。甚至有士子在拜橋時自殘身體，攜帶長釘釘腳，引起極大轟動。國主李煜為了平息朝野非議，便取消這五人的進士資格。其時舒雅已經授官翰林院編修，亦被迫辭職，自此絕跡仕途，只是跟隨韓熙載遊戲浪蕩於夜宴之間，頗令人惋惜。

舒雅看上去有些心不在焉，一直走到月門時，才發覺王屋山站在燈光明亮處，正似笑非笑地望著他。他嚇了一跳，急忙招呼道：「娘子有禮。」隨即靦腆地把眼一低，不敢再看王屋山，神色間似乎對她十分畏懼。

王屋山笑道：「舒公子，你這是打哪裡來？」舒雅道：「這個……我……」他有心撒謊，但見對方笑得似乎別有意味，揣度她已然親眼看到自己從東面過來，便改口道：「我來得早了些，四下逛了逛。」

王屋山笑道：「想來舒公子所指的『四下』，就是東面的琅琅閣罷。」舒雅臉色越加局促，卻又不敢輕易得罪王屋山，只放低聲音道：「當然不是。」一面說著，一面抬腳便走，意欲快些避開眼前這個伶牙俐齒的女子。

王屋山卻不肯放過他，依然笑著打趣道：「舒公子見了我就趕緊躲開，不知道見了雲如姊姊是投懷，還是送抱？」舒雅本是性格溫和之人，聽了這輕浮言語後，不由自主停下腳步，面露罕見的慍色，但這絲表情只是一閃即逝，他很快便收斂自己，疾步朝前走去。王屋山卻只看到他的背影，不知他已經動了真氣，猶自道：「看來還不只投懷送抱這麼簡單。」舒雅生生頓住身形，急遽回過頭來，瞪視王屋山，道：「娘子切不可胡說。」已然有惱羞之意。王屋山卻熟知他的性情，知他懦弱可欺，正要再譏諷幾句，卻見舒雅望向她的背後，神色陡然慌亂了起來，一轉頭，便看見韓熙載正慢慢踱步過來。

王屋山忙迎上前去，嬌聲道：「相公。」舒雅也跟上來叫了聲：「恩師。」韓熙載的神情冷如黑鐵，只低沉「嗯」了一聲，便自顧自進了花廳。舒雅茫然地看了王屋山一眼，便緊追進去。

王屋山愣在當場，心中還想著相公為何神態如此冷淡，莫非適才她嘲諷舒雅之語被相公聽見了？正暗自琢磨，複廊方向突然傳來一陣人語喧譁，聞聲望去，紫薇郎朱銑、太常博士陳致雍等夜宴常客正笑語連連，朝湖心小島而來。她一眼就看到了他，眾人中唯有他那麼與眾不同。他也望見了湖這邊的她，不覺露出一絲微笑。那笑容瞬間穿越石橋與湖面，立時有一種脈脈幽情從她心底蕩漾出來。

只聽見背後有人重重咳嗽了一聲，這聲音實在太熟悉，不用回頭，便已知道是她的對頭李雲如到了。那一瞬間，她臉上的興奮光華消失了，匆匆收回目光，不及等待朱銑一行過橋，也不招呼雲如，一扭纖腰，便往花廳而去。李雲如先是一愣，隨即冷笑一聲，快步跟上。

花廳裡遍燃燈燭，亮如白晝。堂上爽朗空闊，東西兩旁一色烏木桌椅，線條纖細，簡潔中不失典雅。椅子的靠背、椅面還套上了淺綠色的織錦絲墊；當時，中國織錦馳名天下，尤以蜀錦最珍貴，韓府的織錦都來自蜀地，顯出主人與眾不同的品味和地位。只可惜幾年前，後蜀孟昶政權為大宋所滅，蜀地盡入趙氏版圖，而大宋皇帝趙匡胤有意對南唐用兵，一直嚴厲禁止南北通商，如今再要得到一幅嶄新的蜀地織錦，已難如登天。

北面上首的主人席則非普通的桌椅，而是擺了一張碩大的三屏風榻，煞是引人注目。這種榻在當地俗稱羅漢床，大小近乎床榻，可坐可臥，三面裝有半丈高的圍子，圍子框內還裝飾著繪滿山水畫的心板，既自然又古樸，即所謂的「三屏風」。

王屋山與李雲如前後腳進來時，韓熙載已經脫掉鞋子，席坐到榻上，坐姿頗為古怪。他本是北方人，猶自留存北方人的一些生活習性[3]。不過，像他這般以席地的姿勢坐在榻上，還是顯得相當古怪。南唐朝中亦有不少如韓熙載般避難到南方的北方籍大臣，均儘量改變原先習慣，與南人保持一致，唯獨韓熙載從來不改，算是特立獨行的唯一一例。大概正因還有一份不同於流俗的耿介之心，出仕南唐的北方籍官員，甚至如陳致雍這等閩國的降臣才會視他為領軍人物。

此刻，韓熙載正緊盯著面前肴桌上一個盛放著點心的銀盤。他的眼簾低垂，看上去有些消沉，神采不復往日那般恣意妄為。似是銀盤邊緣的一點污跡勾起了他心上某種不好的回憶，而那些回憶正是他想徹底忘掉的；或是彷彿有不祥的預感籠罩著他，他不得不為將來煩心。

他的門生舒雅則站在肴桌旁往一只金杯斟酒，神色間，似心事重重。王屋山遠遠望見，忙奔過來道：「舒公子，這只陰文的金杯是我的，旁邊陽文的那只才是相公的。」舒雅「噢」了一聲，忙不迭地道：「又弄錯了！實在該打，該打！」一面忐忑地道歉，一面偷眼瞧了瞧韓熙載的臉色，見他一直保持適才那副姿態，似乎老大不高興的樣子，不免更加惴惴，難以自安。

王屋山見自己的金杯已經斟滿了酒，不由得埋怨道：「舒公子，你怎麼老是把我的金杯跟相公那只弄錯呢？這兩只金杯的花紋不一樣，區別不是很明顯麼？」隱有質疑對方故意拿錯之意。

舒雅一愣，尚未回答，後面李雲如已然笑道：「屋山妹妹，這你可怨不得旁人。別說舒公子了，就連相公自己都經常拿錯呢！除非都像妹妹你那樣，成天盯著那只金杯不放，才不會弄錯呢。」

原來李煜所賞賜的金杯原是一對：韓熙載那只為陽文，即花紋凸起；王屋山那只為陰文，花紋凹入。不過，金子黃燦燦的光澤掩飾了花紋，正如李雲如所言，確實頗容易混淆。

王屋山粉面一沉，露出不悅之色，但與李雲如的嘴仗中她素來占不到絲毫便宜，韓熙載也對姬妾爭寵不聞不問、聽之任之，為避免在相公面前丟更大的人，她只好強咽下一口氣。

李雲如微微一笑，快步走到三屏風榻旁，從舒雅手中接過酒壺，輕巧地往陽文金杯中斟滿酒，雙手捧給韓熙載，嬌聲叫道：「相公！」

韓熙載抬眼望了她一眼，接過金杯飲了一小口。李雲如見他並無再飲之意，又忙接回金杯放回肴桌上。抿酒下肚，韓熙載的心情似乎立即好了起來，竟一改適才的沉悶表情，朝她微笑了一下。

一旁王屋山覽在眼中，不免有些忿忿起來，又見李雲如含笑看了自己一眼，頗有炫耀勝利的意思，心頭越是有氣，有心發作，便轉向舒雅道：「舒雅公子……」

舒雅自二女進來後，便一直垂首一旁，不敢多看二人一眼，彷彿生怕捲入什麼爭吵紛爭中，突然聽到王屋山叫自己的名字，不禁一怔，見她臉上正掛著一副不懷好意的譏諷表情，又開始慌亂起來，不由自主地向李雲如望去。李雲如連眨了兩下眼睛，促聲道：「屋山妹妹……」恰在此時，有侍女打起了珠簾，曼聲叫道：「有賓客到！」

只見朱銑等人魚貫而入，爭相上前與韓熙載打招呼。除了新科狀元郎粲外，餘人淨是聚寶山夜宴熟客，韓熙載也不從榻上起身，只是抱拳虛作回禮狀。韓府夜宴素來放誕，不分大小，不論年紀，更不講官階品級。當下，眾人將第一次參加夜宴的郎粲，推到上首榻上與韓熙載並排坐，各自再隨意坐下。

一干賓客之中，以郎粲年紀最輕、資歷最淺，卻被推了與主人坐在同一張榻上，他內心雖覺不妥，但因事先得了旁人囑咐，也不加推辭，便上前與韓熙載並排而坐。李雲如和王屋山則各自在榻旁的椅子就座。

教坊副使李家明笑道：「人還沒有到齊呢，原來我們幾個還是早的了！」太常博士陳致雍環視全場一眼，接道：「似乎少了潘佑、李平、徐鉉、張洎幾位。」李家明道：「正是。」頓了頓，又問道：「潘佑、李平兩位相公今晚怎麼遲了？」

陳致雍所提及的四人，在南唐均非泛泛無名之輩：潘佑祖籍幽州，與韓熙載一樣來自北方，年紀雖輕，卻擅於議論時事，很得韓熙載賞識，並直接舉薦給國主，由此步入仕途，現任中書舍人，才三十歲出頭，已極得李煜重視，時呼以潘卿；李平原是個道士，早年雲遊四方，靠方術符籙為生，後亦靠韓熙載舉薦為官，官至戶部侍郎；吏部尚書徐鉉為廣陵人，在江南以文章書法著名，與韓熙載並稱「韓徐」；張洎原任上元縣縣尉，因辣手追殺了一幫盜墓賊而聲名鵲起，時任禮部員外郎，知制誥，因博通經典得以參與機密。這四人均是夜宴常客，不過自韓熙載被罷官後，上次的夜宴徐鉉、張洎二人已然缺席未到，似有避嫌之意。但潘佑與李平均由韓熙載舉薦入朝，有出自其門下之意，聚寶山凡有夜宴從來都是積極捧場——最早到場、最遲離開，不知何故今晚竟然遲了，難怪李家明好奇發問。

紫薇郎朱銑聽了發問，頗為奇怪地看了李家明一眼，心想：「那四人今晚決計不會來赴宴。如今的情勢，可是大不同往日！」但隨即又想：「李家明此人只知道鶯歌燕舞，哪裡曉得朝中大事。」他明明知道原因，卻有意不說，只將目光投向陳致雍。

果聽見陳致雍歎道：「他們四位，徐鉉、張洎二位，應該是不會來了……」有意看了韓熙載一眼，見他絲毫不動聲色，便接著道，「潘佑、李平二位大概正忙於朝事，也顧不上來參加今晚的夜宴。是不是啊，熙載兄？」

韓熙載卻只是淡淡「嗯」了一聲，彷彿對四人是否會到來並不介懷，卻又仔細環視全場一遍，令人不由自主地疑心他是在找尋什麼要緊的人，這才道：「我們先開始罷。」正當侍女斟好酒、眾人一起舉杯之時，一名侍女在簾外叫道：「有客到！」

陳致雍心想：「竟然還是來了！不過以目前的局勢，這四人斷然不會一同前來，也不知道來的是潘佑、李平，還是徐鉉、張洎？」朱銑卻想道：「來的斷然不是那四人，不知道會是誰？可是，為什麼一直沒看到蘭？莫非……莫非出了什麼事情？」一念及此，越發焦急起來。

陳致雍凡事喜歡搶在人前頭，當即斷言道：「來的當是潘佑、李平！」便拿徵詢的目光望向主人，卻見韓熙載搖了搖頭，道：「是積善寺的住持德明長老。」

眾人不由得大為愕然，和尚來聚寶山參加夜宴，這等奇事還是頭一次聽說，目光不由得一起往門口望去。卻見珠簾一揭，侍女陪同進來的客人既非德明長老，也非潘佑、李平、徐鉉、張洎幾人，而是兩位四十來歲的文士。

看清來者的那一剎那，韓熙載的面容起了飛快的變化，先是意想不到的詫異，隨即轉成了欣喜。他飛快地從榻上下來，踩上鞋子，也不及穿好，趿拉著迎上前去，大聲嚷道：「閎中老弟、文矩老弟，真是稀客！」

周文矩笑道：「韓相公，我和閎中兄久聞貴府夜宴世所罕見，早有心來觀摩樂舞，今晚不請自來，你不會見外罷？」韓熙載道：「哪裡、哪裡，二位難得大駕光臨，當真是蓬蓽生輝，還望海涵，別嫌簡慢。來，這邊請。這幾位你們都認識，不必我多介紹了。」

周文矩為人隨和友善，當即上前與眾人一一廝見，即便對王屋山、李雲如這樣身分卑微的姬妾也極為客氣周全。顧閎中則完全是另外一副性格，只是隨在周文矩背後，淡漠點頭招呼，儼然露出冷傲之意。諸人與這二人素無來往，卻也忌憚他們時常追隨國主左右，各自虛致歡迎之辭。

只有陳致雍心中頗有些不快，周、顧二人雖得國主寵幸，但畢竟只是宮廷畫師身分，與韓熙載、徐鉉這樣既擅長文章書法、又在朝中享有盛名的顯宦不可同日而語，但這二人不請自來不說，竟然還讓韓熙載本人親自下床迎接，後到賓客的氣勢完全占據了上風。他越想越忿忿不平，等到顧閎中大模大樣地朝他點頭時，便故意笑問道：「二位特意選在今晚到訪，可是因為聽說什麼特別的事情麼？」

顧閎中沒有直接答話，且反應極為奇怪——他先是愣了一下，隨即望向陳致雍身旁的朱銑。朱銑的表情也很怪異——他飛快地低下頭，避開顧閎中的目光，那俯首貼耳的樣子，分明像個偷了糖果被長輩抓到的孩子。顧閎中一時呆住，露出惘然的神色，就連韓熙載也留意到他的不同尋常，正要出面圓場之時，周文矩笑道：「正是聽說韓府夜宴歌舞天下無雙，所以才趕不及前來瞧瞧。」

事情遂迎刃而解。但場中的氣氛卻多少有些變味，韓府夜宴歷來都是隨意調笑、恣意妄為，眾人早就習慣了，此時突然來了兩個陌生人，還是能經常親近國主的人，遂不由自主地開始收斂，場面一下子冷清凝重了起來。

一干人中，尤以朱銑的態度最拘謹。其實從周文矩、顧閎中踏進花廳的那一刻起，他就已經猜到他們的來意——這二人都是江南本地人，疏離韓熙載所交往的圈子，突如其來光臨聚寶山，原因只有一個，一定是受人之託，前來查探虛實。日前，朝中潘佑、李平一派，徐鉉、張洎一派，雙方正為爭奪宰相的位子鬥得頭破血流，可笑的是，這四人恰好都是昔日聚寶山夜宴的常客，與韓熙載交情匪淺。韓熙載本人雖然罷官去職，但官家依舊時常在光政殿召見他，問以時事，這樣一位重要人物的態度，對黨爭中的雙方自然極為重要。不過既然來的人是周文矩、顧閎中，理所當然是代表徐鉉、張洎這一派。抑或應驗了澄心堂太監之中流傳「官家猜疑韓熙載有貳心」的謠言，這二人正是前來窺探韓熙載動向的細作。

朱銑久歷宦場，飽經世故，這其中的關節利害之處瞬間便已想得一清二楚，是以打自周、顧進門，便儘量不動聲色地遠離二人。只是有一點他甚感奇怪，為何韓熙載沒看出這二人來者不善？他這個人雖然豪放不羈，但絕對是個聰明人，怎對如此明擺著的事不起疑心？

他正暗自思忖，忽聽見李雲如媚聲道：「大家幹麼都還站著？咱們開始罷。」李家明也笑道：「妹子說得對，美酒佳肴當前，咱們該當好好享樂才對。」他雖在朝中為官，卻不涉及政治，與大小官員沒有利益衝突，向來人緣極好。當下各人應聲就座。韓熙載正要舉杯致辭，周文矩卻突然問道：「怎麼不見秦家娘子？」朱銑一直刻意保持沉默，聽了這話，竟不由自主轉向韓熙載，接問道：「是啊，秦家娘子呢？」

韓熙載並未立即回答，而是明顯皺了一下眉頭，他是性情中人，素來不擅作偽。此刻，眾人目光都在他身上，又均知秦蒻蘭在一干姬妾中地位最高，見他如此反應，不由得暗暗驚詫。

朱銑心中卻「咯噔」一下，突然醒悟過來——周文矩、顧閎中二人確是官家派來的，但並非前來查探韓熙載，他二人是宮廷畫師，又與韓熙載並無交往，充作細作的事還輪不到他們，官家親自指派兩位寫生大家以赴宴為名來到聚寶山，定然是讓他們來記繪秦蒻蘭的容貌，再將圖像送給北方大宋皇帝，作為美人計的前奏。當然，這一切都必須悄悄進行，以免惹來清議，夜宴正是最好時機。一念及此，心中不由得又是焦急，又是憤怒。

忽聽得韓熙載問道：「韓老公呢？」陪同周文矩進來的一名侍女答道：「老管家去了前院迎客。」韓熙載微一躊躇，叫道：「丹珠、曼雲，你們去催一下蘭。」丹珠、曼雲應道：「是。」

朱銑目送二女出了花廳，再也按捺不住，起身道：「失陪一下。」便裝模作樣地捂著腹部。眾人見狀，均以為他是出去方便。李家明還笑道：「夜宴還沒開始，朱相公怎麼就先吃壞了肚子？」

韓熙載聽了信以為真，叫侍女道：「趕緊去沏一壺蘄州[4]春茶，給朱相公漱口。」陳致雍忙道：「蘄州茶雖是貢茶，可是性子過寒，不如泡我上次送給熙載兄的方山露芽[5]，更綿軟溫潤一些。大夥也可以先喝上一杯，暖暖腸子。」李家明笑道：「我倒覺得蘄州茶更好，只是不知道朱相公更喜歡哪種？」朱銑道：「我喝茶只為怡情，茶無好壞，皆產於天地之間的精華所在，請隨意。」裝作趕急奔至門口，也不等侍女過來，自己打起珠簾，快步奔出花廳。

外面月華散采，玉宇澄清，比起花廳內的流光溢彩，自是另一番動人景象。朱銑見丹珠、曼雲二女穿過南面小橋，逕直去了前院，揣度秦蒻蘭必在住處，有心跟上前去，卻又覺得諸多不便。

正徬徨之際，忽聽得廚下那邊有人道：「今晚賓客不多，不必再多添菜。等會兒宴間小憩時，將那大瓜洗淨，用玉盤盛了，連同玉刀直接送去席上，相公要親自開瓜。」竟然是秦蒻蘭的聲音。朱銑不由得又驚又喜，忙繞過月門，奔將過去。

卻見秦蒻蘭正站在廚下門口的紫藤花架下，細心向僕人小布和大胖交代著。朱銑叫道：「蘭！」又意識到不該在下人面前如此親暱地稱呼她，又忙改口道：「娘子！」一聲出口，情緒也跟著高亢起來。

他與秦蒻蘭一道上山，在大門口分別後還不到一個時辰，卻感覺已相隔了十天半個月那麼長。

秦蒻蘭乍見朱銑出現，卻沒有那般激動，只對小布道：「你們多送幾罈酒去宴廳。」一旁周壓早就想找機會去看看夜宴，當即道：「我也幫忙送酒。」秦蒻蘭點了點頭。等到小布幾人離去，這才轉向朱銑，問道：「朱相公怎麼不在花廳飲宴？」

朱銑跺腳道：「此刻我哪裡還有心情飲酒！」當即說了周文矩、顧閎中不請自來一事，又說了二人到聚寶山的真正目的。秦蒻蘭的反應卻遠不似在松林聽到官家派細作監視韓熙載一事時那般震驚，她僅微微愣了一下，便陷入沉思。

她這般心平氣和的態度，大出朱銑的意料。他自認瞭解她——之前韓熙載派她色誘大宋使者陶谷一事對她影響甚大，雖然她從沒抱怨過一句，但他知道，她內心深處對韓熙載並非沒有埋怨，只不過還未達到恨意的地步；她那樣一個性格溫婉的女子，要她對自己深愛的男人徹底失望，除非是到了無路可退的懸崖邊緣……而韓熙載向國主李煜建議再用昔日越國獻西施給吳王之計，將秦蒻蘭送給好色的大宋皇帝趙匡胤，也許不過是句戲言，秦蒻蘭知曉後亦沒有當真，但此刻宮廷畫師就在眼前，指名道姓找她秦蒻蘭，可見現今局勢危在旦夕，國主在無計可施的情形下也認真考慮起美人計。但這一切的罪魁禍首，追根溯源還是韓熙載，若不是他有意侮辱，陶谷不會自殺，北方大宋不會驚聞此事，秦蒻蘭擁有絕世容顏的消息也就不會傳到大宋皇帝趙匡胤的耳中了，當然也就不會有探子回報後，韓熙載提出——不如順水推舟，送秦蒻蘭到大宋一事。

朱銑見她雖沉吟不語，但始終顯出非比尋常的鎮定，不由得又是欽佩又是好奇，問道：「蘭，你有何打算？」秦蒻蘭輕輕歎了口氣，道：「由他去罷。」

朱銑本以為在她那十分罕見的堅毅神情下，已經有了某種決定，哪知道依舊只是一閃即逝，不禁大感失望，憤然道：「什麼，由他去罷？蘭，難道你真的甘心再次充當韓熙載的工具？」

秦蒻蘭對他的怒氣有些驚詫，他一向是個隱忍的人，她也知道，其實他氣憤的並不是她的逆來順受，而是經過這麼大的傷害後，她依舊不肯離開韓熙載，但這一刻，他對自己的關懷還是令她感動了。她的嘴唇嚅動了兩下，方欲開口，花廳那邊突然傳來一陣笑語喧譁聲，她怔了一下，又將已溜到嘴邊的話吞回去。朱銑卻猛然留意到她背後不遠處有人影在月光下閃動，似有人躲在紫藤花架後偷聽，不禁悚然而驚，忙喝問道：「是誰在那裡？」

秦蒻蘭也嚇了一跳，驚然回頭，卻見僕人石頭正一手提著一個空酒罈過來，大約是剛從花廳撤下，見到秦蒻蘭、朱銑二人，立即垂首站在一邊，甚是恭謹。朱銑雖然多次來到韓府作客，卻並不認識在廚下打雜的石頭，只審視著他，臉上淨是驚疑之色，生怕他適才聽到他們的談話。秦蒻蘭卻長舒一口氣，朝石頭做了個手勢，石頭這才提著酒罈走了。

朱銑問道：「他是誰？」秦蒻蘭道：「是府裡的下人。」朱銑壓低嗓子，緊張地問道：「他……會不會聽到我們適才的談話？」秦蒻蘭搖了搖頭，不以為然地道：「他又聾又啞。」朱銑道：「是個啞巴？」秦蒻蘭點了點頭，又道：「咱們走罷。」

朱銑卻不似她那般釋懷，瞪視石頭沒入黑暗中，總覺得有些不對勁，心頭不免疑雲更重。正待問明石頭來歷，忽聽得複廊方向傳來一陣急促的腳步聲，似有人正在奔跑。秦蒻蘭皺眉道：「又出了什麼事？」語氣甚是急躁，渾然不似她一向溫婉嫻靜的作風。

朱銑揣度她的心境多少受了適才交談的影響，雖然她竭盡全力不願表現出來，但總有一種背叛令人心寒，天底下又有哪個女子甘願被一而再再而三當作政治工具呢？尤其像秦蒻蘭這樣的絕色美人，天生就該是被男人疼愛的。此刻，從月光燈影下望著她，真似一枝初放的蘭花，身姿窈窕，柔美純淨，於極清中露出極豔，惹人愛慕憐惜。他情不自覺地悸動著，滿心思地想呵護她，甚至覺得可以為她去死。一邊想著，一邊緊隨秦蒻蘭改道朝複廊方向而去。

剛到石橋邊，丹珠、曼雲二女正領著一男子奔下橋來。丹珠一見到秦蒻蘭便嚷道：「原來娘子在這裡！」秦蒻蘭一怔間，丹珠又指著背後的張士師道：「這位是江寧縣衙的典獄，他適才見到有人翻牆進了前院……」

跟在二女後面的男子正是張士師。他離開韓府時看見秦蒻蘭獨自蹲在永寧泉水旁，惆悵滿懷的樣子令他怦然心動，又見到在鎮淮橋遇上的那個叫「阿曜」的男子藏在竹林中窺探，登時憶起阿曜及其母聽到「聚寶山韓府」幾個字時露出的怨恨之色，擔心他有所企圖，便未立即離開，而留意觀察。那阿曜尚不知螳螂捕蟬黃雀在後，只是暗中觀察秦蒻蘭的一舉一動。到後來，夜幕降臨時秦蒻蘭起身進了韓府，他亦尾隨到大門附近，閃入西首院牆下的一棵石榴樹後。張士師遠遠瞧見，猜測他許認識秦蒻蘭，或是府中什麼人，但無論如何，如此鬼鬼祟祟在他人宅邸外徘徊，形跡著實可疑。此時天色已黑，等了好一會兒，見那男子始終沒有動靜，他終於忍耐不住，趕上前欲查問時，才發現那男子已踩著樹後的青石翻牆進了韓府。他這一驚非同小可，忙趕去韓府大門，正好遇上老管家韓延，說了有名年輕男子翻牆入院一事。

老管家一聽也並不見如何緊張，以為不過又是想獵奇韓府夜宴的金陵浪蕩少年。但張士師想到那阿曜窺探秦蒻蘭的神情，又聯想到朱銑在松林中對秦蒻蘭提及的細作一事，感覺事情沒老管家想得那麼簡單，只是他不便明言，便提出由他陪同老管家去搜尋那翻入府中的男子。韓府本來人手便不夠，老管家一聽當然求之不得，只不過侍女們先後陪同賓客去了後院，只有他一人在大門處，又擔心還有客人要來，不好離開，便讓張士師自行去找，稍後等他迎得最後一位賓客、關了大門，再與張士師會合。又再三叮囑張士師切不可聲張，以免驚動客人，一旦抓住那少年，趕他出去也就罷了，不必送官。按照律法規定，主人有權當場格殺夜間無故入其家者，捆送官府則笞四十，老管家認為這些闖入韓府的少年不過是好奇，並無惡意，因而特意先囑咐。

張士師當即答應，直接往後院而去。他料來既然府中一干人都在湖心小島，那男子也必定要去花廳，不想在複廊中正好遇到奉命前來找尋秦蒻蘭的丹珠和曼雲，二女不認識張士師，忽在長廊中見到一陌生男子，大為緊張。張士師不得已拿出縣衙腰牌，說明了情由。二女沒甚見識，不像老管家那般鎮定，也顧不得再去找秦蒻蘭，急忙領著張士師趕往後院，打算趕緊去花廳稟告韓熙載，不想先遇上了秦蒻蘭。

秦蒻蘭卻並不認識張士師，聽說了經過後忙叮囑丹珠、曼雲不得聲張，以免驚嚇宴會客人，然後才問道：「典獄君可看得真切麼？」明顯帶有質疑語氣，似無法相信會有人跟蹤她潛入韓府。張士師心中想道：「這是她親口對我說的第一句話。」此刻他僅離秦蒻蘭數步遠，可以聞到她渾身上下散發出一股宜人香味，一時不由得心蕩神馳，渾然忘了身在何處。

秦蒻蘭閱人無數，一望便知對方已為自己美色所迷，心中立即起了鄙夷之意，又懷疑張士師不過想利用公差身分，找藉口進到韓府閒逛，這種情形以前不是沒發生過。她內心懷疑，表面倒也不動聲色，只淡淡道：「我從前院一路過來，並未見到什麼陌生人。天色昏黑，樹草叢生，只怕典獄君看錯了。」

言語雖然客氣，但神態間自有一股冷冰冰的味道。

張士師道：「這個……」他本想說自己絕不會看錯，又生怕逆了她的意惹她不快，便道：「嗯，也許是看得不大清楚。不過……」秦蒻蘭道：「既是如此，就不勞典獄君大駕了。」正要叫丹珠送張士師，一直默然站在她背後的朱銑突然叫道：「不對！適才廚下那邊確實有個陌生人影！」

原來適才朱銑與秦蒻蘭在紫藤花下交談時，驚覺花架後有條黑影，叫喊出聲後，卻見到啞巴僕人石頭提著酒罈走出來。事後朱銑總覺得不對勁，一開始以為是石頭本人可疑，等遇到張士師說有人翻牆入院後，越想越覺得石頭出現的位置與黑影不完全符合，很可能另有人藏在那裡偷聽他們談話，而石頭的出現不過是巧合罷了。正好今晚夜宴有人不請自來，另有玄機，若是真出什麼事，譬如有盜賊出現在韓府，說不定能就此轉移眾人注意力，緩解秦蒻蘭的危機。可是萬一那盜賊聽到了他和蘭的對話，一旦鬧大了張揚開去，他豈不惹禍上身？若傳到國主耳中，搞不好還要惹來猜忌。更有一層，倘若那人並非盜賊，正是國主派來監視韓熙載的細作，豈不更加麻煩？他心中反覆權衡利弊，難以取捨，直到秦蒻蘭預備趕張士師出府的一剎那，他突然有了主意，於是出聲支持張士師。

秦蒻蘭一時愕然，她並不知曉朱銑是真的懷疑可能有外人潛入府中，不明白他為何突出此言，不由得十分納罕，但見他意味深長地望著自己，料到其中必有緣由，又不便當眾詢問究竟，一時決定不下該當如何處置。

正在為難之時，花廳那邊傳來「錚錚」兩聲，琵琶樂聲突起。丹珠失聲叫道：「哎呀，這是李家娘子在彈琵琶，夜宴已經開始了！竟然不等秦家娘子……」一語未畢，自覺失言，便即住口，有些忐忑地望著秦蒻蘭。

秦蒻蘭絲毫不以為意，忙道：「你們兩個先陪朱相公進去。」丹珠道：「可是……若真有盜賊進入府中……」秦蒻蘭道：「未必便是盜賊，或許不過是溜進府中想偷瞧夜宴的少年。」曼雲忙點頭道：「我也是這麼想。」秦蒻蘭道：「這事我自有主張。你們先去罷，千萬不要聲張，以免驚嚇客人。」二女都曾經跟隨秦蒻蘭學習樂器，對她很是敬重，當即連聲答應。

朱銑道：「那……娘子你……」秦蒻蘭道：「我向典獄君交代一聲，很快就來。」朱銑遲疑了一下，最終還是跟隨丹珠、曼雲離去。

等三人走遠，秦蒻蘭才轉向張士師，柔聲問道：「典獄君預備如何處理？」她天生美貌，平生遇見無數想方設法以各種手段接近她、與她搭訕的男子，對男人實在有先入為主的不良印象，便以為張士師也不過是其中有意無事生非的一人。

張士師道：「嗯，這個……」他本是個辦事幹練的縣吏，但美人當前，竟也變得縛手縛腳、笨嘴拙舌，連說話都結結巴巴起來。

秦蒻蘭道：「既然朱相公適才在廚下附近見過那陌生男子，想他此刻一定還在湖心島上。這島能有多大？不如由典獄君去搜索庭院及廚下四周，我這就去花廳裡面看看，稍後再到廚下會合，不知典獄君意下如何？」其實她心中早已認定那黑影便是石頭，亦無心再繼續應付張士師，只要他不驚擾今晚夜宴，打算任憑他去。

張士師點頭道：「甚好。」話音未落，秦蒻蘭已然急遽轉身，彷彿不願多待一刻。

張士師目送她決然離去，心中多少有些悵然。他在皇親國戚遍佈的京師任縣吏，早已習慣人微言輕的境遇，只是他生性豁達，從來不看輕自己，因此日子照樣過得快活，但此時卻有一種莫名的委屈——

自替老圃送瓜來到韓府，又去而復返，無不是在幫韓府的忙，現下卻似乎並不受主人歡迎。不過，他內心深處確實不希望秦蒻蘭受到傷害，因而失落歸失落，即使她再如何冷淡，他還是願意留下幫助找出那個跟蹤她、且神態猙獰的阿曜，何況這也是他職責所在。

他其實並不好奇韓府夜宴，但最終有一隻無形的手平白將他捲了進來。說到底，他不過是個官職卑微的小吏。此時此刻，他並不知道秦蒻蘭的命運，將在今晚這場夜宴產生決定性的變化，而這場變化更關係著南唐未來的生死存亡。

1 今江蘇揚州。

2 南唐國中，稱冤者多立於京師御橋下，謂之「拜橋」。

3 中國古人講究席地而坐、分案而食，這種風氣到唐朝仍相當濃厚。日本保留至今的「席地而坐」，就是學自唐朝。唐朝時，椅、凳等家具雖已傳入中國，但因為是北地胡人所創，並非古制，為士大夫所不恥，一直未能流行，中原大部分地區依舊習慣依古風席地而坐，以至於到了宋初，椅子、桌子之類在中國仍不普遍。宋朝開國皇帝趙匡胤與弟弟晉王趙光義一同到宰相趙普家作客，趙普貴為宰相，家中竟無桌椅凳，皇帝來了也得席地而坐——「設重地坐堂中，熾炭燒肉」，意為席坐在地上的兩重墊子上吃烤肉。而南方因雨水頻繁，空氣較北方更潮濕，坐在地上容易患風濕之病，北地的高型家具在此反而比在北方流傳得快，到了南唐時，江南一帶繁華之地已很少再有人席地而坐，大多是垂足坐在椅凳上，但這些家具自然遠不如後世講究。

4 今湖北蘄春，南唐採造貢茶之所。南京名茶「雨花茶」即產於聚寶山雨花臺，但南唐史料不見記載，當崛起於後來。

5 福建名茶，產於今福建福州。

卷四　血水西瓜

只聽見「咯嘣」一聲脆響，那大瓜順刀而開，不料內裡沒有瓜瓤，只有瓤水，整個瓜皮包住的是一大泡水。瞬息之間，瓤水已經漫過玉盤往肴桌亂流，一股濃厚的腥臭氣開始四溢。其他人聞聲圍了過來，見狀無不驚得目瞪口呆。

韓府夜宴的特色不在美食，而在於美女與樂舞，琵琶則素來是宴會開場的序曲。音樂聲悠揚徐緩，如潭水般純淨透明，緩緩地流出花廳，溢滿湖心島，響徹韓府空曠的上空。

秦蒻蘭進來庭院後，並未立即進入花廳，而是佇立在廊下一棵石榴樹下，靜靜地聆聽著。皓月當空，人影燈光，清華無比。從她所站的位置，恰好可以透過窗戶清楚看到堂內夜宴全貌：韓熙載盤膝坐在三屏風榻上，如同僧人打坐般，正襟危坐，一臉肅色，渾然不似他平時風流名士的做派；榻上右首另有一位紅衣白面公子，當是新科狀元郎粲，他亦盤膝坐著，但神態要輕鬆得多，大概是聽得入神，身子不自覺地前探，以右手撐住身體，左手則隨意地搭在左膝蓋上；伴樂用的黃色節鼓已搬取出來，放在榻的東首，斜置在木製三腳架上。樂伎曼雲正站在節鼓旁，不時望一望右首的韓熙載，看上去似有什麼急不可待的事想稟告，卻又不敢輕易打擾他聽樂；榻前連擺著兩張肴桌，西首坐著畫院待詔周文矩，他雙手交叉抱在胸前，一副心事很重的樣子，也不像其他人那樣目光在李雲如身上，而是側向顧閎中，仿若在向對方示意什麼；肴桌東首則坐著另一位畫院待詔顧閎中，他背對窗戶而坐，僅微側著臉，看不清神態；太常博士陳致雍則坐在顧閎中左首，正緊盯著南首的李雲如，左腿微微顫動，有節奏地合著拍子；李雲如懷抱琵琶，坐在南首的屏風前，正對著三屏風榻，全神貫注地撫彈琵琶；朱銑則坐在她面前的小肴桌旁，扭轉過頭觀她彈奏；小肴桌的西首是王屋山，她正以一種奇怪的目光瞪著李雲如，心思顯然不在樂聲上；王屋山背後站著四人——侍女吳歌不無嫉妒與羨慕地望著李雲如；舒雅手拿牙板，聚精會神地為琵琶和聲伴奏。其實這曲〈潯陽夜月〉以鼓聲伴奏效果更佳，不過舒雅不擅擊鼓，便只能退而求其次；李家明站在吳歌身旁，奇怪的是，他並未關注自己妹妹彈奏，而將目光投向榻上的韓熙載，大概也察覺到主人今晚不同尋常；樂伎丹珠憑立在屏風邊上，露出了大半邊臉，正朝韓熙載身旁的曼雲搖頭。

除了琵琶聲外，花廳裡再無其他聲響。然而安靜的表面下，蠢蠢欲動的是勃勃的欲望與野心，待樂聲一停，便又立即恢復那亂花迷眼的紛繁與熱鬧，這才是浮華夜宴的本色。

秦蒻蘭瞧了一會兒，歎了口氣。她很清楚今晚的夜宴於她並不簡單，是一個不知道往何處去的夜宴。歲月荏苒，她已數不清這是自己第幾次參加夜宴，她只記得第一次參加夜宴時，是由她彈奏琵琶作為開場，一曲〈夕陽簫鼓〉技驚四座，自此她堂而皇之步入了韓熙載的生活，過上教坊女子夢寐以求的美好生活，多彩而浪漫。而今十幾年過去，她的幸福愜意時光早已在不知不覺中結束，韓府夜宴的開場曲亦已換了新人，殊不知李雲如彈的這支〈潯陽夜月〉，正是學自她的〈夕陽簫鼓〉。不過平心而論，李雲如在彈奏琵琶方面確實很有天賦，節奏處理得流暢多變、絲絲入扣，難怪現今能如此得寵，在韓府姬妾中排名居首。然而得到的不見得是勝利，也不見得幸福，十年後呢，又會是什麼樣的境地？

正在悵悵滿懷間，琵琶聲突然急促加快，嚇了秦蒻蘭一跳。她定了定神，這是掃輪彈奏，意為漁舟破水、浪花飛濺，接著充滿安寧的氣息，已經臨近樂曲的尾聲了。她已經感覺到，今晚的夜宴格外不同往昔，花廳隱隱透出的壓抑氣氛已清晰傳達出這一點。也許有人在為時局困擾罷，男人們總是這樣，任何時候都放不下權位名利。但無論如何，她希望早些離開這裡，熱鬧的人永遠在熱鬧，寂寞的人永遠想寂寞，而現在，她卻必須要進去了。

她正出神，忽背後有人訝然問道：「蘭，你怎麼在外面站著？」回頭望去，老管家韓延正領著德明長老走過來，忙上前招呼。

德明身材高大，一身黃色袈裟，雙手合十道：「秦家娘子。」自知身為出家人，實在不該出現在夜宴這樣的場合，多少露出靦腆的神情。

老管家問道：「你適才可曾見過典獄君？」秦蒻蘭點了點頭。老管家微一躊躇，感到不便在德明面前多提，便道：「我先送長老進去。」秦蒻蘭道：「稍等一會兒，這曲馬上就該彈完。」老管家當即明白，她不想驚擾賓主賞樂——此刻李雲如正在收尾，琵琶聲由快轉慢，漸細漸微，取月夜下歸舟遠去、萬籟俱寂之意境，正是眾人聽得最入神之時。這德明雖是方外之人但極通世故，當即心領神會，也笑道：「等李家娘子彈完這一曲再進去不遲。」老管家心想：「你頭一次來參加夜宴，一聽便知道是李雲如在奏曲，看來時常與相公來往，談的也都是紅塵中事，真是枉稱了長老之名。」他既對德明起了輕視之心，也不願意再相陪，便道：「我先去廚下看看。」秦蒻蘭道：「不忙。我一會兒與老公一道去見典獄君。」

老管家聞言便不再堅持，只默默地凝視著秦蒻蘭。她的容貌確實美得驚人，雪白的肌膚在月華下泛著淡淡的青色，顯出一種沉靜安然的氣度。而她最可貴的地方，還不在於她的美色才藝，而是在她總能為他人著想的特質。當年韓熙載公然離開城中鳳台里官舍，搬到聚寶山外宅居住，拋妻棄子鬧得滿城風雨，其實就是為了秦蒻蘭。那個時候，老管家同情主母韓夫人，相當痛恨秦蒻蘭，可是慢慢地，他卻漸漸喜歡上了她，甚至將她當作女兒呵護，親昵地稱呼她的名字。可惜他的主人稟性風流，喜新厭舊，女人於他不過是件衣裳，可以自己穿，也可以送人，即使對秦蒻蘭也是如此，大宋使者陶谷事件便是個例子。

他知道那件事對她傷害很大，雖然她未辱使命，也未曾有過任何抱怨，但日益瘦削羸弱的身形清楚表明她內心難以名狀的悲傷。可是他不知道該如何安慰她，亦不知道該如何勸說主人，甚至在某些時候，他覺得韓熙載跟秦蒻蘭同樣不幸——他的政治仕途，跟她的人生命運一樣，最終無法由自己掌握，這大概就是韓熙載好吟誦白居易「同是天涯淪落人，相逢何必曾相識」詩句、又喜好琵琶的緣故罷。

忽聽得花廳內寂靜許久後，有人拍掌大叫道：「好！好！」正是陳致雍的聲音。秦蒻蘭知道夜宴開場已經結束，向德明做了個請先的手勢，道：「長老，請進。」德明也不推辭，領先而行。

老管家道：「蘭，我還是在外面等你罷。」雖然經過了這麼多年，他還是很不喜歡夜宴這種場合。除了主人韓熙載外，他大概是參加夜宴次數最多的人，當然，他總是冷眼旁觀。正因為如此，他再清楚不過，這些於紅飛翠舞中故作孟浪放誕的人，其實各懷目的和心機，他早就厭倦了這一套。秦蒻蘭當然清楚老管家的心思，微微頷首，便跟著德明往花廳而去。

花廳內諸人正在品評李雲如的這一曲〈潯陽夜月〉，她本祖籍潯陽[1]，後來才流落寓居歙州。陳致雍笑道：「李家娘子這一曲氣韻連貫、落落有致，盡現江南水鄉風姿，簡直就是一幅引人入勝的月夜春江圖。」

眾人一致附和，李雲如心花怒放，重重看了王屋山一眼，正要假意謙虛幾句，李家明偏一本正經地道：「妹子，你本可以彈得更好。」

李雲如一時不明白兄長為何要當眾為難自己，不由得十分困惑。卻聽見李家明續道：「倘若妹子有燒槽琵琶在手，諒來不會輸於當世任何一位高手。」她這才知道兄長其實是拐著彎誇自己，但在場眾人均不以為突兀。李家明本是優人出身，音樂才華出眾，凡宮宴大型歌舞均由他主持，可謂見多識廣，尤其在中主李璟在位時極其得寵，朝中大臣無人敢因優人身分而歧視他。後來他做了教坊副使，與韓熙載在聲色犬馬方面很投契。李雲如知道兄長表面說她不會輸給任一位高手，其實是想誇她的琵琶技藝已經不在國主李煜第一位王后周娥皇之下。當年周娥皇初嫁時，李煜還是太子身分，周娥皇一曲琵琶震動金陵，中主李璟特將鎮宮之寶燒槽琵琶賜給兒媳婦；所謂「燒槽」，即蔡邕「焦桐」之意，昔日有人燒桐木煮飯，正巧蔡邕路過，聽見燒火的聲音嘎嘎作響，知道一定是上好木料，遂求取剩餘桐木，帶回去製作成一張琴，因琴尾部猶留有燒焦痕跡，又稱焦尾琴，琴音美妙無比，而成天下名琴。據說燒槽琵琶的音質猶在焦尾琴之上，可惜幾年前周娥皇病死，燒槽琵琶也作為殉葬品陪葬於地下。

對於像李雲如這麼熱愛琵琶的人來說，能擁有燒槽琵琶那樣的珍品，自然是夢寐以求的事。可惜，夢終歸只能是夢。她幽幽歎了口氣，不無惆悵地道：「這世間哪裡還有燒槽琵琶！」李家明笑道：「沒有了燒槽琵琶，卻還有雙鳳琵琶呀。」李雲如一呆，愣在那裡。

倒是韓熙載好奇地問道：「家明所指，是昔日明皇帝貴妃楊玉環所用的那支雙鳳琵琶麼？」李家明笑道：「正是。我打聽到此琵琶流落到廣陵，已經派了人去買，幾日後便可攜到金陵。」

李雲如猶自半信半疑，問道：「阿兄，你說的可是真的？」李家明道：「當然是真的。我本來想等琵琶到手後再告訴你，可是實在忍不住……」

這雙鳳琵琶採自蜀中一株罕見的邏沙檀木，溫潤如玉，光輝可見，後經樂工以金縷紅文做成雙鳳狀琵琶，音色清越悅耳，為樂器中的精品。傳說當年楊玉環手撫琵琶，宛若天外仙音，飄然在雲端，一曲奏畢，在場的諸王、公主、及內外命婦都拜其裙下，爭相要做她的弟子。學彈琵琶，技藝高超固然重要，但若有一支好樂器，也能為曲子增色不少。

其實李家明早已看出今晚夜宴的氣氛與往日大不同，想有意提一樁美事，或可挑起大家的興頭，果然連韓熙載也來了興致，笑道：「好、好，雙鳳琵琶到達金陵之日，就是聚寶山夜宴再開之時！」李雲如這才相信確有其事，興奮得渾身發抖，只連連道：「謝謝阿兄！謝謝阿兄！」頓了頓，又道，「謝謝相公。」

恰在此時，大門處瓔珞輕響，簾波一漾，花氣微聞，眾人驚然扭過頭去，頓覺眼前一亮——秦蒻蘭正如章臺柳，款步陪著德明進來。

花廳內的姬妾、侍女能入得韓府，無一不是百裡挑一的美人，但秦蒻蘭一出現，滿屋粉黛頓失顏色。她已非妙齡韶華年紀，但那種嫺雅的林下風致卻是旁人無論如何都學不來的，因而她一進堂內，毫無疑問便成眾所矚目的焦點。

最尷尬的人當屬德明無疑——剎那間，眾多爍爍目光先是聞聲落在先進來的他身上，倏忽停留，又疾越過他高大的身軀，投向後側的秦蒻蘭，時光彷彿在這一刻凝滯。

秦蒻蘭先道：「德明長老到了。」神色甚是平靜。她芳名傳遍天下，每每登場，花明雪豔，獨出冠時，觀者無不魂斷，她自早見慣了這種場面。

李雲如最先反應，笑道：「長老、蘭姊姊，你們可是錯過開場了。有一件天大的喜事，阿兄為我尋訪到了雙鳳琵琶！」她急於將雙鳳琵琶一事宣揚開去，一是因為實在太過喜出望外，二來秦蒻蘭也有一面音質相當不錯的羅紋琵琶，李雲如曾為今晚的夜宴向她求借，卻被婉言謝絕，多少有些懷恨之心。

秦蒻蘭聽了果然雙眉一挑，顯然大為震動——她也是愛好琵琶之人，當然知道雙鳳琵琶的價值，正如寶劍配英雄。但這只是一瞬間之事，她很快又恢復了從容姿態。當她見到李雲如那副挑釁表情時，立時便明白對方那點心思，心想：「你當是我小氣不願借你麼？那羅紋琵琶早就躺在當鋪裡了，不然這些日子府裡哪來的伙食費？」表面也不告知真相，只微笑道：「那要恭喜妹妹了。」

李雲如道：「過幾日再開夜宴，蘭姊姊一定要指點小妹一二。」雖志得意滿，話卻說得頗為誠懇，畢竟在秦蒻蘭面前，她還不敢太造次，也自知無力與其爭鋒，若對象換作是王屋山，這「指點一二」便完全是另外一種語氣。秦蒻蘭只淡淡道：「指點可不敢當。德明長老是稀客，請上座。」

諸人這才如夢初醒，不過均與德明不熟，又因對方是高僧身分，當此場合，不知該如何出言招呼才合適，且也多少有些困惑：韓熙載為什麼會邀請一名僧人出席今晚的夜宴，須知他之前被免去兵部尚書一職，多少與佛教有關。

當今國主李煜佞佛成癖，在宮中大建佛寺，廣募僧人，每遇齋食之日，凡諸郡上報死刑犯，均在佛像前點燈，稱為「命燈」，能達旦夕者免死。那些被依法判了死刑的富商大賈往往厚賂宦官暗中為其續燈，因此得免死者不計其數。對於犯罪的僧人，也不依法律制裁，讓他們誦經念佛後便赦免。一些不法之徒見當和尚有利可圖，爭相剃度出家，如今這金陵城中佛寺眾多，大小僧眾多達一萬餘人，其中多有貪瀆淫邪之輩，均由朝廷出錢供養。韓熙載上書力諫，奏書中頗多直言譏誚之語，惹怒了李煜，便以韓熙載行為放蕩、有失大臣禮儀罪名免去他的官職。此事又牽扯到監察御史柳宣，柳宣素來反感韓熙載的生活如此放縱，多次上書彈劾，韓熙載遭罷職被認為是柳宣進了「讒言」的緣故。柳宣為表明自己公正無私，多次上書為韓熙載鳴冤，請求官復原職。李煜不勝其煩，斥責道：「你又不是魏徵，為何頻好直言？」柳宣絲毫不讓，回答道：「臣當然不是魏徵，可是陛下也不是唐太宗。」李煜無言可對，然則始終不肯起用韓熙載，照舊虔誠禮佛。

按理來說，這德明應在韓熙載痛恨之列，畢竟當初渡江南下、向李煜講述六根四諦因果輪迴之說、勸他向佛的「罪魁禍首」——正是德明。但不知為何，韓熙載被罷官後反倒與德明多有來往。儘管他素有言行「不拘常理」之名，但此舉仍令旁人大惑不解，有人推測他是想借德明之手官復原職，有人說以他清高之為人諒來不至於此，甚至連朱銑、陳致雍這等夜宴老友亦不解其意。

而德明見到眼前一派珠璧交輝、珠歌翠舞的景象，自己似乎也覺不妥，頗現局促之色。還是韓熙載搶上前來，雙手合攏，向德明作「佛印」之狀，笑道：「長老，你可是姍姍來遲了。」德明忙還一禮，歉然道：「貧僧出城時已經夜禁，出南門時很是費了一番功夫，抱歉得緊。」

雖費了一番功夫，最終畢竟還是出了城。眾人聽說他竟然可以在夜禁關閉城門後照常出城，暗忖自己在目前形勢下尚無此等本事，心中不免有些忿忿起來。朱銑、陳致雍尤其不平，僧人素來在金陵城內享有特權，倘若真到了宋兵壓境那一天，他們能保得南唐一方平安麼？較之周文矩、顧閎中乍然現身時的冷清，現下氣氛突然有些微妙，更多了幾絲對立的情緒。陳致雍更是心想：「倘若張泊在此，多半已出言譏諷。」

德明既是得道高僧，又有南北漫遊的豐富經歷，人情練達，一眼便洞悉這些人眼中又是吝嫉又是氣鬱的複雜情感。然而，他們又有什麼資格嘲笑他呢？如今南唐經濟凋敝、強敵壓境，這些自命不凡的官僚還不是一樣沉湎酒色、無所作為？他心中有所慨歎，表面卻若無其事，笑道：「貧僧既錯過了開場，下面的可不能再錯過。各位請繼續，別壞了雅興。」

眾人聽他對夜宴饒有興趣，毫無出家人的澹泊，心下均想：「什麼得道高僧，原來是個花和尚！」心下既不以其為然，也不再以為意，當即哄笑道：「長老說得對，別壞了雅興。下場該到軟舞了，快挪出地方來！」

秦蒻蘭忙帶領侍女上前將南首桌椅盡數撤去，肴桌的剩餘酒菜等先暫且挪到三屏風榻前的肴桌上。很快地，南首騰出了一大塊空地，又在東面擺了五個圓凳，供伴奏的樂伎們就座。李家明則從屏風後推出一面紅色的花盆鼓，預備親自為王屋山的軟舞伴奏。人群中看起來最期待的人是郎粲，他飛快地離開臥榻，坐到花盆鼓旁的椅子上，那裡離場中心更近。

眼見王屋山站在場邊躍躍欲試，李雲如的興奮之情逐漸黯淡了下去，她一回頭，見到韓熙載重新回到臥榻坐定，便跟過去坐在他的右首。正欲開言討好之時，韓熙載卻突然站起，脫掉外衫順手放在扶手上，走向李家明道：「讓我來試試。」

李家明大為詫異，道：「韓相公親自下場擊鼓，可謂十分難得。」一旁的舒雅也附和道：「是啊，實在難得，恩師多少年沒有如此了。」一言既出，始覺不妥，一轉眼，果見李雲如正狠狠瞪著自己。他一時慌亂，有心走過去向李雲如解釋，又意識到大庭廣眾之下，時機並不合宜，是以腳下剛動，便又停住。

卻見韓熙載從李家明手中接過槌杖，試著掂量了一下，笑道：「久不彈此調，手都生澀了。」李家明道：「『頭如青山峰，手如白雨點。』這可是當年韓相公教我的。」韓熙載哈哈一笑，道：「好，看我今晚能不能做到『頭如青山峰，手如白雨點』。」

眾人聽聞主人要親自下場為愛姬擊鼓伴舞，頓時興致大增。德明特意站到韓熙載身旁，真切察看。陳致雍又笑道：「唐代明皇帝曾親自為楊貴妃擊鼓伴舞，而今我南唐也要有『擊缸鼓、綠腰舞』的千古佳話了。」

王屋山已經站到南首的屏風後，預備上場，聞言後更是驚喜異常。畢竟李雲如一開場風頭出盡，下次夜宴還未開，便將有雙鳳琵琶先聲奪人，她本以為自己今晚在氣勢上難以再壓過李雲如，沒想到韓熙載竟主動要為自己擊鼓伴奏。僅憑這一點，她就恨不得要開懷大笑了。抬眼向李雲如望去，她正悶坐在榻上飲酒，適才的風光早已煙消雲散。

李家明關愛妹子李雲如，知她素與王屋山爭鬥得厲害，見她怫然作色，便忙過去緊挨在她左首坐下，左手抓起肴桌上的酒壺，為妹子新倒了一杯酒。李雲如端起來又是一飲而盡。李家明歎了口氣，正欲安慰幾句，只聽得鼓聲「咚咚」響了兩下，絲竹樂聲頓起，舞場就此開始。

驀見王屋山自屏風後掩面轉出，神韻飛揚，恰如出峽的雲，讓風冉冉吹將上來。她所跳的獨舞，正是她最拿手的「綠腰」，屬軟舞一系，動作以舞袖為主，節拍先散，後慢再快，對舞者難度甚高。

只見麗人在場中旋轉著，眼波流盼，腰肢如水蛇般扭轉翻騰，婀娜妖嬈，腳下蓮步凌波，飄逸而柔美。揮舞的雙袖靈動異常，輕如雪花飄搖，又像蓬草迎風轉舞。她本就身材苗條，長袖窄襟的長綾衣更顯纖細窈窕。尤其在燈燭的輝映下，綾衣灩灩閃動，藍中泛綠，炫出一種奇特的華麗效果，仿若盈盈碧波蕩漾眼前，別具幽芳冷豔之致，充滿令人欲罷不能的誘惑。

就連李家明這等見過大世面的歌舞大家也不由得嘖嘖稱讚，暗想：「『江南春』綾衣果然名不虛傳，又華麗又不失清爽，這趟廣陵還真是不虛此行，為小丫頭帶回了江南春，又為妹子尋訪到了雙鳳琵琶。」

忽有鼓聲傳來，氣若游絲，若有若無。過得一刻，聲音漸大，「得得」如馬匹奔跑的蹄聲，大顯由遠及近之勢。眾人聞聲向韓熙載望去，他正專注地盯著面前的花盆鼓，輕擊滾奏。這花盆鼓因狀如花盆得名，又稱缸鼓，音色低沉柔和，比一般的堂鼓滑膩許多，正適合配奏綠腰這種女子獨舞。

舞姿婆娑中，鼓聲突然加快，變得清脆響亮。王屋山的舞姿也隨節拍急遽變快，滿堂翔舞，恰如一隻蝴蝶，忽低忽昂地飛來飛去，輕盈之極，娟秀之極，典雅之極。羅袖漫舞翻飛，凌雲縱橫，空靈剔透，每每揚起之際，更有陣陣冷香激盪飄出，令人聞之欲醉。原來她早已在雙袖中暗藏香粉，只須大力揮袖，香粉隨之灑出。眾人驚歎於眼前女子舞態飄逸敏捷，宛如鴻鳥驚飛，眼花繚亂之際，更兼異香撲鼻，無不心醉神迷。

李家明更是激賞不已，忖道：「這小丫頭的舞技又更上一層樓了。即便官家在此，也定會擊節稱讚。」一想到「官家」，又暗自慶幸起來：「幸得小周后多妒[3]，不然小丫頭恐早被官家收去宮中了，不免落個與窅娘一樣打入冷宮的下場。」

不過，人群中也有人對眼前的麗舞心不在焉，譬如朱銑，自秦蒻蘭進花廳後，他便一直想尋機問清所謂「盜賊」一事，但始終未得其便，好不容易等到眾人張口結舌驚豔於綠腰之時，見秦蒻蘭正站在近門處，便趕緊溜到她旁側，壓低嗓子問道：「那江寧縣吏可曾搜到進府的盜賊？」

秦蒻蘭微微搖頭，一指大門處，只見老管家正陪同張士師站在一旁饒有興致地觀舞。原來適才鼓聲一響，秦蒻蘭便與老管家一道去庭院外尋得張士師。奇怪的是，張士師搜遍湖心小島，並未見到任何陌生人，他由此推測那陌生男子已經混入花廳。秦蒻蘭因而更堅定地認為，張士師不過是想找理由留在韓府，既是如此，便如他所願罷了。當下也不揭破，只說已在院內仔細找過，並未發現任何可疑形跡，不如請典獄自己前去堂內，一來或可發現蛛絲馬跡，二來可以觀舞。張士師不便拒絕，於是一道進入堂內。眾人注意力均在王屋山與韓熙載身上，竟無人留意幾人的進進出出。

朱銑聽了究竟，不免更添一層憂慮——若無人潛入府中，那麼當時偷聽之人一定是府中人。之前他與曼雲、丹珠二女一道進入堂內時，夜宴已經開場，廳內諸人正聚精會神聽李雲如彈奏琵琶，甚至連僕人小布和大胖都縮在侍女背後聽著，只有主人韓熙載正從屏風後轉出來，重新回到三屏風榻坐下。朱銑見狀，開始懷疑適才躲在紫藤花架後的黑影是韓熙載本人。雖然他自己也覺得這樣的疑慮有些匪夷所思，卻不由自主興起這樣的念頭。正當他呆望著韓熙載揣度不已時，對方突然抬頭望了他一眼，這一眼雖平平無奇，亦很快轉開，但在朱銑看來似乎別有深意，未免更加驚懼。再環顧堂內，桌椅、座次已經挪亂，只剩下李雲如近旁的位置，他稍微躊躇後，走過去坐下，如此一來便徹底置身韓熙載視線之內，不得已扭轉過頭望向李雲如，裝出凝神靜聽的樣子。此刻聽到秦蒻蘭確認並無外人進府，更加堅定他之前所想，心中一時轉過千百個念頭，額頭竟冒出顆顆汗珠來。再看身旁的秦蒻蘭，神情高曠，似絲毫不以為意，正以超然淡漠的旁觀之姿觀看一場盛大的人生表演，而她卻並不參與其中。

然並非廳內所有人都沒注意到朱銑神情緊張，他挪往秦蒻蘭身邊時，張士師就已留意到。進來花廳後，初見眼前華麗精美的一切，確實感到很眩目，但王屋山那翩若驚鴻的舞姿並未真正吸引他，一來他本身是個粗人，對歌舞並無太大興趣，二來即使在這樣的靡靡之夜，一片亂哄哄的情形下，他依舊不失出身公門世家的警覺本能，何況他留在韓府本來就是為了找到那名形跡可疑的男子。他猜測朱銑必定心儀秦蒻蘭，只不過女方未必有意，所以才會出現諸多怪異情形。但為何朱銑此刻不避嫌地站在秦蒻蘭身旁呢？這小島位於半山，四面環水，山風徐徐，清涼之極，獨獨朱銑滿頭大汗，這又是為什麼？

恰在此時，陳致雍起身出了花廳，這立即吸引張士師的目光。他心念一動，請老管家盯著堂內一會兒，自己再出去巡視一圈，悄悄跟了出去。

陳致雍對韓府地形極熟，俐落地出了庭院往東而去。張士師見狀，以為他不過是要去茅房，當即頓住，正欲放棄跟蹤，卻見陳致雍突然停在一棵槐樹下，伸頭四下探望，不似發現有人尾隨其後，而彷彿在找尋什麼人，神色甚是神祕，渾然不似要去茅房。然而過了一會兒後，又繼續朝前走去。張士師見他逕直進了茅房，又見四周並無異常，便暗怪自己多心，轉身重往廚下而去。

張士師到了門口，特意伸頭往燈火通明的廚下瞟了一眼，案板上擺著兩個大西瓜，正是他幫忙運來韓府的西瓜之中，最大的兩個。旁邊擺著一只碧玉菊瓣花耳盤，上有一把材質相同的玉刀，大概是預備切西瓜用的。

忽聞背後颯然有腳步聲，回過頭去，衣香鬢影中，秦蒻蘭正領著小布和大胖施施然走過來。小布還不知道張士師出於其他緣故留在府中，乍然見到，很是驚訝，問道：「典獄君，你怎麼還在這裡？」張士師道：「唔，這個……」秦蒻蘭道：「是我半路遇到典獄君，特意請他留下來作客。」張士師知她不願張揚有人逾牆而入一事，也不置可否。

小布雖覺不解，可是在韓府怪事終究見多了，便不再多問，只笑道：「王家娘子的綠腰舞就快完結了，典獄君還是趕緊去花廳飲酒罷。」張士師點了點頭，正預備往花廳去時，秦蒻蘭忽叫道：「典獄君……」張士師頓住腳步，問道：「娘子有何吩咐？」

秦蒻蘭略略躊躇，最終還是走近他，輕聲囑咐道：「現下夜宴進行到半途，請典獄君行事謹慎，務必不可張揚，以免驚嚇客人。」張士師忙答道：「但請娘子放心，我自理會得。」他這樣客氣，並不僅僅由於對方如此溫柔有禮而受寵若驚，而是今日一趟簡單的韓府之行，他已多少能理解她的難處，她大概是這韓府中最艱難的人了。

離開了廚下，張士師未直接走便捷的甬道，而是沿著後院牆根，往茅房方向而去。他還是忘不了適才跟蹤陳致雍時，對方那副鬼祟的神態，總想著若折返回去，或許能有所發現，即使一無所獲，也不過多走一段路而已。

月光皎然，亮如白晝，島上四處灑滿斑駁參差的樹影。蓮香蠢蠢浮動夜色中，綿密不絕。若非花廳的樂音清晰可聞，密密麻麻的鼓聲驟似萬馬奔騰，恣意揮斥盎然生機，這處半山宅邸幾乎就要成為夢境中的虛幻。

剛過柴垛，張士師遠遠便見到前面一條黑影正躬身伏在一棵月桂樹下，雖只能看到背影，身形卻分明是他一直苦苦搜尋的阿曜。他刻意沉住氣，也不聲張，悄悄朝阿曜走去，預備當場拿住他。

稍微近前些，便隱約能聽到人語聲，似是陳致雍在與什麼人交談，而那阿曜似在偷聽二人談話。見此情狀，張士師不由得放慢腳步，只覺得這韓府洞天福地，卻處處充滿奇詭。

正在此時，那阿曜突然有所警覺，驀然回頭，恰見月色下張士師的高大身形，大吃一驚，立即飛快朝前跑去。張士師叫道：「喂，你……」立即又想起秦蒻蘭先前的囑咐，忙收聲朝前追去。

不出多遠，便見陳致雍站在甬道上張望，見張士師倉促奔來，當即喝問道：「你是誰？在這裡做什麼？」張士師知道解釋起來極費唇舌，可是又不能不答，便道：「我是老管家臨時請來的幫手。」他經常巡夜，目光銳利，早已看清那阿曜穿過兩樹芭蕉叢後，從旁側閃入了茅房，便不再與陳致雍多說，直奔茅房而去。不料剛一轉身，陳致雍上前，一把扯住他的衣袖，慌道：「你做什麼？」張士師道：「去茅房。」

陳致雍見他言行敏捷，無論如何都不能相信他是趕去茅房，竟然扯住不願鬆手。張士師則更加驚訝，這陳致雍在南方名望極高，此刻卻緊緊拉住一名小吏的衣袖不放，或許真有什麼人藏在茅房中，極不願旁人見到。

正暗自揣測，只聽見陳致雍喝問道：「你到底是什麼人？」張士師要掙脫他，自是容易之極，但這樣一來，事情未免會鬧大，便道：「我確實是……」

一語未畢，卻見那啞巴僕人石頭從茅房中走了出來。陳致雍忙鬆手招他過來，指著張士師大聲問道：「你認識他麼？」石頭記得白日曾在廚下見到老管家與張士師交談，便點了點頭。陳致雍這才狠狠瞪了張士師一眼，轉身往花廳而去。

張士師匆忙奔進茅房，卻空無一人，不免大出意料。他又趕出來追上石頭，拉住他大聲問道：「你適才見到有人進茅房麼？」

石頭一愣，茫然發呆，張士師便將嘴唇貼近他耳旁，重新問了一遍。石頭立即搖搖頭，又指了指廚下方向，示意自己要趕緊回去幹活，抬腳離去。張士師一時大惑不解，無論如何想不通為何片刻之間那阿囉即消失不見。

正在此時，花廳驟雨般的鼓聲倏然止歇，突如其來的寂靜彷彿正式宣告：那綠腰軟舞終於結束了。如此寧靜的夏夜，卻如此躁動不安。

堂內一曲綠腰舞畢，眾人大聲叫好。不過老管家暗中品度，主人擊鼓的手段已大不及前，廉頗到底老矣。李家明也這樣認為，倘若由他本人配樂，效果當會更好。然則王屋山確實比以往任何一次都跳得更好，單是那暗藏舞衣內的泠泠冷香便足以驚豔全場，令人目眩神迷。

王屋山早已香汗淋漓，走下場時，新科狀元郎粲忙迎上前去，笑道：「有勞娘子了。」抽出自己的汗巾遞了上去。王屋山微微一笑，先將長袖挽起，這才接過汗巾。她甚是疲累，亦覺不便與郎粲多談，便往臥榻走去。

侍女吳歌一直與李雲如不大和睦，見王屋山今晚大出風頭，甚至有勞韓熙載出面擊鼓，有心巴結，搶到面前笑道：「娘子今晚可是大展風采，將那人的鋒芒全壓下去了。」一邊說著，一邊朝悶坐在榻上的李雲如努了努嘴。

此時，韓熙載剛在侍女端上來的銅盆中洗完手、擦了汗，重新走回三屏風榻，因李家明坐了他原先的位置，便坐在李雲如右側。李家明忙使了個眼色，李雲如會意，起身從兄長面前走過，取過韓熙載先前搭在左扶手上的外衣，從肴桌前方繞到韓熙載右側，柔聲道：「相公受累，趕緊披上衣服，可別著了涼。」

韓熙載一掃之前的沉鬱，心情極佳，笑著點點頭，順從地舉起雙臂。李雲如大喜過望，忙上前體貼為他穿上。李雲如剛喝了幾杯酒，星眸低纈，香輔[4]微開，比平常更加嬌美動人，韓熙載興致之下，居然伸手摸了一下她的臉龐。

王屋山遠遠望見，當即面色一沉，又見吳歌不知好歹地擋在面前絮叨，便不耐煩地伸手推開她，不料，王屋山指甲上的尖護甲湊巧戳了吳歌的手臂。吳歌痛呼出聲，卻也不敢得罪對方，只得讓在一旁暗生悶氣。

李雲如到肴桌前尋到自己的琉璃酒樽，斟滿酒，自己先飲了一小口，預備將剩下的酒餵給韓熙載喝，這是韓府夜宴常見的調笑方式。不料剛一轉身，王屋山疾步走來，撞個滿懷，大半杯酒全潑在李雲如的新衣服上，酒樽也滾落一旁，幸好地上鋪了氈毯未摔破。

王屋山忙賠禮道：「對不住、對不住，雲如姊姊，我不是有意的……」李雲如臉色早已經黑了下來，低頭看了看被酒打濕的衣服，沒好氣地道：「我這杯酒是要拿去給相公飲，你還說你不是故意的？」她的聲音頗大，正三三兩兩交談的賓客注意力也被吸引，一起望過來。

李家明忙搶過來撿起酒樽圓場道：「妹子，屋山剛跳完一場舞，有些累了……」連連朝李雲如眨眼，示意她不可當眾發火。李雲如心中權衡利害得失，怒氣這才稍解。

王屋山歉然道：「對不住，雲如姊姊，我實在是有些疲累了。」走到肴桌前，拿起她那只引以為傲的金杯，裡面還有半杯酒，她又添了半杯，奉到李雲如面前，道：「姊姊的酒樽髒了，若是不嫌棄，這杯酒就當是我給姊姊賠禮罷。」

李雲如一時愕然，不明白王屋山到底打什麼主意，要知道她素來把那只從宮裡得來的金杯當作寶貝，不許旁人多碰一下，如今卻奉給自己，未免太不像她平日的為人行事。她既疑心對方心懷不軌，便不願去接那杯酒。王屋山立時僵在當場，進也不是，退也不是，頗為難堪。

還是李家明在旁重重咳嗽了一聲，李雲如這才頓悟過來，原來王屋山是在作戲給相公看呢，自己如果再不接，就顯得太過小肚雞腸了，所以不能讓她的小小伎倆得逞。李雲如一念及此，只好勉強笑道：「既然屋山妹妹不是有意，這杯酒我就喝了罷。」接過來一飲而盡，又將金杯塞回王屋山手中，重重看了她一眼，這才扭頭朝韓熙載笑道：「相公，我先回房去換件衣服。」韓熙載興致頗高，點頭道：「嗯，我們等你。」

李雲如莞爾一笑，朝門口走去，越過屏風，正好遇到秦蒻蘭打簾進來，也不招呼，只挑釁似地看了她一眼，自回琅琅閣去了。一旁朱銑正與周文矩、顧閎中漫談江南書畫，遠遠望見秦蒻蘭進來，不覺有些走神，便道：「我出去方便下。」周文矩笑道：「朱相公請便。」

朱銑忙奔門口而來，擦肩而過時，悄悄向秦蒻蘭使了個眼色。忽見她背後尚跟著小布、大胖與那啞巴僕人石頭，各抱著西瓜和酒罈，不由得一愣。仔細審視石頭時，他卻彷彿沒有任何察覺，只是旁若無人地走到西首，將酒罈放在牆角，又默默地打簾出去。

秦蒻蘭微朝朱銑頷首，似是示意他先出去，自己隨後就來，等朱銑出了花廳，才逕奔榻前的肴桌。老管家已經讓侍女簡單收拾了一下肴桌，秦蒻蘭放下手中玉盤和玉刀，又命小布將手中大瓜放到玉盤上，大胖抱的瓜要小許多，暫時放在一旁肴桌上。

韓熙載正向李家明詳細詢問雙鳳琵琶情形，見大西瓜奉上，立即笑吟吟地問道：「是城北老圃的瓜罷？」秦蒻蘭點點頭。李家明笑道：「想不到這麼多年了，韓相公仍好這一口。」韓熙載嘿嘿一笑，朝左右看了看，問道：「怎麼不見致雍兄與朱銑兄？」秦蒻蘭答道：「大約出去方便了。」韓熙載道：「嗯，不等他們了。」向老管家道：「韓公，先切開一個西瓜罷。」

老管家應聲上前，右手握起玉刀，左手扶住玉盤中的西瓜，將要切時，突然又覺不妥，轉動了西瓜好幾次，終於選妥下刀位置，比劃了一下，這才一刀切下。

韓熙載尚且朝李家明笑道：「我可是甘當饕餮之名……」一語未畢，只聽見「咯嘣」一聲脆響，大西瓜順刀而開，不料內裡沒有瓜瓤，只有瓤水，整個瓜皮包住的是一大泡水。老管家捉起玉刀，一時震住，連聲道：「這……這是怎麼回事？」

韓熙載與李家明不約而同從榻上坐直了身子，呆望著那西瓜。瞬息之間，瓤水已經漫過玉盤往肴桌亂流，一股濃厚的腥臭氣開始四溢。其他人聞聲圍了過來，見狀無不驚得目瞪口呆。

德明驚道：「似乎是血腥氣。」眾人一怔間，只聽見背後有人道：「不錯，正是血腥氣！」

諸人回過頭去，張士師正快步搶上前來。周壓因手腳麻利，一直在花廳內幫忙添酒，手忙眼更忙，連適才張士師曾到場觀綠腰舞也未曾留意到，此刻突然見到他出現，不免驚訝異常，道：「典獄君，原來你還在這裡！」

張士師來不及一一招呼，只朝眾人拱了拱手，即走近肴桌，俯身聞了聞，皺眉道：「這是血水。」舒雅難以置信，嚷道：「血水？這怎麼可能？」李家明也從臥榻上站起，加重語氣追問道：「你是說這西瓜流出的是人的血水？」張士師道：「或者並非人血，而是牲血，我尚不能肯定。」

他仔細查探了一番，見那玉盤中淤積的血水表面隱隱泛出黑紫色，大驚失色，忙從猶自怔在原地的老管家手中奪下玉刀、扔到肴桌上，連聲叫道：「退後，快些退後！」眾人茫然不知所措，面面相覷。

韓熙載不滿地道：「不知典獄到此……」張士師恍若未聞，走近秦蒻蘭道：「請借娘子銀簪一用。」

秦蒻蘭雖不明所以，依舊從髮髻上拔下銀簪。張士師將那只銀簪伸到玉盤中，光亮的銀色立即變得烏黑。李家明驚叫道：「原來這西瓜有毒！」乍然一語，頓時引來諸人一片驚呼，大多數人連連後退，生怕沾染上那帶毒的血水西瓜。

王屋山早已花容失色，驚惶不能自已，一手掩面，一手不由自主抓住立於旁側的郎粲衣袖。郎粲勉強拍了拍她肩頭，示意不必驚慌，但其實自己也按捺不住恐慌，甚至有些後悔今夜來這聚寶山參加宴會。

秦蒻蘭雖沒像旁人那般退開，面色卻也慘澹如紙，喃喃道：「怎麼會這樣？」身子搖晃了兩下，顯是從未見過此等情形，駭異之極。韓熙載正起身離開臥榻，見她風雨飄搖，忙伸手扶住，攙到一張椅子上坐下，問：「你受驚了。」

秦蒻蘭恍惚難安，一直到坐下才發覺扶住自己的人是韓熙載，有些意外，搖了搖頭：「我沒事。」

韓熙載低聲問道：「你怎的比前些日子清減了許多？」言語之間甚見關切。

秦蒻蘭頓覺有千般柔情、滿腔心事，卻一字也說不出來——自從向大宋使者陶谷施美人計那件事後，他們便漸漸疏離，她本來以為，那種心上的鴻溝再也無法填平，但這一刻，他們仿若跨越一切障礙，又親近了——發怔半晌，眼眶一紅，道：「改日說罷。眼前這事……卻如何是好？」韓熙載淡淡道：「他們要殺的人是我。」秦蒻蘭一怔，問道：「他們？」

韓熙載冷笑一聲，面色突然嚴峻如鐵，回過身問道：「韓府吃老圃的西瓜已經二十年了，從沒遇過今天這樣的怪事。今日這西瓜是怎麼來的？」他的聲音並不嚴厲，卻自有一股不容人反抗的威嚴。

老管家終於醒過神來，望了一眼張士師，結結巴巴地道：「西瓜……西瓜是典獄君……送來的……」

電光火石之間，張士師已然明白自己的不利處境——他既非韓府中人，又不是夜宴的客人，送西瓜來之後更以「可疑」之由主動要求留在韓府，理所當然成了最令人懷疑的人選。果見眾人目光如箭，毫不留情地注往他身上。

恰在此時，珠簾微響，陳致雍和朱銑揭簾而入，見堂內氣氛凝重，人人肅穆，不免驚訝萬分。朱銑腳下未動，目光早已投向一旁的秦蒻蘭，她卻絲毫沒留意到他進來——她正委頓地倚靠在座椅上，茫然望著肴桌上的西瓜，又是驚奇又是困惑。

陳致雍心下大奇，問道：「出了什麼事？」李家明答道：「有人在西瓜中下了毒。」他雖沒有指名道姓，視線始終不離張士師左右，話中之意不言而喻。

剎那間，陳致雍和朱銑互相對望了一眼，神色不約而同起了微妙變化——意外之情是有的，但更多的是唯恐禍及自身的慌張。幸好堂內諸人注意力不在二人身上，他倆只稍一回望，隨即迅速扭轉目光，繼續瞪視著張士師。

張士師久歷刑獄，深知人言的可怕，不等旁人發問，立即解釋道：「下吏江寧縣典獄張士師，今日恰好路過城北，受老圃之託送西瓜到貴府，絕非下毒之人。」韓熙載沉聲道：「那這西瓜到底是怎麼回事？」張士師道：「這個……下吏也不十分清楚……」

他已經詳細回憶了整個經過，在瓜地親眼見老圃從瓜蔓上摘下西瓜，放到車上，再由他一路送來韓府，直接運到這湖心小島的廚下，中間並無任何差錯。若說誰有機會下毒，那麼一定是韓府中人，且時機是在他運瓜到韓府之後。但西瓜不同於其他酒水菜肴，外有厚厚的瓜皮，下毒難度既高，又極易被事先察覺，此人若有心殺人，又怎會愚笨至此？這一節，他想得到，堂內諸人自然也想得到——有機會在西瓜中下毒的人遠不只他一個，但他卻是唯一一個有機會在西瓜中下毒、卻無法接觸到其他食物的人；因而無論如何，他這個送瓜人都脫不了嫌疑。

既知西瓜一事難以自明，張士師只好抗聲力辯道：「下吏身為公門中人，深知天子腳下、王法可治，怎會平白無故往瓜中下毒？況且下毒目的無非是要殺人。殺人就該有下手的對象，下吏今日受人之託，才第一次來到韓府，與在座各位大多素不相識……」說到這裡，他頓了頓，深覺「素不相識」一詞並不妥帖，堂內幾位官員雖不認識他，他卻認識對方。

周文矩忽介面道：「我認識典獄君，我們是同鄉。」其實早在王屋山熱舞綠腰、張士師初到花廳時，他便一眼認出了這位句容同鄉，只是一直不得其便招呼罷了。

張士師亦深感意外，他習見官僚的明哲保身與勢利，當此不妙處境，得到周文矩的主動出聲招呼，本身就是一種支持，便朝他感激地點點頭。

朱銑進來後視線一直不離秦蒻蘭左右，此時卻突然插口問道：「典獄說是受人之託，受誰所託？」神色頗見緊張。張士師道：「還能是誰，當然是受老圃之託。」朱銑道：「噢。」這才略略鬆了口氣。

張士師見他言行古怪，恍然有些明白過來，對方該不會是將他當作那個所謂官家派來的細作罷？但他此刻無暇念及更多，急於擺脫自己的嫌疑，又道：「下吏絕非下毒之人。各位切莫忘了，適才可是下吏向秦家娘子求借銀簪，試出這西瓜有毒的。」眾人聽了均覺有理，唯有陳致雍冷笑道：「賊喊捉賊，這恰是典獄的厲害之處。」張士師愕然不解，問道：「陳博士此話怎講？」陳致雍冷笑道：「典獄適才還說與某等素不相識，現下卻突然認識我陳某。想來這裡韓相公、朱相公諸位，典獄也該認識的。」張士師自知適才失言，只好道：「各位官人[5]我自是識得。下吏本來的意思是，我與各位既無冤又無仇，沒有殺人的動機，當然也沒有下毒的對象……」

陳致雍道：「典獄若不是別有所圖，為何會無緣無故替沒有任何交情的老圃送西瓜？」張士師遲疑道：「這個……僅僅因為老圃缺人手，而他又答應秦家娘子要送瓜到韓府。」他當然不能說，自己答應送瓜最重要的理由是想再見秦蒻蘭一面，心下想著，卻情不自禁抬目看了她一眼。此刻，他是全場矚目的焦點，他這一眼立即引來更大的猜疑，就連秦蒻蘭也不願再裝出表面上的客氣，開始以忿意的目光睥睨著他。

陳致雍喝道：「你來聚寶山到底有什麼目的？為什麼要在西瓜中下毒？」不僅聲色俱厲，且完全已將張士師當作下毒的凶犯。

張士師頓時心頭火起，他雖不知陳致雍為何喧賓奪主、一再對自己發難，但此刻要轉危為安，唯有將他心中想到的可疑之人一一列舉出來，雖有以下犯上之嫌，但權衡得失，也只能如此了，當即反唇道：「下吏不過充當遞送工具，負責送瓜到聚寶山而已，至於瓜到了韓府之後發生什麼事，下吏一無所知。依下吏之愚見，陳博士的嫌疑其實比我更大。」陳致雍一愣，愕然道：「你說什麼？」張士師道：「陳博士在舞蹈半途離開，出去了老半天，大夥都不知道你幹什麼去了。而西瓜一直放在廚下，你有充裕的時間下毒。」

如張士師所料，眾人的視線瞬間移到陳致雍身上。大家這才知道為何陳致雍不等舞蹈結束便離開花廳。試想，王屋山今晚的綠腰舞何等飛紅流翠，令人如癡如醉，他竟然捨得中途離開，莫非真有什麼說不出口的緣由？

陳致雍一怔，這才反應過來，氣急敗壞道：「什麼？你不過是個小小縣吏，竟敢懷疑我下毒？可知道誣告構陷朝廷命官是反坐大罪？」張士師道：「這點下吏自然知道。不過，下吏只是說陳博士有嫌疑，並沒說你就是下毒的凶犯，何來誣告一說？陳博士只要講明適才離開花廳後的行蹤，理可當眾證明清白。」

陳致雍勃然大怒道：「我憑什麼向你交代行蹤？」他既露理屈詞窮之態，自覺發窘，便衝韓熙載一抱拳，賭氣道：「熙載兄，弟先告辭了。」韓熙載忙叫道：「致雍老弟……」一邊向舒雅使了個眼色。舒雅會意，當即上前勸道：「陳博士何必著急！現今天還未亮，山道極不好走。何況即便回城，也還是夜禁時分，城門未開……」陳致雍卻不肯聽從，執意要走，又冷笑道：「等天一亮，我就去江寧縣，問問趙縣令手下何以有如此縣吏。」

張士師見事已至此，索性道：「陳博士，下吏不妨直言，你要是就此離開，嫌疑可是更大。如果你自認問心無愧，就該留在這裡把事情說清楚。」陳致雍正待呵斥，不料新科狀元郎粲竟突然出聲附和：「典獄君雖有冒犯，說的確也有幾分道理。」

陳致雍氣得臉都綠了，他年輕時也是個快意恩仇的任俠人物，此刻真恨不得立即上前用刀殺掉張士師，方解心頭之恨。然一干目光集中在自己身上，有審視探究的，有驚訝好奇的，有意味深長的，有漫不經心的，有飄忽不定的，當真如烈焰焚身。他進也不是，退也不得，忍得一忍，才勉強道：「適才我半途離開，是去茅廁……」

張士師其實早已仔細盤算過時間，陳致雍離開花廳時他立即尾隨其後，直到茅廁附近見並無情狀才去了廚下，在那裡又遇見秦蒻蘭、小布和大胖，他們是因為舞蹈即將結束才來廚下取果蔬的，往西瓜中下毒當在此之前，是以陳致雍並無機會。之所以要引眾人懷疑他，一來是瞧不慣他那副總高高在上的樣子；二來可以讓他嘗嘗被人疑作凶犯的滋味；三來他確實形跡鬼祟可疑，不知與什麼人在茅房外交談，那名叫阿曜的男子藏在樹後偷聽他談話，後又一閃即逝，或者與他有什麼關聯也說不定。其實說起來，那阿曜才是最大的嫌疑人，莫非是白日在鎮淮橋買瓜不成，心懷怨恨，以致追到聚寶山下毒？當時瞧他及他母親的神色，便可斷定與韓熙載有宿怨。

正待說出阿曜一事，陳致雍突然加重語氣嚷道：「適才在茅廁外遇到典獄時，你不正是沿牆根從廚下過來麼？」張士師正要答話，一直縮在人群後的小布猛然想起，叫道：「呀，我們剛剛確實在廚下遇到典獄君，是也不是，娘子？」秦蒻蘭已經鎮定許多，她仔細回憶之後，這才點頭道：「的確如此。」

陳致雍頓時如獲至寶，音調又高亢起來，急不可待地道：「這就是了，典獄就是下毒的凶犯！快，快拿繩子將他捆起來，等天明送交江寧府處置。」

眾人互相望著，卻不說話，也無人上前捆拿張士師。陳致雍這才反應過來自己有些越俎代庖，問道：「熙載兄，依你看……」韓熙載微一思忖，即道：「就依致雍老弟的法子。來人……」張士師忙道：「且慢，我還有話說！」韓熙載冷冷道：「你還要強辯麼？」張士師道：「強辯不敢，請聽下吏一言，我個人被冤枉不要緊，然而真正的凶犯尚藏在府中，說不定還會繼續對各位下手。」

他知道眾人鬧了半天，又驚又懼，各有疲憊之色，都巴不得早些離開這血光之地，絕無心思再繼續聽他長篇大論的辯解，因而這句話說得極高明，足聳人聽聞，又涉及各人安危，即使無意聽他辯解之人也絕不敢輕忽。

果然德明先道：「韓相公，不妨先聽聽他說些什麼。」韓熙載尚在沉吟，周文矩道：「不知道韓相公是否知曉典獄君的尊父，就是前句容縣縣尉張泌。」韓熙載訝然道：「噢？」顯是知道張泌此人。張士師尚不知父親的名頭竟如此之大，連韓熙載一聽都現出尊敬之意。

韓熙載道：「既是張少府[6]之子，且聽聽你的辯詞。」張士師道：「西瓜由下吏一路送來，若真是我下毒，我半路即可落手，用不著再費事去廚下。何況送完西瓜後我本可馬上離開，不必刻意留下，惹人懷疑……」

韓熙載道：「這正是我想問你的，你何以不在夜禁前回城，而留在韓府？」李家明插口道：「肯定是想留下來看看聞名江南的韓府夜宴罷？」張士師道：「並非如此……」當下原原本本說出他在離府時見到一陌生男子翻牆入府的經過。

老管家忙道：「確有此事。典獄君跟我講過後，我以為又是前來偷窺夜宴的浪蕩少年，便自作主張讓典獄君留在府中搜尋此人。」丹珠、曼雲二女也出面作證。老管家道：「不過，之前典獄君未曾言明那男子是尾隨秦家娘子而來。」張士師迅速望了秦蒻蘭一眼，低聲道：「我是怕娘子知道真相後驚懼難安，壞了宴會雅興。」

秦蒻蘭微微一怔，柔聲道：「真的該多謝典獄君美意。」她本一直不信有陌生人闖入府中，認為那不過是張士師為了留在府中刻意編造的謊言，現今才知道真有其事，不免心中頗感愧疚，便想為張士師開脫，又道，「這麼說來，往瓜中下毒的人很可能就是那闖入府中的陌生男子。」

張士師道：「誠如娘子所言，下吏也是這般認為。」當即說了這男子下午曾在鎮淮橋向他買瓜，未得其便後恨恨而去。又道，「適才我離開廚下往茅廁去時，又見到這男子，追上去卻不見人影。看來他對這裡的地形極熟，應該不只來過一次。」

朱銑皺眉道：「到底是什麼人？」張士師遲疑一下，終於道：「我曾聽到那婦人叫他阿曜。」卻見秦蒻蘭如遭雷擊，急問道：「阿曜？典獄君說那男子叫阿曜？」張士師道：「正是。」之前他一直未提，阿曜母子聽他提及「聚寶山韓府」幾個字後的憎恨反應，此刻見到秦蒻蘭神色劇變，更加確認那對母子與韓府有宿怨。

秦蒻蘭又問道：「那男子是不是二十來歲，面色十分蒼白，太夫人則腿腳有些不便？」張士師道：「是。」心想原來她認得這對母子，這樣倒也省事，找到那阿曜變得容易許多。

秦蒻蘭不再說話，只望著韓熙載，似在等他示下。韓熙載面容陰沉得厲害，一言不發。花廳內一時陷入死寂，靜穆得可怕。張士師不明究竟，亦不便詢問，只好等待著。

過了好一會兒，韓熙載才道：「阿曜不會是往瓜中下毒之人。典獄是否還有別的推斷？」言下之意，竟似已完全信任張士師，想請他找出真凶。

眾人一時語塞，不知主人為何突然轉變態度。張士師也不知情由，莫名其妙之餘，頗感受寵若驚，當即道：「據下吏來看，當屬阿曜的嫌疑最大，不知韓相公緣何肯定他不是下毒的凶犯？」

韓熙載只哼了一聲，隨即緘口不言，那神態分明是不願回答這個問題。還是舒雅小心翼翼地道：「典獄君有所不知，阿曜是我恩師韓相公的幼子。」

張士師「啊」了一聲，恍然明白——原來他在鎮淮橋遇到的老婦人是韓熙載正妻，阿曜則是韓熙載與韓夫人所生的幼子，韓氏母子怨恨的並非韓熙載，而是聚寶山一干姬妾，這就難怪韓曜何以躲在竹林用仇恨的目光窺測秦蒻蘭，據說當初韓熙載斥鉅資在聚寶山修建別宅，為的就是將秦蒻蘭金屋藏嬌。也難怪一直找不到韓曜，他必然來過多次，對建築佈局極為熟悉。既然他是韓熙載親子，當無可能是下毒者，即使有心殺死眾姬妾，然則這瓜只有府中首腦人物才吃得到，首當其衝自是他的親生父親。父母之恩，昊天罔極，弒父有悖人倫不說，且為「惡逆」大罪，名列「十惡」之中，僅次於謀反、謀大逆和謀叛，必然也會牽連他母親的家族，僅從韓曜極孝順母親這一點而言，便可斷定他不會有此輕率舉動。

陳致雍卻已顯得不耐煩，道：「那麼，到底是誰往瓜中下毒？這裡這麼多人，只有典獄一人是陌生人，難道不是他最可疑麼？」朱銑勸道：「陳博士稍安毋躁，且聽韓相公怎麼說。」

韓熙載不答，只拿眼睛去望張士師，分明是想聽取他意見。張士師佯作不明，韓熙載只好道：「除了阿曜，典獄以為還會是誰下毒？」

張士師咳了一聲，道：「下吏以為，下毒之人應該就在我們當中……」眾人「呀」的一聲驚呼，各自反應不同，有驚訝的，有恐慌的，有無法相信的，有急忙往旁側望去的。

張士師又道：「要找出凶手，下吏恐怕又要冒犯了。」一邊說著，一邊重重看了陳致雍一眼。眾人以為他在暗示陳致雍就是凶手，不由自主又投往狐疑的目光，陳致雍身旁的侍女吳歌甚至刻意遠離他數步。陳致雍大怒，朱銑忙上前扯住他，道：「不如聽聽典獄怎麼說。」

張士師出了一口惡氣，心中頗為得意，這才道：「陳博士其實並無嫌疑，他雖然中途離開，卻往與廚下相反方向的茅廁而去，之後不久秦家娘子便與小布、石頭一起回到廚下取瓜，他並無下毒的機會。要說這嫌疑最大的人麼……」說到這裡，他突然起了孩童心思，想捉弄一下這幫平日高高在上的顯宦，便有意頓住。

朱銑最急不可待，催問道：「快說，到底是誰？」張士師道：「正是朱相公你。」朱銑愕然道：「我？」怔得一怔，才問道：「典獄此話怎講？」態度卻比陳致雍沉穩得多。

張士師道：「朱相公適才不是離開過麼？」朱銑道：「那又如何？」張士師環視眾人一遍，問道：「不知道朱相公離開前是否與誰打過招呼？」周文矩猶豫了一下，答道：「朱相公說要出去方便。是也不是，閎中兄？」顧閎中點點頭。

張士師道：「先不說這瓜裡面如何成為血水，據下吏推測，那往瓜中下毒之人事先並不知道這瓜是個血西瓜……」一邊說著，一邊走近肴桌，拿起玉刀，手起刀落，切開了另一個頭小些的西瓜——果見紅瓤沙珠，鮮嫩欲滴。再隔汗巾抓起適才試過的銀簪一頭，將完好一頭插入，銀簪頓時一片烏黑。

諸人不約而同「呀」的驚呼一聲，舒雅道：「原來兩個瓜都有毒！」張士師道：「正是！表面絲毫看不出異樣，若適才老管家剛巧切開的不是血水西瓜，而是這個瓜，那麼有毒的西瓜便順理成章進了各位的肚子。但恰好在開瓜之前，朱相公離開了花廳……」郎粲驚叫道：「哎，還真是！」

眾人心下頓時雪亮——正如張士師所言，若非切開的西瓜恰好是個血水西瓜，那有毒的西瓜早就被吃進了肚子，看來只有朱銑和陳致雍可以避過一劫。而陳致雍離開得更早，又有張士師作證他確實去了茅廁。比較起來，朱銑嫌疑最大，他分明知道西瓜有毒，故意提早離開。

陳致雍更是驚懼難安，他適才從外面進來花廳時，見到朱銑站在花架下，似在等人，特意上前去問，對方神色慌亂，只說花廳裡面太熱、出來涼快，約他一同入內，他卻一再推諉，後來實在拖延不過才隨他進來，現在想來，朱銑的確非常可疑。一邊想著，一邊不由自主地也將懷疑的目光投向朱銑。

卻聽張士師又道：「下吏適才進來時，湊巧看到朱相公一直在院落徘徊，似在等待什麼……」陳致雍忙道：「這點我倒可以作證。朱相公本來還不願進來，是我強拉著他進來……」忽又想起什麼，問道，「朱相公，夜宴開場前你捧著肚子出去，果真是去茅廁麼？」

朱銑尚在沉吟中，周壓驚叫道：「呀，夜宴開場前我們幾個還真在廚下遇到朱相公！小布，是罷？」小布道：「對呀，當時秦家娘子也在，大胖也在。」秦蒻蘭歎了口氣，輕輕道：「嗯。」朱銑呆在當場，過了半晌，才慢吞吞地問道：「你……你們懷疑是我下毒？」

眾人一時沉默不語，朱銑位居中樞，名高位重，若非有迫不得已的理由，他絕不會這麼做。當此局勢微妙之際，他為什麼要這麼做，沒有人敢多加揣測。

張士師對政治一竅不通，他關注的是案情本身，哪裡知道旁人的玲瓏心思，暗忖：「毒藥藥人是死罪，按律當絞，朱銑位居高官，又與韓熙載交好，實在想不出他有什麼冒險下毒的動機。」想了想，又道：「朱相公嫌疑最大，不過他並非唯一的嫌犯。」

陳致雍問道：「難道還有別人麼？」言下之意已經認定朱銑就是下毒凶犯。張士師道：「當然，凡是有機會接觸到西瓜的人都有嫌疑。賓客中以朱相公嫌疑最大……」又一指舒雅道：「也包括這位公子……」

他已大略猜到對方是韓熙載的門生舒雅。之前他離開韓府時，曾見到舒雅在石橋上徘徊，可見他比其他賓客都早到，因而也有機會到廚下落毒。

舒雅驚訝道：「我？怎麼會？正如典獄所言，適才切開的若不是血水西瓜，我自己也已經吃了有毒的瓜呀。我怎麼會下毒害自己？」張士師道：「我們尚不能肯定，若不是血水西瓜，也許會有人故意找藉口不吃毒西瓜，跟朱相公提前離開花廳一樣，也可以避禍。」舒雅當即漲紅臉，嘴唇嚅動了幾下，斷斷續續地道：「韓相公是我恩師，我怎麼會……」

周文矩忙道：「典獄沒說一定就是舒公子下毒，只是說舒公子有嫌疑。」又問道：「典獄，還有哪些人有嫌疑？」一旁顧閎中奇怪地看了他一眼，似乎有些怪他不該多問。

張士師道：「這可就很多了。西瓜由我本人黃昏時送到韓府，從那個時候起到適才切瓜，凡是能到廚下接觸西瓜的人都有嫌疑，也就是說，韓府中人個個有嫌疑，當然也包括下吏自己。韓老公，請你將府中所有人都叫來，我們要找出下毒的人。」

老管家環視一眼，道：「除了石頭，都已經在這裡了。」張士師點頭道：「那好……」秦蒻蘭突然打斷話頭，問道：「典獄君適才說韓府中人個個有嫌疑，也包括我家相公麼？」張士師一時愣住，不明白她為什麼問這句沒頭沒腦的話，呆了片刻才答道：「是的。」

再看韓熙載，他依舊沉著臉，似並不以為意。朱銑立刻想起，他與秦蒻蘭在廚下附近交談時，那條躲在花架後的黑影；又想起，夜宴開場後他回到花廳，正見韓熙載從屏風後轉出，似是外出新回。正躊躇要不要將這一節講出來時，又聽張士師道，「韓府人中，王屋山娘子肯定沒有嫌疑，可以先排除。」

眾人大感意外，一起望向王屋山，王屋山莫名其妙地道：「我？」李家明忍不住問道：「為什麼單單就王屋山沒有嫌疑？」王屋山聽他似乎還不服氣，有心將自己捲入，當即惱怒地瞪了他一眼。

張士師當即說了曾在御街撞上王屋山一事，王屋山這才認出張士師就是白日在御街撞到自己之人，道：「原來是你！」張士師道：「王家娘子關心自己的衣裳鞋子勝過自己的身體，可見她不但愛美，而且非常在意這些瑣碎之事。像她這樣的娘子，絕不會進入廚下那種地方。」王屋山大喜，拍手道：「典獄真是聰明得很，我這輩子從沒踏進廚下半步呢！」

眾人面面相覷，直到此刻，才都開始對張士師刮目相看。

舒雅道：「那麼依典獄看來，到底是誰下毒要害恩師？」語氣甚是窮蹙，一是確實關懷韓熙載，二來也急於擺脫自身嫌疑。張士師道：「下毒要害的對象未必就是韓相公。」

諸人頓時一片譁然，李家明茫然問道：「不是要害韓相公？那到底要害誰？」張士師道：「這個……下吏暫時還不知道。還請各位幫忙好好想想，下毒者的目標本來是誰？譬如我本人，是臨時來送瓜的，肯定不是凶犯的目標，可首先排除。老管家、僕人、侍女、樂伎也都可以排除，因為他們沒有機會吃到這個大瓜。剩下的各位，你們認為自己誰會是目標？」

顧閎中和周文矩交換了一下眼色，遲疑道：「我二人本來也不在賓客名單上，應該也不是凶犯的目標。」張士師點了點頭：「那麼還剩下韓相公、陳博士、朱相公、李官人、舒公子、狀元公、王家娘子、秦家娘子……」李家明忙道：「還要算上我妹子李雲如。」張士師道：「嗯。這位長老……」韓熙載道：「德明長老也是臨時受邀而來，並非夜宴常客。」張士師道：「那還剩九個人……」

舒雅道：「我們九個人會不會都是目標？我們這九個人恰好最常參加宴會。噢，狀元公郎粲除外，他今日是第一次來。」張士師道：「如果九個人都是下毒對象，那麼兇手就是……」回身一指一旁的老管家、小布與大胖：「他們三個當中的一個。」

三人一時呆住，露出了不可思議的表情。好半晌後，大胖才跳出來嚷道：「什麼……我們三個怎麼可能下毒？我看最有可能下毒的就是典獄君你了。」張士師道：「凡是投毒……」

忽聽秦蒻蘭道：「他們三個絕對不可能下毒。」她的聲音依舊輕柔，卻甚是堅強有力。張士師道：「下吏相信娘子的話。反過來說，他們三個如果不可能下毒，目標就不可能同時是你們九個人。」

秦蒻蘭正欲開言，朱銑忽側過頭重重看她一眼，她登時想起，朱銑在松林中言及國主派了細作到韓府的話語，還有什麼比收買家人更好的法子呢？再望向老管家等幾人，目光也開始變得驚疑不定。

陳致雍道：「適才典獄承認自己也有嫌疑，為何總是迴避不肯深談？」張士師道：「下吏正要提到我本人為何最無嫌疑。凡投毒案件，均是預謀殺人，事先經過周密策畫。敢問陳博士，下毒害人，最重要的是什麼？」陳致雍道：「那還用問，當然是毒藥。」張士師搖頭道：「不對，投毒最重要的不是毒藥，而是耐心。下吏今日是偶然來到韓府，根本沒有時間和機會籌畫這件事。」

李家明道：「典獄是說，今晚這西瓜是一場精心策畫的預謀……謀殺？」張士師道：「正是，投毒者有備而來。若不是這個西瓜莫名其妙變成了血水，估計各位現下都已橫屍當場。」

堂內立時陷入沉寂，仿若一潭不見天日的死水，結滿厚重的綠苔，壓抑得不起一絲波瀾，完全失去了生趣與活力。堂內眾人也有如晨霧籠罩下的景致，朦朧中看不清本來的真實面目。

忽見得珠簾外有黑影一晃，張士師喝道：「是誰在那裡？」眾人驚然回頭，那黑影卻已消失不見。張士師忙追出去，只見一條人影正快步跑出院落，忙疾奔數步，在月門處一把抓住那人右臂，反擰到背後。那人痛哼一聲，回頭忿恨地瞪著張士師——原來此人正是他一直搜尋未果的阿曜，也就是韓熙載的幼子韓曜。

張士師不敢再用大力，將他拉扯進花廳後，便即放手。堂內眾人正神經緊繃得近乎窒息，忽見張士師帶了韓曜進來，驚奇之餘，也略略鬆了口氣。韓熙載卻垂首沉思，對幼子視若未見。而韓曜進來後也不上前拜見父親，只是站在一邊，昂首向上，神色甚是桀驁，如此公然藐視尊長，亦令人驚詫不已。在場眾人大多知道他們父子不和，不敢輕易開口相勸。

過了好半天，韓熙載才道：「典獄可已有定論？」張士師搖頭道：「此案十分難解。不說這西瓜內瓤為何是一泡血水，單說往西瓜注毒便甚是不可思議。此人若有心殺人，為何不在菜肴點心或酒水中下毒，而要選擇西瓜呢？」舒雅道：「城北老圃西瓜是恩師鍾愛之物。」張士師道：「如此說來，凶犯目標便是韓相公了。可是他究竟如何做到往瓜中注毒，卻事先能不被察覺呢？」

眾人一起朝肴桌望去，只見玉盤中綠皮、黑紋、紅水互相映襯，在燈燭下熠熠閃亮，甚是詭異。而旁邊另一個西瓜，黑籽紅瓤，嬌豔欲滴，誰又能想到這瓜已被人下了劇毒？此時此刻，大多數人心中均想著同一件事：「若早先切開的是這個瓜，只怕我已然橫屍當場。」更有人忖道：「今日大夥命不當絕，僥倖逃過一劫。說不得正是因為德明長老到來，才得佛祖暗中庇護。哎，起初我還不大瞧得起他，真是該打，該打。」

正又心悸又慶幸時，朱銑忽聽到背後有什麼動靜，回頭驚望——一身天水碧[7]衣的李雲如正跌跌撞撞從屏風後方走出，雙手緊捂腹部，頭旋欲吐不吐，煩躁如狂，那張臉本來重新修飾過，此刻卻因痛楚而扭曲變形。朱銑不禁一愣，問道：「李家娘子，你怎麼了？」

1 今江西九江。

2 漢魏之時，佛教開始傳入中國，佛教僧人皆自稱「貧道」。貧道是謙虛的意思，說自己道德和智慧不足，還有一意是漸漸減弱生死道的意思，也有一個意思是警惕自己憂道不憂貧，不要只顧名聞利養，忘記了解脫。直到宋朝以後，「貧道」才成為道士的專利，僧人只自稱「貧僧」。本小說為照顧讀者閱讀習慣，一律習稱「貧僧」。

3 小周后周嘉敏性情善嫉，自她入宮後，凡受李煜寵幸的宮人，遇害情事所在多有。李煜寵妃黃保儀自幼入宮，才氣過人，極得大周后周娥皇（周嘉敏之姊）賞識，也不得不卑躬屈膝奉承周嘉敏，才得自保。

4 說笑時，臉頰漾現的小酒窩。

5 對官員的尊稱。

6 對縣尉的尊稱。

7 天水碧：南唐宮中著名的染練，據《宋史》記載：「（李）煜伎妾常染碧，經夕未收，令露下，色鮮明，煜愛之，自是宮中競收露水染碧以衣之，謂之天水碧。」

卷五　一屍兩命

李雲如目光散亂，面有猙獰凶狠之色，聽到朱銑發問，突然哆嗦著將一隻手伸向他，口中發出含糊不清的「啊、啊」聲，似有求助之意。朱銑見她踉踉蹌蹌，立也立不穩，有心上前扶住，又見她目睛突起，眈眈可畏，不免心下又有所猶豫。眾人聞聲回頭，尚不明所以之時，李雲如已似一灘爛泥般怏怏軟倒在屏風前。

卻見李雲如目光散亂，面有猙獰凶狠之色，聽到朱銑發問，突然哆嗦著將一隻手伸向他，口中發出含糊不清的「啊、啊」聲，似有求助之意。朱銑見她踉踉蹌蹌，立也立不穩，有心上前扶住，又見她目睛突起，耽耽可畏，不免心下又有所猶豫。眾人聞聲回頭，尚不明所以之時，李雲如已似一灘爛泥般快軟倒在屏風前。

除了朱銑外，韓熙載是站得離李雲如最近的人，但他卻如同朱銑，呆若木雞愣在原地，似完全沒反應過來眼前發生了什麼事。還是李家明一個箭步衝過來，蹲身抱起李雲如，叫道：「妹子、妹子，你怎麼了？」

李雲如喉中發出痰響聲，卻始終說不出話來，眼睛大大瞪著，兩手緊握拳頭，腰腿蜷曲，不停地抽搐抖動。張士師趕上前來，見她面色發青、嘴角有白沫流出，忙道：「她是中了毒。」李家明一呆，茫然道：「中毒？」一時難以相信，又仿若溺水之人抓到了一根救命稻草，連聲叫道，「典獄君，你快救救我妹子。」張士師躊躇道：「我只識解砒毒。」

砒毒即為砒霜，號稱「陽精大毒之物」，中毒者四肢逆冷，心腹絞痛，臟腑乾涸，皮膚紫黑，氣血乖逆，敗絕則死。張士師曾見過幾個中砒毒者，感覺李雲如似是中了砒毒，然又與之前所見中毒者症狀不盡相同，是以有所猶豫。

李家明催道：「不管什麼毒，總得試一試。」張士師心想：「李家娘子命懸一線，少不得冒險一試。」他蹲下來俯身察看，見李雲如口唇破裂，兩耳脹大，知道毒已入腹，無法催吐，忙問道：「府中可有防風？」舒雅忙道：「有，有。」

眾人見他喧賓奪主、搶先回答，不免頗為驚詫。舒雅自覺失言，慌忙解釋道：「恩師不習慣南方天氣，患有風濕，我上次送了他老人家一大包防風……」韓熙載似大夢初醒，叫道：「韓公，你趕緊上樓去取防風。」

老管家卻是茫茫然然，莫知所往，渾然嚇得驚呆。韓熙載又叫了一遍，老管家這才道：「防風？好。」張士師道：「一兩即夠。」老管家應了，忙奔上樓去。張士師又道：「再取一碗冷水和一個空碗來。」

須臾間水藥俱到，張士師先在空碗中將防風研成粉末。舒雅頗通醫道，防風能解砒毒卻還是第一次聽說，不免十分狐疑，追問道：「典獄，你這解砒毒的方子從何得來？」張士師道：「公子放心，我這祖傳的方子救活過不少人。」

正用冷水沖調粉末時，李家明急叫道：「典獄，你快來看看！」趕過去一看，卻見李雲如眼睛聳出，口、鼻、耳開始流出道道血絲，知其中毒已深，毒性正深入五臟六腑，忙將那碗防風水端過來，正要餵服時，李雲如驀地大力緊抓張士師的手臂，猛握一下，忽而鬆開，指爪暴裂，頭綿軟垂下，就此死去，只是雙目猶自圓睜，樣子十分駭人。

張士師伸手試探鼻息，見已無呼吸，微微搖了搖頭，黯然道：「已然太遲了。」李家明怔了片刻，這才反應過來，緊抱住屍首哭叫道：「妹子！妹子！」聲音極為淒厲，令人不忍卒聞。德明輕歎一聲，雙手合十道：「阿彌陀佛！」

王屋山本一直縮在一旁，此刻不免好奇這個生平勁敵為何突然死掉，擠過人群，只瞧了一眼，即被李雲如七竅流血的慘狀嚇得魂氣飛越天外，尖叫一聲，連退數步，一屁股頓坐在椅子上。郎粲忙跟過去，關切地道：「娘子要緊麼？」王屋山臉色煞白，體若篩糠，只道：「她……她……她……」

郎粲四下看了一眼，見無人留意這邊，當即彎下身子，附到王屋山耳邊道：「你別怕，等天一亮，我就帶你離開這裡。」王屋山的牙齒「格格」直響，不停打顫，始終說不出一句完整的話。

一個活生生的人變成了一具屍首，事情頓時變得複雜棘手。堂內不乏高官顯宦，然均是文人雅士，適才血水西瓜已令眾人大驚失色，不知該如何處理，更哪裡見過眼前這種場面，早都駭異驚呆了。

張士師雖從未獨立辦過人命案子，但畢竟長年吃公門飯，年少時又經常跟隨父親到現場辦案，見得多了，對官府處理命案的流程極為熟悉，立刻讓周壓回城到江寧縣報官，請當值夜班的縣吏派差役、仵作[1]、書吏前來檢屍立案。

周壓像個稻草人般立在原地不動，張士師又說了一遍，他才回過神，結結巴巴地問道：「為……為何是我去？」張士師道：「你和我一樣，不過是偶然送酒到此，與韓府無關，其他人多少都有干係，不得擅自離開。」周壓道：「可是現下是夜禁，城門未開……」張士師道：「這是人命攸關的大事，你只須向城門衛士說明情由，他們自會放你進城。」周壓想了想，又問道：「那我不用再回來罷？」張士師道：「這個當然。」周壓喜出望外，道：「那我去了。」拔腳便走。老管家忙叫道：「周小哥，大門我已閂上，你出去後記得掩好門。」周壓道：「曉得。」話音落時，人已飛奔出廳，顯是不願在此地多留半刻。

老管家無可奈何地攤攤手，想了想，吩咐小布去大門守著，等待官府公差到來。小布卻不願一個人去，要拉上大胖。老管家知他心裡害怕，只好同意，等二人出去，才轉問張士師道：「典獄君，你看現下如何是好？」

韓延年輕時追隨主人韓熙載從北方逃來南方，一路前有阻截、後有追兵，武庫森森、刀戟在前，面臨常人難以想像的危境，幾次生死關頭都是使盡全身解數和各種詭計才得以活命，也算是經歷過大風大浪的人，但如今遇到這種對手在暗地的棘手局面，實在不知該如何處理才好。

張士師道：「先讓大夥都待在花廳，哪裡也別去。」到得此時，他越發能肯定那下毒的凶犯還在韓府之中，更有九成的可能就在他眼前，這就是為何他讓眾人留在花廳，就是怕有人再遭毒手。一念及此，便上前勸李家明放下李雲如屍首，盡最大限度保護物證。

李家明聽了，立即轉悲為怒道：「難道典獄要我任憑我妹子躺在這裡不予理睬麼？」張士師道：「官人若想找出害你妹妹的真凶，便只能如此。」

這話雖然簡潔，卻十分有力，李家明頓時一凜，心想：「典獄說得有理。反正妹子已經死了，也不在乎多這一刻，現下找出凶犯要緊。」當即小心翼翼放下李雲如屍首，舉袖抹了抹眼淚，起身問道：「我妹子適才回房去換衣服，一直不在這裡，怎麼會中毒？」

此節張士師早已經想過，一時也難以想通其中關節。李家明環視眾人一圈，忽然發覺少了點什麼，問道：「韓曜人呢？」

大家這才發覺韓曜不知道什麼時候已經不見了。李家明痛惜妹子慘死，再也顧不得韓熙載顏面，咬牙切齒道：「要是讓我抓到這小子……」

諸人見他似已認定是韓曜所為，不免莫名驚詫。張士師更是心想：「韓曜母親出身江東名門大族，聲名之卓著，令國人振聾發聵。李雲如輩分上雖是韓曜的庶母，但畢竟只是個出身教坊的女子，二人在地位上無論如何都不能相提並論。韓曜以嫡子身分，殺死年紀相仿的庶母，未免太過匪夷所思。但李家明不避嫌疑，竟敢當著韓熙載的面這麼說，或者他知道什麼隱情。」一念及此，便問道：「李官人何以如此肯定是韓曜所為？」

李家明道：「適才大家都在花廳，只有他韓曜和我妹子不在這裡，現下我妹子死了，不是他還能是誰？」一邊說著，眼淚又禁不住流了出來。一旁舒雅也暗自垂淚不已。

韓熙載始終緘口不言，不置可否。還是秦蒻蘭道：「我不相信阿曜會下如此毒手。」頓了頓，又道，「這裡這麼多人，他為什麼單單要殺雲如妹妹？這根本就說不通。」她自己心中再清楚不過，韓曜最恨的人是她。當初韓熙載為了她拋家棄子、搬到聚寶山時，韓曜還是個小小孩童，從此失去了天倫之樂，如果他真要殺人才能解恨，死的也該是她而不是李雲如。

李家明冷笑道：「娘子還不知道麼？我妹子肚裡懷了韓相公的骨肉！」

此言一出，眾人一派譁然，大約均料不到韓熙載以耳順之年、長外孫已經娶妻生子，還能老來得子。據說他在北方之時，已經娶有嬌妻，二人成親之日，約有「誓無異生之子」的誓言，那妻子為他一連生了三個兒子，不料很快因韓熙載的父親捲入政治風波被殺，韓氏一族被滅門，嬌妻愛子亦瞬間殞命，只有韓熙載孤身一人逃出。後來他來到江南，雖又娶了名門女子孫氏為妻，並大蓄美妾，卻始終子嗣不旺，只與孫氏生有一女一子，長女早已出嫁，幼子韓曜更是在中年所生。若李雲如果真懷了身孕，那韓曜嫉妒之下，說不定真會痛下殺手。

只聽見韓熙載長歎一聲，蹣跚著走向最靠近李雲如屍首的椅子，無精打采地坐下。那一刻，他彷彿老了十歲，渾然沒了平日的龍章鳳姿，還露出些耄耋的老態龍鍾來，與適才血水西瓜事件中那巋然不動的姿態全然判若兩人。

他隨即扭轉了頭，以一種奇特的悲傷凝視著地上的李雲如——她雖然眼睛睜著，卻永遠不會再醒來，想不到今夜一曲〈潯陽夜月〉，竟成了絕唱，縱然尋到那天下聞名的雙鳳琵琶又有何用？尤其令他不勝傷感的是，眼前此情此景，又令他想起自己的愛妻，也就是他的第一位夫人；四十年前她被殺時，也當是死不瞑目罷？若是當時他遵守諾言，與她死在一起，現今大概也不會有這麼多遺憾與煩惱罷？

他一向以風流倜儻自居，對女人從未特別在意，偏偏女人總愛圍著他轉，眾人從未見過他如此傷感的模樣，好像完全變了個人，就連秦蒻蘭也無法想像他還有如此深情款款、愛意綿綿的柔情一面，一時不敢驚擾他。只是她卻情不自禁地去想：他在意的到底是李雲如本人，還是她肚裡的孩子？

忽聞珠簾晃動、腳步輕響，回頭驚望，卻是石頭抱著一罈酒進來。他渾然不知發生了什麼事，只是默默走到牆角，將酒罈放下。

秦蒻蘭素覺虧欠韓曜母子良多，有心為韓曜開脫，便對李家明道：「官人斷定是阿曜所為，不過是因為適才他不在堂內，可是不在堂內的也不僅僅阿曜一人……」李家明極為精明，當即會意，哼了一聲，道：「娘子是想說這啞巴僕人殺了我妹子麼？他多半還不知道我妹子已經死了罷。」

此時石頭正要退出花廳，大胖忙上前扯他到堂中，比劃了幾個手勢，又指了指屏風前李雲如的屍首。石頭大驚失色，「啊啊」連聲，一會兒望望老管家，一會兒望望屍首，雙手不停上下摩挲著衣襟，絲毫不知所措。

李家明冷笑道：「他這個樣子，會是兇手麼？」小布也道：「石頭怕李家娘子……怕得要命，平時看都不敢看她一眼，怎會有膽殺她？」

秦蒻蘭便不再多說，只望著張士師，隱有求助之意。張士師早已聽出她想說韓曜不是兇手，雖不明白她為何以德報怨，但料來該是為了討好韓熙載的緣故。他當然不願拂逆她的意思，但照他判斷，李雲如之死確實以韓曜嫌疑最大，就算石頭與李雲如真有什麼恩怨，平日多的是下手機會，何必要選今晚人多眼雜的時候下手呢？

他輕輕咳了一聲，未及開言，李家明已搶著道：「典獄君，你是不是該立即回城，帶人到鳳台里將韓曜抓起來。」韓熙載始終不發一言，只是呆望著李雲如的屍首。張士師遲疑道：「這個……如果真是韓曜殺了人，事情已然敗露，他該當立即逃逸，還會冒險回家麼？」李家明道：「當然會回家，他死也不會離開他母親的。」張士師一怔，正欲問他何以如此肯定，朱銑忽插口道：「未必便是韓曜所為。」

李家明心下極為不滿，暗想：「韓熙載都無話可說，你這又是要為誰出頭？」李家明剛成年時父母便染病亡故，只留下尚在繈褓中的小妹，因而他既是兄長、也是慈父，一手將李雲如拉扯大，兄妹感情極深。此刻為了替妹妹報仇，別說是韓曜，就算是韓熙載本人他也絕不隱忍。不過，他還是頗顧忌朱銑在官家面前的地位，稍忍怒氣，不快地問道：「朱相公此話何意？」

朱銑自被懷疑往西瓜中下毒以來，相較於陳致雍的難以自安，倒顯出處變不驚的大將風度，未有任何辯解，一直緘默不語，此刻突然開口，未免令人意外。他亦自覺不妥，只望了陳致雍一眼，遲疑道：「嗯……」最終還是欲言又止。

張士師見秦蒻蘭神色頹然沮喪，心中不忍，便道：「我先出去四下查探一下，看看李家娘子到底是在何處中毒。」秦蒻蘭忙道：「典獄君頭一次來，不大熟悉這裡，不如由我領你去。」

張士師正想請老管家帶路，見她主動請纓，不免又驚又喜，嘴上卻道：「不敢有勞娘子。」秦蒻蘭逕自取過一盞紗燈提了，道：「典獄君請隨我來。」方欲離去，老管家急叫道：「典獄君，那這裡……該如何是好？」

此刻堂內人人皆有沮喪驚懼之色，又不得離開，不由自主地都將張士師當作倚靠──今晚臨此大事，許多人才突然發現熟識多年的朋友原來這般陌生，自己也許從來就沒瞭解過對方，相較起來，倒是這第一次見面的張士師可靠多了。

張士師料想眾人在此度日如年，均恨不得及早離開，便道：「官府到來之前，各位切莫輕易離開。」其實何勞他再次叮囑，堂內人人均知搶先離開會惹來一堆猜忌，如同韓曜那樣，為免除後患，提都不敢提想走的話，雖須與死屍共處一室，也少不得要多忍耐。

張士師又讓老管家取些生薑切片，先讓眾人含上，再於李雲如屍首前兩三步遠處燃些蒼術。老管家道：「蒼術沒有，生薑倒是有。」張士師想了想，道：「香料、熏香之類也可以。」韓熙載忽道：「我房裡有龍涎香……」

門生舒雅一直守在他旁側悲傷垂淚，聽了這話，不假思索地插口道：「雲如最喜歡沉香，嫌龍涎有腥氣。」話一出口，才覺不妥，他怎可當眾直呼師母的名字。幸得旁人也沒有留意，只有韓熙載有意無意地瞟他一眼。

張士師早聽聞這龍涎香比採蚌珠還要難上千萬倍，漁民冒著生死在海上漂流數月，運氣好些的才能撈到一塊，得來十分不易。心想：「燃些蒼術不過是想沖淡屍臭，又何必用如此名貴的香料。」又記起曾見到湖心小島上植有幾株皂角樹，當即道：「也不必用那麼名貴的香料。若沒有蒼術，皂角也可替代。」老管家道：「皂角倒是現成的。」韓熙載卻道：「人都死了，再名貴的香料又有何用？何況，切不過是身外之物而已。」一聲歎息，竟似片刻之間已然徹悟。德明雙手合十道：「韓相公能在這種時候明心見性，可謂善哉。」

秦蒻蘭饒有深意打量了韓熙載一眼，他依舊注視著李雲如，絲毫未留意到旁人。她心頭驀地湧起一股難言的黯然神傷，大約他那戚戚哀傷也感染了她，只是她此刻看他，也仿若霧裡看花。她凝視片刻，幽幽歎了口氣，這才道：「我們走罷。」

離開廳堂，秦蒻蘭問道：「雲如住在東面的瑯瑯閣，從這裡過去須得過橋，不知道典獄君想從哪裡開始查探？」此時二人距離甚近，張士師見她娟娟靜美、聲音細柔、吐氣如蘭，不由得一陣暈眩，怔在原地。

秦蒻蘭叫道：「典獄君……」張士師道：「噢……」為了掩飾自己的困窘，忙假意問道，「娘子是說瑯瑯閣麼？好奇怪的名字。」秦蒻蘭道：「嗯。這是因為我家相公本是北海人，小時侯常常到瑯琊山瑯琊臺[2]玩耍。這東面瑯瑯閣、西面琊琊榭，合起來就是瑯琊，取紀念故土之意。」張士師點頭道：「原來如此。」又道，「我們直接去瑯瑯閣。」

他見李雲如不僅換了全新的衣裳，而且重新化了妝、挽了新髮髻，大約正因為如此，才如此費時。她如此精心修飾，應當是為了在夜宴上力壓群芳，有此心理，她自會急不可待地讓花廳賓客看到她的新模樣，絕不會在其他地方停留，因而最有可能的是她回房時吃了什麼有毒的食物，毒藥毒性剛好在她回到花廳時發作。

卻聽見秦蒻蘭問道：「典獄君也認為是阿曜所為麼？」張士師道：「唔……這個……」月華若水，佳麗當前，他生怕自己再次意亂神迷，忙拔腳搶在秦蒻蘭前面數步，頭也不回地道：「他確實嫌疑最大。現下他不告而逃，更說明他做賊心虛。」

秦蒻蘭見他不敢望自己，心想：「想不到這小吏還是個正人君子，真是難得。」緊隨其後，有意裝出漫不經心的語氣道，「雲如離開花廳時，我正與小布、大胖拿瓜進來，石頭也拿酒跟在我背後，朱相公正與周、顧二位言談，還未出去。當時不在堂內的，除了阿曜、典獄君之外，還另有一人……」

頓時一語提醒夢中人，張士師恍然道：「啊，還有陳致雍！」他因當時不在花廳內，並不知曉秦蒻蘭所提及的細節，此刻經她提醒，突然想到在茅廁附近撞到陳致雍後，他明明比自己和石頭先往花廳而去，何以會比自己還晚進來？這段時間他去了什麼地方？如果拋開動機而論，他確實有下毒作案的時間。可是動機呢？他本是夜宴客人，為何要下毒殺死主人的姬妾？會不會是李雲如回去換衣服時，無意中看到他正在做不利韓府的事，他因擔心事情敗露，所以要殺人滅口？可是這也不說通，一個男人若真有祕密被識破，用手殺人豈不比用毒殺人便當得多？

一個問題未解，又有新的謎題冒了出來——綠腰舞幾近結束時，陳致雍在茅廁外與人交談，那個人到底是誰？當時韓曜正伏在樹後偷聽，當然不可能是他，也不可能是稍後撞見的石頭，因他只是個啞巴。照之前情形及秦蒻蘭所言，這個人當既非韓府中人、也非賓客，這個多出來的人到底是誰？莫非除了韓曜外，還有一個真正的陌生人潛伏在府中？

張士師只覺心頭疑念一個個冒出來，如亂麻般纏成一團，死活找不到解扣。他不由得心想：「若是阿爹在此就好了，他老人家多半一眼便能識破其中關鍵所在。」

秦蒻蘭見他沉吟不語，也不再多言，只默默領著往東而去。過了石橋，便是一個小巧的獨立院落，這裡便是瑯瑘閣——院內槐影森森，除一條甬道外，四處雜草叢生，內中蛙蟲啾鳴，熱鬧中乍現寂寥本色，與韓府夜宴如出一轍。進得李雲如房內，燈火通明中，但見慘綠上窗，香爐半燼，那件沾染了酒水的杏黃衫子隨意散落在門檻上，衣在人亡，四下環顧，頗覺淒然。

張士師卻沒有秦蒻蘭那般多愁善感的敏感心思，他自進院落便一直留意觀察——這裡只有一扇月門可供出入，並無強行闖入的痕跡；而茶几上的茶水絲毫未動，連茶杯都完好翻蓋在漆盤中；倒是內房梳妝臺上放有小半杯茶水，只是從表面的茶釉看來，這茶擱在那裡至少有兩個時辰未動，飲用當在夜宴正式開始前；堂內一切整齊有序，只有房內紅漆衣櫃大開著，衣服翻動得極為凌亂，梳妝臺面胭脂、水粉、眉黛四下散落，可見適才李雲如回房只是匆匆換衣梳妝，並未忙於其他任何事。

秦蒻蘭一直任憑張士師四下查看，絲毫不予侵擾，此刻見他久久凝視梳妝臺，若有所思，便問道：「典獄君可有什麼發現？」張士師搖了搖頭，又各處重新勘探了一遍，再無發現。

秦蒻蘭又告知瑯瑯閣後面尚有一小間廚房。原來韓府因姬妾太多，平日都是各自獨立伙食，原先尚有婢女小廝燒火做飯，後來僕人們跑了，就輪到姬妾們自己動手。二人來到廚下，卻見門處積塵極厚，似已許久未有人進去過。推門而入，梁上落土簌簌，聲如撒豆，四處角落結有厚厚的蛛網，一派凋落淒涼景象，不要說與島上花廳的華麗相比，就是與瑯瑯閣前面堂內房間比，也是天壤之別。

秦蒻蘭倒也不十分驚奇，只道：「看來雲如有一陣子沒在這裡開伙做飯了。」張士師點點頭，心想：「這不是很正常麼？她肯定是跟韓熙載一道吃飯。你竟然不知道，莫非……莫非你平常並不與你丈夫一起吃飯，也跟那些姬妾一樣，自己做飯？」人人都知道秦蒻蘭是聚寶山的主母，心下不由得對她與韓熙載的關係十分好奇。

廚下既無發現，二人又重回房間。張士師到梳妝臺前，將那半杯茶小心端起聞了聞，似有一股奇怪的氣味，不同於普通綠茶。微一沉吟，回到正堂，將那茶几上的茶壺端起一聞，果有同樣的怪味。他將茶壺與茶杯都平端在手中，叫道：「娘子，我們走罷。」秦蒻蘭問道：「這茶……有毒麼？」張士師見她頗有驚疑之色，忙安慰道：「娘子不必驚慌，這茶未必有毒，我只是想帶去廳堂用銀針試一下。」

出來瑯瑯閣，秦蒻蘭領先而行，步上石橋，這裡馨香濃郁，冷豔幽芳，聞之心怡。四周湖面乳霧繚繞，腳下大片亭亭玉立的白蓮，仿若穿著月光灑下的紗衣，蕭然搖擺，風神俊爽；花間粒粒如夜明珠般粼粼閃亮的是葉面上的水珠，隨風流轉，晶瑩剔透，清靈易現。可惜好花不常開，「無情有恨何人見，月曉風清欲墮時」，表面的飄逸超俗下，深藏的其實是幽恨綿綿，不正像極了她自己麼？

再舉目環顧——夜色溫柔，這本是個沉迷於夜色的地方，每晚浮華喧鬧，然而今晚的韓府卻分外幽靜，一切醜陋抑或美好的物事在潔淨的銀輝撫慰下，全都變得溫情脈脈。可歎的是，無論表面如何寧靜，今晚都將是一個令人難忘的漫長夜晚。以往每每夜宴結束、貌似繁華的激蕩過後，總有股無法言說的悲涼襲來，明日晨曦到來之時，又會是什麼樣的感受？她無力去想，甚至不敢去想，只覺從來不曾這般疲憊。

張士師的眼裡則是另外一幅風景——山風習習，花草搖曳，水中倒影，波光瀲灩。她立在橋中，仿若天上下凡的嫦娥仙子，高潔無瑕，白蓮般純淨，流水般透明。他像個木偶般，站在橋頭一動不動，細細地、靜靜地凝視著她的側影，心緒有如微水波瀾，一陣又一陣漣漪起伏。清風稀稀疏疏掠過髮梢，讓他切實感覺到這個夏日夜晚的清幽與溫潤。

也不知道過了多少時刻，忽聽得秦蒻蘭幽幽歎了口氣，道：「為什麼偏偏是雲如呢？」言下有不勝惋惜之意。張士師一呆，問道：「什麼？」秦蒻蘭道：「可憐雲如……」張士師卻受到某種提示，驀然想起一件重要之極的事，驚叫道：「呀！」今晚一切發生得太快，他只是被動地跟著事情轉來轉去，竟沒有時間將與韓府有關的事件前後加以聯繫考慮，直到此刻才想起，李雲如無故從飲虹橋上跌入秦淮河一事，莫非她的被殺與之前那件事有所關聯？抑或殺她的凶手就是白日在秦淮河推她下橋之人？

秦蒻蘭被他這一聲驚呼嚇了一大跳，急問道：「典獄君是不是想起什麼？」張士師便簡略說了李雲如白日被人推下飲虹橋一事。秦蒻蘭驚訝萬分，道：「如此說來，雲如白日已經遇過一次險，可是典獄君恰在當場，她為何不報官？回府後也未對人提起？」張士師道：「這個……也是下吏困惑之處。」

秦蒻蘭沉吟道：「白日我也去過飲虹橋附近……」張士師忙道：「李家娘子跌入河中是發生在娘子買魚離開後。」秦蒻蘭道：「原來典獄君早已經看到我。」張士師點頭道：「當時我正在酒肆中飲酒。」秦蒻蘭歉然道：「抱歉得緊，我淨想著宴會之事，竟絲毫未留意到典獄君在店內。」張士師本就對她有愛慕之心，又見她如此溫雅有禮，心中更是敬重，忙道：「娘子言重了。」

秦蒻蘭又詳細問了李雲如白日掉入河中的情形，道：「該不會下毒害死雲如的凶手，就是白日推她掉落飲虹橋之人？」張士師道：「下吏也這麼想。」秦蒻蘭道：「嗯，這件事還是先不要說的好。典獄君以為呢？」張士師道：「這樣當然最好不過。若凶手果真是同一人，除了我和娘子知道外，就只剩凶手自己知道……」秦蒻蘭點頭道：「這樣就更容易從對方言語中發現破綻，找出真凶。典獄君，你真是聰明！」

張士師得她一語褒獎，不免驚喜交加，一時怔住，有心謙辭幾句，卻又不知如何得宜。好在秦蒻蘭不等他回答，即往橋下走去，步出數步，不見他跟來，又回頭叫道：「典獄君……」張士師這才回過神來，忙追上前去。

二人回到小島，才剛進院落，便先聞到一股奇特的幽香，略帶清冽甘甜的味道壓過了庭中馥郁的蓮香，聞之氣爽。秦蒻蘭歎道：「到底還是點上了龍涎香。」張士師一愣，心想：「這便是龍涎香麼？不過是有異花氣而已，如何能比金子還貴？」

進得花廳，香氣更加濃重。但見李雲如屍首前放有一小巧的紫金銅爐，一剪煙縷正如絲縷冒出。雖芬郁滿堂，眾人仍遠離屍首而坐，神色照舊如熱鍋上的螞蟻，各有焦灼之態。

老管家一見到張士師，便急得搓手道：「周小哥去了這半天，官差還沒來呢！」張士師道：「老公稍安勿躁，才過了大半個時辰，估計小周哥才剛到衙門。」老管家心下稍安，又道：「我遵照典獄君所言，從廚下切了薑片，可是大夥都不肯含上。」

嘴中含上薑片無非是想讓人對死屍不那麼敏感，張士師料到眾人杯弓蛇影，擔心薑中也被下了毒，所以不願嘗試，當即道：「罷了，也不是什麼要緊事。」上前將手中的茶壺茶杯放到邊側的肴桌上。

張士師從瑯瑯閣回來後，舒雅心中十分關切，視線直落在他身上，只是老管家不停叨東叨西，不得其便相詢，此刻突然見到那茶壺茶杯，立時驚詫萬分，睜大眼睛，問道：「那茶……」

張士師稍一回頭，即刻想起自己送瓜後、離開韓府之時，舒雅正在東面石橋上徘徊，莫非當時他正往瑯瑯閣而去？他既是韓熙載門生，又是夜宴常客，李雲如絕對不會提防，如此，他便有許多機會往茶水中下毒。不然，為何他一見到茶壺茶杯就變色至此？最緊要的是，他脫口而出的是「茶」，而不是「茶杯」或者「茶壺」，可見他早知茶水中有蹊蹺。心中既這般想，望向舒雅的目光也帶上幾分懷疑，問道：「今日舒公子可曾去過瑯瑯閣？」舒雅斷然道：「沒有，當然沒有。」態度甚是堅決。

張士師心想：「你現在可以抵死不認，一會兒驗出茶水中有毒，再有小布作證與我一道看見你往瑯瑯閣去，你可就無法抵賴了。」當下不再說破，環視一周，望見只有侍女吳歌的髮髻上別著一根長長的銀簪，便上前道：「可否借娘子簪子一用？」吳歌驚奇地問道：「做什麼用？」張士師道：「驗一下李家娘子的茶水是否有毒。」

眾人立即一陣譁然，舒雅更是驚道：「這茶怎麼會有毒？」他越是如此，張士師越是懷疑，重重地看了他一眼。旁人也漸漸明白過來。起初舒雅尚強作鎮定，但在許多雙眼睛的注目審視下，不由自主開始慌亂起來。

吳歌卻不願拿出自己的銀簪來試毒，只嘟囔道：「舒公子怎麼會往李雲如杯中下毒？他疼她還來不及呢。」張士師一呆，問道：「你說什麼？」

吳歌不敢再多說，見眾目睽睽下實在難以推託，只好拔下簪子交給張士師。張士師接過銀簪，小心翼翼地探入茶杯中，剎那間，簪子一頭立即由銀白變成灰黑；儘管眾人早有心理準備，還是被嚇了一跳，就連舒雅見此情狀，也不禁打了個寒戰。張士師又捏住銀簪中間，將另一頭伸入茶壺中，果然又變成黑色。

一片驚呼聲後，舒雅的臉漲成了豬肝色，連連擺手道：「不是我……我沒有下毒……」張士師道：「請問舒公子今日何時到達韓府？」舒雅又是局促又是惱怒，他雖絕跡仕途，畢竟是南唐科舉狀元，才譽江南，現今卻被一小小縣吏當眾盤問、懷疑是下毒凶犯，顏面何存？然則當此情形，又不能不答，只得強忍怒氣，答道：「大約酉時……我雖比其他人早到，可是我沒有下毒……」張士師道：「日暮時分，我曾看到你往瑯瑯閣而去。」舒雅道：「那是……」又立即覺得不妥，改口道：「我只是在橋上走一走，根本就沒有進瑯瑯閣。」

他明顯底氣不足，言語蒼白無力，到了這個地步，哪裡還有人肯相信他？一時間，唾罵者有之，鄙夷者有之，幸災樂禍者有之，困惑者有之，惋惜者有之，道道目光如風刀霜劍緊逼著他，他最重顏面，頓感如墜地獄，真恨不得那被毒死之人是自己。無地自容之下，他只好求助地望向韓熙載，希望老師能在這個時候站出來為自己說句話。出人意料的是，韓熙載卻始終一語不發，只悶坐在椅子上，垂著眼皮發呆，對堂內一切置若罔聞，看來李雲如之死對他打擊極大。

幸得李家明此時開了口，大聲道：「典獄有些武斷了！就算舒雅去過瑯琊閣，但去過那裡的又不只他一人。難道不可能是韓曜趁大夥在花廳夜宴，跑去東面下毒麼？」他心下依然認定韓曜是凶手，此刻見到有證據指向旁人，當然很不服氣。

張士師道：「好。那麼，請問各位是誰最先見到李家娘子自東面住處來到花廳呢？」諸人遲疑間，曼雲忽道：「好像是客人們進來後，李娘子跟王娘子才一道進來的。對不對，丹珠？」丹珠早已嚇傻，只是茫然點了點頭。

張士師道：「那麼王家娘子就是第一個見到李家娘子自瑯琊閣來到湖心島的人？」王屋山結結巴巴地道：「不……不是……」

旁人以為她說自己不是第一個見到李雲如的人，不料她頓了頓，又道，「我先見到的不是雲如姊姊，而是舒雅公子。」老管家驚叫道：「他？」舒雅臉色極為難看，卻不再強行辯解，只默默低下了頭。張士師也很意外竟另有目擊者，忙道：「還請王家娘子講得清楚些。」

王屋山便斷斷續續敘述了事情始末，她因為受了驚嚇，所以有些前言不搭後語，但大致的意思卻很清楚：天黑掌燈之時，她離開琊琊榭來到花廳，當時賓客未到，於是打算出來走走，剛出院落，就看到舒雅正從東面石橋下來；兩人說了幾句話後，韓熙載從前院來到花廳，舒雅便隨他一起進去；她又等了一會兒，見到朱銑、陳致雍、郎粲、李家明等賓客正自複廊而來，就在此刻遇到李雲如，於是便連袂進了花廳。

張士師謝過她，又詳細講述自己先前離開韓府時的經過：天將黑時，他與小布一邊掌燈一邊離開小島，看到舒雅正穿過東面石橋往瑯瑯閣而去；二人進入複廊後，先遇到韓熙載；之後他與小布分手，獨自前行，先後遇到了朱銑、郎粲、陳致雍、李家明及陪同侍女；到大門時，又見到顧閎中和周文矩；到府外竹林時，看到了秦蒻蘭，以及暗中窺探的韓曜。

李家明早就不耐煩了，忍不住道：「典獄說這些不相干的事又有何用？」張士師道：「這可不是不相干的事。」眾人大多聽得雲山霧罩，不知道他葫蘆裡賣什麼藥，郎粲催問道：「典獄，這其中到底有什麼奧妙？」張士師道：「奧妙就在這茶壺和茶杯中。」當即指出其中茶釉油光可鑒，茶水至少已有兩個時辰未動過——也就是說，李雲如中途回去換衣裳時並未喝過這杯茶，她喝茶當在夜宴開始前，也就是天黑掌燈後、王屋山遇到她之前。

李家明猶不明所以，問道：「那又如何？」張士師不及回答，郎粲已然冷笑道：「李官人見多識廣，難道還聽不明白麼？李家娘子中毒之時，我等尚在途中，韓曜人在府外，只有舒公子一人……」

他有意在此頓住，但堂上諸人已經完全明白，將王屋山與張士師各自所言合在一起，即可清晰描繪眾人活動的路程與時間。李雲如中毒之際，只有舒雅一人在瑯瑯閣附近活動，且他去時有張士師看到，來時又有王屋山撞見，時間完全吻合，可謂鐵證如山。

人群中最震驚最意外的人當屬李家明，雖不得不面對眼前事實，他還是難以相信舒雅會對妹子下毒，只嘶聲問道：「真的是你下的毒手？」舒雅卻不答話，只呆望著肴桌上的茶杯，神情並非詭計被揭穿後的恐慌，而是一種追悔莫及的悵惘。

李家明連連搖頭道：「不……我不信……」早先他與妹子寓居歙州時，租住的便是舒雅家的房子，可謂相識於患難之間。後來舒雅到金陵應試，也是李雲如竭力向韓熙載推薦，得以成為其門生後，才一夕間聲名鵲起。他如何能忍心對自己有恩的李雲如下手？

秦蒻蘭道：「我也不信舒公子會向雲如妹妹下毒。舒公子，你自己難道沒有什麼可說的麼？」舒雅沮喪地搖搖頭，再無他語，如此情狀，自是默認下毒事實。李家明愕然道：「為什麼？你為什麼要這麼做？」舒雅微微喟歎，低下頭，不敢再瞧眾人一眼。李家明突然想到什麼，驚道：「莫非你……」後面的話卻始終說不出來。

之前李家明不信舒雅會下毒，是因為實在想不出他殺人的理由。自在歙州起，他便已經與李雲如情投意合，即使後來李雲如嫁給韓熙載為姬妾，他對她的情意也未減半分，總是徘徊左右，從不遠離半步。但如今李雲如懷上韓熙載的孩子，超乎他所能忍受的底限，終於因嫉生恨，決意痛下毒手；與其說舒雅要害的是李雲如，倒不如說他想殺的是她肚子裡那韓熙載的孩子。這些前因後果，李家明瞬間便已想得明明白白，只是內中情形卻不能當眾說出，舒雅那小子倒沒什麼，死有餘辜；他作為兄長，如何能在妹子慘死後還提這等曖昧之事，壞了她的名聲？因而只是瞪視舒雅，惡狠狠地道：「原來真是你這小子！」

韓熙載是真名士、真風流，但畢竟已是六旬老翁，精力氣血已衰，然府中姬妾卻正當妙齡、才色雙全，又因出自教坊，跌宕風流，多是難以安分之輩，某些姬妾暗與年輕男子私通偷歡的韻事，不但韓府的人熟悉內中情形，就連堂內大多數賓客亦有所耳聞，見舒雅一副悔不當初的表情，大略已然明白是怎麼回事。

張士師又哪裡知道這些，他想不出舒雅下毒害李雲如的理由，立即追問道：「李官人可是想到了其他佐證？」李家明哼了一聲，面色極為難看。堂內一時陷入靜默。張士師見眾人忸怩地望著韓熙載，似在探他反應，仿若有什麼詭祕往事，不免莫名驚詫。正要發問時，忽聽得顧閎中道：「既然已經找出真凶，大夥是不是也該散了？」

堂內巴不得及早離開的大有人在，但因種種顧慮，無人敢第一個提出。而顧閎中一直沉默，自進韓府便罕有開口，此刻突然說出大多數人心中所想，不免有些令人意外。有人不免揣度他是不是也與李雲如之死有所牽連，可是按理來說不應該呀，他與韓熙載少有來往，今晚也是第一次參加夜宴。可是他不請自來的確很奇怪，韓熙載可不是什麼好名聲、好人緣之人，況且正值免職閒居，不少朝中大員避之唯恐不及，昔日夜宴常客徐鉉、張泊今晚推辭不到，多半也是這個原因。只有朱銑心中明瞭如鏡，暗想：「早就知道顧閎中、周文矩二人別有用心，此時更可見一斑。韓府出了人命凶案，他二人得趕緊進宮回報官家。不過，當此情形，蘭的危機算是暫緩解除了，真是萬幸。」一邊想著，一邊去望秦蒻蘭，她也正朝他望來，只微微頷首，似已完全猜到他的心思。

張士師尚在沉吟，一時無人敢接顧閎中的話頭。周文矩忙道：「那毒西瓜一案呢？」

李雲如猝死轉移了眾人的目光，大家雖然被嚇得不輕，卻不似發現西瓜有毒時那般追魂奪魄，畢竟死的只是李雲如一人，而真正關心她的只有寥寥幾人，但毒西瓜的性質卻完全不同，幾乎危及所有人。各人最關切的當然是自己，均想：「若非出了意外，我這條命今晚就要葬送在聚寶山。真是萬幸！阿彌陀佛！」因而一提到「西瓜」二字，大夥背脊就有些颼颼發涼。周文矩舊話重提，眾人既想找到凶犯，但更想快點離開韓府這個是非之地，正你看我、我看你不知如何是好時，只聽見陳致雍厲聲喝問道：

「舒公子，那西瓜是不是也是你下的毒？」舒雅本能地抬了一下頭，露出了費解的表情，便又深深埋首椅中。

諸人便一起望向張士師，預備聽他示下。張士師心中極是自得，他生平從未這般得志——如此多的官員、美人都要仰賴他，想來他父親張泌最風光之時，也不過如此罷。他勉強鎮定了一下，心想：「這西瓜下毒一事甚是離奇，凶犯到底如何將毒藥落入瓜中尚值得商榷，不能因為舒雅下毒害了李雲如，便要他承擔毒西瓜一案。」

張士師早知道大家都有意趕緊離去，雖然他找出了害死李雲如的凶手，眾人均認可，舒雅自己也默認，然則官府斷案自有一套程序，尤其關乎人命大案，需要專業仵作驗屍、書吏當場記錄，之前他的作為不一定算數，因而當下最要緊的是將這些人都留下，等候官府公差到來。一念及此，便道：「我知道大夥都很疲累，不過官府公差未到，各位最好不要輕舉妄動。」他知道這些人地位官職遠在自己之上，好意相勸恐不如帶點威脅暗示的話語更為奏效。

果然，他話音剛落，郎粲便道：「典獄說的是，既然已經等了這老半天，也不在乎多等一刻。」李家明接道：「現在還是夜禁時間，各位下了山也無法進城。」妹妹慘死在眼前，他做哥哥的理當留下來到最後一刻，對急於離開的人也不免連帶感到忿恨，語氣森然不快、冷心冷面。眾人聽了，只得情願、不情願地附和，各自勉強坐下。

秦蒻蘭自責未盡地主之誼，見諸人鬱鬱滿懷，頗於心不忍，當即道：「也不能讓大家這般乾等，吳歌，你再去端些糕點上來。」吳歌卻遲疑不動，道：「娘子，都這個時候了，誰還有心思吃點心？再說……」頓住不說，但眾人均知她是想說「再說，說不準有人往其中下毒也未可知。」秦蒻蘭便不再催促，默默走到一旁坐下。

張士師見氣氛壓抑、令人窒息，人人難以自安，便有心轉移注意力。他記得曾聽老父親提過，凶案發生後向案發當時在場者詢問案情十分重要，稱為「取證」，是極寶貴的第一證詞，總有些目擊者日後會因各種理由串供、翻供，而第一證詞無論真假，都會留下蛛絲馬跡，日後往往成為破案關鍵。現下既然大家都無事可做，不如他先來訊問案情，也可為書吏省下不少文案工作。當下起身向眾人說明想趁隙取證一事。

在場雖有幾位朝臣，卻無人熟悉司法程序。南唐任命官職慣例，新科進士通常先被任命為縣尉，負責地方治安及刑事案件偵查，目的是為了讓他們熟悉司法事務。在場只有韓熙載、舒雅、郎粲三人是科舉正途出身，偏偏韓熙載是在北方取得功名，不及入仕便遭逢大難逃來南方，而舒雅任翰林院編修的時間極短，郎粲為新晉狀元，未及授官；其他人不過各憑才學當官，如朱銑靠文章書法得以步入中樞，李家明因原本就是優伶所以掌管教坊，因而聽張士師這麼說，均以為是衙門標準程序，待會兒公差到來一樣要照章辦事，典獄實際上是在節省大家的時間，便均異口同聲表示同意。

當下張士師請老管家協助，在花廳一側找了間單獨的廂房，分別將賓主一個個請進去，由他聽取證詞、秦蒻蘭從旁記錄，問題無非是夜宴前後每個人去過哪些地方、與什麼人交談過一些瑣碎事務。張士師本待自己記錄，一來費時，二來他那手字著實潦草難認，此時恰逢秦蒻蘭主動請纓，大感受寵若驚，當即滿口應承。一時之間，美人在側，只覺風光無限。

顧閎中、周文矩最先問畢，二人行程最簡單，僅是跟隨侍女自前院一路到得花廳，之後再未離開。在證詞上具名畫押後，二人均提出畫院還有急事，希冀早些離開。張士師當然不便強留，何況他二人本不在賓客名單上，應當與毒西瓜事件沒有任何關係，因而任憑他們離去。

顧閎中、周文矩離開時，特意去向韓熙載道別，請他節哀多保重身子，韓熙載只簡單「嗯」了一聲算是回應，再無他話，如同枯木死灰。那一刻，所有人都認為這個一度叱吒風雲的男子，威儀能耐已徹底流失，誰會相信這樣一個垂死的老人還有左右天下局勢的能力？說來奇怪的是，其他人雖見顧、周二人離去，竟再無一人附和也要回家，不知是什麼緣故。

諸多人之中，張士師特別留意陳致雍，尤其是他中途離開花廳後的行蹤。陳致雍卻只提去了茅房，從茅房出來後意外遇到張士師。張士師心想：「我明明聽到你和什麼人交談，你不說實話，自是想掩飾對方。嗯，等我取到韓曜的供詞再當面戳穿你也不遲。」

德明亦相當引人矚目，他明明是個僧人，何以會出現在夜宴這樣的場合？而且事先除了韓熙載、老管家二人外，餘人皆不知曉他今晚會到。張士師對此人很反感，明明是長老身分，卻不守清規，只是他除了姍姍來遲外，形跡別無可疑之處。

這一場取證極耗時日。夏季天亮得早，到得最後秦蒻蘭寫下自己的供詞時，外面已隱隱傳來烏雀啾鳴，天開始朦朦發亮，除了守在前院的僕人小布與大胖外，堂內仍有韓熙載、石頭、舒雅三人未曾訊問；石頭是個啞巴倒也罷了，舒雅無論如何都不肯開口，韓熙載則一直枯坐在李雲如屍首邊，旁人也不敢上前催促。張士師猜他痛失愛姬及肚裡的孩子，傷心過度，也就算了。

這二、三十人的供詞足有厚厚一疊，張士師略微翻看，但見筆跡工整娟秀，看上去十分清爽，當即謝道：「有勞娘子了。」秦蒻蘭道：「能幫上典獄君，何其幸哉。」二人一道步出廂房。老管家一直守候在外，一見到張士師，忙迎上前道：「典獄君，我適才到前面看過，仍然不見官差身影。現在是寅時，夜更即盡，城門將開，你看要不要再派人下山催促？」張士師也深覺奇怪，暗想：「莫非周壓下山時遭逢了什麼意外不成？」

正沉吟之時，忽聽見外面的大胖叫道：「來了！來了！」堂中眾人一夜未睡，正岌岌疲累，忽聞得官差終於姍姍到來，立即精神一振，各現喜色——終於可以馬上回家睡覺了。

卻聽見腳步聲急響，大胖和小布領著二人進來，張士師原都認得：前面一位是江寧縣衙的書吏孟光；後面提著竹籃的是江寧府仵作楊大敞，他到江寧府辦事時曾有一面之緣。張士師初來江寧縣為吏之時，多得孟光照顧指點，二人頗為熟稔。孟光一見他便叫道：「典獄，你怎得來的這裡？」張士師不及閒話，上前一把扯住他，壓低聲音問道：「老孟，何以遲了這多時日？」

孟光忙將他拉到一旁，悄悄說明情由。原來周壓下山後倒是順利叫開了城門，因案情涉及高級官員，金吾衛士便指引他去諸司衙門找御史臺御史報官。當夜當值的官員正是監察御史柳宣，他曾多次彈劾韓熙載的生活作風，又因韓熙載被免去兵部尚書一事備受清議困擾，一聽是韓府發生命案，立即命將周壓拒之門外，只派人傳話，說這只是普通刑事案件，發生在江寧府治下，理當由江寧府尹處理。周壓無奈，只好去了江寧府，所幸江寧府就在諸司衙門北面，倒也沒多走幾步路。江寧府尹居住、辦公均在府內，府尹陳繼善被人從床上叫起尚在宿醉中，聽說是韓熙載的姬妾李雲如被殺，立即一驚而醒，揮手命人把周壓趕去江寧縣報官。周壓只好又來到位於城北的江寧縣衙。江寧縣縣令趙長名一聽便連聲道：「弄錯了！弄錯了！」原來韓熙載的鳳台里官舍位於秦淮河北，恰好屬於江寧縣轄區[3]，然聚寶山卻在秦淮河南，那就是上元縣的地界了，府尹定然以為命案是發生在鳳台里，所以讓周壓來找江寧縣報官，而實際上李雲如既死在聚寶山，理所當然歸上元縣管。

可憐周壓又倦又累又餓，強拼著一口氣從城北的江寧縣衙趕去城南的上元縣衙，萬幸再次遇到他進城時曾交談的那隊金吾衛士。金吾衛士們見他被推來擋去，無不大笑，笑過後才用快馬載他到上元縣衙門口，還告訴他道：「你就說是江寧府尹派下來的案子，縣令不敢拒絕。」另一衛士又笑道：「實在不行的話，我們在外面等你，再載你去下一個衙門。」周壓便按照金吾衛士所教，說是江寧府派下來的案子，上元縣縣令孫苜一聽果真不敢拒絕，披衣起床，親自見了周壓，大致問清案情，一聽說江寧縣典獄張士師湊巧在那裡，高興得連聲念佛，立即派了一名差役陪同周壓，再去江寧府說明最先的物證、人證已有江寧縣吏接手。那隊金吾衛士果然還等在上元縣衙門口，見周壓又被趕出，無不哄然而笑，當下簇擁著周壓來到江寧府。府尹陳繼善再次從夢中被叫醒，氣不可遏，床都沒下，怒道：「讓江寧縣縣令趙長名立即去辦，別再來煩我了！」金吾衛士又送周壓來到江寧縣衙，縣令趙長名聽說本縣典獄張士師也在韓府中，不由得驚訝得嘴都合不攏，心中連罵他多事，無可奈何之下，只好召來當值書吏孟光，命他帶一名仵作前去檢復。按照慣例，現場勘驗該由縣令監當，至少也該派縣尉前去，但縣令與縣尉沾親帶故，他既不願自己去，也不願親戚捲入，正發愁監當人選時，突然想到無端惹來禍事的張士師，乾脆順水推舟，指派由他主持檢驗。不料，本縣仵作請了病假回鄉，只好又去江寧府借仵作，好不容易才找到楊大敞，一來一去費了許多功夫。若不是得那幫有心看衙門熱鬧的金吾衛士相助，用快馬馱著周壓來回奔跑，只怕到第二天中午也沒有官差到來。

張士師聽得周壓報官便費了這許多功夫，不由得驚奇不已。孟光低聲道：「明府[4]親自交代，這件案子棘手得很，請典獄務須細心監當。」刻意加重了「細心」二字。

衙門出差有許多見不得光的行話，譬如「細心」就是敷衍了事、走走過場的意思；「費心」則是認真辦案；「上心」才是打足十二分的精神。張士師從來沒辦過案子，又新來金陵不久，如何能知道這些，絲毫沒聽出孟光的話外之音，只道：「是。」又上前與楊大敞招呼。

楊大敞大約四十歲，是個很有經驗的老仵作，他本就脾氣不好，睡夢正酣時被叫出來驗屍，心中很有些不痛快。儘管他的職級較諸典獄低了許多，但他自忖是江寧府仵作，無論如何都比江寧縣衙高人一等，因而對張士師也不大客氣，直接問道：「死人在哪裡？」

張士師便指李雲如的屍首給他看，又簡要說明中毒經過及大致時間。楊大敞兩眼翻白道：「我只管檢屍，書吏只管填寫屍格，典獄只管一旁監當，旁的不相干的事管它做甚？」

張士師早聽聞楊大敞性情古怪，此刻見他一副老滑頭的樣子，似乎根本不打算正經辦案，不由得心頭無名火起，只是不好當眾與他爭執，當即虎了臉，悶在一旁，心想：「反正此案已破，凶手已經找到，我也不怕他偷懶耍滑。」孟光上前悄聲安慰道：「典獄不必理他，他就是這德行。這次典獄立了大功，日後升官發財，可別忘了老哥我。」張士師嘿嘿一聲，也不答話。

楊大敞卻是立在當場，動也不動，似有什麼難言之隱。還是秦蒻蘭出身貧賤，飽經世故，善於察言觀色，忙掏出兩吊錢上前塞到楊大敞手中，笑道：「差大哥辛苦了，這吊錢留給差大哥買碗酒吃。」原來這仵作行也屬於三百六十行，凡仵作檢驗死屍之前，有討要「開手錢」一說，表示開手去晦氣。楊大敞掂得一掂，雖嫌錢少，但美人當前，少不得要給些面子，臉色稍和，順手將錢塞入竹籃，這才向李雲如走去。

書吏孟光忙向老管家討要筆墨，找了張桌子坐下，自懷中掏出公文展開，預備等楊大敞喝報便開始記錄。筆墨俱是現成，正是張士師適才訊問時秦蒻蘭上樓所取。孟光是識貨之人，一見那硯臺一方碧綠，盈盈似水，上有點點紅斑，鮮如胭脂，便知道是韓熙載自用的石硯。悄悄摸了一下，滑膩若油脂，果是方好硯。

秦蒻蘭又取來兩吊錢送與孟光，他慌忙捨了那硯，起身推謝，只道：「娘子何必破費！不過是小吏分內之事罷了。」秦蒻蘭便不再堅持，剛要走開，孟光又道：「娘子請稍候，小吏名叫孟光，不知娘子可否為小吏引見各位官人？」

他為人機巧善言，明明認得在場所有官員，卻假意不識，只因他官職卑微，主動上前招呼，人家不認得他，未必會理睬，但若有美人居中介紹，情況便會完全不同。秦蒻蘭哪裡想得到他如此心思玲瓏，心下還對這個不收黑錢的小吏頗有好感，正欲滿口答應，卻聽見楊大敞高聲吆喝道：「開檢！」孟光心中暗罵了一聲，表面卻若無其事地道：「遲些也不妨。公事要緊。」忙回去坐下，提筆往公文上錄下時間、地點、人物等大略情形。

楊大敞走近屍首，將手中竹籃放在一旁，先探身打量李雲如，情狀彷彿審視著一件精巧的貨品。過了好一會兒，才揚聲叫道：「脫衣！」伸手便往李雲如頭上摸去。一直處於渾噩狀態的韓熙載卻似突然驚醒，喝問道：「你想做什麼？」他的聲音並不大，楊大敞也是個天不怕地不怕之人，聽了卻是心頭一凜，呆了一呆，才答道：「脫衣檢屍。」

眾人這才知道，原來官府仵作檢屍須得脫下死者首飾、外衣、鞋襪等。李家明早已對這位進屋先收錢後辦事的仵作不滿，聞言頓時大怒道：「我妹子已經死了，你還要當眾侮辱她麼？」

楊大敞認得他是中主在位時極得寵的優伶，心中很是輕視，冷冷道：「小人不敢。不過如果不脫衣驗屍，如何得知死者身上傷痕位置、尺寸及性質？書吏如何填寫屍格？」李家明道：「我妹子是中毒而死，滿堂人親眼所見，還需要驗什麼傷痕？」楊大敞道：「既是這樣，官人又何必叫小人到來？」李家明見他倨傲無禮，大怒道：「你一個小小公人……」孟光忙插口道：「官人息怒，這不過是例行公事。如果死者親屬同意，屍首也可以免驗。」一邊說著，一邊忙向張士師使了個眼色。

張士師本來很反感楊大敞，但見他對權貴也沒有好臉色，多少有些刮目相看的意思，便道：「死者李雲如的兄長與丈夫均在這裡。」孟光忙道：「只要二位聯名寫一張請文，表示願意免驗，李家娘子便不必再受翻檢之苦。」李家明道：「這有何難？快些拿紙筆來！」楊大敞道：「慢著！官人不可以寫。」

李家明見這公差似有意處處與自己作對，勃然變色，卻聽見孟光道：「官人是李家娘子長兄罷？在下江寧縣衙書吏孟光。楊大哥只是照章辦事，女子出嫁從夫，既然李家娘子夫君在此，該由他來寫這份請文。」

大家這才明白究竟，李家明卻還是陰沉著臉，難以下臺，正僵持之時，韓熙載站起身來，道：「拿紙筆來。」走到桌前，不假思索，飛文染翰，捉筆便寫。

眾人一下子圍過來。韓熙載的書法與文章一般出名，一手飛白書[5]名動天下，傳說這處聚寶山宅邸的建築費用，全來自他為江東富商書寫文章的「潤筆費」。此刻親眼見到，果真是揮毫如風，恣意汪洋，雲霧輕濃之勢，風旋電激，掀舉若神。就連朱銑這等書法大家也歎為觀止，若不是考慮所寫內容，幾乎就要出聲讚賞。

片刻間，請文已一揮而就，韓熙載署上自己的名字，又將筆交與李家明具名，李家明歪歪扭扭寫上自己的名字，再交到孟光手中。孟光略略一掃，便高聲讚歎道：「相公大手筆，果非我等凡夫俗子所能臆想。小吏孟光，今日有幸得見，真乃三生有幸。」

張士師見他大露阿諛之態，心想：「以前只知道老孟機靈，極會做人，沒跟他一道辦過事，還真不知道他在權貴面前有這樣的嘴臉。」正大感不恥之時，忽聽得楊大敞問道：「死者既是中毒，毒茶又在哪裡？」

張士師知他想走走過場，快些交差，忙領他到肴桌前，告知已經用銀簪驗過，茶壺及茶杯中的茶水均有毒。楊大敞也不多說，只讓人趕緊準備一盆皂角水。水端上來時，秦蒻蘭正引領孟光拜見朱銑，楊大敞衝著孟光大喊一聲道：「開檢！」倒將眾人嚇了一跳。

孟光忙回桌前坐下，楊大敞吆喝道：「銀針勘驗茶水一杯！」探手從竹籃中拿出一個皮囊，從中取出一根銀針，將針用皂角水洗過，再伸入茶水，銀針頓時變了顏色，吆喝道：「銀針探茶水，變青黑色。」

他每吆喝一句，孟光均須如實記錄，日後歸入相應卷宗。堂內主賓從沒見過公差勘驗命案現場的過程，無不感到新奇，勞頓了一夜的疲累亦減輕不少。

只見楊大敞再將銀針伸入皂角水中，片刻後提出，用布揩擦了幾下，吆喝道：「銀針用皂角水洗，其色不褪……」一低頭即愣住，原來那銀針的青黑色竟被洗掉，重新恢復銀白本色，便又改口道：「銀針用皂角水洗，青黑色褪去。」孟光一呆，驚問道：「什麼？」楊大敞狠狠瞪了張士師一眼，不耐煩地重複道：「銀針用皂角水洗後，青黑色褪去。茶水無毒。」

全場雖不完全明白他喊叫的那些術語，但最後一句卻聽得清清楚楚，頓時一片譁然，一會兒不解地望向張士師，一會兒困惑地盯著楊大敞，不知道該相信誰的話。張士師自己也愣然愣住，他開始意識到，自己犯下了一個極大的錯誤。

楊大敞也不理睬，又將茶壺中的茶水勘驗喝報了一遍，結論同樣是無毒。李家明問道：「這……這到底是怎麼回事？」楊大敞冷然道：「能怎麼回事？銀針探物變色並不罕見，須得前後用皂角水揩洗過，顏色不褪，方能確認是毒物。」語氣中對張士師的失誤頗為得意。

李家明對這個性情乖吝的怪異公差之言實難以取信，又問道：「典獄，果真是這樣麼？」張士師雖不願承認，到底還是個有擔當的人，當即大聲道：「適才是我弄錯了，正如仵作所言，茶水經銀針檢驗無毒。實在是抱歉……」一邊朝舒雅望去，見他依然失魂落魄，似絲毫不知他的殺人嫌疑已經洗清。

眾人尚在瞠目結舌，郎粲搶著問道：「怎麼會弄錯呢？典獄推斷出的時間、地點、人物完全吻合，一切都合情合理，就連舒雅自己也默認了呀。」

楊大敞之前只聽張士師簡略說了大致情形，還不知道凶犯已經默認下毒，頗為驚奇。張士師則暗想：「合情合理麼？看來你們都曉得舒雅有殺李雲如的動機，只有我一人懵然不知。」他知道這件事必須儘快說清楚，不然只會繼續冤枉好人，令真凶逍遙法外，當即朗聲道：「在下並非行人，一切要以仵作的檢驗為準。」他表面依舊鎮定，心中卻極為沮喪——在之前最艱難、最混亂的時候，堂中諸人信任他、依賴他，指望他能抓到凶手，他明明沒有勘案經驗，卻自作聰明，結果犯下嚴重的過失，冤枉了一個好人。

旁人尚在迷茫懵懂，未完全會意過來，又聽見楊大敞不滿地道：「你們不是異口同聲稱死者是在大夥眼皮底下中毒而死麼？現在茶水中沒毒，又該怎麼說？」言下之意是懷疑李雲如到底是否中毒而死。張士師忙道：「李家娘子七竅流血而死，大家親眼所見，有目共睹。況且她臉色烏黑、雙眼聳出、指甲爆裂，如何不是中毒症狀？」

楊大敞冷笑一聲，瞪視著他，眼中淨是輕蔑之意，彷彿在說：「憑你這毛頭小子，連須用皂角水揩洗銀針都不知道，還配與我談中毒症狀麼？」張士師臉色一紅，不再吭聲。

郎粲道：「這麼說典獄的判斷是錯的，舒公子並非凶犯？」這已是顯而易見的結論，之前張士師斷定舒雅是凶手，是基於取自李雲如房中的茶水有毒，而舒雅則剛好在那個時間接近瑯瑯閣，現下既然茶水無毒，舒雅當可洗清嫌疑。

卻聽得李家明重重一拍桌子，怒道：「我早說凶犯就是韓曜。」秦蒻蘭道：「絕不可能是阿曜。除了適才被典獄帶進來的那次，他根本沒進過花廳一步。」李家明一聽有理，四下望道：「是誰？到底是誰？這麼狠心，竟對一個懷有身孕的弱女子下手！」全場一片寂靜，無人敢應他的話。李家明怒氣更盛，轉向張士師道：「典獄，這都要怪你，不懂裝懂，無事生非，查不出害死我妹子的凶手不說，還冤枉了一個好人！」

他兄妹二人與舒雅相識於貧寒之時，多蒙對方照顧，才不致流落街頭。舒雅成為韓熙載門生後，更與李氏兄妹親如家人。哪知因為張士師的誤斷，李家明竟對他起了猜忌之心，一度認定他是凶手，現下想來頗多悔恨，覺得很對不起舒雅，不免遷怒於張士師。張士師亦內心有愧，無話可答，只是心中還有些疑惑：既然舒雅未往茶中下毒，為何他一見到茶杯反應那麼大？他既非凶手，為何被指認是凶手時，不竭力為自己辯解？

還是秦蒻蘭道：「典獄君又不是專業仵作，他不過恰逢其時、熱心助人而已。」她雖有絕世美貌，卻為人謙虛，在韓府很得人心，李家明亦敬她三分，怒氣稍減，悶哼了一聲。

秦蒻蘭又道：「那現下該如何是好？」目光不再投向張士師，而改徵詢楊大敞。張士師正感激她出面為自己解圍，見此情狀不免又羞又愧，心中只道：「連她也要看不起我了！」

楊大敞道：「娘子是問我麼？小人只是個仵作，典獄才是監當官，要問他去。」秦蒻蘭無奈，只好轉頭問道：「典獄君，現在該怎麼辦？」張士師遲疑道：「唔……」他已經清楚看到眾人投來的不信任目光，也知道自己無論再說什麼都難以服眾，當此處境真是騎虎難下。

一旁孟光見狀很是焦急。他接到縣令指派時，以為不過是大戶人家司空見慣的姬妾為爭寵互相使壞的案子，其他衙門不願接手，無非是因韓熙載極為難纏，但對他來說卻無所謂，因而踴躍趕來韓府。他在縣衙被人輕視，鬱鬱不得志，早生離開之意，本以為來韓府辦案也許是個難得機會，期待能就此巴結上達官貴人，以作日後晉升之階，哪知道攤上以難纏出名的楊大敞不說，又遇上張士師誤斷，搞不好還要牽累自己，然則已到此光景，少不得要能圓則圓、能緩則緩。便忙挺身而出，道：「雖說典獄誤斷茶水有毒，不過既有這麼多官人作證稱李家娘子是中毒而死，想來不會有錯，茶水無毒，或許酒水有毒……」

孟光信口胡說，不過是想催促楊大敞趕緊在屍格上簽字畫押，證明李雲如中毒而死，最好是自殺而死，與他人無干，然後就算完成公事，可以溜之大吉。不料，隨口一語卻提醒了張士師，心中一驚：「呀，我怎麼沒想到？既然李雲如可能在夜宴開始前即中毒，自然也可能在夜宴之中、離開花廳回瑯琊閣換衣之前，就已中了毒。」他既如此想，腳下亦不由自主移動，慢慢朝臥榻前的大肴桌走去——那上面不但有兩個毒西瓜，還有一堆凌亂的酒壺、酒杯。

直到這個時候，堂中眾人才慢慢回過神來，知道茶水無毒、舒雅無罪幾成定論，而張士師的舉止最終也給予了某種提示。片刻之間，一陣駭人涼意悄然滑過每個人背脊，心中均想著同一件事：「原來是酒水有毒，卻不知我是不是已飲下毒酒。」

楊大敞跟上前去，一眼留意到玉盤中的血水西瓜，只皺了皺眉，也不問究竟，道：「哪個是死者的酒杯？」張士師自是不知，忙叫老管家道：「韓老公……」秦蒻蘭走過來道：「那個琉璃酒樽便是。」指給楊大敞看。

楊大敞立即吆喝道：「開驗死者酒杯。」小心翼翼地取過酒樽，裡面只有一星點殘酒。又抽出一根新銀針，用皂角水洗過，喊道：「銀針入酒！」將針尖探入酒樽中的殘酒。再取出時，眾人「啊」的一聲驚叫，預備等著看銀針變成黑色，然結果並非想見的那般——銀針針尖依舊亮白如舊，一點都沒有變化。

陳致雍叫道：「快，快試試酒壺！」他見李雲如酒樽無毒，理所當然猜想是酒壺中的酒水有毒，說不得他自己也已經飲下。眾人也有一樣的想法，只是慢得一刻，紛紛叫道：「對、對，趕緊驗驗酒壺。」王屋山甚至尖叫道：「大胖，廚下有預備綠豆湯麼？快去取來，我要解毒。」

楊大敞不禁啞然失笑，道：「各位莫慌，若真中了毒，早就跟那位娘子一樣躺在那裡了。」李家明聽他言語中對妹妹不敬，怒道：「你說什麼？」楊大敞橫了他一眼，道：「難道不是麼？」不再理睬他，只問張士師道：「這兩個西瓜……」張士師忙道：「兩個瓜都有毒……噢，我用銀簪驗後未用皂角水擦洗，還請仵作再驗一遍。」態度甚是恭謹。

楊大敞道：「有人吃了麼？」張士師道：「沒有。先切開的是這個血水西瓜……」楊大敞點點頭道：「沒吃就好。」如此奇特的西瓜事件，又是血水又是毒藥，他竟絲毫無好奇之心。

張士師見他不再提西瓜二字，只用銀針一個個檢試肴桌上的酒壺、酒杯，忍不住問道：「這兩個西瓜不用驗麼？」他的本意是，既然早已斷定酒壺中無毒，又何必多費功夫，不如做些有意義的事。楊大敞卻置若罔聞，連瞧也不瞧他一眼。

一旁忙著記錄喝報的孟光也開始嫌張士師多事，道：「典獄，這西瓜既無人食用，當不必再理會。」張士師驚詫萬分，道：「有人往瓜中下毒，意圖謀害這麼多人命，難道不用管麼？」他認定孟光、楊大敞不過是想圖省事，草率了事，不免很有些不滿。

孟光未及回答，楊大敞突然道：「大凡人命之事，須得屍、傷、病、物、蹤五樣，即便這瓜中有毒，可是沒有人吃，無屍、無傷，你要如何問理？虧你典獄還是出身公門世家。」語氣極不客氣。張士師被搶白一頓，本也不在意，可是偏偏當著秦蒻蘭的面，有些難堪，當即立在一邊，悶不作聲。

朱銑忽道：「請教仵作，李家娘子的酒樽既無毒，酒壺中的酒水又怎會有毒？」孟光是刑房書吏，參與勘驗的案子多了，自是一眼就能看出其中關鍵。他有意炫耀，搶著答道：「相公有所不知，李家娘子的酒樽自是無毒，但這裡的酒壺、酒杯極多，大大小小加起來有二、三十只，李家娘子倘若順手取錯，喝了別人杯子裡的酒……」有意頓住，話說到這裡任誰也明白了。李家明道：「這不大可能，堂內人雖多，但大多數是熟客，各有各的酒杯。尤其雲如是個仔細的人，怎會錯拿旁人的酒樽？」孟光道：「官人說得極是。不過，這裡酒杯這麼多……」

一旁枯坐的韓熙載卻似想起什麼，揚起眉頭，正欲開言，忽聽得楊大敞大叫道：「就是這杯了，銀針探酒，變青黑色。」圍觀的眾人聞聲望去，想看看那有毒的酒杯到底是誰的。陳致雍最先驚叫道：「這……這不是熙載兄的金杯麼？」韓熙載「嗖」地站起，飛快步近肴桌，力排人群，果真見到被指有毒的正是那盞金杯。尚在一怔間，楊大敞已用皂角水拭洗完畢，喝報道：「皂角水洗，青黑色不褪，有毒。」一眾人面面相看，心中均有一樣的想法：「原來這凶手想害的是韓熙載，只不過李雲如陰差陽錯地替他死罷了。」

楊大敞飛快驗完最後兩只酒杯，又喝報道：「勘驗完畢。驗得有毒金杯一只。」原來有毒的只有那盞金杯，目標既是韓熙載，狀況立即變得複雜起來。老管家道：「是誰想害我家主人？」只聽見背後有人問道：「要害的對象原來是恩師麼？」

驚然回頭，一直瑟縮在角落的舒雅不知何時站到了眾人背後，臉色蒼白，嘴唇發青，一副大病未癒的樣子。大家也不曉得他聽見了多少，不知如何向他解釋。卻聽見韓熙載歎息了一聲，道：「你們都弄錯了，那盞金杯不是我的。」秦蒻蘭仔細一瞧，訝聲道：「有毒的這盞是陰文，是屋山妹妹的！」

王屋山雖驚惶難安，也勉強夾在圍觀的人中，聽了這話，尚不能相信，道：「什麼？」上前一看，件作驗出有毒的那盞果真是自己的，擔憂、恐懼之情瞬間排山倒海襲來。

李家明本來決計不信妹子會拿錯他人酒杯，此刻得知有毒的酒杯原來是王屋山所有，立即想起事情經過：之前王屋山不小心撞到李雲如，弄掉了她的琉璃酒樽，便用金杯斟酒向她賠罪。也就是說，毒藥下在金杯中，凶手要害的人本來是王屋山，若非種種機緣巧合，死的人絕不該是李雲如。他只覺一陣暈眩，連發怒的力氣也沒有，只喃喃道：「怎麼會這樣？」

王屋山的反應比李家明慢了許多，但最終亦明白過來，橫屍地上的人本該是她，當即尖叫一聲，扶住額頭晃了兩晃，本能地往她旁側的郎粲身上倒去。郎粲早瞥見她搖搖欲墜有暈倒跡象，卻不肯伸手去扶，反而迅速挪開幾步。幸得啞巴僕人石頭站在她背後，眼疾手快，一把攙住，卻見她已然暈了過去。

石頭叫不出聲，只能「啊、啊」乾著急。郎粲忙叫道：「王家娘子昏死過去了！」頓了頓，又道，「該不是也中了毒？」

張士師搶將過來，見她面色如紙、呼吸急促，原來只是因驚悸而暈了過去，便道：「她沒事。」秦蒻蘭忙命石頭將王屋山抱到臥榻上。舒雅似乎終於明白了究竟，軟軟地坐倒在地上，他虛弱得連大聲哭的力氣都沒有，只好無奈地啜泣著急。

孟光叫道：「典獄，現場已勘驗完畢，你是監當官，請來這裡具上姓名。」張士師走過去大略翻看了一遍筆錄，署上自己的名字，又低聲問道：「接下來該當如何？」孟光道：「這裡的事情辦完了，接下來我們就帶著那個金杯直接回衙門。」張士師試探道：「在場的都是重要目擊證人，難道不要一個個錄取他們的口供。」孟光道：「張老弟，你還嫌自己的麻煩不夠多啊？」張士師便不再多說，也不提之前他已有證人筆錄一事。

楊大敞將有毒金杯用布包好，放入竹籃中，預備帶回去做證物。一旁曼雲、丹珠等人不免竊竊私語，那盞金杯被王屋山視為至寶，如今卻成了殺人利器，若非運氣好，七竅流血而死的就該是她了，世事難料，命運無常，亦不外如是。

張士師見楊大敞已提起竹籃準備離開，忍不住上前問道：「那屍首和西瓜……」楊大敞道：「屍首既已免驗，歸家屬自行處理。西瓜殺人無屍無傷，無法立案。」一邊說著，一邊拔腳往外走去。孟光忙收好筆錄，向眾人環揖道：「小吏孟光，先行告退。」走出幾步，見張士師不動，生怕他又節外生枝，忙叫道：「典獄，我們該走了。」

堂內立時安靜下來，沉寂有時是世間最可怕的東西，自有令人窒息的力量。不知道為什麼，哀傷和恐懼再次於此時席捲了每個人；死者躺在屏風前，毒西瓜還在肴桌前，凶手是誰卻一無所知。每個人的心情皆如此沉痛，就連對這個與他們相處了一夜的典獄張士師，也頗有依依不捨之意；他雖然不夠老練，莽撞冒失，卻始終真誠熱心，比起那冷漠的仵作、油滑的書吏，不知好上多少倍，以致再沒有人怪他冤枉了舒雅，也沒有人去想他是否為了擺脫自己的嫌疑而刻意將大家引往歧路。

老管家走上前來，緊握張士師的手，嘴唇不停地哆嗦，連一個「謝」字也說不出。張士師心中頗為感動，道：「我要走了，老公你自己多保重。」

臨走之前，再次向秦蒻蘭望去，她正坐在臥榻邊側，雙手握著王屋山的一隻手，眼睛卻直愣愣地盯著肴桌上的毒西瓜。那一刻，張士師徹底感受到毒西瓜帶來的壓力和恐慌，估計堂中眾人在很長一段時間內，都不會再碰一下西瓜，甚至在吃任何食物之前，都要用銀針試過。見她面色如此憂懼，令人憐惜，張士師忍不住心頭一熱，心想：「就算為了她，我也要盡全力破這毒瓜案。」一念及此，上前附到老管家耳邊，低聲說了幾句。老管家先是愕然，隨即有欣喜之色，道：「好，知道了。」

1 「仵作」一詞在唐代便已出現，主要指專門從事殯葬業之人，又稱「行人」。這些人也為官府從事驗屍、勘驗等工作。宋代以後，仵作一詞逐漸演變成官府專業驗屍人員的名稱。本小說一律採「仵作」加以稱呼。

2 瑯琊山位於今山東諸城東南海濱，瑯琊臺為秦始皇於瑯琊山上所建。

3 金陵城以秦淮河為界，劃為兩縣，河之北歸江寧縣，河之南歸上元縣；縣令品秩正五品，比一般縣令要高出許多。因南唐王宮、中央官署均在江寧縣，江寧縣轄區要比上元縣大出幾倍，二縣均歸江寧府管轄，江寧府尹為從三品。

4 對縣令的尊稱。

5 書體之一，又稱草篆。傳說，漢代文學家蔡邕到皇家藏書的鴻都門送文章時，看到修牆的工匠用掃把蘸石灰刷牆，常常每一刷下去，白道裡有些地方透出牆皮來，由此得到啟發，創造了黑色中隱隱露白的筆道，即飛白書——「取其若絲發處謂之白，其勢飛舉謂之飛。」飛白曾得許多帝王喜愛，像是唐太宗李世民擅飛白，為一時之絕；武則天的飛白作品亦至今猶存。

卷六　不按君臣

果聽見腳步聲窸窸窣窣，有人輕柔步下了地道，舉燭出現在地窖口。微弱的燭光映著她冰肌玉骨的臉龐，當真是丰姿勝仙。一雙眼睛如寒潭般清澈，又如薄霧般朦朧。在場差役大多未見過秦蒻蘭，此刻驚見絕色佳人，只覺夢遊仙境，遍體發酥，渾然不知道身在何處。

一路無語下山，楊大敞逕直回了江寧府，臨別連招呼都未打一個。張士師又困又乏，今夜還要到大獄當值，因與孟光熟識，便提出回家睡一小會兒，請他先行回縣衙向縣令回報。

孟光早已看出這件案子非比尋常——凶手的真正目標其實是韓熙載，王屋山與韓熙載的兩只金杯，雖是一陰一陽，但紋路不明顯，外人很難分辨。凶手一時混淆，誤將毒藥下進王屋山的金杯中，不料事不湊巧，那杯下錯藥的毒酒又讓王屋山轉給了李雲如。仔細想想，有心殺韓熙載的人可比想殺王屋山的人多，他隨便一掰指頭，一雙手都不夠用，正自歎晦氣，不該接手如此棘手的案子，忽聽得張士師不與自己一道即時回報縣令，不禁大喜，暗想：「如此再好不過，正好可將所有事推在他身上。」

孟光之前與張士師結交，不過因為自己沒什麼真本事，在縣衙裡沒一個真正說得上話的朋友，剛好張士師新調來金陵不久，不大清楚同僚底細，兼以張士師是江寧府尹陳繼善指名調來江寧縣之人，諒來很有來頭，因而刻意結識，還頗費功夫指點他記住大小京官的面孔，這不過都是為了日後能有用上之時。但時間既久，才發現張士師與府尹並無任何私人關係，僅僅是府尹一日到句容縣辦公，很賞識張士師想出的一套巡視大獄辦法，僅此而已。如今張士師無端捲入命案，又擅自越權推問，還出了紕漏，得罪了權貴，搞不好還要被舒雅反告誣陷，當然該有多遠就離多遠。他深險詭譎，心中轉念極快，表面照舊滿面笑容，道：「沒事。典獄忙了一天一夜也累了，先回家休息。我會替典獄向明府說清楚的。」張士師到底還是純樸，信以為真，再三道謝，二人就此分手。

今日是個陰天，並不見太陽出來，天氣卻異乎尋常的悶熱，一絲風也沒有。大街小巷隨處可見汗津津的臉，金陵人都被這酷熱折磨得有氣無力。大黃狗躲在巷口的槐樹下，吐著大舌頭，「呼哧呼哧」地喘著氣，看到張士師過來，只側了下頭，竟連尾巴都懶得搖一下。

匆忙回到家中，老父親卻不在，忙趕去前院問房主老何，老何也出了門，只有那孫子小豆子在家。小豆子不過才七、八歲，生長於市井之間，小小年紀卻已聰慧省事，定要張士師答應買糖果交換後，才有板有眼告知：「張公與人有約，出門去了。」又故作神祕狀，道：「對方是個漂亮女人。」張士師素知小豆子頑皮淘氣，又知父親絕不會有此事，便道：「你既胡說八道，先前的約定不能算數，沒有糖果了。」小豆子急道：「我可沒有騙你。」

剛好老何出門回來，才知道是女道士耿先生一大早來約父親登高觀日出。小豆子笑道：「我沒騙你罷。典獄男子漢大丈夫，說話可要算數。」張士師這才放了心，笑道：「放心，少不了你的糖果。」很為老父親有此雅興而感高興，回到房中和衣躺下。勞累了一夜，稍一鬆弛，滿腦子都是韓府的怪案——金杯毒酒，一屍兩命。凶手到底是誰？他要殺的人其實是韓熙載麼？那血水西瓜又是怎麼回事？毒藥如何能下入瓜中卻不被人發現？這案子實在太離奇了。

他忖得片刻，腦海中一團亂麻，理也理不清，乾脆不再去想。這時候，秦蒻蘭又重新浮現出來，曳著一身雪衣，美麗而恬靜，仿若不食人間煙火的仙子，正含情脈脈地朝他微笑，他卻只覺眼皮越來越沉重……

眼前忽然出現一個碩大無比的西瓜，韓府老管家不知從哪裡冒了出來，笑瞇瞇地舉起玉刀，一刀切下，西瓜應聲裂成兩半，卻沒有瓜瓤，而是滾出一個人頭——長髮散面，怒目圓睜，七竅流血，正是那彈得一手好琵琶的李雲如。剎那間，空中響起劇烈的〈十面埋伏〉琵琶樂，金石相交，萬馬奔騰，緊緊逼壓。就在張士師幾乎透不過氣來時，猛然一驚而醒，原來不過是南柯一夢，耳中嘈雜之聲並非有人在彈〈十面埋伏〉，而是房主老何正在外面一邊拍門一邊大叫：「小張哥、小張哥！典獄、典獄！」

張士師自床上一躍而起，奔過去拉開門，卻見老何興奮地站在門口直搓手，一見面便興奮地道：「小張哥，你昨夜在聚寶山韓相公府上過得如何？令尊起初還擔心你是不是出了意外，小老兒就說麼，你肯定是忍不住留在韓府看夜宴。」

張士師又乏又累，打了個呵欠，抬頭一看，似還未到正午，埋怨道：「何老公，我躺下前去找你問我阿爹時，你怎麼不問，偏要等到我睡覺時才來拍門？」老何道：「不是……小老兒適才在巷口聽人說韓府昨夜出了怪案，有個美貌小娘子在夜宴中七竅流血而死。小老兒想小張哥既在那裡，肯定知道怎麼回事，所以趕緊來問問。」張士師吃了一驚，道：「這麼快就傳開了？」心想：「多半是那幫金吾衛士傳出的。」

卻聽見老何又得意洋洋地道：「何止傳開，簡直是轟動全城！早上小老兒出門時就聽說韓府出了命案，御史、府尹、縣令無人敢接，金陵酒肆的少店主周小哥如何好不容易，一晚上跑六、七家衙門，腿都要跑斷了。小豆子好奇得緊，已經趕去酒肆打聽。」又道，「適才又聽街坊們說這是件百年棘手之案，官府無能，只有你典獄一人不畏強權……」張士師聽了不禁苦笑，心想：「這是哪兒跟哪兒呀。看來確是金吾衛士傳出來的，他們閒得沒事，正等著看官府笑話。」

老何道：「死的是個美貌小娘子，對罷？聽說是西瓜有毒，可是不見人吃，只見人死。街坊鄰居們都很好奇，讓小老兒來找小張哥問個清楚。」張士師見他一副急於獵奇的樣子，簡直哭笑不得，現在真相不明、凶手未知，他當然不可隨意透露案情，因而只含糊道：「唔，這個……一時半刻也說不清楚。何老公，我今晚還要在縣衙當班，得先去睡一會兒。這事……回頭再說罷。」老何忙叫道：「哎……」

張士師卻不由分說，將門闔上，重回床上躺下。聽見老何還在門口嘟囔道：「我該怎麼向街坊們交代呀。」頓了頓，又朝內喊道：「小張哥，那說好了，回頭等睡一覺起來可要好好說叨說叨。」張士師假意睡著，也不應話。

只聽見老何嘀咕著往外走去，剛一開院門，便聽見七嘴八舌問話：「老何，打聽得怎樣？」「到底是怎麼回事？」似有許多人早已立在外頭等候消息。老何尚在支吾時，又聽見有人問道：「死的人到底是誰？是不是那江南第一美女秦蒻蘭？」一聽到「秦蒻蘭」三字，張士師立時豎起耳朵。又聽見有人道：「原來死的是秦蒻蘭呀。哎，你們聽說沒有，那大宋使者陶谷跳橋自殺時，曾高喊『報應、報應』。看來真是報應到了。」完全是幸災樂禍的語氣。

聽到這裡，張士師再也按捺不住，飛快地衝到院中，朝人群大叫道：「你們不知道就不要隨便亂講，死的人是李雲如！」聚集在院子門口的無非是左鄰右舍，以及一些好事的市井之徒，呆得一呆，立即蜂擁進來，團團圍住張士師，問道：「是李雲如？」「是不是教坊李家明的妹妹？」「她到底怎麼死的？」「韓府夜宴到底是什麼樣子？」人人爭先恐後，連珠炮似地提問。

如此情狀，張士師真有些後悔不該莽撞地衝出來，他一張嘴如何能應付這麼多人。正不知該如何脫身之時，忽有女聲問道：「你們這麼多人擠在一處做什麼？」聲音仿若風中的鈴鐺，清亮悅耳，一下子就蓋過亂哄哄的吵鬧聲。回頭望去，只見女道士耿先生正站在大門處，清癯的面容滿是驚訝之色。她的背後則跟著一臉肅色的張泌，目光飛快地掠過全場，迅如閃電，隨即垂下眼簾，又恢復了普通老漢的姿態。

眾人尚在愕然之時，耿先生又道：「典獄君，你怎麼還在這裡？適才又有公差往韓府去了，大夥都跟去聚寶山看熱鬧了。」話音剛落，包括房主在內，一幫好事之徒哄然搶出院門，要趕去韓府看看到底出了什麼事，片刻間走得乾乾淨淨。

張士師忙上前道：「阿爹、耿鍊師，你們……原來你們也知道韓府出了凶案？」張泌僅略一點頭，眉頭緊皺，似有什麼不解之愁。耿先生道：「何止我們知道，全金陵城都已傳遍。我們回來的一路上，都在傳說你張典獄如何斷案如神呢！」張士師一呆，問道：「我？」一時不及會意，趕緊問道：「鍊師適才說又有公差往韓府趕去，可知道是江寧府的差人，還是縣衙的人？」耿先生不由得轉過頭笑道：「張公，典獄君可真是個實在人呢。」張士師這才知道她只是隨口一句，不過為了將圍住自己的人誆騙離開。張泌卻道：「鍊師所言未必是虛，不過時辰提早些罷了。」耿先生也道：「看如今這人人奔相走告的情形，這案子恐怕是瞞不住了。」

三人進屋坐下，張泌這才問兒子道：「你昨夜滯留韓府不歸，就是因為湊巧那裡出了命案麼？」張士師忙答道：「並非如此，孩兒留下是因為湊巧看到有人翻牆闖入韓府，當時正是日暮時分，命案則是發生在夜半夜宴進行之時。」張泌道：「噢？這倒與坊間流傳的版本不盡相同。」張士師大感好奇，想問問坊間到底如何傳言，卻又不敢在父親面前造次，便道：「昨夜之事確實極為離奇……」

正待詳細敍述昨夜情形，卻聽見院外有人揚聲叫道：「典獄在家麼？」張士師應聲。那人道：「陳府尹召你即刻去江寧府。」張士師忙向父親與耿先生告罪，進裡間換了公服，匆忙出去。

張泌凝視兒子的背影，臉有憂懼之色。耿先生知道老友心思，當即勸道：「張公不必過度憂慮。雖說正值多事之秋，典獄不過是湊巧趕上，應當並無大礙。」張泌深歎一口氣，道：「我倒不怕別的，就怕他喜出風頭，好管閒事。他自小不好讀書，做事全憑一股熱氣和機靈勁，又好任意行事，京畿之地盤根錯節，搞不好要吃大虧。」耿先生道：「年輕人誰沒個虛浮氣？典獄為人正直，勇於擔當，已是十分難得。」

張士師租住的房子離江寧府不算太遠，走得快些，只需一盞茶功夫。他心中頗為忐忑，猶豫再三，還是開口問那來傳話的差役：「封三哥辛苦了。大熱天的，還勞你跑一趟。」

他是江寧縣典獄，官職在差役之上，如此客氣，封三很是受寵若驚，當即道：「典獄君客氣了，小的只是受府尹差遣跑腿，何敢有辛苦一說。」不待張士師發問，便主動道：「典獄可要小心，小的出來時，府尹面色很是不好。」張士師一愣，問道：「封三哥可知是為了何事？」封三道：「府尹未曾提起。不過……據小的估摸，當是為了韓相公府上姬妾被殺一案生氣。」張士師道：「生氣？」封三道：「莫非典獄還不知道麼？」

封三當下說明了經過，原來江寧縣因為此案案情重大，已將卷宗上報江寧府，江寧府又報給刑部，刑部則與大理寺、御史臺聯合，以三司使[2]的名義重新將卷宗發還江寧府。張士師聽後大為驚詫，衙門辦事之遲緩他見多了，這不過才半天功夫，李雲如一案的卷宗已經在這麼多衙門之中轉了一圈，可謂前所未有的高效率。如此看來，府尹急於召他，不過是要推問案情而已。

現任江寧府尹的陳繼善是南唐官僚中著名的異類，他也算是兩朝老臣，中主李璟在位時很受信任，他出身富貴，家中資產數千萬，別墅林池多不勝計。說他異類，只因與其他男人好權勢、好財富、好美酒、好女色、好享樂全然不同，他平生只有兩大癖好——一是珍珠，二是種菜。為了同時滿足這兩大愛好，他親自舉鋤開墾了一小塊菜地，將收集的千餘顆珍珠當作蔬菜般種在地裡，種完了又揀，揀完了再種，如此周而復始，時人傳為笑柄，他卻絲毫不以為意。這樣一個人，在兩次推諉終不成後，真有決心破案麼？說實話，張士師心中很有些懷疑。

江寧府位於金陵城南北正中的中街上，因靠近皇宮正門，建築也修得很是氣派。唐朝七絕聖手王昌齡曾在這裡任江寧丞長達六年，所以又被世人稱為「詩家天子王江寧」。至今江寧府中倉庫後的一面石牆上還題有他的名作〈出塞〉：「秦時明月漢時關，萬里長征人未還。但使龍城飛將在，不教胡馬度陰山。」一筆意縱橫，遒勁如寒松霜竹，雖歲月滄桑不能磨滅，傳聞正是王昌齡的親筆。當今國主李煜仍是太子時，多次到江寧府觀摩，據說從這「金錯刀」書法得益良多。

張士師進到正廳時，滿頭大汗的府尹陳繼善正在嚴厲訓斥江寧縣縣令趙長名，道：「本尹不久就要致仕，你偏偏在這個時候給我出這樣一個難題。」趙長名十分委屈，忍不住答道：「回尹君，不是小縣有意找事，是這個叫李雲如的女子偏偏在昨夜被人毒死了，且是發生在上元縣治下。」陳繼善道：「哼，若不是你和上元縣縣令孫苜來回推諉，這城中哪會有這麼多流言蜚語？搞不好，本尹臨退休前還要被御史參上一本，最終落個跟韓熙載一樣的免職下場。」趙長名心想：「原來你這草包府尹擔心的是這個。」忙道：「尹君但請放心，周壓最先是找御史臺報案，當值御史一聽跟韓相公有關，堅決不接，這才推到尹君這裡。」

陳繼善此時方才知道此事，很是驚訝，道：「噢？」臉色這才稍微和緩下來，舉袖擦了把汗，轉頭正見封三領著張士師站在廳門口，欲進又止，怒氣頓生，喝道：「你怎麼會在那裡？」張士師忙上前參見，道：「不是尹君召喚下吏前來麼？」陳繼善厲聲道：「本尹是問你如何在韓熙載府邸中？」張士師便說了代老圃送瓜一事。陳繼善道：「原來那殺人的毒西瓜是你送去的。」

趙長名知道這位上司才能平庸，說話辦事都有些纏雜不清，像這般問案，恐怕幾天幾夜耗在這裡都問不出個所以然來。之前他聽書吏孟光詳細回報勘案情況後，亦感到案情絕不簡單，加上張士師擅自越權問案，得罪了許多人不說，還捅下了大漏子，後患無窮。但趙長名遠比孟光深謀遠慮，知道即使將過錯全推在張士師身上亦無濟於事，張士師不過是個典獄，作替罪羊都嫌官職太小，權衡之下，只能以案情重大為由，飛快地將卷宗上交江寧府。他也知道陳繼善絕不會接手，同時建議即刻將案子上交刑部，不然出了任何紕漏，江寧縣與江寧府都面上無光，陳繼善深感有理，欣然同意。只是料不到刑部也不願接這燙手山芋，又重新扔回江寧府。如今群情洶洶，眾所矚目，此案無論如何都不能再碰了，可是陳繼善這草包肯定又要扔給江寧縣，怪只能怪這個張士師多管閒事。事既至此，即使有失體面，為了保全自己，少不得要使一招金蟬脫殼。

卻聽見張士師道：「下吏事先實不知瓜中有毒。尹君有所不知，李雲如之死與毒西瓜無關，她是喝了金杯中的毒酒後毒發身亡。」陳繼善一呆，問道：「什麼，毒酒？西瓜有毒還不算，又出來了毒酒，唉。」他事先不瞭解案情，現在根本沒心思耗費精力在這些事上，當即一揮手，道：「趙縣令，本尹素來賞識你辦事精明幹練，這案子還是交給你江寧縣……」一語未畢，忽見趙長名身子晃了兩晃，踉蹌著退了幾步，坐倒在一旁椅中，仰頭暈厥過去。

陳繼善奇道：「莫非趙縣令也中了毒不成？」張士師忙上前查看，道：「回尹君，明府似是中了暑氣。」陳繼善大急，只想趕在午飯前將這案子派出去，催道：「快些掐他人中，把他弄醒。」張士師道：「是。」上前一步，使勁在趙長名人中上掐了兩掐。趙長名強忍疼痛，就是不睜開眼睛。

陳繼善不見趙長名醒來，急得直跺腳。一旁司錄參軍艾京冷眼旁觀，早看出蹊蹺，他與上元縣縣令孫苜不大和睦，便有心成全趙長名，假意建議道：「尹君，趙縣令操勞過度，怕是一時不得好轉，此案重大，須得迅疾行事，不如改交給上元縣縣令孫苜審理，何況命案本就發生在他治下。只要將張典獄等人調歸孫縣令統轄，他便再無話說。」陳繼善連連拍手道：「好主意、好主意，本尹怎麼沒想到？就依你說的辦。來人……」

正要吩咐立即將卷宗送去上元縣衙之時，一名差役疾奔進來，道：「稟尹君，宮中有中使到來。」陳繼善大驚失色，跌足道：「壞了、壞了，保不齊，連官家也知道這案子了。」匆匆理了理衣冠，扣好因天熱而解開的玉帶，出廳迎接。

剛到門口，便望見一名老宦官雙手捧一小小卷軸，背後跟著個小黃門，施然而來。陳繼善慌忙上前，笑道：「大官[3]大駕光臨，有失遠迎……」老宦官甚是倨傲，也不答禮，逕直道：「國主有教下，江寧府尹陳繼善接教。」這「教」，便是南唐向大宋稱臣之前所稱的「聖旨」。陳繼善忙上前跪下，老宦官展開卷軸，露出黃麻紙[4]來，細聲念了起來。

與此同時，因為艾京等人未得召喚，故不敢擅自跟出去，只在廳內肅手而立。忽見陳繼善回過頭來，遠遠地望著張士師，如見鬼魅。張士師不明所以，也不敢輕舉妄動。一會兒，只見老宦官念完了教令，扶起陳繼善，將卷軸塞到他手中。陳繼善愣在當場，滿臉驚愕，亦不知是喜是悲。

那老宦官卻並不立即離去，而是走近張士師，問道：「你就是江寧縣典獄張士師？」張士師不知自己的大名一夜之間竟已傳入深宮，忙道：「正是下吏。」

老宦官「嘿嘿」兩聲，他聲音尖細，這一笑有如梟鳥夜鳴，令人毛骨悚然。張士師的祖父在世時，總說有三樣東西不能碰：一是不明來由的財富，二是美麗的女人，三是不是男人的男人。張士師感到對方的目光正不懷好意地審視自己，亦不敢輕易發問，只是渾身上下如被螞蟻咬齧，麻癢難耐。

瞧得夠了，老宦官才陰陽怪氣地道：「恭喜張典獄，有人在官家面前大力推薦你，官家有命，由你來協助江寧府尹偵破聚寶山韓府命案。」張士師大吃一驚，反問道：「我？是我麼？」老宦官哼了一聲，大有嘲諷之意。

一旁裝暈的趙長名聽了也忍不住睜大眼睛，匪夷所思地望著張士師。那老宦官雙眼如電，瞬間掃到趙長名身上，反應之快，與他白髮衰翁的老邁渾然不配。趙長名見那目光似針尖般逕直刺穿了心頭，不禁一個哆嗦，忙又閉上眼睛，再也不敢輕易睜開。

張士師猶自不知所措，見老宦官轉身欲走，忙叫道：「大官請留步。」趕緊說明自己資歷淺、不懂律法，甚至將之前錯驗茶水有毒、誤會舒雅一事也訕訕地說了。老宦官驚訝地打量著他，似是對他竟如此坦白十分意外。

張士師又道：「此案似乎是連環下毒，案情複雜，小子有何能耐，怕誤了大事，還請大官……」老宦官不容分說打斷了他，道：「那有什麼要緊？難得典獄不懼權貴，誠實坦蕩，有膽有識，這才是官家最激賞之處。」輕輕拍了拍他肩頭，道：「張典獄，你該知道君無戲言，全看你的了。」言語中頗有鼓勵之意。張士師道：「大官……」老宦官再也不予理睬，又「嘿嘿」了兩聲，領著小黃門揚長而去。

整件事情陡然變得越加戲劇化。原來深宮中的國主李煜不知怎麼聽到了李雲如被殺一案，極為重視；當然，他重視的不是李雲如這個人，而是這起凶殺的真正圖謀。他又聽說大小衙門均不肯接案，顯是懼怕這件案子背後的真相，而最後湊巧接下案子的又是以無能著稱的江寧府尹陳繼善。正當李煜深為憂慮之時，心腹之人向他力薦張士師主持此案。儘管舉薦人列舉了張士師事蹟，又具言由一個在政治上無足輕重的人斷案的種種益處，他還是相當猶豫，畢竟此案重大，涉及的利害關係極多，絕非一個小小典獄所能掌控。忽又聽說張士師是前句容縣縣尉張泌的幼子，張泌曾在他初登基時獻策，條陳十項急務，當時他未聽從，現在看來，張泌所言相當具前瞻性，只是他悔之晚矣。不過，終因張士師是張泌之子的緣故，他下定決心，同意由張士師負責聚寶山毒殺案，但因他人微言輕，對外仍宣稱是由江寧府尹陳繼善負責，再派人暗中向陳繼善交代，一切行事由張士師主持，他只是從旁監當輔佐。

等到陳繼善稟退眾人、告知官家本意後，張士師驚得張大了嘴，說不出一句話來。之前他聽到由自己來協助府尹問案已經驚詫萬分，此刻得知原來是由府尹來協助自己，更是一時呆住。陳繼善忙將刑部退回來的卷宗一股腦交到張士師手中，哀告道：「典獄君，咱二人現在同坐一條船，這案子全靠你了。」

難怪陳繼善哀歎，既然這案子對外宣稱是江寧府尹負責，有功，當然是他的功勞，有過，肯定也是他的過錯。心中難免懊悔當初腦袋一時發熱，將張士師從句容調來了江寧縣，否則斷然不會有這攤子事。

張士師好半晌才反應過來，不免一片茫然。當初他在韓府時，面對眾多權貴，毫不知畏懼，此刻權柄遽然而至，竟然縮手縮腳，渾然不知該如何處置。見陳繼善在一旁唉聲歎氣，忍不住問道：「尹君，眼下該如何是好？」陳繼善雙眼一翻，怒道：「你還敢問我……」突然意識到張士師現下身分不同往日，已成了自己的上司，忙改口道：「官家不是命典獄君權宜行事麼？你就看著辦罷。」見張士師依舊手足無措，心中忍不住罵道：「到底還是土包子一個。」但無奈之下還是得指點一二，便狠狠吞了口唾沫，道：「先主在位時，令尊曾屢破奇案，享有盛名，典獄何不請他出馬相助？」張士師頓覺眼前一亮，道：「正是。家父湊巧在京師，下吏這就回家向他求計。」陳繼善「啊」了一聲，心下這才恍然大悟：「難怪官家指名要張士師，原來早就知道他父親張泌在此，是想請老行尊出山呢。」忙道：「甚好、甚好，你這就去辦罷。」

張士師忙告退出來。剛上中街，差役封三緊跟上來，氣喘吁吁地告道：「尹君交代小人務須跟隨典獄左右，時刻聽從吩咐。」張士師不懂糊塗為官之道，心中猶道：「人人都說府尹糊塗，原來並非如此，府尹慮事也甚周全。」自經歷昨日驚魂一夜，他已知辦案非己一人之力能夠做到，當下謝過封三，請他先隨自己回家一趟。

二人一道回來張家，張泌正請耿先生在家中用飯。一聞見齋菜香，張士師才意識到自己已經連著幾頓飯沒吃，肚子也不爭氣地叫了起來，剛好封三也未吃午飯，又拿了錢請封三就近到巷口買些熟食回來，趁此間隙，也不避耿先生在場，將適才發生的事大略說了。張泌本來正一粒粒地吃著筍脯豆，聽到一半，便將筷子放下，凝神靜聽，面色亦越來越嚴肅。

張士師一口氣說完，急不可待地問道：「阿爹，你看現下要怎麼辦？」忽見父親瞪著自己，知道他怪自己急躁沉不住氣，忙頓住話頭，定了定神，才小心翼翼地道：「孩兒已經再三向那宮裡來的大官辭謝，他聽都不肯聽便走了。」張泌淡淡「嗯」了聲，轉頭問道：「鍊師怎麼看？」耿先生沉吟道：「如今局勢複雜，外患未平，內憂又起，朝內幾派勢力爭權奪利，選一個無足輕重的局外人來辦案，不失為一個聰明的法子。何況此案重大，官家定然是深思熟慮後才會做此決定。不過……貧道倒是好奇官家如何能選中典獄君。」饒有深意地看了張士師一眼。

此處關節張士師早已在回家路上想過，當即道：「會不會是官家派至韓府的細作，報告了孩兒在韓府的胡作妄為？」張泌與耿先生飛快地交換眼色，卻不直接回答，張泌只道：「既是臨危受命，木已成舟，你便去做罷。」張士師道：「可是孩兒根本不知……」

恰逢封三買了食物進來，一推門便嚷道：「呀，不好了，外面都在風傳典獄君胡亂斷案，冤枉了好人……」耿先生奇道：「典獄君冤枉好人？這倒是與我們早上聽到的說法全然不同。」張士師心想：「早上的說法定與周壓進城報案所費周折有關，他離開時李雲如新死，我還未找出茶水有毒，尚只是前半截故事。現下那些韓府賓客多已下山，後半截故事也該接上了。」當即苦笑道：「其實他們沒說錯。」封三一呆，又道：「門外還有幾個小子，鬼鬼祟祟地議論說典獄才是真正的凶手……」張士師訝然道：「什麼？」封三忙道：「典獄放心，小的已經趕走他們了。」

起初張士師挺身問案，不過因為韓府上下皆懷疑是他往瓜中下毒，他為洗清自己嫌疑，不得不全力找出凶手，後來種種事故發生，甚至他錯驗了茶水後，再也沒有人懷疑他是凶手，沒想到轉了這麼大一圈，最終的懷疑對象還是指向了自己。想想之前的勞心勞力，不免感到有些沮喪。

張泌瞧在眼中，冷冷地道：「蛇口蜂針，這才剛剛開始，一點小挫折就不能忍受，還要如何破韓府命案？」張士師垂首道：「是，阿爹教訓的是。」耿先生忙安慰道：「流言蜚語不足為信。何況嘴長在別人身上，只要問心無愧，隨他們去說好了。典獄君，你也餓了，來，趕緊先吃飯，邊吃邊說案情，到底是怎麼一回事。」

張士師猶不敢坐，只偷眼瞧父親臉色，張泌道：「坐罷，封哥也坐下一起吃。」張士師這才坐下，邊吃邊講，自他昨日辦完公事離開江寧府開始，一直說到早上勘完現場，與仵作楊大敞、書吏孟光一起離開韓府為止，足足說了大半個時辰。開始他尚且畏懼父親威嚴，謹小慎微，說了一段後，顧忌漸去，本色漸露，他記憶力極佳、口才也好，雖然許多細節一時來不及提起，但人物、時間、案情無不描述得清清楚楚，就連王屋山如何向李雲如賠罪、李雲如又如何誤喝了那杯本該被王屋山喝下的金杯毒酒，這些他並不在場的細節也說得栩栩如生。其間滔滔不絕，如行雲流水般流暢，毫不間斷，其他三人竟無一人插話，封三更是聽得瞪大了眼睛，只覺典獄說得遠比河邊茶館說故事的瞎子更加曲折動聽。

張士師侃侃講完，意興不減，評點道：「據我看來，這應當是一起連環下毒案……」張泌不動聲色地問道：「你怎麼知道是一起下毒案，而不是兩起下毒案？你能肯定毒西瓜與毒酒是同一人所為麼？」張士師道：「當然能肯定。阿爹曾經說過，投毒最需要耐性，投毒案十成都是熟人所為。想來這人暗中蓄謀，目標本是韓熙載韓相公，便事先在瓜中下了毒，不露痕跡，後來毒西瓜意外敗露，他便再次往金杯中下毒。夜宴上亂哄哄一片，人人陶醉於歌舞美酒，只有謀畫已久的凶手才會隨身攜帶毒藥，所以孩兒可以肯定，毒西瓜與毒酒決計是同一人所為。」他頓了頓，才問道：「阿爹怎麼看這起下毒案？」

張泌沉思不語，良久才問道，「你說這是連環下毒案，凶手既然能夠輕易在酒中下毒，又何必往西瓜上大費周章？」張士師道：「這也是孩兒一直想不明白的問題。」張泌道：「凶手往瓜中下毒，自然是想毒害在場所有人，不論有怨還是無辜，可見此人心腸狠毒。西瓜有毒敗露後，他既隨身攜帶毒藥，大可往酒壺中投毒，何必冒險去碰金杯呢？」耿先生道：「這確實是個破綻。按照典獄君的說法，只有韓熙載和王屋山二人使用金杯，其他人均用琉璃杯，凶手去取金杯，決計比他拿酒壺要引人矚目的多。」張士師道：「或許堂內人多雜亂，他知道不會有人注意到自己。」張泌道：「這也有理，畢竟你當時在場，你的直覺當比我更可靠些。」

張泌極少讚人，對兒子更是嚴肅，張士師聽到父親肯定自己的看法，立時喜上眉梢。張泌歎道：「不過斷案始終要憑物證，如果仵作能當場勘驗出西瓜中的毒藥是否與金杯中相同，現下就不會有這麼多困惑了。」張士師道：「是，孩兒知道下一步該怎麼做了。」他頓了頓，終於訕訕問道：「不過，我始終想不明白的是，西瓜一直到切開之時都未露任何破綻，那凶手如何能將毒藥落入西瓜中？」張士師始終覺得毒西瓜一事太過離奇詭異，不似人力所為，甚至想過世上會不會有天生藏毒的西瓜。

張泌與耿先生卻絲毫不覺詫異，只相視一笑。張士師知道他二人一個經驗老成，一個聰慧過人，想來他們已猜到其中訣竅，正要發問，耿先生道：「典獄君當聽過荊軻刺秦的故事。」張士師點點頭。耿先生道：「昔日荊軻謀刺秦王，得徐夫人所造匕首，鋒銳異常，為保萬全，又事先在白刃上染了劇毒，匕首無需刺中秦王要害，只要稍微割破皮膚，劇毒見血，秦王便會立即毒發身亡而死。」張士師不知她為何突然提起這個故事，料來必有深意，只是自己愚笨未知。

張泌見兒子困心横慮，仍無法會意耿先生的提示，知他沒辦過命案，經驗不足，只好明言道：「你認為的最大難處是，如何能往西瓜中下毒而不讓人發現，其實這有何難？若換作是我下毒，根本毋須往西瓜上想辦法，只要將毒藥事先塗抹在刀上……」張士師失聲驚叫道：「呀，我怎麼沒想到這一點？」張泌道：「你眼中只看到了西瓜，卻忘記了切西瓜的刀。」封三也忍不住插口道：「小的也完全想不到！厲害，好厲害。」也不知道是在誇張泌，還是在誇凶手。

張士師這才明白耿先生為何說起荊軻刺秦的故事，秦王無非就是荊軻眼中的西瓜，真正有毒而致命的是那把淬藥匕首。他見二人一念之間便想通自己困惑許久的大難題，不由得好生佩服，當即起身道：「我這就趕去韓府驗那把切西瓜的玉刀。」張泌歎道：「只怕證據已經不在了。」張士師道：「什麼？」張泌道：「最容易、最方便往玉刀上淬毒的，當是韓府之人。現下已經過了這麼長一段時間，你認為凶手還會留下證據等你去查麼？」張士師深以為然，不免後悔不迭，道：「都怪我愚笨，竟始終沒想到毒藥在玉刀上。」耿先生道：「凡事有弊有利，若果真如此，至少可以把凶手鎖定在韓府中人身上。」

張泌又問道：「仵作不願意惹事，不肯勘驗毒西瓜，那瓜是不是也沒有作為證物帶回衙門？」張士師忙道：「這個阿爹倒可以放心，孩兒當時留了個心眼，特意囑咐韓府老管家將瓜用紙封存，就是想到日後也許還可以派上用場。」張泌這才點了點頭，道：「趕緊走罷，天這麼熱，切開的瓜怕是也放不了多久。」張士師詫道：「阿爹也要去麼？」隨即大喜道：「那再好不過。」頓時心中如吃了定心丸，說話的聲音也大了起來。

張泌素來不苟言笑，家教甚嚴，張士師亦對父親敬畏有加，所以明明有心，也不敢公然開口請他相助。耿先生早有意撮合，此刻見張泌雖然沉謀深算如昔，但殷切之心溢於言辭，流露出舐犢天性，當即會心而笑。

張泌又道：「你還得多請個人幫忙。」張士師料來父親親自提出要請的幫手定非常人，忙問道：「不知是哪位高人？孩兒這就去請。」張泌道：「遠在天邊，近在眼前。」張士師這才會意過來是耿先生。張泌道：「耿鍊師熟識毒藥，是個難得的幫手。」耿先生笑道：「那都是家師愛煉丹藥，我自小替她採藥，胡亂學了些。」

張士師知她雖是女流之輩，見識卻遠勝男子，若得她相助，無異如虎添翼，現下又知她熟知毒藥，更是意外之喜，忙道：「小子無知，敢請鍊師助一臂之力。」耿先生道：「貧道也正想見識一下這起轟動金陵的大案，蒙典獄看得起，盛情相邀，當然求之不得。」

幾人先商議了幾句，張士師忙讓封三回江寧府叫人，自己則在巷口雇了輛大車，先帶父親與耿先生往韓府而去。剛上御街，張泌忽提出先去飲虹橋看看。張士師道：「阿爹不是怕玉刀的證據被毀了麼？」張泌道：「要毀早毀了，也不急在這一刻。」耿先生也表示贊同：「飲虹橋似是一切開始的地方，先去看看也好。」張士師便讓車夫先改往金陵酒肆而去，又道：「李雲如確實在飲虹橋被人推下了河，但夜宴上凶手的目標是韓熙載，應當是兩起不同的案子。」耿先生道：「可是李雲如為何不報官呢？甚至也不向典獄求助，完全不合乎常理。」耿先生對此百思不得其解。

幾近金陵酒肆時，大車驀地停了下來，車夫道：「前面人多，過不去了，幾位請下車自己走罷。」張士師失笑道：「老公，你是不是走錯地方了，金陵酒肆怎麼會人多？」他掀開車簾下車一看，前面果然有許多人頭晃動，車、馬也停了不少。正不明究竟之時，耿先生道：「這些多半是趕來酒肆向周小哥打探韓府命案的閒人。」張泌道：「士師，你跟車夫先留在這裡，我和鍊師過去看看。」張士師忙道：「還是孩兒陪著一道去罷。」耿先生笑道：「典獄，你穿著官差的衣服，還是別過去，不然陷在人群中，怕是又要被逼著講一遍韓府的故事了。」張士師無奈，只好答應。

他留在原地，不免有些焦急。也不知道過了多久時間，忽聽得前面陡然安靜許多，有人大喊了一聲，儼然是他在酒肆遇到過幾次的老文士張某的聲音，片刻後，又是一陣哄堂大笑，亂哄哄一片，喧鬧之極。這金陵酒肆已經許久沒這麼熱鬧了，之前它的生意因飲虹橋鬧鬼的傳說一落千丈，現下又因一樁毫不相干的命案起死回生，當真十分諷刺。

張士師想到這裡，不免心念一動，金陵酒肆是不相干，可是這兩件事的起因卻均與韓熙載有關。韓府命案不必多說，那跳飲虹橋自殺的大宋使者陶谷不也是跟秦蒻蘭有關麼？莫非……莫非這其中有什麼奇妙的關聯不成？

正胡亂想著，卻見父親與耿先生連袂而回，忙上前問道：「可有什麼發現？」張泌只簡單「嗯」了一聲。張士師又問道：「那些人到底在說什麼？」耿先生道：「我們可沒有擠進金陵酒肆，只去了飲虹橋頭，就是你說李雲如被人推下橋的地方。」耿先生頓了頓，又道，「不過倒是聽見了幾句，說是李雲如因為上過飲虹橋，所以才飲魂七竅流血而死。」張士師無奈搖了搖頭。

三人上了車，重往聚寶山馳去。張泌這才問道：「可曾有人見到李雲如被人推下水？」張士師道：「沒有。當時正是晌午，我衝到河邊時，只見到那漁夫跳水救她上岸，別無他人。」張泌道：「你再詳細說說當時情形，從你最初見到李雲如開始。」張士師雖不明所以，料來父親已有所發現，便道：「孩兒坐在窗邊，先是看見秦蒻蘭在渡口等著向漁夫買魚，李雲如似尾隨她而來，不知不覺才走上飲虹橋。秦蒻蘭離開渡口後，孩兒也離開了酒肆，才走到門口，就聽見『啊、啊』兩聲尖叫，望過去時，李雲如正從飲虹橋上倒栽下來。孩兒忙趕過去，卻只見到漁夫一人，正躍入水中救她。」

耿先生道：「從金陵酒肆門口到飲虹橋頭不過一百來步，加上典獄目力所及，什麼人能做到在短短一瞬間推李雲如下橋後，即刻消失不見？」張士師道：「這個我也覺得不大可能。但我當時站的位置，在飲虹橋東北角，因橋高高拱起，倘若那人從西南橋頭溜走，我也是看不到的。」頓了頓，又道，「不過，如果真是那樣的話，那船上的漁夫定然瞧見了。」又說了那漁夫救人後迅疾離開的事。耿先生道：「或許他真看見了下手害李雲如之人，不願惹事，所以才想儘快離開那裡。」張泌道：「嗯。無論怎樣，這應是個獨立事件，與李雲如在韓府中被害並無關係。」

張士師道：「僅僅因為韓府下毒案凶手的目標其實是韓熙載麼？」張泌知道兒子尚須多點撥，便詳細解釋道：「下毒的對象到底是誰，在沒有看到物證前，不應該過早結論。我所說的獨立事件，是說推李雲如下橋之人，肯定不是韓府下毒案的凶手。飲虹橋雖是老橋，但十分堅固，橋側護欄從橋頭到橋中漸漸升高，最高處一丈有餘，要將人越過護欄推下去並不容易，得有相當的臂力，女子難以做到，此人當是孔武有力的男子。若他是因李雲如不死又跟蹤到聚寶山繼續下手，以他白日敢當眾推人的膽量，何必費力下毒，只須蹲在她的院中，等她回去時偷襲她即可。」耿先生道：「張公說得有理。韓府地廣人稀，若凶手伏擊殺死李雲如，再隨便往哪個犄角旮旯一扔，說不定三、五天都沒人能發現，對他更有利。何況毒藥一事，須得事先籌畫周詳，倉猝之間哪裡弄得到。」

三人議著種種可能性，一路不斷遇到趕去聚寶山看熱鬧的人，也有零星回來的人，說是韓府大門緊閉，除了看熱鬧的人，沒有任何其他可看。無論怎樣，自開寶元年國主李煜親往周府迎娶小周后，金陵已經許久沒有如此轟動全城的事了，人人渴望知道真相，以及真相背後的香豔風流故事。

到得聚寶山腳，大車停下，幾人下車。張士師付錢與車夫時，他竟推謝道：「聽了一路的精彩故事，足抵得上車錢了。典獄，我就在這裡等你，你們回程還請坐我的車。」

車夫一路不發一言，車也趕得穩當，旁人以為他老實可靠，哪知道竟津津有味偷聽車內談話。張士師幾人不禁又是驚訝又是苦笑，也不贅言，緊往山中而去。

還未到大門口，聽見前面人聲嘈雜，稍走近些，看見不少人圍在韓府門口，一見到張士師幾人，譁然道：「果真有官差來了！」一窩蜂圍了上來。張士師已有先前經驗，忙道：「大夥想知道結果，就快些讓開，好讓我們進去。」果見人群如潮水般向兩邊退開。旁邊還有人問道：「這不是崇真觀的耿觀主麼？她怎麼也來了？」

走近大門，卻見上面貼著四個大字——「擅入者殺。」一手漂亮的飛白書，筆力遒勁，凜凜生氣，有龍蛇戰鬥之象，正是韓熙載的筆跡。耿先生歎道：「這倒很似韓熙載的風格。」她直呼韓熙載的名字，毫不忌諱，似與他頗為熟稔。

三人剛剛登上臺階，大門「呀」地一聲開了條縫，有人探出半邊腦袋來，叫道：「典獄君，快進來。」張士師見那人正是小布，不免大喜，忙上前問道：「小布，你怎麼……」小布不由分說，一把將他拉進去，又將門縫開得大些，放張泌和耿先生進來後，又趕緊重新掩好門，這才道：「典獄君，你還能再來，實在太好了。」

原來今日一早就不斷有好事者來韓府打探。眼見人越來越多，還不斷有人爬上牆頭窺測內宅，韓熙載無奈之下寫了那幾個字命人貼在門上，防止有人翻牆進來。這一招雖然出奇，倒是唬住了眾人。小布則奉命躲在門口監視門外的情形。

張士師又問府中情形，小布歎了口氣道：「自典獄走後，客人們也陸續散了，只有舒公子和李官人留在府中幫忙……」張士師道：「舒雅和李家明現下還在府中麼？」小布道：「帶著石頭和大胖下山買棺木去了。其他人……相公一早進了書房，再也沒有出來過；王家娘子知道原本中毒的該是她後，就暈了過去，到現在還沒有醒過來；秦家娘子、我叔叔他們幾個剛剛去睡了，都折騰了兩天一夜，早該累了……」說著自己也打了個呵欠。又問道：「典獄如何又來了這裡？」張士師忙說已奉府尹之命調查此案，小布歡聲道：「呀，太好了。本來秦家娘子還說，典獄君是個好人，就怕好心不得好報……」張士師道：「她……她還會擔心我？」他突然意識到父親尚在一旁，忙收斂驚喜之色。小布道：「這下可真是好了。快，我領幾位進去。」他年紀還小，高興之下童心發作，上前拉住張士師的手便往裡跑。

耿先生悄聲道：「典獄坦誠待人，亦得旁人真心尊敬，張公當可放心了。」張泌本以為兒子在韓府越權問案，胡亂折騰了一夜，必遭眾人怨恨，所以才有各種蜚短流長，此刻一見小布欣喜之情溢於言表，才知道事情全然不是自己所想那樣，不由得心下大慰，一絲淺笑浮上嘴角。

忽聽得門外又是一陣喧鬧，有人拍門道：「我們是江寧府的公差，快些開門！」耿先生轉身開門，卻見封三正領著十餘名差役站在門口，仵作楊大敞也在其中，另有一名刑房書吏宋江。他們三人去了飲虹橋一趟，封三又回江寧府調派精幹人手，隨後趕到，只是前後腳的功夫。

張士師聞聲忙趕回來，分派兩名差役守住大門，好替下小布讓他去休息。又讓封三帶人來回巡查前後院，方便傳遞消息，自己則帶著仵作、書吏等人往後院趕去。

封三又道：「稟典獄君，尹君說他稍後也要趕來。」張士師想到陳繼善之前死活不接此案，此刻態度卻判若兩人，不由得心生感慨，向楊大敞望去，他卻還是那般旁若無人的表情。

剛過複廊，老管家已聞聲迎了出來，上前握住張士師的手拍了兩下，表示感激。張士師忙為父親、耿先生介紹，老管家卻是認識耿先生，又上前見過張泌，道：「我家主人偶爾提起張公大名，很是敬佩。」張泌也料不到韓熙載這樣的人物竟會佩服他，很是意外，但他喜怒不露言表，只是微微點頭。

張士師又問起西瓜一事，老管家道：「遵照典獄吩咐，開過的兩個西瓜用紙封好後，連同剩下沒動的幾個西瓜都已送到酒窖中。」張士師急問道：「那柄切西瓜的玉刀呢？」老管家道：「玉刀？」張士師心頭一緊，老管家道：「噢，想起來了，玉刀放在玉盤中，連同那個血水西瓜一併封了，也在酒窖中。」張士師長舒一口氣。張泌與耿先生卻大感意外，二人心中想著同一件事：如此看來，往玉刀上淬毒的當不是韓府中人，既非韓府中人，凶手又是如何輕易接觸到玉刀？

張士師催促老管家帶眾人去酒窖，老管家遲疑道：「那個……因為棺木還沒置辦好，那個……李雲如的屍首也放在裡面……」張士師道：「不要緊。」小布也不肯去睡覺，非要跟著前去。

當下眾人便往酒窖而來。這酒窖就在湖心小島廚下的地下，有地道通下，卻並非眾人想像中那般低矮狹小的地窖，而是一間大石室，舉炬拾階而下時，便覺涼氣迎面撲來，到得石室中，更有森森寒冷之意。

只見石室一側堆了不少酒罈，整個地窖有股清冽的酒香氣。李雲如則仰天躺在角落中的一床錦被上，雙目已為人闔上，口鼻血絲也已擦去，死狀不再那麼駭人。她的臉在火光的照耀下呈現青紫色，倒顯出一種安寧神祕的氣度。那兩個開過的西瓜放在地窖正中的肴桌上，外面已經用紙仔細地包好，另幾個尚未切開的西瓜則隨意滾落一旁，這韓府大概再也沒有人願意碰西瓜一下了。

張泌上前小心揭開玉盤上的紙，果見玉刀還放在盤中，刀刃上猶見紅色汁水痕跡，這才請仵作楊大敞上前驗刀，言語很是客氣。楊大敞只點點頭，從腰下解下水袋，噙了口水，上前取刀，將水噴到刀刃上，再將銀針去驗那帶色的汁水。

耿先生忽道：「張公要驗的不是汁水，而是刀。」眾人尚在愕然，耿先生又續道：「若要驗汁水是否有毒，直接驗西瓜便是，張公想驗的是玉刀上是否事先淬下了毒藥。」她早見楊大敞取水噴刀，知他要去驗汁水，卻不點破，似有意等到最後一刻令他難堪。果見楊大敞生生頓住手中銀針，面色十分難看。

老管家漸漸明白過來，問道：「你是說這刀上有毒、瓜中無毒？」張士師道：「有可能是這樣，所以才要請仵作勘驗。」楊大敞忍了半晌，終於問道：「玉刀有毒也好，西瓜有毒也好，現下已經互相沾染過，玉刀無論如何都是有毒的。請教鍊師，該如何分清到底是西瓜染毒給刀、還是玉刀染毒西瓜？」

耿先生道：「何難之有？只要讓差役用腰刀斬開一個好瓜，驗明無毒，再將玉刀汁水擦洗乾淨後，去斬那無毒的西瓜，再驗西瓜中的汁水，不就可以知道玉刀是否有毒。」楊大敞一怔。張士師道：「鍊師這法子高明得緊，就照這般做。」

果然按照耿先生的方法來了一遍，先隨便自地上取了一個完好的瓜，命差役用腰刀切開。這西瓜正是昨日張士師替老圃送來的其中一個瓜，老管家和張士師之前見過血水西瓜的驚人場面，心中有所防備，不料驗出來卻是無毒。此刻人人心中均想：「看來真是玉刀有毒。」老管家更是嚷道：「怎麼會……這刀……這刀怎麼會……」

這玉刀、玉盤原是一套，產自廣陵，材質則是西域的和闐玉，價值不菲，也算是件寶物，平時都由秦蒻蘭妥善收藏，只有重要場合才會取出來裝點使用。如果懷疑是秦蒻蘭往玉刀上淬毒，無論如何都教人難以相信。

忽有一陣淡香傳來，一下子便壓過了濃郁的酒氣。張士師心想：「她來了……她終於來了……」果聽見腳步聲窸窸窣窣，有人輕柔步下了地道，舉燭出現在地窖口。微弱的燭光映著她冰肌玉骨的臉龐，當真是丰姿勝仙。一雙眼睛如寒潭般清澈，又如薄霧般朦朧。在場差役大多未見過秦蒻蘭，此刻驚見絕色佳人，只覺夢遊仙境，遍體發酥，渾然不知道身在何處。

秦蒻蘭先道：「有勞各位了。」一邊襝衽行禮。眾人尚未反應過來，老管家上前一把拉住她，慌忙追問道：「蘭，你……誰向你借過這把玉刀？」聲音激動得有些打顫。眾人這才明白，原來這玉刀是秦蒻蘭之物。秦蒻蘭尚在莫名其妙中，答道：「沒有人向我借過玉刀啊，玉盤、玉刀是昨晚夜宴前我才開櫃取出的。」老管家跌足道：「哎呀，他們說不是西瓜有毒，而是玉刀有毒。」秦蒻蘭滿臉驚愕，道：「玉刀有毒？怎麼會呢？」

眾人當然不相信這樣一個嬌滴滴的美人會是下毒凶手。張士師忙道：「娘子先別慌，好好想想，是否還有其他人能接觸到這把玉刀？」秦蒻蘭仔細想了想，搖頭道：「沒有。」耿先生道：「往玉刀上淬毒，既費功夫又費時日，不知道娘子上一次使用玉刀，是什麼時候？」秦蒻蘭道：「嗯，是上一次夜宴，我家相公被免職後……」

忽聽得楊大敞怒道：「誰說玉刀有毒的？明明沒有毒！」驚然回頭，卻見他手中銀針鐙亮如新，沒有任何變色痕跡。

事情大出眾人意外。張士師命人重新取了兩個好瓜再重複驗了兩遍，結果仍是如此──新開的西瓜無毒，玉刀也無毒。楊大敞又重新勘驗了玉盤上的血水西瓜，以及張士師在夜宴上切開的西瓜，證實只有這兩個大瓜有毒。

張士師簡直張目結舌，轉了一大圈，最終還是繞回起點，凶手到底如何不露痕跡地將毒藥下進西瓜中？他從未獨立辦過案子，當此困境，沮喪不能自已，也不知道該如何進行下去，只好求助地望著父親。

張泌想了想，對一旁記錄的刑房書吏宋江交代道：「你先將今天的一切勘驗過程詳細記錄下來，不要漏掉任何細節。」宋江道：「是。」張泌轉身又問耿先生道：「鍊師，不知是否有可能從毒藥上著手？」耿先生道：「這兩個瓜中的毒藥都是砒霜。」張泌皺眉道：「大毒之物，卻也不難得到。」一時沉吟不語。他生平也遇過不少奇案，可是像眼前如此詭祕難言的案子還是第一次遇到，雖感棘手，卻激發了他心中蟄伏已久的豪氣。

楊大敞忽然問道：「耿鍊師能斷定這西瓜中的毒藥是砒霜麼？」耿先生只道他有意報復之前的事，

冷冷道：「當然能肯定，貧道的師父煉丹，砒石是必用之物，貧道對這毒藥再熟悉不過。」楊大敞道：「可是砒霜無色無味，鍊師何以如此肯定？」耿先生道：「砒霜之水，在燈光下會泛出紫金色。」

楊大敞盯著那血水西瓜，一時沉吟不語。耿先生道：「若仵作不信，可用火燒汁水……」楊大敞道：「這我知道，砒霜之水汽蒸乾後，會凝結成白霜，這也就是它為什麼叫砒霜的緣故。鍊師，小人有樣東西要給你看。」一邊說著，一邊彎腰從形影不離的竹籃中取出一盞金杯。

張士師道：「這不是王屋山那盞有毒的金杯麼？」楊大敞道：「正是死者喝下後中毒而死的那只酒杯。鍊師，你來看看，杯底還有一點殘酒，這不按君臣的藥頭……」耿先生接過金杯，就著燈光左右晃動幾下，接道：「不是砒霜。」楊大敞點頭道：「金杯中有一股奇特的辛辣之氣，我開始以為只是酒氣，但適才來到這酒窖中，聞了這裡酒窖的酒氣，才覺得原先那股辛辣之氣有點不對勁。」耿先生道：「金杯中的毒藥是斑蝥。」楊大敞奇道：「斑蝥？」耿先生道：「是一種以有毒蟲子煉成的毒藥，藥性比砒霜慢許多，中了這種毒，不會立即毒發身亡，毒素先進入五臟六腑，慢慢腐蝕內臟，等到內臟完全受損，中毒者才口鼻流血而亡。」張士師道：「李雲如在花廳誤飲毒酒中毒，然後回瑯瑯閣換衣補妝，再次回到花廳才毒發身亡，完全符合中斑蝥毒後的情形。」

一旁書吏宋江尚不能肯定，問道：「請教典獄，是不是該這麼記錄，西瓜中的毒藥是砒霜，而金杯中下的酒毒則是斑蝥？」張士師徵詢地望著父親和耿鍊師，見他二人都點了頭，這才道：「正是。」

酒窖中的氣氛一時凝重了起來。兩種完全不同的毒藥，意味這是兩起投毒案，夜宴中有兩個目的不同的凶手；現在雖然不知道其中一名凶手如何往瓜中落毒，又是何時下的手，但另一名凶手顯然就在賓客之中，滿堂酒罈酒壺酒杯，唯獨王屋山那杯有毒，可見下毒時機恰在夜宴當中。

張士師心想：「我定然已與凶手談過話、交過手了，到底會是誰呢？」忽想起昨晚訊問賓主所記下的自陳筆錄，忙自懷中取出，一頁一頁翻看。

張泌問道：「這是什麼？」張士師道：「這是……」一時不知該如何解釋，也不知道父親會不會怪自己胡亂行事。

耿先生見那一疊紙細薄光潤、滑膩如絲，不似凡品，好奇地問道：「典獄手中的紙，便是傳說中的澄心堂紙麼？」

張士師倒聽過澄心堂是宮中國主閱覽奏章的地方，卻不曉得還有什麼澄心堂紙，更不知道昨夜他要錄筆錄，秦蒻蘭就近到韓熙載書房取來的筆墨紙硯都是精品中的精品，這下不由得一愣。

秦蒻蘭忙道：「這正是澄心堂紙，上面是小女子昨夜協助典獄君做的筆錄。」當下說明事情經過。張泌聽了驚訝萬分，既不知道兒子如何能想出這種鬼點子，又納悶一干自命不凡的朝廷官員如何能對一個小小縣吏俯首聽命。

張士師歎道：「若是當時我有現在手頭這麼多細節和證據，說不定就能從凶手的談話發現破綻。」他所指的細節，當然是兩種毒藥、兩起獨立案件。

正凝思間，忽有差役快速步下地窖石階，叫道：「典獄，江寧府尹到了。」張士師道：「呀，我想到了，府尹來得正是時候！」便拔腳往外疾奔出去。他不說到底想到了什麼，眾人均以為他已發現了真凶，心下大奇，立即蜂擁跟了出去。

1 中醫處方以「君臣相配」為原則，君是主藥，臣是輔藥。不按君臣，意為違反藥理、胡亂用藥，引申為使用毒藥的隱語。

2 按南唐制度，凡遇重大案件，由大理寺卿與刑部尚書、侍郎會同御史中丞會審，稱三司使。

3 對宦官的尊稱。

4 南唐沿襲唐朝制度，以黃麻紙寫詔敕。

卷七　案發當時

聚寶山的上一場夜宴是在韓熙載被免去兵部尚書一職後開宴，若說他有意藉夜宴發洩心中不滿倒也說得通，可是如今局勢緊張，國主向北方大宋俯首稱臣，傾盡國庫，送金送銀，亦不能阻止趙家天子統一天下的決心——南唐已危在旦夕。他韓熙載既是三朝老臣，名望又高，城中正傳聞國主李煜有意起用他為宰相以挽救危局，為何他要選擇在此敏感時機開一場這麼盛大的夜宴？這到底是巧合，還是另有玄機？

張士師迎出來時，江寧府尹陳繼善正帶領司錄參軍艾京悠然步上石橋，數名差役只站在橋下，並不跟上，以便府尹盡情欣賞風景。陳繼善一見張士師，便招手叫他上橋，問道：「典獄君辛苦了，不知案情可有進展？」

張士師簡短說明是為了驗刀而來到韓府，結果這會兒才發現西瓜與金杯中分別是兩種不同的毒藥，至於凶手如何將西瓜落毒，尚不得而知。陳繼善聽得倒是認真，聽完卻歎道：「在天願作比翼鳥，在地願為連理枝。」張士師一愣，問道：「什麼？」陳繼善道：「你看那裡。」

順著手指望去，正見兩隻紅色大蜻蜓互相追逐著掠過石橋，沿欄杆飛下湖面，在蓮葉上一閃便失去了影子。須臾，又見牠們從蓮花後轉出，尾翼黏在一起，盤旋交纏。陳繼善又連連歎道：「哎，在天願作比翼鳥，在地願為連理枝。」

張士師知道這位上司一向前言不搭後語，也不理會，當即道：「尹君你來得正好，我正有一件大事要請你幫忙。」陳繼善忙說道：「幫忙不敢當，不敢當，請典獄君吩咐便是。」

張士師說了自己的想法，原來他想讓陳繼善以江寧府尹的名義召集昨晚參加夜宴的賓客再次來到韓府。陳繼善一呆，問道：「為什麼要來這裡？難道不該去江寧府大堂麼？」艾京忙道：「典獄可能是想再現案發情景。」陳繼善道：「典獄，我的典獄，你可知道，韓府夜宴的那些賓客非富即貴，好幾個都是官家眼前的紅人，他們哪會聽你的？別說聽你的了，就是我這三品江寧府尹的話，他們也未必會聽。」

張士師正要說話，忽聽見耿先生在背後道：「他們一定會聽府尹的。」陳繼善見到她上橋，驀然現出一絲靦腆的神色來，叫道：「珍珠……」隨即又改口道：「鍊師也在這裡。鍊師的意思是……」耿先生道：「往金杯中下毒的凶手就在賓客中間，這些人個個絕頂聰明，當然知道如果不來，就表示心中有鬼。」陳繼善道：「是、是，鍊師說得極是。來人，馬上照典獄說的去辦。」張士師忙將負責傳話的差役叫到一邊，低聲囑咐幾句，那差役即應命而去。

陳繼善擦了一把頭上的汗，勉強朝耿先生微笑了一下，側頭吩咐道：「艾參軍，回去趕緊抄幾份夜宴賓客的名單，一份放在我案頭上，其他送至我私邸門房處。這些人無論如何都不能再來往了，搞不好一言不合就要送命的呀。」艾京道：「是。」

陳繼善這才朝耿先生拱拱手，道：「改日再去鍊師觀中拜訪。」轉頭又道：「艾參軍，你熟知律法律令，就留在這裡協助典獄問案罷。」艾京忙道：「典獄尊父張縣尉在此，何須下官班門弄斧。」陳繼善心想有理，道：「也好，那我們走了。」絲毫不提去案發現場看看，便領人揚長而去，似是他此來只想瞧瞧傳說中的聚寶山韓府，誰知也不過如此。

張士師望著他的背影，不免露出鄙夷之色。不過話說回來，韓熙載又能比他好多少呢，在其位不謀其政，虛有大名，頂多也是五十步笑百步而已。回頭見只有耿先生跟上橋來，其他人都留在岸邊，也不見父親張泌，忙問道：「家父人呢？」耿先生道：「張公還留在酒窖中，有仵作和秦家娘子陪著，他讓你先按自己的想法去辦案。」張士師又驚又喜，問道：「家父真這麼說？」耿先生點點頭，道：「這案子錯綜複雜，又牽涉到政治，無人敢碰。若不是典獄有心，許多證據怕是留不到現在了，真相從此湮滅不說，人與人也會陷入無窮無盡的猜忌當中。」

張士師只覺她話中有話，似有深意，一時不能領會，便問道：「現在我們該如何做？」耿先生道：「先去凶案現場看看罷。你不是正計畫將所有人重新召回那個地方麼？」張士師道：「正是。我現在有原始筆錄在手，若能再次於原地問案，也許能發現凶手的破綻，像是前後說法不一致之處等。」耿先生道：「這確實是個極好的法子。」

步下石橋，張士師忽想起什麼，問道：「鍊師是不是之前便認識仵作楊大敞？」耿先生道：「嗯，貧道以前捲入過命案，正是這個楊大敞誤驗酒水有毒，才使得我身陷牢獄，飽受皮肉之苦，若非張公明察秋毫，發現了真相，只怕貧道早就身首異處。」

張士師只是大略知道父親於上一任國主在位時破過一件皇宮奇案，救了無辜蒙冤的耿先生一命，但具體細節一概不知，此刻聽說原來與楊大敞有關，不免十分驚訝。但見耿先生四下環顧，料她不願舊事重提，也不好多問，心下卻想：「楊大敞被稱為金陵資格最老的仵作，原來也有犯錯的時候。」

又想到自己當時誤斷茶水的情形，雖覺慚愧，但心中依然疑惑未解：當舒雅被冤枉下毒時，為何他的反應會是那樣——不但不為自己辯解，還露出追悔莫及的內疚？那明明是初次犯案凶手的常見表情，他心中到底在後悔什麼？

不知不覺已然來到花廳，依然是一番原貌，就連肴桌上的酒壺、酒杯也還是原來的樣子。眼前的凌亂冷清，相較於昨夜的門庭若市、濟濟一堂，不免頗生物是人非的淒涼。聽說李家明本想在這裡為妹妹設置靈堂，但棺木難以通過複廊運到這裡，不得不改在前院，也幸得如此。耿先生見那陽文金杯果然與之前見過的陰文金杯十分相似，一時陷入了沉思。

張士師問老管家道：「王屋山是否有什麼仇家？」老管家道：「她一個小弱女子，能有什麼仇家？不過……」他有「韓和尚」的外號，脾氣極好，從不在背後說人壞話，是以遲疑了一下。張士師追問道：「不過什麼？」小布接道：「不過王家娘子為人刻薄，人緣不好，這裡的人都很討厭她。比較起來，李家娘子要比她好許多，至少表面和和氣氣。」張士師心想：「一個能跳出那麼柔美靈動舞蹈的女子，名聲卻如此不好，唉。」老管家忙道：「當然絕不會討厭到往金杯中下毒的地步。」小布道：「那倒是。」頓了頓，又問道，「典獄君，適才在酒窖中，你是說金杯和西瓜中是兩種不同的毒藥，對麼？」張士師道：「對，西瓜中是劇毒砒霜，金杯中是藥性慢一些的斑蝥。」小布道：「如果有兩種毒藥，金杯凶手要害的自然是我家主人，那西瓜凶手到底是想害誰呢？我一直在想，這世上會不會有天生藏毒的西瓜？要不然哪會有人一下子想害這麼多人。」

尚有不少江寧府差役跟進堂來，預備聽候調遣。他們既與張士師不熟，又不知他何以能一飛沖天，因而一直都小心翼翼、屏聲靜息，忽聽得小布這孩子稱什麼「金杯凶手」「西瓜凶手」，又問西瓜會不會天生有毒，忍不住都大笑了起來。小布見眾人發笑，不服氣地道：「那樹上還會結毒果子呢。」眾人不免笑得更加厲害。張士師心想：「慚愧，其實我自己也懷想過跟小布一般的疑問。」

他見耿先生死盯著那盞金杯出神，很是奇怪，上前叫道：「鍊師。」耿先生嚇了一跳，凝神片刻，歎道：「這金杯，倒是教貧道想起一樁舊事來。」便牽了張士師的手到一旁僻靜處坐下，開始低聲說給他聽。

原來南唐開國國主李昪原名徐知誥，是徐溫的養子。為了從徐氏手中奪取軍政大權，徐知誥曾預備以毒酒毒殺徐溫的親子徐知詢，親自用金杯奉酒道：「願弟弟能活千歲。」徐知詢猜到酒中有毒，故意取了另一盞金杯，將毒酒一分為二，道：「希望和兄長各享五百歲。」堅持要與兄長各飲半杯。徐知誥臉色大變，環顧左右心腹，始終不肯接酒。正當兄弟二人當眾僵持時，伶人申漸高假裝貪戀金杯精美，上前奪過兩杯酒一同喝下，揣金杯入懷退出大殿，片刻便頭顱潰爛而亡，可見毒藥藥性之烈，而此刻徐知誥派來解救自己的人還在半路上。雖然毒殺未能成功，卻嚇得徐知詢逃離京師，徐知誥由此奪取大權。這件事於南唐不是什麼光彩之事，因而少有人提起。

張士師知道耿先生博古覽今、精通典故，之前聽她說起荊軻刺秦的故事，此刻又聽聞如此驚心動魄的金杯毒酒故事，不免懷疑她另有深意，問道：「鍊師是懷疑這兩件事之間有聯繫？」他又想了一想，便聯想到近日不斷聽到國主李煜將拜韓熙載為相、以挽救南唐危局的傳聞，猜道：「會不會是有意復仇的徐知詢後人，聽到官家將拜韓熙載為相，刻意謀害韓熙載，使南唐無人可用？」

耿先生驚訝地看了他一眼，大概對他的想像力很感意外，旋即搖搖頭，道：「自古以來，最殘忍的莫過於戰爭與政治，那可是比毒藥還要厲害萬倍。」她頓了頓，又道，「你大概也聽說韓熙載是個人物了。」

張士師雖然不懂政事，但親眼目睹韓熙載周旋於聲色當中，甚至親自下場為姬妾擊鼓，很有些瞧不起他，心中一直懷疑他是否真有力挽狂瀾的本事，當即道：「嗯。不過我倒覺得他只是虛名在外，跟陳繼善一樣，都是在其位不謀其政之徒。」耿先生歎口氣，道：「一個胸有甲兵，一個富可敵國，若不自污自毀，如何能保全自己？昔日宋齊丘稱古今獨步，於南唐有開國之功，江淮繁榮景象亦全賴他勸農上策，到最後還不是落了個被逼自縊的下場。」

張士師對這些話半懂不懂，正想問她提這些是否與毒藥案有關，忽見秦蒻蘭陪著老父親緩步走進廳來，忙起身迎上前去，道：「有勞阿爹，有勞娘子。」又說了已用江寧府尹名義再召夜宴賓客到場一事。張泌面色沉鬱，僅一點頭，也不置可否。秦蒻蘭極善解人意，知他父子必有案情要商議，當即在隔壁尋了一間雅室，請張泌父子與耿先生三人進去歇息，奉了茶，便自行先退出去。

這房間，正是昨晚張士師向賓主個別訊問案情之處——幾案竹桌竹椅，清涼愜意，上面鋪有古錦斑斕的絲墊，悠然意遠；兩邊四座書架，隨意擺放著一些金石、彝鼎、書籍、法帖，縱橫層疊，詩風雅韻；桌子正中擺放著一只青釉花瓶，內插一支白色蓮花，淡雅純淨，與這房間的陳設相得益彰。

耿先生問道：「張公可有什麼發現？」張泌搖了搖頭，道：「我猜凶手也許會用細管注毒入瓜，再以軟蠟封上外皮，但適才仔細找過，瓜上並無任何注孔痕跡。」耿先生道：「會不會真有被軟蠟封住的注孔，但切瓜時刀鋒湊巧切在孔上？」張士師嚷道：「天底下哪裡會有這麼湊巧的事？何況韓老公開的是第一個瓜，我開的是第二個瓜。」張泌道：「鍊師說的可能性也是有的，辦案決計不能心存僥倖，而要考慮所有的可能性。」耿先生道：「原來張公早已想到此節。」張泌點點頭，道：「不過無論如何，總該留下蛛絲馬跡，我跟仵作設法將西瓜重新拼好，細細察看，確實沒有任何注孔痕跡。」又歎道，「這西瓜如何落毒確實難倒我了，尤其那玉盤中的西瓜還雜有人血……」耿先生訝然道：「是人血麼？」張泌道：「嗯，這其中蹊蹺我也想不通。」

張士師見父親也一籌莫展，便大著膽子道：「小布適才無意中說過一句話，孩兒很受啟發……」便轉述小布引來眾人發笑的那句話。張泌皺眉道：「你是想說這西瓜天生有毒麼？」張士師忙道：「當然不是，是小布說的這句『哪會有人一下子想害這麼多人』提醒了我。想來這往瓜中落毒的人，如小布的叫法——西瓜凶手，他必定有一個主要目標，其他人不過是附帶的犧牲品。既然西瓜和金杯都無從著手，也許我們可以努力去找有殺人意圖和動機的人，範圍也不大，無非在數名賓客當中而已……」

張泌一直垂著眼簾，若有所思，聽到這裡，抬頭望了兒子一眼，問道：「嗯，你打算怎麼找？」張士師心下頗為惴惴，見父親「嗯」了一聲，心中一喜，接著道：「這個說難也難，說不難也不難。記得阿爹說過，世間命案的動機不外乎七種：仇殺、情殺、謀財、酗酒、政治糾紛、爭權奪利以及神智失常。」張泌道：「噢？我怎麼不記得跟你說過這個？」

張士師見父親面色和悅，大著膽子嘻嘻一笑，道：「是有一次阿爹向阿爺討教案情時，我偷聽來的。」耿先生道：「張公尊父十餘年前已經去世，典獄那時不過是個孩子，竟能有這般記性。」張泌道：「記性是不錯的，就是性子散漫，不愛讀書。」耿先生笑道：「書讀多了，未必就是件好事，貧道倒是極欣賞典獄這種隨性。」張士師喜上心頭，問道：「真的麼？」張泌瞪他一眼，道：「接著說。」張士師道：「是。酗酒和神智失常不適合本案，謀財顯然也說不通，因而只剩下仇殺、情殺、政治糾紛、爭權奪利。只要將這四種意圖挨個往賓客名單中套，不難發現端倪。」一邊說著，一邊將筆錄掏出來，「我始終覺得太常博士陳致雍最為可疑，他似在韓府做了什麼見不得光的事，這點不難佐證，我已經命人去找韓曜……」耿鍊師道：「你是指韓曜曾見到陳致雍與可疑之人在茅廁外交談一事麼？」張士師點點頭。張泌道：「韓曜本人沒有嫌疑麼？」張士師道：「他是韓熙載的幼子，而且除了被我扭送進來的那次，他一直沒進過花廳。」

正說著，忽聽得秦蒻蘭在門外道：「典獄君，舒公子和李官人回來了，他們想見見你。」張士師忙道：「好，讓他們進來罷。」

耿先生不便參與其事，起身道：「貧道四下去逛逛。」打開門，見秦蒻蘭正陪著舒雅、李家明站在廊下。秦蒻蘭問道：「鍊師是想隨意走走麼？請隨我來。」耿先生見這女子如此蘭質蕙心，好感大生，上前挽住她的手：「有勞。」

李家明搶先進房，氣急敗壞地問道：「現下是典獄主持我妹子的案子，果真如此麼？」不待張士師回答，又道，「典獄之前問案錯誤百出，還說茶水有毒，冤枉了舒雅。難道我南唐朝中無人，竟要由你一個縣吏主持審案麼？」

儘管張士師早料到會有類似質疑，但李家明當著父親的面斥責自己，多少有些難堪。轉向父親望去，卻見他似毫不以為意，照舊翻看著那一疊筆錄。張士師這才道：「主持本案者是江寧府尹，在下只是從旁協助。官人若對下吏資歷有所疑問，可直接去江寧府請求府尹更換人選。」李家明冷笑道：「哼，你當我不知道麼，陳繼善這糊塗官必定又回家種珍珠去了……」

舒雅忙上來拉他到一旁，放低聲音勸道：「既是官家欽命，吵鬧無益。何況若真在陳府尹和張典獄二人之中選擇，你更願意讓誰來問案？」他熟知李家明脾性，最後一句詰問極為奏效，李家明昨夜親見張士師作為，心想：「這笨小子縱有千般不對，卻還是有長處的，他一個小小縣吏，竟對朱銑、陳致雍這等高官毫無懼色，任氣敢言，僅這一點，滿朝文武百官也找不出幾個。妹子中毒雖是誤殺，但總得找出凶手為妹子報仇，凶手的下手對象既是韓熙載，背景絕不簡單，除了眼前這糊塗小子，大概也無人敢接此案。」當即哼了一聲，不再言語。

舒雅這才上前問道：「有勞典獄了，不知雲如的案子可有眉目？」李家明忽又插口道：「典獄怎麼不問問我，我覺得是誰殺了我妹子？」張士師道：「李官人應該已經知道，凶手要殺的不是你妹妹李雲如，而是王屋山。你妹妹不過湊巧喝了王屋山那杯毒酒而已。」頓了頓，又道，「如果要問，就該問——李官人覺得是誰想殺王屋山？」李家明一愣，想了想，搖搖頭道：「我不知道。」張士師道：「我知道官人會這麼回答，所以一開始就沒打算問。」李家明這才啞口無言。

舒雅遲疑道：「典獄認為凶手的目標果真是王家娘子麼？我還以為……」張士師道：「如果我問你

們二位，夜宴的客人之中有人想殺韓熙載，你們覺得會是誰？」

其實自驗出金杯有毒後，許多人早已猜到凶手即在夜宴賓客當中，卻不敢往深處想，此刻張士師問了出來，不免心頭一陣涼意，就連李家明與舒雅對視的目光也各自帶上審視與猜疑的意味。舒雅先慌亂起來，收回目光，低下頭，答道：「這個……恩師的仇人不少，不過不知道賓客當中……其實我自己也是賓客身分，不該在人背後妄自揣測……」

一旁張泌忽問道：「閣下便是舒雅舒公子麼？」舒雅道：「正是舒某。」見張泌一身布衣，卻旁若無人地穩坐一旁，不明對方身分，不覺一怔。張士師忙道：「這是家父。」舒雅恍然大悟道：「原來是張公，久仰大名。」又轉向李家明道：「張公在此，找出真凶指日可待。」李家明卻沒他那般喜色，只道：「但願如此罷。」又道：「李某得去前院張羅我妹子後事，先行告退。」雖然依舊神色冷冷，但已不若適才進來時那般敵意濃厚。

舒雅見李家明忿忿而出，忙道：「小生也不敢繼續打擾……」張泌道：「舒公子且慢，這裡面為何沒有你自陳的筆錄？」舒雅驚愕問道：「筆錄？什麼筆錄？」全然不明究竟。

張士師聽了卻是大喜，他早已暗中問過差役封三，得知自己擅自在韓府問案是很大的越權行為，且只有主審官員在公堂審案召證人作證時一旁有書吏記錄，從來無人在案發現場要求證人做所謂的自陳筆錄，本以為父親會深怪自己莽撞，此刻卻似有讚賞之意，且對自己再次召集證人到韓府並無任何微詞，不免又得意起來。

張士師當即說了做筆錄時的狀況，共有五人未做自陳：僕人小布和大胖二人當時在前院守候，未得空隙；石頭是個啞巴，又不識字，無法書寫，無法自陳；韓熙載一直守在李雲如屍首旁，形如枯木，一時未能忍心催促；而舒雅則被冤枉是在李雲如茶水中下毒的凶手，拒不開口。儘管後來江寧縣衙書吏孟光和江寧府仵作楊大敞到來之後，形勢起了變化，但事情發展得太快，再沒有機會提起筆錄這件事。

張泌聽了究竟，道：「原來如此。」頓了頓，又道，「不知舒公子現在是否方便自陳？」舒雅微有所遲疑，隨即道：「這個當然。」張士師忙道：「我去叫書吏進來。」

張士師步出廂房，走過廊下，即進花廳之時，遠遠見到秦蒻蘭正陪著耿先生在花蔭下遊覽，二人似相處融洽，交談甚歡，心想：「她那樣的女子，任誰也會喜歡的。」忽然腳下一磕，差點被門檻絆倒。一名差役正站在門邊喝茶，見狀忙搶過來扶住，笑道：「到底是大戶人家，門檻也高一些，典獄君可要小心了。」

張士師一眼瞥見他手中的茶杯，正是自己從李雲如房中取來的那只，不由得大吃一驚，問道：「你手中這杯子哪裡來的？」那差役名叫朱非，道：「這是適才老管家端出來的茶水，小人隨意挑的一杯。」忽想到韓府死的姬妾正是飲金杯毒酒而死，訝然道：「莫非……莫非茶中有毒？」張士師忙道：「當然不是，我只是見過這只杯子而已。」

張士師急進來花廳，果見端給眾差役茶水的茶壺，正是他從瑯瑯閣取來的那只，當即叫書吏宋江先去隔壁廂房，自己又來到廚下尋到老管家和小布，二人正忙著張羅茶水。張士師問道：「老公，為何堂內其他酒壺、酒杯都絲毫未動，偏偏要收拾李家娘子的茶壺、茶杯呢？」老管家尚未聽明白，小布卻道：「那茶壺茶杯是舒公子自己收拾洗淨放在廚下的，今兒府中人多，我見壺杯不夠用，想著反正李家娘子……她也不會再用了，就順手……」張士師道：「舒公子是什麼時候收拾茶壺茶杯的？」小布歪著腦袋想了想，道：「就在客人們散去後。」

張士師忙趕回廂房，卻見張泌還未開始詢問舒雅，忙道：「阿爹其實不必等我的。」張泌道：「我只是旁聽，你才是主審。」張士師道：「那好，舒公子，我先問你，你為何急於將茶壺和茶杯中的茶水倒掉？」舒雅先是驚訝地張大了嘴巴，大概料不到竟會有人留意此事，好半晌才訕訕道：「那茶水……仵作已經驗出那茶水沒毒。」張士師道：「既然茶水沒有下毒，舒公子為何那麼著急倒掉茶水呢？」舒雅遲疑道：「我只是不想……不想……」他飛快地思索，卻始終找不到一個合適的理由，他本不是什麼老練之人，一時間漲紅了臉，額頭漸有汗珠冒出。

恰在此時，耿先生突然無聲無息地出現在門口，招手叫道：「張公。」張泌走上前去，耿先生附耳說了幾句。張泌眼睛陡然睜大，眉頭緊蹙，露出一種極古怪的表情。張士師忙問道：「出了什麼事？」耿先生卻是不答，只是拿眼望著張泌，意在等他示下。張泌想了想，回頭交代兒子道：「你繼續照你的想法做，我得與鍊師下山一趟。」頓了頓，又道，「還須帶上仵作。」張士師道：「那你們……」張泌也不解釋，揮了揮手：「就這麼辦。」頭也不回地與耿先生一道走了。

張士師從沒見過父親這般行色匆忙，料到耿先生必有重大發現，何以她出去逛了逛就有如此結果？又為何不告訴自己究竟？明明一切證據都在聚寶山中，證人或兇手也都即將到達韓府，問案正要進入最關鍵的時刻，他二人為何遽然離去？心中疑惑極多，真想跟上去問個明白，可是此刻自己卻萬萬走不開。又擔心出什麼意外，忙出去叫差役朱非帶一人去追父親，聽候差遣，隨時報信。一切安排妥當，這才重新進來坐下。

舒雅的神色已經緩和許多，不待他發問，便主動說道：「回典獄適才的問題，我只是因為曾被典獄冤枉過，不想再看到那茶水，所以才想早些倒掉。」一時間給了他緩和的機會，他終於找到了理由。儘管從無審訊犯人的經驗，張士師也知道自己失去了逼問出真相的最佳時機，歎了口氣，心想：「也算長了個教訓，問案無論如何都不能被打斷，不然很可能前功盡棄。」

於是，張士師只好讓舒雅自陳他昨日如何來到韓府、行蹤如何。舒雅始終只說宴會前在石橋上徘徊，並不承認自己進過瑯琊閣。書吏宋江均如實記錄下來，再讓他具名畫押。問完舒雅，又分別叫大胖和小布進來。大胖跟李家明採辦喪葬品回來不久，又累又困，呵欠連天，說話前後夾雜不清。小布倒是精神得很，口齒伶俐，只是他所講述的對案情並無幫助。

張士師又想起，小布領自己出韓府時曾見到舒雅步上石橋，似欲往瑯琊閣而去，然小布見到舒雅後卻立即扭轉頭，快步奔入複廊，好像生怕舒雅看到他。當即試探問道：「你一點異常情況都沒發現麼？」小布道：「也不是沒有……昨天最異常的就是李家娘子平白無故彈那曲琵琶，典獄你當時也在場啊，殺氣騰騰的，讓人害怕。」張士師也懶得繞圈子，便直接問他為何迴避舒雅一事。小布果然慌張起來，道：「那個……我是真沒看見。」張士師厲聲道：「小布，你明明看見了舒雅，為何要裝沒看見？會不會是你和舒雅有所勾結……」小布忙道：「不是、不是，我是看見舒公子往瑯琊閣而去，必須假裝沒看見。」張士師道：「這是為什麼？難道你害怕舒雅？」小布支吾道：「這個……不是怕舒公子，是怕李家娘子……」

張士師越發糊塗，還待發問，一旁宋江早已會意過來，見典獄不通世故，忙附到耳邊低聲說了幾句。張士師這才恍然大悟，原來舒雅與李雲如早有私情，府中下人皆知，但不知怎地畏懼李雲如，不敢聲張不說，還只能視而不見。她能有這種手段，諒來心計也不簡單。

問完小布，只剩下啞巴僕人石頭和韓熙載，石頭既無法詢問，便只剩最後一人。張士師步出廂房，正尋思該如何找韓熙載時，恰見秦蒻蘭站在廊下，似正在等他出來，忙上前問道：「娘子有事麼？」秦蒻蘭道：「張公與錬師何以匆匆離開？」張士師道：「我也不明究竟，只知道耿錬師匆忙進來，叫走了家父。娘子適才一直與錬師一道，可是因為她有什麼發現？」秦蒻蘭奇道：「沒有啊，我們當時只是在閒話，她讚這裡的花草樹木養得極好，我告訴她這並非人力，而是全靠這聚寶山的靈氣……」一語未畢，突然驚叫了一聲「呀」。張士師道：「娘子可是想起了什麼？」秦蒻蘭忙道：「沒什麼，是我失態了。」頓了頓，又道，「小女子得去前院張羅雲如的後事，先失陪了。」張士師不便再問，只得任憑她去。

張士師在金陵酒肆初見秦蒻蘭時即驚為天人，那時想，即使能再見她一面也是好的，哪想到還能面對面與她說這麼多話，內心洋溢著小小滿足。此刻見她躑躅離開，腳步沉重，原本即瘦削的身體更加弱不禁風，怒氣頓生，轉身進得花廳，一把抓住小布問道：「韓相公人在哪兒？」小布見他不明來由地怒氣沖沖，錯愕異常。張士師催問道：「快說，韓熙載人在哪裡？」小布道：「就在樓上……」

張士師二話不說，轉身就走。小布忙叫道：「典獄君，樓梯口在臥榻這邊。」張士師大踏步走到臥榻後，才知道那樓梯設置在帷幔後，頗為精緻隱蔽。眾差役猜到他要上樓向大名鼎鼎的韓相公問案，均想跟去看熱鬧，忙去叫書吏宋江，嚷道：「典獄問案，你還不趕緊跟去從旁記錄？」推推攘攘，一窩蜂哄了上去。

樓梯盤旋上來後並無迴廊，直接是一間正廳：上首只有一套極大的烏木桌椅，樣式古樸簡潔，案桌上隨意擺放筆墨、硯臺、燭臺等物；一縷輕煙嫋嫋，正從香爐中扭捏而出，芸香拂拂，花氣融融，別有一股灑灑之致；南首靠窗放著一把湘妃竹躺椅，那韓熙載正和衣斜躺其上，因背對著樓梯口，看不清面容如何。除此之外，廳中別無他物，極為爽朗空闊。

張士師忿然上樓，本有責問韓熙載之意，他既名動天下，又是一家之主，如何能在出了這等事後全然撒手不顧，將一切壓給秦蒻蘭這樣一個弱女子？然眼前所見，煢煢孑立，形影相弔，不過是一可憐的孤寡老人而已，哪裡有半分傳說中神仙中人的氣派。後面差役久聞韓府夜宴燈光酒色、紅綠相映，花廳雖一片狼籍，但依稀可窺夜宴之豪華氣派，蜂擁上來後，本以為既是主人臥房，佈置陳設定當精美絕倫，更勝樓下，不料卻如此素淡，不免大失所望。

正不知該如何開口、又如何進退之時，那韓熙載忽然開了口，也不回轉過身問道：「有事麼？」到此地步，眾目睽睽之下，張士師少不得要硬著頭皮問案了，他終於問出最想問的問題：「韓相公，你為何要開這場夜宴？」

他在酒窖時已從秦蒻蘭口中得知，聚寶山的上一場夜宴是在韓熙載被免去兵部尚書一職後開宴，若說他有意藉夜宴發洩心中不滿倒也說得通，可是如今局勢緊張，國主向北方大宋俯首稱臣，傾盡國庫，送金送銀，亦不能阻止趙家天子統一天下的決心——南唐已危在旦夕。他韓熙載既是三朝老臣，名望又高，城中正傳聞國主李煜有意起用他為宰相以挽救危局，為何他要選此敏感時機開一場這麼盛大的夜宴？張士師其實並無心探究韓府隱祕，但總覺得下毒凶手既然意在毒殺韓熙載，定已籌畫多日，為何韓府剛好就在此時大開夜宴？這到底是巧合，還是另有玄機？

張士師一張口便問這個問題，不僅嚇了差役們一跳，就連韓熙載本人也大感意外，只見他緩緩起身，回過臉來，瞪視著張士師，不知驚愕的是來人還是問話本身。張士師忙道：「相公可能還不知道，兩個西瓜與陰文金杯中分別是不同的毒藥，也就是說，昨夜賓客當中，有兩名凶手分別欲對相公下手。

若相公能告知開宴會的目的，下吏便能弄清參加夜宴的賓客為何而來，才能找出潛伏的凶手。」韓熙載呆得一呆，問道：「這案子現下是由典獄主持麼？」張士師道：「本案重大，由江寧府尹主持，下吏只是從旁協助。下吏不才，多有莽撞之舉，還望相公不要見怪。」韓熙載道：「甚好。」凝視張士師片刻，又道，「極高明。」大約是在讚歎選中張士師問案之舉，又慢慢扭回頭去，重新躺下。

張士師等了一會兒，不見他發話，便朗聲道：「相公既是身上不大方便，下吏先行告退。這會兒先讓相公得知，江寧府尹已再召昨夜來過韓府的賓客到此，希望弄清案發當時的具體情形，一會兒就該到了，到時還請相公移步下樓。」韓熙載「嗯」了一聲，問道：「這是你的主意，還是令尊張公的主意？」張士師不知其意，答道：「是下吏的主意。」不再見韓熙載回答，便往樓梯退去。韓熙載忽叫道：「典獄請留步。」

張士師料他有話要說，卻不願旁人聽到，忙命書吏宋江與差役們先下樓去。等到樓梯間再無聲息，這才得離躺椅近些，問道：「相公還有何差遣？」韓熙載坐直了身子，側頭問道：「典獄看這樓上陳設如何？」張士師不知他怎麼突然問起這個，心想：「現下有多少要緊事要辦，怎麼還婆婆媽媽問這些？」但對方言語中自有一股不容置疑的霸氣，他四下略掃了一眼，答道：「挺空的。」韓熙載又問道：「比起樓下如何？」張士師道：「嗯，差別挺大的，倒像是兩戶完全不同的人家。」韓熙載道：「嗯，我已回答典獄適才的問題了。你還有別的問題麼？」

張士師一愣，不明所以，但他估摸賓客將陸續抵達，來不及再糾纏這些夾雜不清的事，當即直截了當地問道：「相公可曾與人結怨，抑或有利益關係，我是指，在昨夜那些賓客當中。」韓熙載抬起頭來，奇怪地看了他一眼。張士師心想：「要他去懷疑身邊的親朋好友，確實有些為難。不過昨夜看來，他那些朋友也不過是些酒肉朋友，一有事發生，大多急於保全自己。」忽聽得韓熙載緩緩答道：「我實在想不出有誰能從殺我一事中獲利。」

張士師很驚訝他的語氣，他所說的「誰」，自是指昨晚夜宴上的賓客，他提及的時候卻仿若陌生人般，完全不帶什麼感情。不過他既這麼說，便是否認與人有怨，仇殺與爭權奪利的動機均可以排除，剩下的無非是情殺和政治糾紛而已。既然韓熙載身為三朝元老，政敵眾多，當然最有可能是政治糾紛。西瓜下毒尚不明時間、地點，往金杯中下毒則分明發生在夜宴當中，即使是政敵有意加害韓熙載，也須假手昨晚能出入韓府之人。莫非是政敵事先收買了某位賓客，可是以這些人的身分——中書舍人朱銑、新科狀元郎粲、太常博士陳致雍、教坊副使李家明、畫院待詔顧閎中、周文矩，以及長老德明、舒雅，又如何能被收買？比較起來，只有舒雅還較可能，他是韓熙載的門生，二人一榮俱榮，一損俱損，但他性情懦弱，還與恩師的姬妾有染，也許由此被人抓住把柄作為要脅。他記得王屋山做自陳筆錄時曾經提過，宴會開始前，她先看見舒雅自瑯瑯閣方向出來，隨即便緊隨韓熙載進了花廳，等到她與李雲如進去時，舒雅正為韓熙載斟酒，而且錯將王屋山的陰文金杯當作韓熙載的陽文金杯。

一念及此，張士師忙將懷中的筆錄掏出來，翻到王屋山那一頁，大略一看，果是如此。莫非舒雅當時已在金杯中下了毒藥，要向韓熙載下手，只是湊巧被王屋山奪走？可是這也說不通，難道之後夜宴那麼長一段時間裡，王屋山始終未曾喝上一口她金杯中的酒？

韓熙載見他眉頭緊鎖，問道：「典獄心中可是有什麼疑問？」張士師便問道：「在李家娘子誤喝那毒酒前，韓相公可曾見到王家娘子用過她自己那盞金杯？」韓熙載沉吟道：「嗯……屋山上場跳舞前，我還見到她用自己的金杯飲酒……」張士師道：「王屋山既沒有中毒，她下場時即與李雲如相撞，特意用金杯斟酒賠罪……」韓熙載道：「所以，往金杯中下毒的時間，只可能在屋山上場到下場之間。」

張士師有些驚訝地望著韓熙載，這一刻，他渾然變了個人。昨日在複廊初見之時，他心事重重，一副苦大仇深的樣子；後來再見他是王屋山跳綠腰之時，他正親自擊鼓伴舞，為老不尊，頗有幾分輕浮浪子的味道；再後來血水西瓜驚現，他面色嚴峻，倒露出了幾分威嚴；直至李雲如慘死，他意色慘沮，瞬間變成一形單影隻的可憐老人；此時見他握緊拳頭，氣勢撼人，臉上隱有光華閃爍，生動了許多，昔日名士風度終於再現些微底色。

韓熙載道：「怎麼，我說得不對麼？」張士師忙道：「不，韓相公所言，正是下吏所想。只是不湊巧的是，下吏在舞蹈開始後才與老管家一起進到堂內，中途又離開，再進來時已經發生血水西瓜一事。若我當時不尾隨陳博士離開，或許……或許那凶手有所忌憚，不敢往杯中下毒，唉。」他心中隱隱約約將李雲如之死當作自己的失職，不免深以為恨。韓熙載歎了口氣，道：「如今像典獄這樣的人，是越來越少了。」張士師一愣：「什麼？」韓熙載道：「這事怪不到典獄頭上，你也不必自責。先去忙罷，我稍後就下來。」張士師不便再問，只得道：「是。」隨即退了出去。

剛下樓梯，便見老管家端著茶水站在那裡，一見他忙問道：「我家相公怎樣了？情形可好？」神色極為焦慮。張士師知道他關心主人，忙道：「韓相公很好，說一會兒就下樓來。」老管家這才鬆了口氣：「沒事就好。」又嘟囔道：「還從沒見過相公這副樣子呢！他從沒將這些女子放在心上過，怎麼人死了反倒這般在意起來了？」張士師大奇，問道：「韓老公是說韓相公從來不在意李雲如、王屋山這些人麼？」老管家淡淡地回道：「嗯。」似不願多提，轉身往外走去。

張士師心念一動：若韓熙載從沒在意過這些姬妾，那麼也不會在意這些女子各有入幕之賓一事，舒雅亦沒有殺韓熙載的動機。他心頭疑惑甚多，只覺得這韓府一家子全然不是外表所看到的那樣，忙跟了出去，一邊陪著老管家往廚下而去，一邊問道：「老公可知道李家娘子跟……跟那個……」一時遲疑，不知道該不該明問。老管家道：「典獄是想問李雲如與舒公子罷？」張士師訥訥道：「原來老公早就知道了。」老管家道：「我還是聽相公說的呢。」張士師大吃一驚，道：「什麼？」老管家道：「我家相公絲毫不介意，反正他從來也沒將這些人當回事。」

張士師默然半晌，才問道：「那為何李家娘子和王家娘子還有互相爭寵之意？」老管家道：「她們真正想爭的不是我家相公的寵，而是地位、財富、權勢。你看府中這些侍女，原本在相公落職後都離開了，但如今一聽說相公要封侯拜相，立即爭相回來。李雲如和王屋山若不是知道相公藏有兩顆價值千金的夜明珠，恐怕也跟這些侍女一樣，早就飛了。」張士師道：「那會不會有人為了想得到夜明珠而起歹意，預備往韓相公金杯中下毒？」老管家立即會意他言中所指，想了想，才道：「這個不大可能。王屋山不會弄錯自己的金杯，李雲如工於心計，絕不會在傳聞相公要拜宰相的時候下手，她還一直指望相公給舒雅謀個一官半職呢。」

張士師頓在當場，心中忖道：「看來舒雅的嫌疑全然可以排除。郎粲是新科狀元，雖是第一次參加夜宴，但昨日見到王屋山不嫌擁擠也要去看他遊街，二人大概暗中早有私情，這郎粲既跟舒雅有類似處境，因而他的嫌疑也可以排除。李家明喜怒形於色，毫無心計，不像是能籌畫這種事情的人。剩下的還有朱銑、陳致雍……莫非是陳致雍？他本是閩國大臣，與南唐有滅國之恨，也許他不過假意投降，暗中卻在等待時機報仇雪恨。此刻聽說韓熙載即將拜相，立即下手加害，即使不能復國，也要讓南唐亡於北方大宋。而且他於舞場半途離開，又與人竊竊私語，說不定那人正是來接應他之人。最可疑的是，當仵作楊大敞驗出金杯有毒後，是陳致雍最先叫道：「『這不是熙載兄的金杯麼？』」

思慮至此，他轉身往花廳趕去，正遇到韓熙載披衣而出，忙上前訕訕問道：「韓相公怎麼看陳博士這個人？」韓熙載突然笑了起來，這還是張士師頭一次看見他發笑，正莫名驚詫時，卻聽他道：「典獄懷疑陳博士，莫非因為他是降臣的緣故？」

張士師見對方瞬間就能猜到自己的心思，不免驚歎不已，正遲疑間，韓熙載又道：「典獄應該知道，韓某的故國也不是這裡，而在北方。按照典獄的推斷，韓某跟陳致雍一樣，也是人在曹營心在漢，對南唐圖謀不軌，伺機北歸。現下不正有這種傳聞麼？」言語頗有淒涼無奈之意。張士師驚道：「竟有這種傳聞？」韓熙載卻是冷笑不答。

即使張士師對政事再木訥，也終於明白過來，難怪城中始終只有傳聞、不見任命，原來官家尚在疑慮當中，也難怪要派細作到韓府監視。現在他也知道，為什麼陳致雍能成為韓府的座上賓，僅僅因為他跟韓熙載一樣，處於同病相憐的境遇。如此看來，陳致雍的嫌疑也可以排除，從政治糾紛的動機來看，案情又進了死胡同。

凝思間，一老一少已慢慢盤桓出庭院。韓熙載忽一指南面：「典獄懷疑過那兩個人麼？」張士師循指望去，差役封三正領著畫院待詔顧閎中、周文矩步出複廊，心中頓時一驚，想道：「呀，我怎麼沒有想到？顧閎中、周文矩二人不請自來，莫不是為政敵所收買的下毒者？」他也不拐彎抹角，逕直問道：「韓相公是不是覺得他們二人嫌疑最大？」韓熙載嘿嘿一笑，將嘴唇湊近張士師耳邊，悄聲道：「我告訴你，他們正是官家派來監視韓某的人。」

張士師意外之餘，又有了恍然大悟之感，果真如此，便一切都說得通了。顧閎中、周文矩匆匆離去，是因為韓府出了命案，得趕緊回宮向官家回報；他二人身懷特殊使命，即使是夜禁時分也可以隨意進城，不過，二人也因此沒了行凶嫌疑。正想問韓熙載心中可有嫌疑人選時，韓熙載又道，「據韓某推測，也正是他二人向官家力薦由典獄來主持此案。」

張士師不知道韓熙載足不出戶，何以能猜到此案已由官家欽命交由自己主持，又聽說是顧閎中、周文矩向官家推薦自己，不免大為驚訝。此刻二人距離極近，張士師分明看見韓熙載的眼中晶晶發亮，閃爍著懾人的光芒。一呆間，卻見他已然轉身，往庭院走去，又恢復了那種步履蹣跚的老態。那一刻，張士師恍然有些明白過來──他的表面，未必是他的真實，正如他家花廳樓下樓上風格迥異一樣。

此時，卻聽見封三遠遠叫道：「典獄君，顧官人與周官人到了。」張士師忙迎上前去，道：「有勞二位多跑一趟。」寒暄幾句後，張士師歉然道：「我交代須得保持堂內原貌，此刻進去，並不大方便就座。」周文矩道：「有什麼打緊？那邊花架下不有幾個石凳麼？」當即過去坐下。顧閎中問道：「案情可有進展？」張士師適才聽韓熙載說是二人向官家力薦自己後，已暗中將對方當作知己，忙老實說了兩種不同毒藥的狀況。

賓客當中，顧、周最早離去，仵作楊大敞尚未到來，當時認定害死李雲如的凶手是舒雅，二人猶不知道後來的事，此刻聽到出現了這麼多轉機，當真比作「山重水複」也不為過，不免駭異得驚呆，面面相看了好一刻，顧閎中才道：「這麼說，是兩起獨立的案子？」張士師道：「正是。毒西瓜一案叵耐難明，只有毒酒一案可以確認落毒時間，這一點，我正想請二位幫忙。」當即說明自己在落毒時間內剛好不在廳內，無法知道內中詳細情形，想請二人畫一幅〈夜宴圖〉，以助破案。他心下揣測，二人既是畫師，以擅畫人物知名，觀察力定比平常人要強上許多，又奉國主之命前來刺探韓熙載的動向，絕對不像旁人那樣只知沉迷酒宴，定會更多加留意觀察宴會細節，說不定他們畫下來的那些細節，正是破案關鍵。

顧閎中和周文矩聽完，驚訝地交換了一下眼色，一時各自沉默不語，似在考慮。半晌，周文矩才先吞吞吐吐地道：「如果能有助典獄破案，那自然是好的……」張士師心想：「明明是以江寧府尹的名義傳他到此，他連已經確認李雲如茶水無毒、舒雅不是凶手的事都還不知道，卻直接說『典獄破案』，可見確實是他向官家推薦了自己。」此時，又聽見周文矩續道，「周某也十分樂意……只是昨夜場面混亂，那血水西瓜出現後，不怕典獄笑話，周某自己都嚇呆了，哪裡還顧得上旁人，因而未必能畫得完整。」張士師忙道：「二位只須畫下你們留意到的畫面、人物，記不起來的也不必勉強。」周文矩道：「如此甚好，那周某就盡力而為罷。」

顧閎中忽然問道：「典獄是想讓我們一人畫一幅麼？」張士師原本想讓二人合力畫一幅圖，聽後心念一動，暗想：「各人畫各人的也好，這樣可以互相補充。」忙道，「正是，有勞了。」

他眼角餘光瞥見有兩名差役正帶著韓曜往小島而來，當即站起來道：「下吏還有事要辦，二位請自便。」周文矩道：「典獄不是要所有證人到花廳問案麼？那我二人……」張士師道：「二位官人並無嫌疑，願意留下也好，願意離去也可。」周文矩道：「我們當然想……」顧閎中搶著道：「當然想快些離開，也正好可以早些完成典獄的交代。」周文矩尚在遲疑中，顧閎中卻一把扯住他的衣袖，道：「老周，趕緊走罷。你瞧這天，今晚非下大雨不可。」周文矩只好朝張士師一笑，道：「告辭。」張士師道：「有勞。」又招手命封三送二人出去，心中卻想：「瞧那老鄉周文矩的神色似並不大願意離去，莫非官家派了他二人來韓府從旁監視我問案？嗯，定是如此，所以他二人才來得最快。既然如此，那顧閎中為何又如此匆忙要離去？」抬頭看天，火熱的太陽竟不知何時已經消失不見，換作烏雲翻滾，看來果真如顧閎中所言，有一場大雨要來呢。

卻見差役推攘著韓曜來到面前，張士師這才發現他的雙手被繩索捆在胸前，忙問道：「這是怎麼回事？」差役道：「這小子不老實，死活不願意上山，只好捆住他的手。」張士師點點頭，揮手命差役退開，將韓曜按到石凳上坐下，一邊為他解開繩索，一邊問道，「你既是不願意來聚寶山，為何昨晚還要翻牆入內？」韓曜傲然道：「你憑什麼問我？」幾次照面後，這才認出對方臉熟，驚道，「你……你不是昨日那個賣瓜的麼？」張士師道：「是送瓜的，不是賣瓜的。」

忽有差役來報道：「新科狀元郎粲和朱銑朱相公都已經到了，正在前院與李官人他們說話。封三哥讓小的來問，要不要立即帶他們過來？」張士師道：「等人齊了再叫他們到花廳也不遲。」那差役道：「是。」應聲飛奔而去。

韓曜見張士師的衣著不過是個普通的青衣小吏，卻氣派甚大，一時不明對方身分，只沉默不語。張士師問道：「那兩個有毒的西瓜，是你下的毒麼？」韓曜道：「我？是說我麼？」張士師道：「這裡還有旁人麼？」韓曜冷笑道：「我又沒碰過那西瓜，怎麼下毒？」張士師道：「可是你母親碰過，我在鎮淮橋遇到你們母子的時候，令堂可是摸了好一陣子西瓜……」韓曜頓時如火燙般站了起來，怒道：「家母怎麼會往瓜中下毒？碰碰西瓜就能下毒，你不是也將西瓜從北城運到南城麼，其中有多少下毒的機會！」

張士師哈哈大笑，他早知道韓曜並無下毒機會，在這兩起落毒案中都是局外人；但他偷入韓府後，一直在四周遊蕩，肯定看到了什麼不尋常的事。可是這小子桀驁難馴，連對自己父親都一副不尊不敬的樣子，料來直接問他必定不吐真話，得另外想個法子套出實情。當即笑道：「果真是我下的毒，你又待如何？」韓曜冷笑道：「我就知道是你！那西瓜運來韓府不過兩、三個時辰，就洗淨了端上堂，這裡的人雖未必在忙正事，卻是人人在忙，誰能有那麼充裕的時間往瓜中下毒？」張士師驚道：「呀，我怎麼沒想到。」

他這才明白過來，西瓜在到達韓府之前定然早就已經落了毒，之前他在瓜地，老圃親口說過這幾個西瓜是韓府預訂的，下毒的人定然也知道這一點，所以早就有所準備。父親和耿鍊師匆忙下山，多半也是想到此點，因而往城北老圃瓜地去了。現下雖還不明白西瓜凶手是如何往瓜中落毒，但時間總算可以確認，因而西瓜凶手必定不在夜宴當中。想通了這一點，心中壓力頓時減輕不少，當即道：「我知道你沒有下毒，我也沒有下毒，我是江寧縣典獄。你告訴我，你昨夜進府後看到些什麼。」韓曜反問道：「我憑什麼要告訴你？」張士師道：「你應該已經知道，除了西瓜凶手外，還有金杯凶手，李雲如就是喝了毒酒而死。我猜那凶手本來要害的人是令尊，不過弄混了金杯，誤將毒藥下在王屋山的金杯中。」

韓曜昨晚被張士師扭進花廳後，雖表面滿不在乎，心中也憂懼不知該如何收場，幸好眾人將注意力轉移到那肴桌的毒西瓜上時，他趁機溜了出去；當時李雲如還未出現，他也不知道李雲如後來中毒而死，只是一路溜下山，在城外客棧過了半夜。第二天一早進城才聽到傳聞紛紛，說是頭天夜裡有韓府姬妾七竅流血而死，他以為不過是誤食了那有毒的西瓜而已。今日他一直躲在房中不敢出門，直到江寧府差役找上門來。

直至現在，他才知道有所謂金杯毒酒一事，不免驚詫萬分，問道：「既是王屋山的金杯有毒，為何死的是李雲如？」張士師道：「李雲如誤打誤撞喝了毒酒。你現在也該猜到，凶手就在令尊的客人當中，若是你不幫我找出他來，說不定令尊還會再次身陷險境。」韓曜道：「可是我什麼都不知道。我在花廳外偷聽到你們說西瓜有毒，還覺得是有人開玩笑呢。」

張士師想起他窺測秦蒻蘭時的惡毒表情，問道：「你昨夜來這裡，只是想瞧熱鬧麼？」韓曜半晌才道：「嗯。」張士師知道他恨這個地方，不過這是人家的家事，他也無力干涉，便問道：「你昨晚真的沒看到任何不尋常的事？」韓曜想了想，道：「沒有。」張士師道：「那你伏在樹後偷聽陳致雍陳博士與人談話是什麼道理？」韓曜冷笑道：「他有什麼好偷聽的，不過是我想要出去，他湊巧站在那裡對啞巴僕人說話……」張士師一驚，問道：「你看見陳致雍在跟石頭說話？」韓曜奇道：「原來他的名字叫石頭？這倒真是名如其人了。」

張士師陡然警覺到什麼，一回頭，正看見石頭從背後不遠的花叢穿過。這一驚非同小可，他忙起身，微一凝思，躡手躡腳地追過去，距石頭僅數步時，猛然大喝了一聲，石頭卻似毫無知覺，照舊木然前行。

倒是這一聲將正在樹蔭下打盹的小布叫得現了形，他揉了揉眼睛，茫然問道：「典獄君，出了什麼事？」張士師忙招手道：「正好想問你一件事。」便向小布打聽府中僕人的身世來歷，他有意不先提石頭，讓小布從老管家說起。原來老管家自十歲就開始跟著主人，也是韓熙載從北方南逃時唯一的從人，小布和大胖也都在韓府裡長大，只有石頭是半年前才來的新人。當時他不知怎地來到府門前乞討，老管家給了他幾文錢，他卻死活不走，還是秦蒻蘭憐憫他又聾又啞，收留他在府中幹些粗活。他人倒也勤快，因為是個啞巴，無法多嘴多舌，姬妾們都特別喜歡差遣他。

張士師心想：「若石頭早有意圖，確實沒有比裝聾作啞更好的掩護了。他在這裡走來走去，人們絲毫不會想到提防他。」又繼續思忖石頭會不會有作案時間，他自己是在綠腰舞開始後不久，與老管家一道進來堂內，並未見到石頭。但後來他追陳致雍出去，在茅房外遇到過石頭。又記得秦蒻蘭在筆錄中提過，她與小布、大胖、石頭各抱著西瓜和酒罈進花廳時，正好遇到李雲如出去，那當是王屋山下場後的事。如果真是石頭往金杯下毒，當是在王屋山上場到張士師進來的這一段，時間並不長，但下個毒卻足夠。若真是他下毒，他混進韓府已經半年，無論是想害韓熙載，還是王屋山，還是李雲如，平日有的是機會，何必非等到最人多眼雜的夜宴一刻？所以最有可能的是，他是受到某人出於某種目的，而被派來韓府潛伏，陳致雍自脫離不了干係，他即便不是那某人，也必定是某人的同夥。目下如果直接審問石頭，他定然還會繼續裝聾作啞，看來只能想辦法先從陳致雍下手，取得實證。

小布說完，又問道：「典獄問這些有什麼用？該不是懷疑我們這些人罷？」張士師道：「石頭真的又聾又啞麼？」小布一愣，答道：「當然了……」

此刻彤雲密佈，天陰沉得厲害，一道細長的閃電驀然劃破大半個天幕，大地瞬間被點亮。張士師轉過頭去，正見封三領著李家明一群人越過石橋，內中包括德明長老與金陵酒肆少店主周壓。他知道，人終於齊了，問案的關鍵時候到了，可是父親和耿先生遲遲未歸，他一個人能辦到麼？

空中陡然一聲霹靂，好響的一個炸雷，包括張士師在內，眾人均嚇了一大跳。眾人進來花廳時，雖差役遍佈，然見陳設一如昨夜，肴桌及地毯上尚有血水西瓜的明顯污跡，回想起昨夜，猶有肉跳心躍之感。最奇特的是，韓熙載正坐在原先那把椅子上，他腳下不遠處，正是愛妾中毒倒斃之處，地面尚有幾點斑斑血跡。而他本人竟毫不避諱地坐在那裡，依舊是那種懨懨不快的神情，似在玄思，又似在發愣，也不起身與眾人招呼。倒是韓曜進來後，看了父親好幾眼，似有意上前拜見，卻又頓住。

僕人、侍女們也都被叫進來，只有王屋山當堂昏暈過去，迄今未醒，看來確實嚇得不輕。張士師的目光先落在石頭身上，他卻恍然不察。一時間，張士師幾乎要懷疑自己是不是判斷錯誤——對方確實是個真正的啞巴，要不然何以毫無破綻？看來一個人若是面具戴得太久，面具就會逐漸長到他的臉上，融為一體，再想輕易揭下他的面具已然不易，除非傷筋，動骨，扒皮。

正當張士師暗自沉吟要如何拆穿這假啞巴的面具時，舒雅忽問道：「張公如何不在這裡？」張士師答道：「他與耿鍊師去了城北老圃瓜地。」郎粲道：「莫非毒西瓜一案已有了眉目？」張士師道：「嗯。」並簡短說明西瓜與金杯中的毒藥不同，西瓜在送來韓府之前就已落毒。郎粲訝然道：「我本來以為是連環落毒案，凶手往瓜中下毒謀害不成，又往金杯中下毒……」一邊看了韓熙載一眼。

雖然之前有各種猜測傳聞，但直到此時，最關鍵的細節才正式披露出來。人人大概知道了究竟，但一想到竟有兩個使毒的凶手，而其中一個就在自己身邊，不免驚懼又生。

張士師朗聲道：「都到齊了麼？」環視一圈，立即發現人群中少了秦蒻蘭與陳致雍，一個是他傾心關注之人，一個是他急於問案之人。問起封三，才知道剛剛有城中店鋪送喪葬用的幡幢、帳輿等物上山，秦蒻蘭尚在前院清點；陳致雍則一踏入大門就捧著肚子進了茅廁，說完事自會到後院來。

張士師正想著，是要等人齊了再開始，還是先問在場的人，德明忽問道：「外面天快黑了，馬上又要下雨，典獄是打算如昨夜一般，再問一晚上的案情麼？要知道，這裡大多人可是已經擔驚受怕過一夜了。」言語中顯有嘲諷之意，就連韓熙載也被驚動，抬起頭來重重看了他一眼。

張士師昨夜訊問德明時，雖反感其人，到底還是尊重他的長老身分，只任他自己陳述，未多發問，此刻聽他語出譏誚，佛然不快，當即道：「就從長老先開始罷，只須問完幾句話，長老便可自行離去。」德明道：「典獄請問。」張士師也不再客氣，道：「長老是方外之人，為何如此熱中塵世的燈紅酒綠？難道不礙修為麼？」

他這個問題極其尖銳，卻問出大多數人心中所想，眾人一陣譁然，齊向德明望去，想聽他如何回答。德明毫不變色，坦然道：「修為自在我心，典獄君眼中自見燈紅酒綠，於貧僧則如遊蓬戶。」回答得甚有機鋒。張士師又問道：「長老昨晚很少說話，想必是用了更多精力留意旁人，不知道有沒有看到什麼異常情況？」德明道：「眼前一切於貧僧如浮雲。」張士師冷笑一聲，道：「那就是說，長老看見的也等於沒看見了？」德明雙手合十道：「阿彌陀佛，正是如此。」

稍一交鋒，張士師已經知道對方綿裡藏針，絕非好惹之人，看來能成為國主的座上賓，也確實有幾分辯才。他不願耗費時間與這老和尚鬥嘴皮子，當即道：「王屋山上場跳舞之時，到她跳完下場，長老您人在哪裡？」德明道：「貧僧人一直在這裡，並未離開半步。」張士師道：「我是問，長老當時人在這廳裡的哪個位置。」德明一時愣住。

張士師道：「長老當時必定是在觀看王屋山跳舞，是坐著，還是站著？人在什麼位置？其間有沒有挪動過？身邊都有些什麼人？」德明想了想，道：「當時貧僧並未觀舞……」眾人不由得大奇，沒觀舞，那在做什麼，正以為他又要說出什麼高明的話，卻聽他說：「貧僧一直站在韓相公的身側，看他擊鼓。嗯，貧僧的前面，坐著郎粲郎公子。實際的位置麼，就在這裡。」一邊說著，一邊走過去站在花盆鼓與椅子旁側。張士師問道：「長老原先坐在哪裡？我是說，舞蹈開始前……」德明道：「這個……貧僧昨晚到得最遲，直到李家娘子琵琶曲奏完後才進堂內，未有機會坐下。」張士師道：「嗯，我問完了，長老只須去書吏那邊具名畫押，便可離開。」

張士師記得自己進來時確實看到韓熙載的身邊站著個和尚，當時還驚了一下，雖不知德明到底為何而來，不過他一身僧衣，與環境、氣氛如此不諧，稍有異動定會有人留意。唯一可疑的是，他進來時尚且神色自若，此刻又為何有焦急之色，急於離去？

忽見站在近門處的郎粲朝他招手，神色頗見詭祕。張士師不明究竟，微一遲疑，還是走過去問道：「狀元公有何要緊事？」郎粲一把將他拉出門外，輕聲道：「典獄不覺得長老很奇怪麼？」張士師道：「嗯？哪裡奇怪？」郎粲道：「他適才一進堂內，一直暗中跟韓相公眉來眼去，現在又急不可待地要走……」他忽然住了口，卻見德明跨門而出，見到二人，略施一禮，即快步離去。

郎粲道：「典獄不打算留住他麼？」張士師不願再於旁枝末節上費力，道：「長老既與韓相公眉來眼去，可見二人已有默契，為何還要殺他？」郎粲道：「他？是指韓相公麼？呀，典獄，你又弄錯了！」張士師道：「噢，怎麼又錯了？」郎粲道：「典獄只想著兇手是想殺韓相公，弄錯了金杯，可是萬一兇手要殺的人本來就是屋……王家娘子呢？」

張士師一時愣住，這一點他確實沒想過，自一開始仵作楊大敞驗出金杯有毒、陳致雍喊出那是韓熙載的金杯後，人人都以為兇手的目標是韓熙載，儘管後來知道金杯是王屋山那盞，也認為不過是兇手弄混了杯子而已。現下聽郎粲說出此節，細細一想，確實不無此可能，可是誰會想殺王屋山呢？按照府中下人們的說法，與她矛盾最深的人當然是李雲如，可是偏偏被毒死的卻是李雲如。王屋山既是公認人緣不好，會不會是府中的僕人、侍女下的毒？他們剛好是來來往往於夜宴中最不易引起懷疑的一群人。

卻聽見郎粲試探問道：「典獄不覺得舒雅很可疑麼？」張士師道：「舒雅？為什麼是他？」忽見秦蒻蘭正步過月門，往這邊而來，腳下遲緩，神色很是疲倦，忙道：「回頭再問你。」張士師便捨了郎粲，迎上前去，問道：「娘子還好麼？」秦蒻蘭道：「嗯，我沒事，剛送走送貨的店家夥計，多謝典獄。」又問道，「我適才遇見德明長老匆忙離去，典獄已經問完了麼？」

張士師正要答話，猛地又是一個炸雷，狂風平地而生，大作肆虐之態。他忙拉起秦蒻蘭衣袖，奔進廊下，只覺她的身子極為輕飄，柔若無骨，似乎稍一鬆手，便要御風而去，心中甚是憐惜，道：「娘子若累了，可自去歇息，不必理會這裡。」秦蒻蘭道：「我家相公他……」張士師道：「他正在堂內。」秦蒻蘭再不說話，轉身跨門進去。

張士師愣在當場，手上似還有她的餘香。不知為什麼，他每次看到秦蒻蘭疲累不堪時，便忍不住要怪罪韓熙載，可是當他面對韓熙載時，怒氣卻又自行消散。

一旁郎粲望得真切，知他為秦蒻蘭絕世容光所迷，暗想：「就你這小縣吏，難道還想癩蛤蟆吃天鵝肉？」面上卻若無其事，叫道：「典獄！」張士師道：「嗯……你適才說舒雅可疑，可有什麼憑據？」郎粲道：「典獄想想看，最想殺屋……王家娘子的是誰？」他已有幾次差點叫出「屋山」來，張士師心下更確定他與王屋山有私情，此刻見他躲躲閃閃地指認舒雅，不免有些鄙薄其為人，當即問道：「你認為誰最想殺王屋山？不妨直言。」郎粲道：「李家娘子。」張士師道：「你是說，李雲如往王屋山的金杯中下毒，預備毒死她，結果倒是自己喝了毒酒？」郎粲道：「當然不是……」

只聽得「嘩啦」一聲，雨點如豆子般滾落下來。那雨來得好急，起初尚是粒粒分明，轉瞬便轉成水線，形成一幅絕妙的雨幕。

張士師卻突然明白了郎粲的意思——李雲如與王屋山相鬥不止，舒雅或許因為心疼李雲如，而往金杯中下了毒，決意毒死王屋山，不料陰差陽錯反倒害死自己的情人。他頭一次害人，心有餘悸，一看見李雲如的茶杯便有所聯想，臉色大變，後來被張士師力指為凶手，他自己知道茶水無毒、金杯有毒，李雲如到底還是被他害死的，所以才一副追悔莫及的表情。如此推斷，他有意圖、有機會，細節都合情合理，完全說得通。

郎粲還以為他不懂其意，忙道：「我的意思是……」張士師拍了拍他的肩，道：「我知道了。」進得堂內，正見秦蒻蘭附耳向韓熙載說些什麼，韓熙載也不答話，只略略點頭，不免感覺有些異樣，當即咳了一聲，問道：「陳博士為何還沒到？」封三聽問，忙自冒雨趕往前院去催。

張士師道：「我們先開始罷。我知道各位都不想多惹麻煩，但如果都像德明長老那樣，假裝什麼都不知道或者說謊，那是很愚蠢的。叫大家到這裡來，是因為這裡是案發現場，更容易憶起案發當時的情形。」他有意不突出舒雅，只挨個問在場的所有人，自王屋山上場跳綠腰舞到她跳完下場，都各自在什麼方位，本來事先沒想到要這麼問，全然是被德明逼成了這樣，牛刀小試，覺得很是不錯。

大致的情形是：曼雲等樂伎們早就一排站在東面，手持樂器預備伴奏，她們遠離肴桌，伴奏從始至終，完全沒有任何往金杯中下毒的機會；賓客大多站在東西兩邊，有坐有立；因肴桌擺在北面上首臥榻前，距離場中稍遠，臥榻上又坐有人，僕人、侍女們只能站在東西賓客背後或南首門處；郎粲與韓熙載本一直坐在臥榻上，德明長老到來後，韓熙載離開臥榻迎接。郎粲則在王屋山站在場邊後離開臥榻，坐在花盆鼓旁的椅子上。稍後韓熙載又回臥榻，李雲如跟過去坐下，韓熙載脫下外衣後走去鼓邊伴舞，李家明便陪著妹妹坐在臥榻上。這些都是案發當時眾人的明確位置，並有旁證。只有朱銑說不清楚自己到底站在哪裡，張士師曾親眼見他慢吞吞地挪到秦蒻蘭身邊，因他遠離肴桌，並無嫌疑，也懶得說破。舒雅稱自己一直站在韓熙載旁側，後來去臥榻邊找李家明說過幾句話，這當是發生在張士師追蹤陳致雍出花廳後的事了。尤其舒雅說到這裡時，李家明驚奇地望了他一眼，張士師立刻知道他在撒謊，他多半是去找李雲如說話。可是李雲如在案發時間內一直坐在臥榻上，未離半步，若當真是舒雅下毒，她如何能毫不察覺、後來甚至喝下那杯毒酒？推算起來，更準確的下毒時間，當是王屋山飲完酒離開肴桌到李雲如坐上臥榻之前，那時他剛好不在堂內，可是按眾人的描述看來，不是只有坐在榻上的郎粲和韓熙載才有機會麼？但這兩人都不可能殺王屋山。

看來一定還有別人到過肴桌旁，只不過他太普通，眾人習慣他的進進出出，沒多留意罷了。正將目光投向石頭之時，封三濕漉漉地闖了進來，全身上下都在滴水，嚷道：「不好了，陳博士逃走了。」

原來陳致雍從茅廁出來時，正好遇到秦蒻蘭送那送貨的幾名夥計出府，不知道為什麼，他非要跟出去看看，他畢竟是朝廷官員，守門的差役不好阻攔，只好任他去了。哪知道秦蒻蘭回轉韓府許久後，依舊不見陳致雍身影，派人出去尋找，剛進竹林就下起了瓢潑大雨，眼睛張都張不開，只好折返回來。

事情突然變得有趣起來，現下官府並無任何證據證明陳致雍就是凶手，他為何要逃走？那樣不是不打自招麼？就連韓熙載也露出茫然之色，似無法理解。張士師卻始終惦記陳致雍與石頭密談一事，問韓曜道：「你昨晚果真看見陳博士與石頭交談麼？」秦蒻蘭這才看到韓曜也在場，道：「阿曜，你也來了。」韓曜卻看都不看她一眼，只道：「當然。」

石頭正站在大胖背後，忽見大夥的目光一起投向自己，一時左顧右盼，不知所措。他這種死撐到底的反應，張士師早已料到，要揭掉他的面具，非用到陳致雍不可，可是陳致雍偏偏不顧身分和體面逃跑了，著實不可思議。

好半天，秦蒻蘭才愕然問道：「典獄是說石頭跟陳博士說話？石頭……石頭不是啞巴麼？」張士師冷笑道：「至少要裝成個啞巴。」眾人一陣譁然，各自遠離了石頭幾步。石頭見道道目光不離自己，自己卻不明情由，焦灼萬狀，忙向老管家做了幾個手勢。老管家向石頭比劃幾下，石頭連連搖搖頭，「呀呀」連聲，似表示沒聽懂，又似表示跟自己無關。

韓曜忽然笑了起來，道：「原來你們就這點微末本事，只會欺負一個啞巴呀。」張士師道：「不是你親口說陳博士與石頭在茅房外交談麼？」韓曜道：「我的意思是說，陳博士在對石頭說話，石頭沒有回答呀。他是個啞巴，耳朵也不大好使，不過，大點聲音說話，運氣好的話，他還是可以聽見的。哈哈哈……」

張士師這才知道自己一開始便會錯意，韓曜卻一直有意不說，自然是為了看他出醜。他狠狠瞪了韓曜一眼，道：「韓哥請去書吏那邊具名畫押，然後請自便。」韓曜故作驚訝道：「咦，這裡又不是公堂，你憑什麼趕我走？大夥還不知道罷，這處宅子地契可是記在江南第一美女秦蒻蘭名下的，她是主人，都沒趕我走，你憑什麼呀？」

張士師知他有意搗亂，可是他確實說得在理，自己沒有權力趕他走，不由得朝秦蒻蘭望去，她顯然不想趕韓曜走，可是又不想讓張士師為難，猶豫不決。張士師心想：「隨他去好了，何必讓她這般躊躇。」便不再理會韓曜，繼續問案。

這一次，他不再讓大夥回憶各自在什麼位置，而是盡可能多說自王屋山上場前到舞蹈開場這段時間，是否看到其他人在哪裡。但夜宴時間這般長，他所提的時間這般短，何況又是個混亂的場合，別說旁人了，就連自己在哪兒都無法確定。張士師一圈環問下來，心頭頗為沮喪，他已經明白，今日註定無所斬獲。起初，他用江寧府尹的名義將眾多證人召來韓府，本意是想還原案發現場情形，哪知道推斷出來的下毒時間偏偏他人不在堂內，賓客們既無人留意到他想知道的事，而即使有零散的口供，他也無從驗證。

正自沉吟，卻見一名差役奔來道：「典獄，外面大雨已經停了，要不要現下派人下山去找陳博士？」張士師不及開言，一直沉默寡言的朱銑忽插口道：「典獄預備什麼時候結束問案？昨日大夥已經折騰了一夜，怕是……」他有意頓住不說，言下之意卻很明顯。

張士師見諸人俱有疲憊之色，韓府的人又還有一場喪事要忙，他久久不見差役回報，又擔心父親與耿先生那邊，忙道：「既是如此，今天就到此為止，各位請自便罷。」

此刻雖然天色開始放晴，但臨近日暮，萬一錯過夜禁，便又無法進城，各人即刻紛紛辭別，雖然料知下山道路泥濘，仍巴不得早些離開這個地方，只有舒雅、李家明自願留下操辦喪事。老管家因廚下缺人的緣故，請周壓留下來幫忙。周壓因之前留在韓府看過夜宴，回城報官幾次不成更傳為全城笑談，日間已有無數人爭相趕往金陵酒肆打聽究竟，酒肆生意一飛沖天，他自知全然得益於韓府命案，若是多留一晚，明日少不得會有更多人到酒肆找他打探各種內幕，當即欣然同意。

只有那韓熙載一直無話，等到張士師一說要散，便又立即起身，往臥榻樓梯口而去，既不送客，也不張羅李雲如後事，似打算繼續蟄伏樓上。

張士師正感怪異，秦蒻蘭走過來歉意道：「典獄別怪阿曜，他不過是想引起他父親的注意罷了。」張士師這才發現韓曜已不知在什麼時候悄然離開了，一時不明白秦蒻蘭的意思，她又續道，「只是他不知道，現在的相公已經不是以前那個人了，所有的一切都不在他心上。」微微歎了口氣，自去門口送客。因有差役在一旁，張士師不便多問，當即領人出來。

卻見郎粲正站在月門一旁，張士師料他有話要說，逕直問道：「狀元公還有什麼事？」郎粲道：

「沒什麼要緊事。我只是想提醒典獄，既然凶手的目標是王家娘子，他前番失手，說不定還會再次下手。」張士師知他這話無非是在暗示，主動留在府中的舒雅即是凶手，冷笑道：「你倒是對王屋山關切得很。」郎粲微微一愣，隨即道：「人命關天，任誰都會關心的。」張士師道：「好教狀元公放心，這凶手沒有留下任何痕跡，說明他處心積慮，策畫了很久。即使他要再殺王屋山，也不會這麼快再下手。」郎粲很是不快，又不便說破，只好道：「我可是提醒過典獄了。」他瞪了張士師一眼，這才轉身去追朱銑，一邊叫道，「朱相公，等等我。」

張士師沉吟道：「封三哥，你怎麼看？」封三道：「雖則凶手未明，但總還是早提防些好。」張士師尋思有理，便分派兩名差役留下，名為幫手，暗中則交代二人，特別留意湖心島二樓韓熙載及西面瑯琊榭王屋山的情形。

安排妥當後，這才步出庭院，雨後初晴，四周飄著涼爽清新的氣息，一道彩虹掛在天際，明豔無比。張士師心頭本來沉悶，意甚怏怏，見美景如斯，也不由得精神一振。

出得韓府大門，圍觀的人群早已散去，大門上貼著的「擅入者殺」字幅亦不見，大約是被人順手牽羊當作墨寶帶走。剛步下臺階，忽見韓曜一身爛泥，狼狽不堪地疾跑出竹林。眾人尚在驚愕中，他已經奔將過來，一把抓住張士師雙臂。他力氣奇大，張士師掙了一下，竟沒掙脫，喝道：「你小子做什麼？快些放手！」

封三忙叫差役將韓曜拖開，差役們卻嫌韓曜全身泥濘，不願動手，只紛紛喝道：「快放手！快放手！」韓曜全身抖抖簌簌，始終說不出話，只拿眼睛去望背後的竹林。張士師心中一動，問道：「是不是竹林中出了什麼事？」韓曜點點頭。張士師使勁將他的手甩開，怒道：「還不趕快帶我們去！」韓曜一呆，這才鬆手，轉身指了指前面，往竹林走去。

一進竹林，韓曜不走林間那條好走些的碎石子小道，卻往東鑽入竹林中，腳下難走不說，這一處竹子生得茂密，稍有晃動，頭上即不斷有積水落下，狀比淋雨。眾人苦不堪言，正待呵斥，卻見前面光線漸亮，潺潺水聲越來越大，韓曜突然停了下來，一指前面道：「就在那裡。」

遠遠望去，有一人躺在竹林邊上，趕將過去一看，正是陳致雍；仰天躺在積水中，渾身濕透，雙目圓睜，嘴巴張大，猶見怒氣，卻已氣絕多時。

一案未結，又出了新的命案，死的還是朝廷大員，差役們無不面面相覷。張士師也一時茫然，不知陳致雍為何從府中溜出來，又莫名其妙地死在這裡。

封三道：「偏偏仵作被張公叫走了。不過，依小人看來，陳博士應該是被人掐死的，他項上肉中有明顯的指爪痕。」眾人一望，果是如此。又見四處並無拖動痕跡，陳致雍屍首近身處泥濘不堪，卻並無任何腳印，當是在大雨之前便已被殺，凶手的痕跡也徹底被大雨沖刷掉。

張士師毫無頭緒，問韓曜道：「你是怎麼發現屍首的？」韓曜臉色蒼白，嚇得不輕，只說適才雨停即出了韓府，突然想來泉水邊坐望彩虹，不料一出竹林，就看見一具屍體。張士師心想：「陳致雍遇害當是在他莫名走出韓府到下雨這一段，時間極短，且當時我所能想到的人都在韓府裡面，看來凶手另有其人，只是不知道他的死與之前的兩起落毒案是否有關聯。」

封三見張士師神色甚是委頓，忙道：「典獄，現在天色不早，大夥也都累了，不如先將屍首帶回衙門，上報府尹，請仵作詳細驗過再說。」眾差役生怕今晚回不了家，要耗在這又陰又濕的竹林中，也紛紛附和。張士師只得同意。

當下也不再回韓府煩勞主人，差役們自用腰刀斬斷幾根竹子，用隨身帶的繩索綁成一簡易擔架，將陳致雍抬了上去。張士師本不喜歡此人，但此刻見他橫死竹林，仍不忍見他暴屍，當即先脫了外面公服，將自己的單衣脫下蓋在屍首臉上，光著膀子直接穿好公服，命韓曜自行回家，不得隨意外出，等到要問案自有差役上門喚他。

俗諺說：「上山容易下山難」，何況又剛下了一場暴雨；一路下山極為辛苦，雖然如此，大夥畢竟是公人，腳力還是快些，剛好在山腳趕上了朱銑、郎粲。二人不知道差役抬著什麼人，更不知道是死人，見那擔架粗陋，也不以為意。直到差役越了前頭，朱銑才遲疑問道：「那人……是不是陳博士？」張士師點點頭。朱銑道：「他怎麼了？」張士師簡短地道：「死了。」朱銑、郎粲異口同聲驚叫出聲：「什麼？」

忽見一匹快馬「得得」馳來。眼尖的差役已認出馬上之人正是同伴朱非，之前為張士師派去跟隨張泌和耿先生下山。近得跟前，朱非勒住馬頭，不待躍下馬，便興奮地大叫道：「典獄、典獄，老圃瓜地裡挖出了一個死人！」

這才真是一波未平、一波又起，正見震撼之處，平地又聽驚雷。

1 徐溫，字敦美，海州山（今江蘇東海）人，本為唐末淮南節度使、吳王楊行密帳下右衙指揮使。楊行密死後，長子楊渥繼立。楊渥好擊球飲酒，荒淫無度，猜忌手下將領。徐溫聯絡其他將領發動政變，殺死楊渥，獨攬大權後，逐步翦除楊氏舊將的勢力。徐溫生有六子——知訓、知詢、知誨、知諫、知證、知諤，但才幹計謀均不如養子徐知誥。徐溫死後，徐知誥奪取大權，由此建立南唐王朝，並改名李昇。

卷八　瓜田李下

不知不覺又來到老圃瓜地，卻只是一片綠油油的空曠與寂靜。以往，老圃西瓜名譽金陵，總有人來瓜地偷瓜，所以瓜季時老圃吃住總在瓜地裡，就是為了防人偷瓜。如今工人已去，滿地的西瓜卻再無人敢偷半個。血水西瓜的故事一夜之間已傳遍全城，在人們看來，這瓜地裡不知埋藏著多少邪惡。這些西瓜的結局已可預料，無非是在地中自行乾癟、爛掉。這毒西瓜的罪惡陰影，到底還要在金陵人的頭上籠罩多久？

話說張泌、耿先生帶著仵作楊大敞匆忙離開韓熙載府邸，差役朱非、霍小岩追了上來，五人一道下山。張泌始終不說要去何處，朱非等雖覺詫異，也不好多問。中途陸續遇到差役帶上顧閎中、周文矩、韓曜、郎粲等人上山，亦有不嫌麻煩趕去韓府看熱鬧的好事之人。到得聚寶山山腳，之前載過張氏父子的車夫竟真的還在山腳下等待，張泌、耿先生與仵作楊大敞上車先行，朱非問起要到何處會合時，張泌只說了四個字——老圃瓜地。

一路上，張泌、耿先生始終不發一言，楊大敞不知情由，竟也能忍住不問一字。只有那車夫格外失望，豎起耳朵都未能聽到車內的隻言片語。他猜車內之人當有意如此，不過既是要去老圃瓜地，又有仵作跟著，必然是跟老圃有關，只要鐵了心跟在後面，必能知道真相，明日他就是這金陵城最受歡迎的車夫了。

天悶熱得厲害，黑雲壓頂，似有一場暴風雨將臨。到了北門，車水馬龍，人流如潮，都是些一大早到玄武湖避暑賞玩的金陵人，甚至還有不少權貴因擔心下雨，匆忙從城外趕回。見一時不得通過，張泌三人便下了車，預備步行出城。車夫叫道：「喂，你們還沒給車錢呢。」三人腦海各自盤旋著案情，早就忘了此事，聽了車夫喊話，才會意過來。張泌忙一邊賠罪，一邊上前付錢，車夫見是鐵錢，委實不願接受，不過瞧在韓府怪案的分上，也勉強收了。

一出城門，便望見一片偌大瓜地籠罩在水氣當中，像是蒙上一層輕紗。老圃正一人站在瓜地最南邊的李子樹下，不知在忙些什麼。再走得近些，便看到他手中提著把鋤頭，眼睛一會兒望望大道上的人流，一會兒看看自己腳下，神色極為張皇。

張泌遠遠望見，歎道：「看來鍊師所料不錯，這裡果然有問題。」楊大敞忍不住問道：「鍊師認為是老圃往瓜中下毒麼？」他雖是問話，言語中卻有全然不能相信的質疑。耿先生道：「老圃世代賣瓜，若說他往瓜中下毒，想來誰也不信。」楊大敞一時愣住，不知道她是真這樣想，還是故意說反話。

三人小心地走進瓜田，老圃面向李子樹、背對眾人，注意力又全在他自己腳下，竟絲毫沒有留意。稍走得近些，便見到他身上那件無袖開襟小褂子背上已完全濕透，似是水洗過一般。

耿先生叫道：「老圃！」老圃本能地橫起鋤頭，轉過身來，見到三人，駭異得呆住，愣在原地，一句話也說不出，只將赤著的雙腳來回交叉摩挲，彷彿剛被蟲子盯過。張泌也不理他，回頭道：「還請仵作驗一下李子樹下的土壤是否有毒。」楊大敞和老圃均大吃一驚，異口同聲地問道：「什麼？」

原來秦蒻蘭陪耿先生四下逛時，無意中提到，韓府花草樹木生得好全繫於聚寶山水靈氣的滋養，耿先生突然想起曾聽過有人用墨汁澆地，養出黑色的牡丹，由此得到提示——想那毒西瓜會不會是有人不斷用砒霜水澆地，日積月累，毒藥慢慢滲進了生長中的西瓜，正如小布所言，成了一個「天生有毒的西瓜」？她對張泌說了這個異想天開的想法後，張泌竟也信以為然，二話不說，便逕直往瓜地而去，因要檢驗土壤毒性，所以又帶上仵作。

楊大敞也是經驗老道之人，一驚之後便即會意過來，毋須張泌再多交代，雖半信半疑，還是打開竹籃，取出一個空碗，自水袋倒進半碗水，又要借老圃的鋤頭。老圃呆若木雞，渾然沒有反應，楊大敞自己上前奪下鋤頭，皺眉道：「老圃，你這鋤頭的鋤刃缺了一角，怎生也不重新打一把新的？」老圃期期艾艾，也不說話。張泌一指那最粗的瓜蔓，道：「那裡便是摘下那兩個大瓜的地方。」楊大敞走過去鋤起一撮土放入碗中，等那土完全泡散成了一碗稀泥水，才取出銀針，如法炮製地檢驗。

正忙碌中，忽聽得背後有人陰惻惻地問道：「看來是老圃有問題？」眾人嚇了一跳，回頭一看，原來那載過張泌等人的車夫，不知何時溜到瓜地裡來看熱鬧。未及回答，半空中一聲驚雷響，瓜地邊的馬匹受了驚嚇，自行拖著車狂跑。車夫再也顧不得看熱鬧，慌忙扭身狂追馬車去。

然則楊大敞驗出來的結果卻是土壤無毒。張泌大感意外，沉吟許久，才道：「煩勞再驗一下那瓜蔓。」勘驗之後，瓜蔓也無毒，看來「天生有毒的西瓜」並不成立。

張泌一言不發，只反覆在李子樹下徘徊。那老圃站在一旁，死瞪著張泌，汗水淋漓而下。耿先生喃喃道：「看來有場大雨。」又溫言問道，「老圃，是不是出了什麼事？」老圃也不回答，雙眼卻是半分不離張泌。耿先生道：「瞧你神色，也不是什麼大事，不妨說出來聽聽，貧道或許可以幫上忙。」老圃失聲道：「都死了人了，還不是大事麼？」張泌目光如電，瞬間掃到老圃臉上，問道：「死的是什麼人？」老圃道：「是……」那一瞬間，他看到張泌的眼睛如刀鋒般銳利冰冷，不禁打了個寒戰，立即改口道，「死的不是韓相公家的女人麼？」

猛只聽見頭頂又是一聲驚雷，陡然狂風大作，塵土枯葉亂飛，眼睛瞇得幾無法睜開。忽又聽得「呼啦」一聲巨響，瓜地邊那小小瓜棚竟被大風吹塌了。老圃跺腳道：「咳。」忙回身往瓜棚趕去。

張泌奇道：「這老圃明明心中有鬼，又是緊張又是害怕，為何我卻瞧不出這瓜地中的端倪？」耿先生道：「嗯，看情形當是陣雨，不如我們先去城門那邊，一邊避雨一邊盤問老圃，也許有所發現。」張泌點頭，當即往北門而去。

路過倒塌的瓜棚時，老圃正在一堆亂物中不停摸索，耿先生忙叫道：「老圃，趕緊先去避雨，回來再找。」老圃「呀」了一聲，似是摸到什麼要緊的東西，站起身後，見大雨即下，無處容身，也只得跟去門洞避雨。

剛進門洞，雨點便滾滾而下。水柱滂沱，如蛟龍得水，只在片刻之間，天地間就成了白茫茫一片。

耿先生見老圃手裡緊緊攥著塊石頭，一端還拴著根灰撲撲的細繩，大概是他剛從瓜棚中搶出來的物事。那繩子不過是街頭常見的一文錢可買上一大捆的紅繩，但他手中的石頭卻是綠光盎然，雖塵土難掩本色，顯然是塊上好的玉，忙問道：「老圃，你手裡拿的是什麼？」老圃驚道：「呀！」慌忙將石頭藏到背後。他很快意識到此舉不過徒勞，又伸出手來攤給耿先生看，道：「是塊玉扇墜。」耿先生接過來仔細一看，叫道：「呀，你這扇墜是從哪裡得來的？」

老圃扯起衣襟去擦頭上的汗，這才發現褂子早已經汗濕透了，只好用手往臉上抹了一把，才道：「是別人付的瓜錢。」語氣變慢了許多，聽起來有些小心翼翼。這老圃一直被認為是個精明的人，臨大事時才知道不過是個瓜農，著實稱不上精明，他那些刻意的掩飾，反而使自己陷入更深重的嫌疑之中。耿先生道：「這個『別人』，不會湊巧是秦蒻蘭罷？」

外面雨霧如幄、雨聲若鼓，還不時有雨滴稍進門洞來。老圃一時沒聽清楚，問道：「鍊師說誰？」耿先生又大聲說了一遍。北門門洞深達十餘米，尚有其他人避雨，一聽到有人議論「秦蒻蘭」，不免有些好奇，朝這邊多看了幾眼。幸好這些都是遊人，尚不大清楚震動金陵的韓府命案，不然早就一窩蜂圍過來了。

老圃訝然道：「秦蒻蘭？」隨即搖頭道，「不是她，是個……」耿先生道：「貧道倒是見過韓熙載有塊一模一樣的玉墜，還以為韓府入不敷出，是秦蒻蘭將它當作瓜錢典給了你。」她說得若無其事，旁人聽了都大吃一驚。張泌驚望她一眼，她點點頭，表示確有這麼回事。

張泌心想：「除了西瓜外，這是另一件將老圃瓜地與韓府連結起來的物事，想來必有來歷。」不免極想聽聽老圃如何解釋。卻見他連連擺手道：「不、不，我這塊玉墜絕對跟韓相公無關，是個北方客……」突然呆住，面露驚懼之色，似乎發現有些事自己以前從未聯想過，頓了片刻，才訥訥道，「原來……」

一語未畢，忽一身材高大的人影風風火火闖了過來，嚷道：「原來你們也在這邊避雨！」定睛一看，竟是德明長老。老圃忙雙手合十行禮道：「長老。」神色之間甚是敬畏。

張泌與耿先生交換了一下眼色，他們下山時曾遇見德明長老上山，因差役介紹得以認識，之前僅聞其名而已，只是不知道他為何又下了聚寶山，腳力甚而在朱非、霍小岩二差役之前，這種「巧遇」定非偶然。像眼前這樣的瓢潑大雨，在外面打個轉便會全身濕透，他的僧衣上卻只有少許雨點，顯是在大雨前就已到達門洞，既隱忍一旁，為何又偏在這個時候出現？

張泌只向德明微微點頭招呼，雖然明知道已喪失了最好的機會，還是不得不問道：「老圃，你適才說這塊玉墜是北方客的？」老圃鎮靜了許多，點點頭，十分肯定地道：「是個北方客給的瓜錢。」

耿先生確實記得曾經見過韓熙載手中有這樣一塊扇墜，不過事隔多年，許是其中出了變故也說不準，這個倒不難對質，回頭找韓熙載一問就清楚了，一念及此，將墜子還給老圃，笑道：「這玉墜至少價值萬錢以上，老圃，你這瓜可賣得夠貴的。」老圃驚道：「是麼？原來值這麼多錢？早知道就……」忽轉頭看了德明一眼，見對方正注視著自己，慌忙垂下頭去。

張泌瞧在眼中，知道這個德明必有蹊蹺，可是在一個崇佛的國度，他既身分特殊，又是國主的座上賓，不容旁人懷疑，便乾脆不再問話。

德明見張泌明明有所懷疑，卻始終不問自己，不由得很是佩服對方的定力，正想主動上前搭訕，卻見耿先生突然拉著張泌走到門洞另一邊。二人不斷竊竊私語，也不知道在說些什麼。見如此情狀，他自不好再上前插話。

這場暴雨並未持續很久，但對困在門洞中的人們來說，卻是一段漫長而難熬的時間。待雨一停，避雨的人紛紛離去。楊大敞見張泌與耿先生尚在密密交談，忙過去問道：「雨已經停了，我們是要回衙門麼？」張泌道：「再去瓜地看看。」回頭卻見老圃和德明都已經不見了，忙問道，「老圃人呢？」楊大敞道：「雨一停就匆忙走了。」張泌道：「去看看。」他們便忙往瓜地趕去。

到瓜地邊上時，只見那老圃竟仍站在南邊的李子樹下，手中舉著鋤頭，手忙腳亂地挖著什麼。楊大敞失聲道：「呀，老圃果然有問題。」他自小就吃老圃的西瓜，本來一直不相信老圃會有什麼問題，認為張泌等人懷疑土壤有毒是異想天開，完全不是公人的正常作為，此刻親眼見到老圃三番兩次失態，不免疑慮頓生。

卻見耿先生匆忙越過張泌，急朝老圃趕去。一場暴雨過後，瓜地遍地泥濘，極其難行，她卻行走如飛，身手敏捷，渾然不似嬌弱女子。楊大敞又開了一回眼，歎道：「耿鍊師果真有仙氣呀。」張泌道：「什麼仙氣？是真氣。」忙緊隨過去。

到了跟前，才發現老圃不是在掘地，而是在將那片土填平夯實，轉眼已成了半個泥人。他一見到耿先生過來，忙放下鋤頭，立在當場，有些慌亂，有些茫然。此刻天氣涼爽異常，他卻依舊滿頭大汗，用手一抹，泥又糊上臉，更是狼狽不堪。

耿先生道：「老圃，你又在做什麼？」老圃道：「沒……沒做什麼……」耿先生道：「你適才就舉著鋤頭站在這裡猶豫半天，現在你又正好在這裡忙碌，如果貧道沒有記錯，這裡就是你摘下那兩個大瓜的地方，而那兩個大瓜偏生是你為韓熙載韓相公夜宴預留的，湊巧裡面有砒霜劇毒。這一切，應該不是巧合罷？」老圃結結巴巴地道：「什麼？砒霜劇毒？不……不……不關我的事，我可沒有下毒……」耿先生道：「嗯，你家世代種瓜賣瓜，貧道也覺得下毒的不會是你。」老圃忙道：「對、對，我怎麼會往自家西瓜下毒？決計沒有的事。」剛鬆了口氣，又聽見耿先生問道：「不過，你總站在這裡，是不是想掩飾什麼？」老圃道：「啊，這個……」

張泌和楊大敞這才趕了過來，各人滿腳是泥。張泌望了一眼老圃腳下，問道：「下面有什麼？」老圃慌道：「沒有……什麼都沒有。」張泌道：「嗯，那挖開看看無妨。老圃，借鋤頭一用。」老圃極為驚駭，畏畏縮縮地直往後退。張泌上前一把奪過鋤頭，正要往下挖，忽聽得有人叫道：「不勞張公動手，讓我們來。」

卻見朱非與霍小岩趕了過來，雨下時這二人正到達江寧縣衙，於是就近進了衙門避雨，雨停才趕過來，只晚了一腳功夫。張泌便將鋤頭交給朱非，指定挖老圃腳下那塊地。霍小岩忙將老圃拉到一旁，老圃臉上淨是沮喪之色，仿若失魂落魄，連半句話也說不出。

天剛下過雨，瓜地土壤極鬆軟，用力扯瓜蔓竟然扯不開，只好用鋤頭鋤斷，拔開瓜蔓枝葉，猛地兩鋤頭下去，便聽見一聲脆響，似是碰到什麼硬物。楊大敞突然道：「大夥有沒有聞見一股腐臭味？」用力吸了吸鼻子，又道，「嗯，是死屍的味道。」

朱非聽說，忙收斂手勁，小心地挖，片刻後，地面露出了一個死人頭顱，面孔已經爛透。眾人一起「呀」了一聲，張泌問道：「這又是怎麼回事？」老圃額頭汗水涔涔而下，腳下一軟，癱坐在泥地中。

過得一盞茶功夫，朱非已將屍體四周的泥土全部挖開，死者仰天橫躺，半掩在泥土當中，肉身和衣服都已腐爛，完全無法分辨原來的面目。張泌道：「有勞仵作驗一驗。」

楊大敞走上前去，圍著那屍體轉了好幾圈，又蹲下來仔細看了看，道：「從屍首腐爛及周圍土壤情形來看，這人大約死了近一年……」一旁老圃竟不由自主點點頭，霍小岩奇怪地看了他一眼。楊大敞續道：「是名男子，大約四十來歲。」

張泌問道：「老圃，屍首是從你瓜地裡挖出來的，你怎麼解釋？」老圃有氣沒力地道：「我也不知道。」楊大敞冷冷道：「你一向親自看守瓜地，怎麼會不知道？」他向來是能少一事就少一事，此刻惱恨因老圃的緣故弄髒了新靴子，也忍不住要出口呵斥。張泌道：「你若不知究竟，就不會三番五次拿著鋤頭站在這個地方。」老圃連連搖頭，就是不肯承認與死者有關。

耿先生勸道：「老圃，現下韓相公府上出了命案，你送去的西瓜兩個都有劇毒，若是你再不說清楚這屍首的事，官府肯定會認為是你在瓜中下毒。到時上了公堂，刑具加身，不由得你不開口，就算不是你做的你恐怕也認了。這些貧道都親身經歷過，不如你將實情告訴張公，有他在，你當不必受公堂荼毒之苦。」

老圃自是知道耿先生曾遭人陷害、身陷囹圄一事，聽她這般說，不由得心動起來，遲疑半晌，終於道：「這北方客是……去年夏天，他跑來小老兒的瓜地吃瓜，正吃著吃著，突然倒在這裡就死了。我想他大概是中了暑氣，得了急病，怕惹麻煩，就順手將他埋在瓜地裡……」耿先生道：「你那玉扇墜，便是得自此人身上麼？」老圃道：「是。他沒給瓜錢，反正人也死了，我就自己留下了。」一邊說著，一邊將扇墜重新遞給耿先生。

耿先生心想：「此人來自北方，非商非旅，身上又有跟韓熙載一模一樣的玉墜，看來事情並不簡單，或者是北方的信使也說不準。」當即問道，「這人身上還有其他東西麼？」老圃道：「沒有。他說是在渡江時被黑心的船家搶走了行囊，衣服、乾糧、盤纏全沒了，好不容易才到得金陵。」

張泌一直蹲在屍首旁，忽插口道：「北方客不是因中暑得了急病，是被人殺死的。老圃，你在說謊！」老圃大吃了一驚，道：「你……怎麼知道？」張泌一指屍體頭部左側，道：「這裡是鈍器打擊留下的創口，表明他的頭部受過重擊。傷口不淺，說明你當時肯定非常氣憤，所以下手很重。」老圃慌忙辯解道：「這創口跟小老兒無關，說不定是他原來就有的。」

張泌重重看了老圃一眼，又看了看朱非尚握在手中的鋤頭，不再多說，只俯低身子，拂掉那死人頭顱上的土，右手探入，小心取出一小塊物事，起身拿給老圃看，問道：「這是什麼？」老圃見那東西似鐵非鐵，不解地搖搖頭。張泌向朱非要過鋤頭，倒拿起來，順手摘上幾片西瓜葉，抹去鋤頭上的泥巴，露出鋤刃來，再將從頭顱中取出的物事拼到鋤刃上，正好補齊了鋤刃上的缺口。眾人一起驚呼，朱非道：「原來這鋤頭就是殺人凶器。老圃，這下你可無從抵賴了。」老圃料不到竟有這樣的證據，當場愣在那裡。一直不動聲色的楊大敞第一次露出了欽佩的表情。

張泌忙叫霍小岩回城稟告府尹再派些人手來，好將屍首、證物、人犯一併帶回衙門。又讓朱非去聚寶山通知韓熙載前來認屍，他跟耿先生均想著同樣的事，此人雖死於非命，必定跟韓熙載有所關聯，他的年紀不足以成為韓熙載的故交，但極可能是故交派來的信使。

等朱非二人飛一般地去了，張泌這才扭頭問老圃道：「死者到底是誰？你為什麼要殺他？」老圃無助地看著耿先生，耿先生道：「老圃，事已至此，推諉無用，這是你說實話的最後機會。」老圃知道再也蒙混不過去，這才結結巴巴講述了事情經過。

原來去年夏天最熱的一個晌午，突然有人闖進瓜地，一張口卻是北方口音，衣服、鞋子全破了，好像走了很遠的路。他自稱到南方來做生意，行囊在渡江時被人偷走，一路乞討才來到金陵，因天熱口渴，想求個瓜吃，瓜錢日後會加倍奉還。老圃為人最小氣不過，又見對方衣衫襤褸，不是本地人，無論如何都不肯答應。那北方客求瓜不成，只好無奈走開。老圃這才回到瓜棚，不料還未躺下，便聽見外面有動靜，趕出去一看，那北方客正從瓜地抱起一個西瓜，藤蔓都不顧扯斷，便逕直往地上摔開，揀起裂塊，狼吞虎嚥吃了起來。他急忙提著鋤頭趕過去，嚷道：「好你個偷瓜賊！」北方客見主人來了，急忙把剩下的西瓜往口中塞，籽也顧不上吐。老圃奔近一看，氣不打一處來，原來那北方客剛好砸了他最大最好的瓜，怒上心頭，順手拿起鋤頭，向北方客揮去，還罵道：「叫你偷瓜吃！」沒想到北方客哼也不哼，倒在地上。老圃見他嘴巴塞滿了帶籽的瓜瓤，以為他是故意如此，上前用力踢了幾腳，叫道：「快起來……跟我去見官！」北方客一動不動，直到看見鮮血從腦袋上汩汩流出，老圃才驚呆了。他不懂律法，不知道自己犯下多大的罪，以為錯手殺人要抵命，見四周無人看見，便將屍首埋在瓜地邊的李子樹下，想就此瞞天過海。起初他也時常憂慮，擔心死者會有親人來做苦主討命，但幸好只是個北方客，竟始終沒有人知道，就連他自己也慢慢忘了這件事，還時常將從那北方客身上得到的玉墜拿出來把玩，公然宣稱是旁人付的瓜錢。直到今日有人趕來瓜地，告知韓府有個女人吃了西瓜中毒死了。老圃不知究竟，卻記得韓府的瓜摘自李子樹下，這才重新想起埋跡北方客的事，懷疑他陰魂不散，借西瓜索命，恰好應在了韓府人身上。老圃越想越害怕，有心將那屍首挖出來運走，可是官道就在不遠處，人來人往，極易被人發現，正猶豫要不要等到晚上動手之時，張泌一行就到了。

張泌道：「忘記並不代表消失。你來看……」順著他的手指望去，那北方客嘴巴張得老大，內中填滿了泥土，那被朱非鋤斷後剩下的一截瓜蔓恰長在他口中，情狀甚是詭異。耿先生一望便明白了過來，道：「原來那個大西瓜是從屍體口中長出，難怪會出現血水西瓜。」張泌道：「正是。」

楊大敞訝然道：「張公是說那西瓜中的血水是這北方客的？」張泌道：「嗯。血者，神氣也，血受氣的推動運行全身、營養臟腑，肝受血而能視，足受血而能步，掌受血而能握，指受血而能攝，口受血而能食。那北方客於吃瓜之時頭部受重擊而死，又被逕直埋在土中，口中聚集的血脈和營氣無法散去，湊巧他口中的瓜瓤留有瓜籽，沾染土氣後生根發芽，他的血氣也隨著瓜蔓一道生長，最終進入了西瓜中。這瓜受人血供給，又受人屍濡養，當然要比尋常西瓜大上許多。說起來，夜宴上的人都要感謝這北方客呢。」

他話中之意十分明顯，若不是這北方客的血氣滋養了西瓜，就不會發生夜宴上刀光下血水飛濺的一幕，也不會有人發現瓜中有毒，那麼昨晚死於夜宴上的就不僅僅李雲如一人了。

耿先生卻道：「若只是普通人家買去，就算發現是個血水西瓜，不過罵幾句扔掉而已，偏偏瓜是自這北方客口中長出，生得奇大，被韓府看中預留給夜宴，而湊巧韓府昨夜又發生命案，我們最終順著西瓜的線索追蹤到這裡。若非如此，這北方客只怕莫名埋屍於此，永世無人知曉。」張泌歎道：「天網恢恢，疏而不漏，冥冥之中自有天意。」

聽起來，倒像是這北方客想方設法為自己復仇。若不是親眼見到，實在難以相信天底下竟然會有這麼巧的事，可驚可怖。尋常百姓最懼因果報應一說，再見老圃，雖是臉如死灰，卻已經死心塌地服罪。

卻聽見楊大敞道：「張公請讓一讓，讓我來驗驗這北方客的體內是否有中毒跡象。」張泌心念一動，暗想：「我怎麼沒想到這一點？若是這北方客事先中了砒毒，毒入血脈，也有可能是他的毒血養出了毒西瓜。」忙讓到一旁。

楊大敞先從竹籃中取出一柄拂塵，先將那屍體從頭到腳拂淨泥土，這才仔細勘驗。他因是專業仵作，即使沒有書吏在旁，也依舊持有邊驗邊報的習慣，道：「死者囟門骨無紅暈浮出……牙齒、牙齦黃白色……胸部龜子骨、手指、足趾骨尖黃白色……」驗完骨骼，起身道：「砒霜中毒，骨殖應呈青黑色，死者全身骨骼發白，看起來並無中毒跡象。不過，最關鍵的還是要看喉嚨部位。」從竹籃中取出一支木勺，先將那屍體喉部泥土掏乾淨，再調了一碗皂角水，倒入喉部沖洗，見顏色黃白，起身告道：「死者生前沒有中毒。」

張泌道：「毒藥殺人，無非通過血脈遊走全身，最終毒氣攻心，有沒有可能他所中的毒藥都隨他的血氣進了西瓜？」楊大敞沉吟道：「有這個可能，如果是這樣，就必須用蒸骨法勘驗，我得帶屍首回衙門。」

正盤算間，只見江寧縣衙書吏孟光帶著數名差役趕來，還帶著一副專抬死人的擔板。張泌奇道：「來得好快！」楊大敞抬頭看了一眼，道：「他們是江寧縣衙的人，就在北門邊上，咫尺之遙。」

原來霍小岩回城路過江寧縣衙時，正好遇到書吏孟光回家，順口提了瓜田挖出屍體一事。孟光一聽，踴躍要求前去相助，因為主持本案的張士師是江寧縣的人，霍小岩自是無所謂。孟光便自行回縣衙，因縣令趙長名得了重病，稟告縣尉後，調了所有的當值差役，逕直趕來瓜地。

孟光一踏進瓜地，距離尚遠，便大聲叫道：「張公！」只顧著招呼，卻忘了正走在爛泥中，腳下一滑，摔了個屁墩，幸好也不甚疼，只是一身衣裳不免全髒了。張泌並不認識孟光，見他一身裝束，料是刑房書吏，當即請他仔細觀察現場，以便將來記錄。孟光素聞張泌不苟言笑、辦事周密，也不敢多說，當即應了。收拾好瓜地事宜，一行人便押著老圃、抬了北方客屍首進城。

張泌見耿先生有意落在眾人後頭，知她有話要說，頓住腳步，等她過來，問道：「鍊師可是認為那北方客絕無可能先中砒毒？」耿先生道：「張公既已知道幾無可能，何以還要同意仵作蒸骨？」張泌道：「想那西瓜自生根、發芽，到結瓜長成，其中有多少變數，怎生偏偏就到了韓府夜宴上？」耿先生恍然大悟地道：「原來張公認為如此巧合，不是人力所為。」張泌歎道：「若果真是人力所為，我們將面對一個令人敬畏的凶手。」

剛到江寧縣衙門口，便見到張士師率另一撥人趕回。兩邊見對方也抬著一具屍首，不由得異口同聲地問道：「死者是誰？」張泌這邊只是個橫死的北方客，張士師那邊死的卻是夜宴中的賓客。張泌這等老辣之人，聽說陳致雍被人扼死在韓府竹林外後，也驚得眼睛老大，上前瞪視陳致雍屍首良久。

當下將兩具屍首抬入衙門驗房，由仵作驗屍。孟光已經聽到差役暗中議論縣令病重是裝出來的，為的是將這案子推給江寧府，自己竟又帶著張氏父子及兩具屍體回到縣衙，回頭縣令知道，肯定要給自己穿小鞋。他不敢再參與其事，領著張氏父子與耿先生到抄案房[1]休息，便找藉口退了出去。

幾人在抄案房邊喝水邊等待結果，忙了半天，確實渴壞了，一大壺水很快就見了底。張士師先向父親追問詳細情形，得知血水西瓜是這般離奇的來歷後，只驚歎道：「天下竟有這樣的事！」又向父親敍述自己在韓府審案的結果是一無所獲。張泌道：「你太過注重出奇制勝，這本沒什麼不好，將證人帶到案發現場問案是一招好棋，然則你審案之前便有了局限，拘泥在時間與位置當中。其實夜宴環境渾雜難辨，單以證詞來確認各人什麼時辰在什麼位置並不準確。而問案前，你又事先透露了關鍵細節，不然應該不是這個結果。」

張士師奇道：「關鍵細節？」張泌道：「肯定是你說了什麼，德明長老才飛快地離開。」又說了在門洞避雨遇見德明一事。張士師道：「呀，當時舒雅問阿爹為何不在，孩兒猜到您與耿鍊師定是去了老圃瓜地，順口便說出來。」

耿先生奇道：「典獄怎會猜到？」張士師便說了得到韓曜提示一事——西瓜運來韓府不過兩、三個時辰就端上桌，韓府中無人有充裕時間往瓜中下毒。而他本人一路送瓜到聚寶山，旁人也無下手機會，那麼往瓜中落毒當是仍在瓜地之時，他猜父親與耿先生倉促離開，定是已經想到此節。耿先生道：「嗯，貧道也是偶然得了提示，因無法肯定是否真有其事，所以未告知典獄細節。本來只是個一冒而過的念頭，幸得張公當機立斷，逕直趕去瓜地查看，不然……」張士師道：「不然的話，老圃定在今晚將屍體移走，就近拋入玄武湖中，這血水西瓜終將成為無頭懸案。」

幾人一邊議著，均覺得在瓜地發現北方客屍體一事太過僥倖，老圃在城北種了幾十年西瓜，金陵人人認得，老圃西瓜更是名動金陵，無論是血水西瓜還是毒西瓜，均無人往他那裡懷疑。若不是他自亂陣腳、言行可疑，再加上那場大雨，就算張泌等人趕到，也未必能發現瓜地埋屍一事。

正說著，楊大敞進來稟告，說是北方客的骨頭蒸完後呈現綿白色，看上去並沒有中毒跡象，而陳致雍是被人扼住咽喉窒息致死。雖早在意料之中，幾人一時仍陷入了沉默之中。還是楊大敞先道：「小人事務均已完成，不知道是否可以回家了？」張士師道：「當然、當然，楊大哥，今日辛苦你了。」忙出門命封三讓不當值的差役都回家休息：道：「大夥辛苦了，都回家睡個好覺，明日一早再來審問老圃不遲。」封三應了，正要走時，又轉身低聲道：「典獄，你也趕緊陪張公回家，讓他老人家換身衣服，好好睡上一覺。」張士師回頭一望，才留意到父親下半身全是泥，倒是一旁的耿先生身上乾淨得很，只布鞋上有少許泥濘，忙進屋提出先回家休息一晚。耿先生笑道：「一切都典獄說了算。」

三人正要離開，卻見封三又匆匆進來。張士師奇道：「封三哥還有事麼？」封三一指後面，壓低聲音道：「宮裡來人了。」一怔間，卻見上次在江寧府見過一面的老宦官寇英帶著個小黃門進來，一踏進門檻就皺眉道：「典獄辦案，為何不在江寧府？」

江寧府就在王宮邊上，而江寧縣衙卻要遠得多，張士師猜他是埋怨多走了一段路，忙說明是因為城北瓜地挖出了屍體，才就近去了縣衙。老宦官也不置可否，眼波一轉，落在耿先生身上，當即笑道：「原來鍊師也在這裡。」耿先生道：「許久不見，大官別來無恙？」老宦官道：「託福，託福。」又轉向張士師道：「自家奉官家之命，來問問典獄案子查得怎樣了。」

張泌與耿先生聽說，便退出抄案房。張士師當即請老宦官坐下，將今日在韓府問案及老圃瓜地的發現講了一遍，這其中關節甚多，尤其兩種不同毒藥、陳致雍在竹林被人扼死、瓜地挖出無名屍體、北方客口中生出血水西瓜等均極盡曲折，但老宦官卻始終波瀾不驚，倒是那小黃門幾次驚呼出聲，後來乾脆用手捂緊嘴巴。聽完經過，老宦官只道：「甚好。」再無他話，起身便出門去。張士師一時莫名其妙，當張泌走進來叫他才反應過來。

三人步出江寧縣衙時，正值夜更開始，忽聽得衙門西牆內一聲鑼響，過得一會兒，又是一聲鈴響，再過得片刻，又是一聲梆響。耿先生奇道：「這鑼啊鈴啊的是做什麼用的？」張士師笑道：「好不容易有件耿鍊師也不知道的事了，這是我創制的巡夜法。」耿先生道：「巡夜法？」張士師道：「嗯，我任句容典獄時，監獄地方大、獄卒少，換班都不夠用，便想出了這個法子——每更派三名獄卒同時巡邏，監房內一人提鑼，監獄內一人提鈴，監獄外牆一人用梆，每走十步打一次，先鑼、後鈴、次梆，互相呼應。這樣，只需三名獄卒便可巡視整座監獄。」耿先生道：「貧道想起來了，這便是陳繼善調你來江寧縣的原因罷？」張士師點點頭，又道：「不過人人都說江寧府尹糊裡糊塗，也沒準他調我來京師，只是一時興起。」耿先生道：「典獄也認為陳繼善糊塗？他是有很多壞毛病，可絕對不糊塗。」

張士師聽她口氣，似與陳繼善很是熟悉，不免有些好奇，正待再問，耿先生卻輕易將話題轉開：「典獄如何看待老圃？」張士師知她想問老圃會不會就是往瓜中下毒之人，當即道：「老圃殺北方客一事解釋了血水西瓜，但還是解釋不了毒西瓜。我認為應該不是老圃下的毒，他種了幾十年西瓜，實在沒必要自毀名聲。不過，會不會是韓熙載的對頭收買了老圃？」張泌道：「那樣風險太大！老圃不過是個普通的種瓜老漢，遇事即慌，若政敵買通他下毒害韓相公，怕是他將西瓜交給你就已敗露行跡。」

以老圃今日表現看來，這種推斷論證確實極為有力，其餘二人聽說後也深以為然，於是排除了老圃下毒的可能性。但正如張泌所言，那西瓜自生根發芽，到出蔓膨瓜，再到最後瓜熟蒂落，其間三、四個月時間，不可謂不漫長，會有多少未知，如何能確保那毒西瓜必定送到韓府夜宴上；這需要極為周密的計畫及相當長的時間來進行，而以老圃看守瓜地之嚴密，下毒者必定是個能經常出入瓜地而不被留意的人，譬如每日清晨都須到瓜地摘瓜的瓜販，因而這毒西瓜的關鍵，最終還是落在老圃身上。當然，下毒者絕不會是瓜販，他到底是誰？又為什麼要殺韓熙載？

張士師道：「無論這個人是誰，肯定非常瞭解韓熙載，知道他愛吃老圃西瓜，所以才事先在西瓜中下毒，意圖謀害，只是人算不如天算，最先開的大瓜恰好是個血水西瓜。」張泌突然問道：「鍊師，以你來看，政敵謀害對手一般會如何進行？」耿先生道：「歷史上這種事可是不少，手段無非兩種而已：一是聘請武功高強的刺客行刺，二是買通對手身邊的下人往食物茶水下毒。不過，像這種在完好西瓜中下毒、再送去對頭府上的事，倒是第一次聽說。」張泌道：「這殺人計畫確實變數太多，需要好好控制每一步驟，能制定出這種計畫的人，絕不是個普通人。兇手事先處心積慮，也必定要親眼看到結果。」耿先生道：「張公的意思是，西瓜兇手也在夜宴賓客當中？」

張士師聽她也學小布，稱兇犯為「西瓜兇手」，忍不住偷笑。張泌道：「正是。不過除了懷疑賓客外，韓府的人也不能排除嫌疑。」張士師道：「石頭？石頭最可疑了。」張泌道：「如此精密周全的毒西瓜謀殺，絕非石頭這種身分的人能籌謀得了。」頓了頓，又道，「女人也做不到，兇犯一定是個男子，秦蒻蘭、王屋山等姬妾，以及侍女的嫌疑都可以排除。」張士師道：「所以我才說石頭可疑，他來歷不明，無人知道他的身世。」

張泌道：「石頭若要殺韓相公，早有許多下毒機會，又何須忍氣吞聲多等待半年時間？」張士師道：「也許他的目標不一定是韓熙載。我們這樣來想，如果是韓府的人要殺韓府的人，比如，我是說比如石頭要殺韓熙載，他確實沒必要選在昨天晚上。所謂毒西瓜事件，除非是韓府的人要殺參加夜宴的客人，或者夜宴的客人要殺韓府的人，又或者是夜宴的客人要殺夜宴的客人……」張泌道：「你到底想說什麼？」耿先生道：「貧道明白了，典獄的意思是——兇手和目標應該是在昨晚的夜宴上才能遇到，比如石頭不可能殺韓熙載，因為他們平日就能遇到；但朱銑有可能殺韓熙載，因為他們在昨晚的夜宴上才能遇到。」張泌一時愣住。

張士師喜道：「我正是這個意思，還是鍊師說得透徹明白。」張泌道：「不過照你的道理，石頭更加沒有嫌疑。他若有心殺夜宴的客人，應該想方設法混入目標人物的家中為僕，而不是蟄伏韓府。」

張士師仔細想了想，才道：「的確如此。那麼，石頭的嫌疑基本可以排除了。」頓了頓，又問道，

「鍊師適才為何舉例說朱銑有可能殺韓熙載？」耿先生道：「典獄果真細心。」張士師道：「我就知道鍊師不是隨口一說。是不是因為切瓜前，朱銑恰好離開了花廳？」

耿先生道：「並非如此，即使朱銑沒離開現場，貧道依舊認為他的嫌疑最大。最初聚寶山夜宴賓客如雲，人人以能成為座上賓為耀。自韓熙載被官家罷官，情況則大不相同，朝中達官顯貴都刻意與韓熙載保持距離，以免觸怒官家，如徐鉉、張洎之輩曾為夜宴常客，如今早就絕跡聚寶山。你再看昨夜夜宴賓客，除了新科狀元郎粲大概是圖個新鮮外，餘人要麼是出自韓熙載門下如舒雅，與韓熙載一榮共榮，一損俱損；要麼本就是孟浪之徒如李家明，與韓熙載還是姻親；要麼是降臣如陳致雍，南唐人看不起他，他閩國家鄉的人也怨恨他。這幾人都有一個共同點，那就是在本朝並不得志。反觀朱銑則不同，他是江南書法大家，如今任紫薇郎，極得信任，因而他出現在夜宴上最顯奇特。」頓了頓，又道，「之前典獄說過，曾聽到朱銑告訴秦蒻蘭官家派了細作到韓府監視，既是他親口說出，他自己當不會是這細作……」

張士師忙道：「細作是顧閎中、周文矩。」又補充道，「是韓熙載親口告訴我的。」耿先生點頭道：「貧道也這般認為，如此才能解釋顧、周二人為何不請而至。朱銑既非官家所派，他性格謹慎，與韓熙載差別甚大，二人完全算不上什麼至交，他為何逆向而行，堅持參加夜宴？這其中動機實在可疑。以朱銑目前的身分地位，權勢財富唾手可得，韓熙載也無力與其爭鋒，唯一可吸引他到聚寶山者，只有美麗的女子……」

張士師心中「咯噔」一下，已然猜到耿先生下面要說的是誰，正訕訕地翕張著嘴唇，猶豫著要不要念出這個名字，張泌卻突然問道：「鍊師說的可是那江南第一美女秦蒻蘭？」耿先生道：「正是。」

又道：「貧道這也只是推測，朱銑為了秦蒻蘭參加夜宴完全說得通，但要說為了她毒殺韓熙載，這個……」她仔細斟酌合適的詞語，以免誤導旁人，「實在有點讓人費解。」張泌「嗯」了一聲，不再言語。

繞過宮城時，那百尺樓樓上只亮著幾盞長明燈，再無平日時時聽聞的笙樂之音，大約那沉醉於聲色才藝的官家，也終於有煩惱了，正在深宮中等候老宦官的回報。

相比於安靜得不尋常的宮苑，金陵的民間則依舊一派熱鬧景象——夜幕剛一降臨，大街上立即開始騷動，賣涼茶、賣果子、賣熟菜、賣點心的都不知從哪裡冒了出來，各自掛著燈、挑著擔子、推著車子，爭相要占個路口的好位置；人語喧譁，一掃白日沉悶的頹勢。這還只是相對冷清的北城，南城秦淮河邊要繁華許多，槳聲人影，華燭閃爍，徹夜不眠。

三人見已近住處，便在街邊隨意找了家麵攤，張泌父子各要了一碗陽春麵，耿先生則要了一碗素麵，其實就是白水麵。張士師幾下吃完，又要了一碗，腹中饑餓稍解，這才道：「起初我得韓曜提醒，以為西瓜凶手事先落毒，其人並不在現場，如今既可斷定他也在現場，會不會西瓜凶手與金杯凶手就是同一人，他見毒西瓜敗露，又往金杯中下毒，只因刻意用了兩種毒藥，我們才會以為是兩名凶手？」張泌道：「那得先確認凶手的目標到底是誰。」耿先生道：「難道不是韓熙載麼？」張士師道：「毒西瓜針對的肯定是韓熙載，凶手知道他愛吃老圃西瓜。不過，金杯毒酒倒未必，我今日在韓府問案時，狀元公還特意提醒我，說金杯凶手的目標其實是王屋山。」耿先生道：「你說郎粲提醒你？」張士師點頭道：「不僅如此，他還不斷暗示舒雅就是往金杯中下毒的凶手，而且還會再次下手。我雖不相信他的話，但還是特意留了兩名差役在韓府。」張泌道：「郎粲所言真假不難判斷，只要跟王屋山談一談就能知道。」頓了頓，又道：「案情複雜，線索糾結，還是當作兩件案子來處理，且須分頭行事。士師，你想選哪一件？」

張士師一時猶豫不決，從理智上而言，他當然想選毒西瓜，這是個狡猾而高明的凶手，心機深不可測；但從情感上而言，他又想選金杯案，這樣明日他再去韓府訊問王屋山時，便又可以見到秦蒻蘭。正躊躇間，卻聽見父親道：「你明日一早還要審問老圃，就毒西瓜案罷，金杯案交給我與耿鍊師。」張士師只得道：「是。」心中想道：「明日韓熙載要來縣衙認屍，說不定秦蒻蘭也會一起前來。」定了定神，又問道：「那陳致雍被人扼死一案怎麼辦？」耿先生道：「陳致雍是閩國降臣，在南唐絲毫不受重視，他偏偏在這個時候被殺，會不會與『騎馬來，騎馬去』的讖語有關？」張士師奇道：「什麼叫騎馬來、騎馬去？」

耿先生低聲解釋：原來閩國開國國主王審知在唐代光啟二年開始統治福建一帶，六十年後滅亡，剛好是一甲子，因為起始、終止的年頭都是丙午年，剛好是馬年，所以朝野流傳王氏是「騎馬來，騎馬去」。最後一任閩國國主王延政雖然早已去世，但其子王繼沂、王繼昌均在南唐朝中為官，而明年是庚午年，剛好又是一個馬年，時值南唐國勢日衰，閩臺民間盛傳王氏子孫謀畫在馬年復國，即所謂再次「騎馬來」。

張士師之前也曾懷疑陳致雍，疑心他是假意投降南唐，暗中伺機報仇，聽說官家想起用韓熙載挽救危局，立即予以加害，但那只是一冒而過的念頭，他也不知道「騎馬來，騎馬去」的故事，沒去聯想更多，始終覺得這些政治上的權謀爭鬥與他距離甚遠。

又聽見耿先生道：「不過閩國滅亡已久，陳致雍此人也不似那種一直心懷故土、意圖復國之人。」

張泌忽然問道：「韓熙載來南方四十載，日子可比陳致雍久遠多了，錬師認為他還會向著北方麼？」耿先生道：「當然不會，北方多次易主，韓熙載所謂的故國如今早已不是他記憶中的樣子。」張泌道：「可是韓府中住處的取名都是叫瑯瑯閣、琊琊榭，又怎麼說？」耿先生一時默然，許久才道：「貧道明白張公的意思了，韓熙載能如此，陳致雍或許也會如此。貧道如今才知道，人心原來是難以揣摩的。」

張士師卻是另一種想法，若真如耿先生所言，陳致雍被殺是因為意圖謀反，那麼能從殺死陳致雍一事中獲利的人只有南唐國主，至少是有利無害，而這樣的考慮，他實在想都不該想的。張泌顯然也考慮到了，果斷地道：「官家為人寬厚，決計不會因為某種流言就派人暗殺陳致雍，真要殺，也當明目張膽地派人賜死，以儆效尤。」耿先生道：「嗯，還是張公洞見深刻，貧道倒顯得有些小人之心了。」張泌道：「錬師當年身陷宮廷陰謀，對政治之險惡有切身體驗，考慮得自比我等周全得多，又何必自謙。」頓了頓，又道：「陳致雍被殺，肯定與韓府命案有關，他多半參與了其事，所以才在問案前離開韓府，不太可能是為了逃離……」張士師道：「若是想逃走就不會走到泉水邊的竹林了，那是條死路。」張泌點頭道：「他應該是到竹林中跟什麼人碰面，或許那人正是下毒凶手，不料卻被殺人滅口。」張士師道：「阿爹不是說血水西瓜案和金杯落毒案的凶手都在夜宴當中麼？陳致雍被殺時，所有的人都在韓府中呀，這豈不自相矛盾？」張泌道：「果真所有人都在府中麼？你再好好想想，有誰中間離開過。」張士師仔細回顧，突然反應過來，道：「啊，我知道了，原來是他。」張泌道：「你先不必急著直接找他，可以試著從老圃身上下手。」張士師道：「孩兒明白了。」

他們當即吃完麵結了帳回家。崇真觀恰在張士師住所旁邊，耿先生先到，分別時特意道：「典獄若有不便之處，可帶著張公來貧道觀中將就幾宿，客房都是現成的。」張士師不明白回家睡覺能有何不便之處，只曼聲應了，見父親一言不發，知他在思忖案情，也不打擾，當下一前一後朝家中走去。

剛到巷口，一片漆黑中，忽聽得有人道：「回來了！」登時火燭齊明，只見許多人頭一窩蜂圍了上來，有左右街坊鄰居，也有城中好事少年，爭相要張士師說出韓府凶案究竟。張士師這才明白耿先生的先見之明，忙道：「我得趕緊回衙門。」不由分說，拉著父親衝出人群，逕直來到崇真觀，拍開大門，如躲瘟神般避了進去。

開門的小道士笑道：「觀主剛剛交代，說二位再過一盞茶功夫就會到來，哪知道來得這般快。」張士師回想適才情形，也忍不住發笑。耿先生早安排好了房間，又命小道士送來茶水和觀裡自蒸的饃饃。張士師拿起來吃了半個，實在睏得厲害，倒下去便睡著了。

也不知道過了多少時刻，忽有人一邊推他一邊叫道：「士師、士師，快醒醒！」他睜開眼睛一看，外面早已天光大亮，又見父親站在床邊，面上淨是焦急之色，忙一骨碌坐起來，問道：「我可是遲了？」張泌道：「你趕緊去縣衙，老圃昨夜在獄中上吊自殺了！」張士師驚叫道：「哎喲，怎麼會有這樣的事？」慌忙穿好鞋子，朝外奔去。張泌在後面叫道：「我和鍊師還是照計畫去韓府。」張士師道：「知道了，孩兒會派封三哥去跟你們會合。」

他匆忙步出觀門，江寧縣獄卒郭見正等在門口，哭喪著臉，不斷地搓著雙手。他與張士師關係不錯，平日私下常稱兄道弟，一見面就道：「張哥，可不關我的事！我第二遍過監房時，老圃他人還好好的。」

他昨夜當班監房，負責看管的犯人死了，這是「疏於防守」之罪，按律要交刑部察議，最後的結果肯定是「革役」，丟了公職不說，還要挨一頓大板子。

張士師皺眉道：「這是二更[2]時候的事？」按照他的巡夜法，自夜更開始，每一更過一遍，郭見既然說第二遍過過囚室時老圃還沒事，當是發生在二更時分了。郭見道：「是。我三更巡視時發現他上吊死了，立即進去解救，可是仍然來不及。」張士師道：「三更既已發現，為何現在才知會我？」郭見道：「還說呢，我一發現出事就趕緊出來找你，哪知道你不在家，你房公老何還說你去了衙門，我以為跟你錯過，又跑回縣衙找你，見你不在，又以為你去了江寧府衙，來來回回好幾遍，哪知道你老兄竟躲在道觀裡。」

張士師見他神色極為倦怠，料來確是奔波了大半夜，歉然道：「昨夜也是怕街坊鄰居追問案情，臨時躲來觀裡，郭哥真是辛苦了。」郭見道，「現下出了這麼大的事，辛苦又有什麼用？張哥，你可一定要幫兄弟向明府和尹君求情。」張士師道：「那是當然，監獄是小弟管轄之所，犯人在獄中上吊自殺，小弟也難辭其咎。」郭見聽他這般，才略微放了心，抱怨道：「這老圃肯定是畏罪自殺，自己死了不算，還連累了我們哥倆。」張士師只隨口應著，心中卻想：「我自覺管理監獄甚是周密，老圃如何能上吊自殺？」

二人趕到江寧縣衙，大獄位於縣衙西側，進大門往左便是。這是個獨立的院落，圍牆又高又厚，黑漆的大門緊閉，兩扇門葉上各有一只狴犴[3]模樣的銅環。張士師一見門上並無自己的親筆封條，不禁一拍腦門，叫道：「壞了！」

原來按照南唐制度，監獄大門到晚上須得封上典獄親筆花押的封條，次日一早才由典獄本人親自驗封開門。前日他提早離開縣衙時，還特意寫了封條留給當班的獄卒，而昨日一早他因人在韓府，未到縣衙驗封，定是由當班獄卒代勞。可是昨晚事情太多，他自己竟完全忘了封條一事，若認真追究起來，他也逃不了失責一罪。

上前拍門，裡面獄卒從門窗見到典獄到來，忙開了門。一班獄卒正聚集在獄廳[4]竊竊議論，當班的、不當班的都有，見頂頭上司進來，忙住嘴不說。張士師未到大獄不過兩日，此刻竟恍有隔世之感。穿過獄廳，便是一個坐西朝東的院落，南、北各一排監房，南面為輕監，關押罪行相對較輕的犯人，北面為重監，專門關押重罪、死罪囚犯，均朝院內的一面敞開，外有粗木柵欄擋住。

張士師一進到院落，就發現南面第一間監房大開，裡面有個人仰天躺著，估摸那便是監禁老圃的地方，問道：「為何不將老圃關在北監？」北監不僅牆更厚、柵欄更粗，也沒有窗戶，防範更加嚴密。郭見訕訕道：「我想老圃不過是錯手殺人，殺的又是個偷他西瓜的北方客，不是什麼大罪……」他只知道瓜地挖出屍體一事，尚不清楚老圃與韓府命案有所關聯。

張士師卻以為縣衙人常去瓜地吃瓜，郭見多半看是熟人，想賣個人情。張士師搶進監房一看，果見老圃手足都未上戒具，問道：「為何沒給老圃上枷杻？」只聞見一股惡臭，當即用手捂住鼻子。郭見道：「我想大家都是街坊鄰居……」張士師跺腳道：「犯人不戴戒具，才方便上吊自殺。老圃牽涉韓府命案，如今朝野矚目，你可是又多一條大罪了。」郭見失聲道：「呀，那要是加重議處，非判流刑不可了。我怎麼這麼倒楣啊，一時好心……」

張士師不再理會郭見，只低頭去看老圃，他還是昨日那身裝束，上身無袖短褂，下身粗布短褲，光腳上滿是泥濘，依然是昨日大雨的痕跡。他的面目扭曲，似十分痛苦，雙眼緊閉，舌頭伸出，脖子上有一道明顯的深紫色勒痕。

張士師心想：「之前我們早就議定老圃並不知道毒西瓜一事，正如郭見所言，他的罪名不過是錯手殺了個北方客，罪名遠不至死，他連一個西瓜的蠅頭小利都要斤斤計較，這樣一個人，怎麼會突然上吊自殺呢？會不會是有人殺人滅口，然後有意裝成上吊自殺的樣子？可是這大獄如此密不透風，閒人如何進得來？」

一念及此，回頭問道：「叫仵作了麼？」郭見一愣：「仵作？沒有。老圃不過是自殺……」張士師道：「快去叫仵作來。」郭見道：「可是仵作請病假回鄉下去了。」張士師道：「去江寧府請楊大敞。」郭見道：「楊大敞？他蠻橫得很，我可請不動他。要不然還是典獄……」張士師道：「你只要說老圃死了，他準保飛一般地趕來。」他早已看出楊大敞也對這樁案子饒有興趣，這是老公門的稟性。郭見尚在半信半疑，卻經不起張士師催促，只得去了。

張士師見監房的鐵窗高處結著一根腰帶，窗下溺桶滾落一旁，惡臭陣陣，這裡應該就是老圃上吊的地方。可是這面牆外就是南大街，窗戶也是臨街，正因為如此，南監才只用來關押輕罪犯人。若有人從外面搭長梯爬近窗邊，老圃只需將溺桶倒覆在窗下，再站在溺桶上，仰頭便能見到窗外人的臉。若是那人吸引老圃與他說話，再趁其不備，用腰帶勒住老圃的脖子後，吊在窗櫺上，一樣可造成自殺假象。

他忙趕到監獄外牆勘探，因地處大街，昨日又下過雨，牆根下有許多淩亂的腳印，無從查證。正回縣衙時，忽見到一名衣蓑荷笠的漁夫站在不遠處，心念微動，卻未多加理會。

回到獄廳，張士師查了昨夜當值的獄卒名單，見當班監獄外牆的李勝尚在獄廳，問道：「你昨夜巡視外牆時，是否見到可疑人出現？」李勝心想：「老圃自殺明明是郭見一人的責任，我人不在大獄內，休想把我也扯上。」忙道：「沒有，別說可疑人了，就連人影都沒見到半個。」

江寧縣衙西側即是清化市，是北城最繁華的大市集，專門交易大米和酒，南大街則是必經要道，而李勝竟然說半個人影都沒見到，張士師不免懷疑起來，問道：「你果真一個人都沒見到麼？」

李勝這才意識到自己太過誇張，反而露出馬腳，只好道：「只見到一些商販往市集運米運酒，都是時常遇到的熟面孔。這裡人來人往，晝夜不停，又是官府衙門，哪裡能有什麼可疑人出現？」頓了頓，又道，「不過仔細想想，倒還真有一個人挺可疑的……」張士師忙道：「是不是有一個扛著長木梯的人？」李勝訝然道：「扛著長木梯？沒有，我說的是韓相公，我一更巡視完他剛好進來，二更巡視完他正好出去，不久後老圃就自殺了……」張士師驚道：「韓相公？你說的可是韓熙載？」李勝道：「不是他還能是誰？」張士師道：「那你說他進來、出去是說大獄麼？」李勝忙道：「可不是我放他進來的。」張士師道：「現在是追究誰放人進去的時候麼？哎，這個郭見，怎麼不早說？」

他便急忙找相關人等瞭解究竟。原來昨晚張士師離開衙門後不久，韓熙載就獨自一人來了縣衙，稱是來認屍。本來縣衙已經下班，但當值的差役不敢得罪他，便帶他去了驗房。韓熙載先見到陳致雍的屍體，嚇了一跳，沉默許久，後來再見那北方客一具骸骨，更是良久無言。差役問他是否認識那北方客時，他也不答，只是逕直去了大獄叫門，要求見老圃一面。按照規定，監獄只准獄卒及管理監獄的官吏進出，即使是同一衙門的差役、書吏及其他官吏一概不得出入。但韓熙載神色冷峻，竟讓人無法拒絕，正好當晚典獄未用封條封門，當班獄卒心想不如賣個人情給這位未來的宰相，反正不過是與老圃說幾句話而已。哪知道韓熙載這一進去就待了足足一個時辰，旁人也不敢催他，只能任他自來自去。

張士師聽說了事情經過，心想：「李勝說得對，南大街地處繁華，縣衙大門晝夜有人看守，若有人要從臨街窗口對老圃下手，風險實在太大。老圃是自殺還是他殺，仵作來了自可確定，可是若真是自殺，那韓熙載必定跟老圃說過些什麼。」他走到大門口，正猶豫要往何處去，忽見江寧府差役封三領著數人趕來，還歉然道：「抱歉來得遲了。小人正要出府時，突然被尹君叫住去幫他續木[5]。」

張士師的家鄉句容經常在桑上續木上楊梅，這樣結出來的果子不酸。他只聽說過府尹愛種珍珠，尚不知道他也有續木愛好，隨口問道：「是續木果樹麼？現今都六月了，怕是太遲了些。」封三道：「不是果樹，是葫蘆。小人也是第一次見呢，就是將十根葫蘆莖用布捆綁在一起，外面用泥封住。這樣，幾天後這十根莖就長成了一根，結出來的葫蘆也比原來的要大上十倍。」張士師道：「嗯，尹君雅興真是不淺。」封三呵呵笑了幾聲，也不知道到底是嘲諷還是其他意思，又道：「仵作楊大敞的孫子病了，得晚些才能趕來。」張士師道：「噢，無妨。」

正漫說著，忽見適才見過的那漁夫仍然留在街角，朝這邊張望。張士師驀然靈光一現，想起那人正是前日在飲虹橋賣魚給秦蒻蘭、又跳進秦淮河救起李雲如的漁夫。這一發現，頓時讓他又驚又喜，之前也曾找此人問前日發生在飲虹橋上的事，他很可能是李雲如被人推落水的關鍵證人。一念及此，忙叫道：「喂……」不料那漁夫一見張士師叫他，迅疾將斗笠壓低，轉身就走。張士師本能地拔腳就追，封三忙問道：「典獄要去哪裡？」張士師也不知道要去哪裡，只想追上那漁夫問個清楚，便道：「封三哥你跟我來，其餘的人先留在這裡。」

那漁夫見有人追趕，竟不顧叫喊，越走越快。張士師本來只想問他幾句話，見此情狀，卻越來越覺得他有什麼不對勁的地方——第一次見到他是在謀殺李雲如未遂的飲虹橋，第二次見他則是在老圃自殺的監獄外，這是不是有點太過偶然？

雙方一前一後，距離甚遠，那漁夫腳下甚快，很快出了北城。封三道：「呀，我們又來到老圃瓜地了。」

張士師一見，果真又不知不覺到了老圃瓜地，卻只是一片綠油油的空曠與寂靜。以往，老圃西瓜名譽金陵，總有人來瓜地偷瓜，所以瓜季時老圃吃住總在瓜地裡，就是為了防人偷瓜。如今主人已去，滿地的西瓜卻再無人敢偷半個。血水西瓜的故事一夜之間已傳遍全城，在人們看來，這瓜地裡不知埋藏著多少邪惡。這些西瓜的結局已可預料，無非是在地中自行乾癟、爛掉。這毒西瓜的罪惡陰影，到底還要在金陵人的頭上籠罩多久？

封三道：「那漁夫怎麼一眨眼就不見了？他到底是什麼人？」張士師道：「我也不知道他是誰……」忽然，一陣渾厚的鐘聲傳來。張士師問道：「這附近有寺廟麼？」封三道：「是啊，典獄還不知道麼，瓜地過去就是積善寺，寺裡的住持典獄原也是見過的。」張士師道：「呀，是德明長老。」

昨晚他與父親、耿先生商議案情，已將德明列為重大嫌犯，倒不是因為別的，而是問案前他一聽到張士師說父親與耿先生去了老圃瓜地後，便急於匆忙離去。恰好，在他出府後發生了陳致雍遭扼殺事件，後來又在門洞「巧遇」張泌等人，這恰到好處的出現剛好阻止老圃說出關鍵資訊，這些事情前後一旦加以聯繫，便知道絕非巧合。他本來打算一早審問老圃，問出他與德明的關係，再去找德明對質，哪知道老圃昨夜自殺，漁夫將他引來這裡，因此意外得知德明主持的積善寺原來就在老圃瓜地邊上，有著地利之便。

張士師問了封三，得知抄近道穿過瓜地後即是積善寺後門，忙往鐘聲方向趕去。他走得太急，幾步便被瓜藤絆了一個跟頭。封三忙道：「典獄腳下小心了。」電光火石之間，張士師卻忽然想起一件事，問道：「封三哥說，尹君是特意叫你去續木麼？」封三道：「是啊。」又不好意思地道，「這還是尹君頭一次叫小人去辦私事，挺怪的。」張士師手舞足蹈地道：「我知道了、我知道了！」封三不明所以，只是一邊茫然地望著他。

難怪張士師如此興奮，他總算想明白這幾天一直困惑著他的問題——續木無非是利用植物的自癒能力，那西瓜凶手往西瓜中落毒也是如此，他只須在西瓜未完全成熟前，以中空的細管自瓜臍處扎入，將毒藥灌進，再從外面用泥抹上，等到西瓜成熟時，瓜臍上的細眼便已完全癒合，不露絲毫破綻。直到這個時候，他才會意過來為什麼昨日在韓府的石橋上，陳繼善別有用意說了兩遍「在天願作比翼鳥，在地願為連理枝」，當時他還以為府尹不過是觸景生情，隨口念兩句白居易的〈長恨歌〉發洩一下——畢竟這些文人不總愛莫名其妙地吟詩抒懷麼？

現在他才知道，陳繼善早已看出往西瓜下毒的訣竅，有意提醒他，只不過他未能明白過來而已——所謂「連理枝」，正是民間所稱的「木連理」，是說兩個枝幹彼此摩擦損傷後，會自然癒合，連結生長在一起。陳繼善大概見他始終猜不透，今早又有意叫封三去續木葫蘆，再次加以提示。難怪耿先生總說府尹不糊塗，他何只不糊塗，簡直絕頂聰明。只是他為何不直接告訴張士師，而要採取如此隱喻的法子呢？也許他是不想聲張？

張士師當即將自己想到的下毒方法告訴封三，卻絲毫不提陳繼善，封三當然也猜不到是「續木」的提示，恍然大悟道：「原來是這樣。」張士師突然有此重大發現，不由得想立即趕去韓府驗證，那毒西瓜因為條件所限，無法保留，因而還留在韓府酒窖中。可是他此時也能肯定德明多少與這件事有點關係，可是到底要先顧哪一邊呢？

正躊躇間，封三問道：「可是這凶手如何能保證下了毒的西瓜，一定會被送到韓府夜宴上？」張士師道：「所以說老圃是關鍵，凶手一定在他身上用了某種方法，可惜他人已經死了。」深歎昨日真該連夜提審老圃。又道，「可否勞煩封三哥再辛苦一趟前去韓府，將凶手往西瓜下毒的方法告知家父，請他老人家暗中驗證一下。」封三道：「張公去了聚寶山麼？無妨，小人這就趕去。」張士師道：「不過，此事切不可透露給第三人知曉，我想讓凶手以為我們始終沒找到他下毒的法子。」封三一呆，不明白典獄為何如此，但料來必有深意，只應道：「是。」重新折返瓜地，往北門而去。

張士師繼續往西，穿過瓜地便是一大片竹林，清幽冷峭，與毫無遮蔽物的瓜地仿若兩重天。走了半盞茶功夫，眼前豁然開朗，一座院落出現在眼前。院牆厚實高大，一色青磚碧瓦，後門也是紅色鎏金，奢華宏崇，竟比江寧縣衙的正大門還要氣派。南唐國主信佛，寺廟也全由朝廷奉養，為此花費不計其數。張士師心想：「難怪耿鍊師總說，南唐庫府的錢一半奉給大宋、另一半則送給寺廟。」

他見後門緊閉，正想要繞去前門，只聽見「吱呀」一聲，後門竟在此時打開，一名十二、三歲的小沙彌手執笤帚走了出來，大約預備清掃門外的枯枝敗葉。

張士師忙上前道：「小師父有禮，在下江寧縣典獄張士師，有事想求見貴寺德明長老。」小沙彌頓住笤帚，上下打量著，奇道：「你便是那位正在查探韓府命案的官人罷？」張士師心想：「連這麼個小和尚都知道了，還談什麼方外之人、清淨之地，德明肯定有問題。」當即道：「正是在下。」小沙彌道：「師父交代過，說官人早晚會找來這裡。請隨我進來。」

張士師點點頭，德明之前的可疑行為太多，他自己應該心知肚明，預料到官府會找來積善寺也不足為奇。見那小沙彌年紀甚小，便問道：「小師父怎麼稱呼？」小沙彌道：「小僧善生。」張士師道：「小師父知道竹林那邊有塊西瓜地罷？」小沙彌道：「當然知道了，種瓜的老圃時常送瓜給師父呢。」張士師道：「那老圃一定跟你師父很熟悉了？」小沙彌點頭道：「那是自然。」

當下穿過垣廡，來到一處佛堂，上寫「雷音堂」。小沙彌請張士師進去堂側廂房坐下，道：「師父還在前面香積殿做早課，官人請在此稍候。」施了禮出去，一會兒再進來，奉上一盞茶和一碟筍脯豆[6]，又退了出去。

張士師吃了幾粒筍脯豆，只覺鮮美可口，味道遠勝金陵酒肆。吃了半碟，還不見人來，左右無事，便站起來四下打量，來到正堂，只見上首菩薩天人之像，設纓益床、嚴飾之具，均極為精緻華美。像前案桌上擺有兩個紫金銅爐，積了大半爐香灰，略略掃了一眼，便立時留了心——右邊爐灰堆尖撮起，左面的卻是平的，明顯留有人指撥過的痕跡。他心念一動，伸食指入去，未探底便觸到一件物事，忽聽得門外小沙彌道：「師父回來了。」急忙將手縮回，往公服上抹了兩下，飛快退回廂房。

卻見德明昂首進來，雙手合十道：「典獄，我們又見面了。」張士師道：「在下冒昧打擾清修，還望長老恕罪。」德明道：「不敢。典獄請坐。」又問道，「這筍脯豆也算本寺特產，典獄嘗來味道如何？」張士師道：「嗯，味道不錯。長老，我想跟您談一樁正事，若有冒犯之處，還請多多包涵。」德明道：「事本無正無反，是典獄的心強行將它分了正反。典獄請說。」

張士師反感他總是故作高深，雖知對方身分特殊，卻再也不願跟對方客氣，當即道：「正事也好，反事也罷，長老為何一早就交代善生小師父，說官府早晚會找來這裡？」德明愣了一下，顯是沒料到對方如此開門見山，半晌才道：「貧僧只是有所預料……」張士師道：「預料我們會從老圃身上順藤摸瓜罷？」

德明忙問道：「貧僧聽說官府昨日捉走老圃，他現下如何了？」張士師道：「老圃麼？他很不好。」德明驚道：「莫非你們懷疑老圃跟毒西瓜有關聯，對他嚴刑逼供？嗯，貧僧一直以為典獄不是那種靠刑罰審案的人呢。」張士師道：「在下若想嚴刑逼供，早該將參加過夜宴的所有人拘禁起來嚴刑拷打，若是如此，想必現在已經問出凶手是誰了。」

德明道：「那典獄說老圃不好是何意？」張士師道：「老圃死了。」德明大感意外，沉默了一會兒，才雙手合十道：「阿彌陀佛！」再無之前泰然神色。

張士師道：「長老不問問老圃是怎麼死的麼？」德明道：「典獄是官府中人，心中早有公論，又何須貧僧多問？」頓了頓，又喟然歎道：「想不到連老圃這樣一心享受世俗生活快樂的人，都逃不掉囹圄之苦。」張士師冷冷道：「我只知道天網恢恢，疏而不漏。長老請好自為之。」

他已經料到無法從德明那裡問出更多有用的話，但對方與毒西瓜案、陳致雍被扼殺案有所牽連，是確認無疑的事實，除非有鐵證，不然很容易被反告。況且到目前為止，他始終想不出德明捲入這些殺人案的意圖何在。按照公門老行尊的說法，沒有動機，就沒有嫌疑，除非他是瘋子，但德明能成為國主座上賓，顯然並不是瘋子。

他也不待德明回應，疾步奔出廂房。趕到正堂，見左右無人，將手往爐灰中一掏，卻是個小小的瓷瓶，飛快地收入懷中。方欲離開，又想起那筍脯豆的美味，頗為不捨，想了一想，乾脆重新回到廂房。德明依舊悄立原地，陽光透過窗櫺射到他臉上，塗抹了一層黯淡的橘黃。張士師取出汗巾，將剩下的半碟筍脯豆盡數倒入包好，才道：「多謝長老款待，在下告辭。」德明緘口不語，只默默看著他離去。

張士師走出雷音堂，無法肯定後門尚且開著，便乾脆從正門出去。積善寺這建築很新，林樹不多，大約是當今國主登基後才興的土木。由於建制頗大，行了好一會兒，才聽見前面有人語聲。過去一看，只見一名灰衣僧人正領著兩名小沙彌在正殿前面派發開光佛像。擺放佛像的案桌前面，竟還糊著張麻紙，上面寫著「不收鐵錢」四字。大約二十來名善男信女排著長隊等在階下，手中各自握著錢袋，每聽見灰衣僧人叫道「下一位」，便依次上前將錢交給右首的小沙彌，然後自左首的小沙彌手中捧過佛像，神色極為虔誠。

張士師忍不住搖頭，這大殿叫「香積殿」，不如改叫「銅錢殿」好了，銅臭味如此濃厚，實在有辱佛門清淨之地。他曾聽耿先生提過，一些寺廟利用國主尊崇佛教而大肆聚斂財物，今日親眼得見，方知確實不虛。

離開積善寺上了官道，他迅疾從懷中掏出那從香爐灰中取來的小瓷瓶，打開封塞，裡面裝有小半瓶白色粉末，他心下已隱隱猜到這是什麼東西，忙往江寧縣衙趕去。

剛近大門，便見江寧府差役朱非正在四下翹望，忙招手叫道：「朱哥過來。」朱非忙迎過去道：「典獄君可回來了！仵作已經到了，正在大獄裡驗屍呢。」張士師道：「嗯，我馬上就進去，不過有件事想先問明朱哥。昨日你到韓府去請韓熙載來縣衙認那北方客的屍首，可有什麼特別之事？」朱非撓了撓頭，道：「沒有啊。」張士師道：「請朱哥詳述一遍經過。」

朱非見他神色嚴肅，料來必有緣故，一邊努力回憶一邊道：「我昨日奉張公之命去聚寶山知會韓相公，離開老圃瓜地後先到江寧縣衙借了匹馬，然後出城，在山腳遇到典獄君你們一干人，分別後我逕直上山，因路滑難行，馬就留在山下。一到韓府，就聽見前院有人在爭吵……」

張士師道：「爭吵？誰與誰在爭吵？」朱非道：「是李家明與舒雅。聽起來好像是為了棺材板的事。昨日一場大雨後，山路難行，韓府為李雲如訂的楠木棺材將好幾日無法送上山。舒公子好像是嫌天氣熱，怕屍首壞了，希望李家娘子早日入土為安，想將就用一副韓府現成的棺材，李官人卻嫌那棺材板太薄，不配他妹子，兩人就吵了起來。」

張士師心想：「舒雅這種性格怯懦的人居然也會跟李家明吵架，可見他確實急著想將李雲如下葬。嗯，這事有點可疑。」又問道：「後來呢？」朱非道：「後來一見我進去，他們就不怎麼吵了，只告訴我說韓相公人在後院，我尋到了他，告訴他瓜地挖出一具屍首，想讓他去認認看，他只冷冷問：『那與我有何關係？』於是我告訴他，老圃從那人身上得了一塊玉扇墜，我還沒有來得及說耿鍊師發現那塊扇墜與他手中那塊一模一樣，他便飛快站了起來，問是什麼扇墜。我大致描繪了樣子，他便立即道：『走，我隨你下山去看看。』我見時已近夜更，他又住在城外半山，進出多有不便，就勸他明日一早再去縣衙不遲。他當時考慮後也答應了，我便自行下山，騎馬回城，正好趕上關城門，之後到江寧縣衙還了馬匹，便回家去了。」

張士師聽了，推測韓熙載應當是夜更之後才入城，至於他如何能在城門關閉後進城另待他說。韓熙載無法等到次日，自見耿耿難寐之情，那北方客對他而言一定十分重要，以他為人之犀利，定然惱怒老圃害死了北方客，便前往大獄興師問罪。如此推斷起來，老圃他殺的可能性倒小了許多，若說這世上有人能不動聲色便置人於死地，那一定只有韓熙載能做到。

趕回大獄，仵作楊大敞正搭著梯子查看鐵窗高處的腰帶，一旁自有江寧府書吏宋江記錄。只聽見他喝報道：「是死結，很結實。打結處朝著街外，應當是老圃親手所結。」張士師道：「這麼說，可以肯定老圃是自殺了？」楊大敞道：「嗯，是的。」從梯子上下來，又道，「老實說，我也不相信老圃這樣的人會上吊自殺，不過勘驗結果確實如此。他頸中勒痕在左右耳後交會，雙眼緊閉，嘴唇張開，兩手緊握，牙齒露出，口中的舌頭抵住了牙齒，胸前尚留有涎水滴的痕跡，臀後有糞便露出，這些都是自縊的跡狀。」張士師道：「若有人從牆外登高到窗櫺處，突如其來地勒死他，再偽裝成自殺，會是怎樣的情形？」楊大敞道：「若是如此，勒痕當是平的，不會在喉嚨下相交，且顏色極深，不會是現在的深紫色，而是黑色。」

張士師疑惑全解，當即道：「如此，便以老圃自殺結案。」見本縣獄卒郭見尚哭喪著臉縮在一旁，便叫道，「郭哥，你既不當班，也不必苦守在這裡，老圃自殺一事，責任首先在我，不關郭哥的事。」

郭見擔驚受怕半天，終於等到這一句，心下感激，哽咽著低聲道：「多謝典獄。」張士師道：「麻煩你回家歇息時，順便知會老圃的家屬一聲，請他們來領取屍首。」郭見應聲道：「是。」正要離去，張士師突然想起德明歎息的那句「想不到連老圃這樣一心享受世俗生活快樂的人，都逃不掉囹圄之苦」，有所感悟，又道：「就別讓老圃過拖屍洞[7]了，回頭架天秤的吊子錢我來出。」郭見忙道：「哪敢要典獄君出錢。」說完後，自出去辦事。

張士師又將從德明那裡取來的小瓷瓶取出，交給楊大敞道：「麻煩仵作給驗一下這裡面是什麼。」楊大敞接了過來，只略略一看，便皺起眉頭。張士師忙問道：「是不是……」楊大敞飛快地打斷道：「還不能斷定。」又自他那寶貝竹籃中取出銀針，插入瓷瓶中，見銀針變成黑色才道，「果然是砒霜。」張士師忙道：「不是還沒用皂角水擦洗麼？」楊大敞瞪了他一眼：「粉末毋須擦洗。」又問道：「這砒霜，典獄是從哪裡得來的？」張士師歎了口氣，道：「積善寺雷音堂。」

楊大敞先是愕然，隨即再不發一言，默默收拾了竹籃出去。張士師知他畏懼德明身分，不敢多言，在場差役、獄卒要麼不明白究竟，要麼也沉默不語。

步出大獄，張士師不由得有些惆悵滿懷。到目前為止，他已大致破獲了詭異的毒西瓜一案，案情水落石現，可是他卻一點也沒有如釋重負的感覺，總覺得心裡沉甸甸地難受。正要回江寧府向府尹稟告案情，又突發奇想，便交代差役們先回府，自己決意再去一趟積善寺，打算直接向德明問清楚為什麼要這麼做。對於得道高僧行凶殺人這一點，不僅常人難以相信，就連他也覺得實在難以說通，他太需要一個理由了。

張士師照舊抄瓜地小道來到積善寺後門，卻見曾領他進去的小沙彌善生正等在門口張望，當即上前問道：「小師父是在等我麼？」小沙彌點了點頭。張士師訝然道：「你怎麼知道我還會再來？」小沙彌道：「是師父交代的。」張士師點點頭，不再多說。

再來到雷音堂廂房，德明正端坐椅上，閉目念經。張士師一時不敢驚擾，只默立一旁。大概被這種靜穆的氣氛所感染，他此刻的心態，較之前一趟來時的咄咄逼人，突然平和許多，就連他一直反感的德明長老，突然也變得沒那麼面目可憎。

過了許久，德明才睜開眼睛，問道：「典獄再次大駕光臨，當是胸有成竹了。」張士師道：「不敢。在下之前多有得罪之處，還請長老恕罪。」德明道：「你孤身一人前來，是想問貧僧為什麼麼？」張士師道：「正是。長老是出家人，慈悲為懷，高潔出塵，為何會捲入這等俗世凶殺？」德明歎道：「典獄君無心功名利祿，率性而為，自然不知這恰是凡世的困惑，豪傑俊秀出眾，卻往往比常人更無奈。唉，貧僧真是罪孽深重，愧為佛門中人。」

張士師不明所指，正待細問，那小沙彌善生突然驚慌失措地跑進來嚷道：「不好了，師父！府尹派了許多人到寺外，說師父是北方大宋的奸細，還下毒殺人，要捉拿師父。」張士師心想：「來得好快！定是朱非他們幾個回府後，告訴府尹說在積善寺發現了砒霜。不過，這德明是北方大宋奸細的事，我怎麼還是頭一次聽說？」

一剎那間，他已想明所有緣由——大宋奸細，這確實是德明下毒殺人的唯一動機，長老身分只是他的掩飾和偽裝，所以他堂而皇之地出現在王宮，理所當然地住奢侈豪華的寺廟，甚至明目張膽地出現在韓府夜宴這樣的靡靡場合……不為別的，只因他本來就是個細作，他的真實身分需要他刺探南唐的軍國大事，需要他大肆消耗南唐的國庫，需要他出面除掉韓熙載這個號稱能挽救危局的大人物。他聽說韓熙載即將在南唐拜相後，擔心對宋朝不利，於是起了謀殺的心思，恰好積善寺與老圃瓜地有著地利之便，韓熙載又酷愛吃老圃西瓜，他便精心挑了兩個大瓜，特意交代老圃留給韓府，再往瓜中注毒，預備將韓府人一網打盡。夜宴當中，他有意姍姍來遲，無非是有意打造與下毒事件無關的假象。若非那個枉死的北方客口中長出了血水西瓜，這幾乎就是個天衣無縫的殺人計畫。

張士師腦海正飛快盤旋之際，德明已經黯然走了出去，只聽見外面人語嘈雜聲漸行漸近，一個宋人的細作生涯眼見就該結束了。

---

1 書吏記錄、謄抄訴訟文書、審訊口供證詞、批詞判決等公文的地方。

2 更，中國古代夜間用來計時的單位。一夜分為五更，每更約等於一個時辰，依現代夜晚的時間來看，大約是——晚上七點到九點為一更，九點到十一點為二更，午夜十一點到一點為三更，凌晨一點到三點為四更，凌晨三點到五點為五更。

3 狴犴，又名憲章，相貌似虎，威風凜凜，因平生好獄訟之事，古人習慣將他刻鑄在監獄門上。《天祿識餘．龍種》：「俗傳龍子九種，各有所好四曰狴犴，似虎有威力，故立於獄門。」後常常借指牢獄。

4 獄卒辦公的場所。

5 古稱「椄」，即木本植物的嫁接。

6 明朝初年，南京北門（時稱金川門）建有積善庵。因庵後長有大片竹林，每到春天竹筍茂盛，庵內眾尼便挖出鮮筍，加鹽煮熟，再上籃曬乾成筍脯。然後將黃豆浸泡好，加適量醬油、糖煮熟，一樣攤開曬乾後，再與之前曬好的筍脯混合，裝進瓷罈貯藏，由此得名「筍脯豆」；如此便可歷久不壞，要吃的時候，隨時自瓷罈中取出。因味道鮮美，善男信女都專門到寺裡來討著要品嘗，民間也紛紛仿做。後積善庵雖被毀，筍脯豆卻流傳了下來，清人袁枚在《隨園食單》詳細記載了製作方法，筍脯豆至今仍是南京家常小菜。

7 照古代監獄規矩，死在監獄中的人不得從大門出，只能走所謂的拖屍洞（在圍牆上開的一個僅容屍體通過的洞，類似狗洞）。死者親屬若不想受此侮辱，得交一筆吊子錢，以天秤（類似打水的桔槔）將屍體從圍牆上吊出。

卷九　畫外之音

耿先生心頭卻感到莫名沉重，難怪那差役梁尚說從沒見過韓府這樣的人家——這裡所有人的關係都是微妙的，他們都在互相隱瞞著、欺騙著，情感上的糾葛如一團亂麻，連怨恨都是如此錯綜複雜，實非外人所能理解。

卻說張泌與耿先生一早趕去韓府，出城途中正好遇到新科狀元郎粲在長干橋[1]上徘徊。耿先生有意叫道：「狀元公，我們正要去韓府，一起去罷？」郎粲道：「啊……這個……」耿先生道：「咦，你站在這裡，不是正要去聚寶山麼？」郎粲忙道：「不是、不是……我只是路過這裡……不過，請問那個……典獄君找到凶手了麼？」張泌道：「你為何懷疑往金杯中下毒的是舒雅？」郎粲道：「他……噢，不是，我也只是猜測。」

耿先生冷笑道：「難道狀元公以為旁人都是瞎子，看不出你與王屋山……」郎粲當即漲紅了臉，暴怒道：「不可胡說！」張泌道：「我關心的是真相，只在乎誰是凶手，對那些風流韻事沒有任何興趣。狀元公，請你老老實實告訴我，你所知道的事情。不然的話，舒雅若真是凶手，你便是知情不報；舒雅不是凶手，他可以反告你誣陷。對閣下而言，當下最要緊的不是仕途前程麼？」

這幾句話打中了郎粲的要害，他如一隻鬥敗的公雞，終於低下了高傲的頭，囁嚅半晌，才道：「我曾聽屋山提到她撞見過李雲如和舒雅的私情，還握有實證……所以我懷疑是舒雅要殺屋山，結果卻誤殺了李雲如……」耿先生道：「你之前為什麼一直不說？」郎粲道：「這個……」張、耿不再睬他，自往聚寶山而去。

山路泥濘難行，不多會兒張泌便滿腳是泥，耿先生的鞋襪卻甚是乾淨，只有側邊黏有少許泥巴。到了竹林，正巧遇到從韓府出來的江寧府差役梁尚。梁尚一見二人，便喜孜孜地道：「二位來得太好了，小的這裡有件要緊物事要給張公看。」一揚手中，卻是一封信。

張泌接了過來，信皮上並無一字，掏出信紙打開，念道：「鶗鴂[2]驚秋不住啼，章臺回首柳萋萋。花開有約腸空斷，雲散無蹤夢亦迷。小立偷彈金屈戌，半酣笑勸玉東西。琵琶還似當年否，為問潯陽貧家女。」

梁尚道：「這是小的在王屋山枕頭下發現的。」耿先生奇道：「你偷入女子的閨房麼？」梁尚惶然道：「不是、絕不是……小的和姜聞二人奉典獄之命留在韓府，提防有人加害王家娘子，剛好小的昨晚當值下半夜，忽聽到她在房中喊叫，以為出了事，忙到門外問她有沒有事，但她只是叫喊，小的擔心她有事，就衝了進去，誰知道她只是在發噩夢，所以小的又退了出來。出來時，剛好看見枕角下這封信，見她收藏得妥帖，估摸一定很重要，順手就帶了出來，或許對案情有用。」又問道，「這詩寫的是什麼意思？」張泌道：「似乎是哪家男子寫給李雲如的。」耿先生道：「嗯，這個好說，請韓熙載一看便知道是誰的筆跡。」其實她心中早已猜到這詩是誰寫的，但作為物證，畢竟不能靠猜測。

三人忙進來韓府，卻見前院已經搭好靈堂，白幡、紙箔、香燭應有盡有，卻唯獨缺少一具靈柩，當然也沒有屍體，由此顯得很是不稱。堂中恰好只有韓熙載一人悶坐那裡，似在發呆，又似在打盹。梁尚正要上前叫他，耿先生見他精神萎靡，情狀十分可憐，忙止住梁尚，打了個眼色，領著二人走開。

到了院外，張泌才道：「鍊師是不忍心麼？」耿先生點頭道：「他已經如此淒涼，如果再讓他知道李雲如有外遇……」張泌道：「也好，不如乾脆直接去問寫信者本人。」梁尚奇道：「原來張公早已經知道是誰寫的。」張泌點點頭。

他們正欲往後院去尋人，忽見秦蒻蘭從複廊中逶迤而來，便忙向她打聽舒雅的情況。秦蒻蘭道：「舒雅是歙州人，雲如兄妹家貧，流落歙州時，恰好租住舒家的房子，多得舒雅幫助。後來，雲如兄妹將他引薦給我家相公，相公愛惜他的才華，破例收了他做門生。」耿先生道：「李雲如當是潯陽人？」秦蒻蘭道：「正是。」又問道，「怎麼，你們是懷疑舒雅麼？」張泌便取出那封信交給秦蒻蘭，她略略一掃，便驚叫道：「果然是舒雅的筆跡！」

張泌問道：「舒公子現下人在哪裡？」秦蒻蘭道：「他與家明在花廳旁邊的廂房休息，我領諸位去。」耿先生見她面色蒼白，滿臉疲倦，忙道：「娘子太過操勞，不敢再有勞，請自去歇息。」秦蒻蘭便不再堅持，道：「也好，各位請自便。」

三人穿過複廊，卻見舒雅正穿過東面石橋，往李雲如生前居住的瑯瑯閣而去。梁尚正要出聲叫他，張泌道：「不必，我與錬師自去找他。」

舒雅卻只是在石橋上徘徊，始終不敢往東多踏一步，彷彿心中有所畏懼。忽聽得背後有人問道：「你是內心有愧麼？」驀然回頭，只見張泌與耿先生正站在橋下，其中一人的手中還舉著那封最要命的信，當即驚道：「這信……這信怎麼到了張公手中？」張泌道：「這信應該是公子寫給李家娘子的罷？」一邊留意觀察對方的反應。

只見一陣紅潮湧上舒雅那張靦腆溫和的臉，他遲疑了一下，居然點點頭，道：「不過這信……」張泌道：「但信卻落入王屋山之手，而且她一直拿這封信來要脅你，對麼？」舒雅無奈地點點頭。

張泌道：「所以你一心想殺王屋山滅口，往金杯中下毒，不料卻誤殺了李雲如。」舒雅驚道：「我沒有殺人……我沒有想殺任何人……」張泌道：「你是預備去瑯瑯閣麼？」舒雅道：「嗯，想去看最後一眼……」語氣突然變得抑制不住的哀傷，「我本來是為了雲如才從歙州家鄉來到金陵，如今雲如不在了，我一刻也不想多留在這裡……」

耿先生道：「如果你沒有下毒，難道你不想查出凶手，為李雲如報仇麼？」舒雅絕望地道：「人都死了，查出凶手又有什麼用？能讓雲如活過來麼？能讓她肚裡的孩子活過來麼？」他不願再與二人多說，也不再去顧及張泌手中那封信，匆忙步下石橋，往花廳而去。

張泌凝視他的背影，搖了搖頭：「不是他。」耿先生道：「嗯，他愛的女子死於非命，他的心中也仍然只有愛、沒有恨，這樣的一個人不可能是殺人兇手。」

然而舒雅心中並非只有愛、沒有恨，這兩天以來，他一直為李雲如之死哀傷難過，神不守舍，根本沒有力氣思考到底誰才是真正的兇手，不過適才張泌的質疑倒是陡然提醒了他一件事。他來到廂房中，李家明只穿著一身內衣，正埋頭飲悶酒，半醉不醒，見舒雅進來，也不理睬。

舒雅掩好了門轉過身，面對李家明時卻又顯得有些躊躇，半晌才道：「家明，我有些話想說……」李家明不耐煩地道：「有什麼話就快些說罷，我一直看不慣你吞吞吐吐的那個窩囊樣。」舒雅猶豫道：「我想說……雲如……雲如……」

李嘉明又飲下一杯酒，狠狠瞪了舒雅一眼。出人意料的是，這一眼反倒給了他力量和勇氣，他飛快地將下面的話一口氣說了出來：「我和雲如一直有私情，曾經被王屋山撞見過。王屋山還拿到我寫給雲如的一首情詩，一度威脅說要告訴恩師。我有些害怕，曾跟雲如暗中商議逃回歙州老家，但雲如卻不肯，說她自有辦法對付王屋山……」說到這裡便停了下來，小心翼翼地看著李家明。李家明依然自顧自地飲酒，毫無異色，彷彿他早就知道這些事。

舒雅壯了壯膽子，繼續說道：「所以我懷疑是雲如要殺王屋山，結果反倒是她自己在混亂中誤打誤撞喝下了毒酒……」李家明將酒杯往桌上重重一頓：「你胡說什麼？」舒雅一下子膽怯了，囁嚅半晌，再說不出話來。

李家明怒道：「你再說一遍試試！」舒雅只低頭不作聲。李家明大聲道：「我告訴你，小子，雲如彈完琵琶下場後，一直坐在我和韓相公中間，不要說她根本沒機會下毒，就算她要下毒毒死王屋山，以她的精明，怎麼會自己喝下親手下了毒的毒酒？」舒雅見他發火，不敢再接一句。

李家明又道：「小時候我們家裡窮，娘親又去世得早。雲如小小年紀就操持家務，她不會讀書也不會寫字，卻能記住複雜的帳目。通常她從集市上買了東西回來，種類再多，她也能分毫不差地說出它們的價錢，從未出過一點差錯。她這麼精明，怎麼會弄錯金杯呢？」

舒雅聽他提起陳年往事，很是心酸，忙道：「我知道雲如不會錯，可是……」李家明道：「要說雲如真有什麼錯，就錯在一直對你舊情難忘！我真不明白，你有什麼好……」舒雅辯道：「我和雲如彼此真心……」李家明道：「行了、行了……你們那點事我比誰都清楚。我不該把你介紹給韓熙載當門生的，你不來金陵，雲如說不定也不會死……」

舒雅大氣也不敢出，畏畏縮縮半天，終於還是說了出來：「雲如已經有了我們的孩子……」李家明一下子呆住，愣了半晌，才道：「雲如肚裡的孩子原來是你的？你知不知道我妹子是你師母，與她偷情是一回事，讓她懷上你的孩子則是另外一回事？」舒雅沮喪地點點頭。

李家明左手猛然抓起桌上的酒壺，作勢要向舒雅砸去。舒雅驚叫一聲，嚇得抱住腦袋。李家明稍一猶豫，狠狠將酒壺砸在地上。

忽聽見外面有人道：「張公，王屋山已經醒了。」李家明這才意識到房外還有旁人，衝過去拉開門，見張泌與耿先生正站在廊下，眼睛望著自己這邊，各有驚詫之色。顯然，適才他太激動、嗓門太大，他說的話外面的人都已經聽見了。

張泌見李家明露出臉來，便朝他微微點頭，示意自己並非有意偷聽，隨即側頭道：「我們去瑯瑯榭罷。」正欲往外走，差役梁尚忙道：「張公請這邊走。琊琊榭與花廳是連通的，須從裡面走。」耿先生道：「看來王屋山在韓府姬妾中地位最高呢。」梁尚道：「不過她似乎人緣不大好，一直昏倒在床，也沒有一個人來看看她。」又道，「二位一路進來，有沒有發現人少了許多？」張泌道：「嗯。」梁尚道：「昨日典獄君一走，府裡好幾個侍女就收拾細軟溜走了，今日一早又聽管家說樂伎們也都跑了。老實說，小的從來沒見過這樣的人家，以前總以為豪門大戶吃好的、穿好的，天天過著好日子，這兩天親眼見到，才知道是怎麼回事。」張泌道：「這就是了，高官位顯者未必真如意，粗茶淡飯者未必不快樂。」

一邊說著，一邊穿過花廊，來到琊琊榭。另一名江寧府差役姜聞正在月臺上等候，一見張泌，忙上前見禮，又道：「王家娘子就在裡面繡房中。適才她醒了吵著要喝水，小的進去倒了一杯茶給她，她問小的是誰，小的回說是官府派來保護她的，出來後就趕緊叫老梁去稟告張公。」張泌道：「你做得很好，有勞了。」又道，「我們先等在外面，免得人多驚嚇到她。」向耿先生使了個眼色，耿先生會意，推開閣門進去。

王屋山正半躺在床上喝水，忽見一名女道士進來，不免驚詫萬分，坐直身子問道：「鍊師是……」耿先生道：「貧道耿先生。」王屋山道：「呀，我聽相公提過你的名字，原來鍊師這般年輕。」耿先生微微一笑，坐到床榻上，接過她手中的茶杯放到一旁，這才柔聲問道：「你感覺好些了麼？」

王屋山臉色頓時變得極為難看，哽咽著，似乎馬上就要哭出來。耿先生最怕見人哭，忙勸慰道：「別哭、別哭……哭花了臉就不好看了……」她雖是出家之人，卻是世事洞明，知道王屋山這類女子最在意什麼，此話果然奏效，她立即止住哽咽。

耿先生道：「好了，你現在能告訴我，是誰想往金杯中下毒殺你麼？」她絲毫不提陰陽兩只金杯有可能弄混、凶手目標或許是韓熙載的話，而是逕直問王屋山，只為看到她最本能的反應。

王屋山本能地抓住被子一角，臉有驚恐之色。耿先生溫言道：「貧道知道你很害怕，不過你放心，官府已經派了人在外面保護你。」王屋山略略放了心，低聲道：「有勞。」耿先生道：「不過……如果你不說出實情，難免會再遭毒手。」

王屋山又焦躁起來，急道：「鍊師適才不是說官府要保護我麼？」耿先生道：「是說過。可是大家都知道凶手是你認識的人，能夠自由出入韓府，防不勝防啊。」王屋山對她的話絲毫不覺意外，只是略略有所遲疑。耿先生勸道：「為了你自己的安全，你還是……」王屋山果斷地道：「是李家明。」

耿先生大感意外，忙到閣門口叫張泌進來，介紹道：「這位張公，是典獄君的尊父。現下韓府命案由張典獄全權負責。你將實情一五一十告知張公，他才好幫你。」

王屋山哪裡顧得上理會由誰負責調查命案，她只想趕緊將打開的話匣子全部倒出來，當即道：「我在被我家相公收入韓府之前，本在教坊為舞伎，教坊副使李家明是我上司，我們二人一直……一直……」耿先生道：「一直有舊。」王屋山忙辯解道：「不過我從沒喜歡過他，是他自己一廂情願。我嫁入韓府為妾，其實主要的目的也是想擺脫李家明。原以為只要我進入韓府，我們便能理所當然分手。只是他……李家明他……」

耿先生道：「李家明卻始終不肯放手，一直對你糾纏不休？」王屋山點頭道：「正是。他總說……如果我不繼續聽他的話，他就要殺了我……我本來以為，他只是說說而已……」

張泌問道：「可是李家明為什麼要在夜宴的時候下手？他平時應該有很多機會殺你。」王屋山道：

「因為……那是因為……」耿先生道：「因為你真正喜歡的人是郎粲，而郎粲剛剛中了狀元，你正準備請韓熙載幫他在朝中謀個好官，他一旦得勢，李家明就更加無法接近你了。」

王屋山驚駭地看著耿先生，不知對方為何能知道她心底深處的祕密，那可是除了郎粲外旁人都不知道的事。張泌道：「娘子，事情緣由真是這樣麼？」王屋山羞赧欲死，卻無可奈何，只好點了點頭。

耿先生心頭卻感到莫名沉重，難怪那差役梁尚說從沒見過韓府這樣的人家——這裡所有人的關係都是微妙的，他們都在互相隱瞞著、欺騙著，情感上的糾葛如一團亂麻，連怨恨都是如此錯綜複雜，實非外人所能理解。

從瑯瑯榭出來，耿先生問道：「張公以為王屋山所言可信麼？」張泌道：「事關她自己性命，不由得她不吐實情。」又向一旁的差役梁尚、姜聞交代：「二位不必再於這裡空守，稍後便與我們一同下山罷。」梁尚大喜道：「太好了。」自覺失態，忙解釋道，「倒不怎麼辛苦，就是這家人全都吃素，小的已多時未吃魚肉了。」

張泌道：「有勞二位再等一刻，下山後，我請二位差大哥到金陵酒肆去喝酒吃肉。」梁尚、姜聞忙道：「不敢。」

耿先生道：「我們現在要去找李家明麼？」張泌點了點頭：「李家明既有動機，又有時機，按士師的說法，只有他跟李雲如一直坐在臥榻上，金杯就在他眼前，隨時可以下毒。尤其可疑的是，夜宴當晚李雲如中毒死後，他一直憤恨不已，出言極衝，對韓熙載也不例外，但後來仵作一到，發現李雲如是死於金杯毒酒後，他再無之前激動言行，這種態度的轉變很可能是因為受了巨大刺激……」耿先生道：「嗯，他要殺死愛慕的女人，卻誤殺了自己的親妹妹，心情肯定不好受。」

再來到花廳廂房，只剩下李家明一人渾身酒氣，醉醺醺地伏倒在桌上。張泌一望桌腳，橫倒著兩個空酒罈，也不知道是不是他全喝了。梁尚上前叫道：「李官人！」見毫無反應，又推了推他，卻始終不見醒來，發愁地道：「看來他已經醉得不省人事。張公，現下要怎麼辦？」

張泌道：「我來試試。」走過去將手撫在李家明背上，往下摸到肺俞穴位後，開始用力揉搓。見依舊沒有反應，又將李家明的右手拿了起來，用點捏的手法，按住他大拇指內側掌骨肥肉處的魚際穴[3]。只聽見李家明「哼哼」兩聲，似乎醒了，卻沒抬起頭來。

耿先生將嘴唇湊到李家明耳邊，輕聲道：「我們已經找到殺你妹妹李雲如的凶手了。」李家明一下子就站起身來，大聲問道：「是誰？」餘人驚訝地望著耿先生，她只微微一笑。卻聽見李家明恨恨地道：「到底是誰殺了我妹子？」梁尚道：「咦，你明知故問，凶手不就是你麼？」

李家明先是一呆，左手迅疾抓起桌上的酒杯，惡狠狠地向梁尚砸來。事出突然，梁尚嚇得傻了，渾然不知避讓。耿先生一個箭步搶上來，輕巧地將酒杯接住。

正僵持間，外面有人叫道：「張公在裡面麼？」張泌聽出是江寧府差役封三的聲音，忙道：「你們先在這裡看住他。」一出門一見封三滿臉是汗，卻有掩不住的喜色，料到案情已有重大進展，當即問道：「封哥辛苦了，可是有重大發現？」封三道：「正是。」上前附到張泌耳邊，低聲將西瓜凶手如何往瓜中下毒的法子說了。張泌道：「呀，竟是這樣。走，我們再去酒窖看看。」

當下先去廚房找大胖要了把小刀，與封三再來到酒窖，卻見裡面燈火明亮，舒雅正守在李雲如屍首旁垂淚。張泌這等心冷如鐵之人，見了也不免微微喟歎，只是不知該如何勸慰，也不睬他，只仔細查看那四塊毒西瓜——夜宴當時，張士師只是隨意一切，瓜臍歪在其中一塊上，果見瓜臍中部有個小小的凹眼，眼中尚填有未能洗淨的泥土；而老管家切開的血水西瓜更是湊巧，剛好從瓜臍中間切開，瓜臍下的白芯有一道細微的土痕，越近瓜皮越是明顯。事情顯而易見，張士師所猜到的下毒方式正是凶手實際採用的手法。

張泌忍不住歎道：「確是高明。」封三道：「誰說不是呢？不過張典獄真是聰明，竟然能想通凶手下毒的法子，可見還是俗話說得好，魔高一尺，道高一丈呢。」張泌道：「嗯，毒西瓜案應該已經破了。」

封三一呆，他與張士師分手時正要往積善寺而去，只知道典獄突然想到凶手往瓜中下毒的方法，後面的事一概不知，正欲追問，忽聽得背後的舒雅問道：「凶手是誰？」張泌轉身看著他，一字一句地道：「你不是凶手。」又回頭道，「封三哥，你去找人借個家什。」便不再多言，大踏步離開了酒窖。

重新回到廂房時，李家明正坐在椅子上，交叉揉動著雙手，神色已然清醒很多，但他的行動卻很艱難吃力。耿先生饒有興趣地觀察著他，梁尚、姜聞則從旁虎視眈眈地瞪著他，生怕再有異動。

見張泌與封三一道進來，耿先生問道：「可是典獄有要緊事？」張泌道：「毒西瓜案已經破了。」房內眾人一聲驚呼，就連李家明也抬起頭來，好奇地望著張泌。

梁尚急不可待地問道：「凶手是誰？」張泌道：「我暫時還不知道，不過回衙門就知道了。」又道：「李官人，現在一切的證據都指向你，你有殺人動機，也有作案時間，就連王屋山都認為是你下的手。所以，對不住，我得把你帶到官府去，我們這就走罷。」

旁人均以為李家明定會再次發怒，說不定還會拒捕，不料他只是一呆，隨即順從地站起，左手拿起搭在椅子上的外衣，預備穿到身上，他的右手似乎受過傷，很不得力，無法舉高。張泌道：「官人的腰有些毛病罷？」走過去幫李家明穿好外衣，他沒有拒絕，只始終緘口不言。

一行人未遇旁人，也不再去前院與主人招呼，直接步出韓府下山。他們太急於知曉毒西瓜的凶手是誰，絲毫沒留意到新科狀元郎粲正躲在竹林中。郎粲窺見他們走遠，才小心翼翼地走出，跺了跺腳上的泥，朝韓府走去。

張泌等人剛進城門，便見到一名金吾衛士騎馬躍過鎮淮橋，一邊飛馳一邊高喊道：「毒西瓜凶手抓到了！就是積善寺的德明長老！」封三等人大吃一驚，異口同聲地問道：「怎麼是他？」張泌與耿先生倒不覺意外，只是心中也頗費解，德明為何要這麼做？

前面的衛士剛過，後面又奔來一騎，叫道：「最新消息，德明長老是宋人細作！德明長老是宋人細作！」張泌與耿先生交換了一下眼色，一切疑問都迎刃而解。

當下先回江寧府，卻聽差役說府尹等人都在江寧縣，便又去了縣衙。到得大門，便聽說府尹與典獄正在審問德明，張泌忙命封三將李家明收監關押。封三問道：「他果真就是金杯凶手麼？」張泌點點頭，又道：「不過他尚有官職在身，不必給他上枷鎖。」封三應了，押著李家明自去大獄。

張泌又向梁尚、姜聞道：「今兒晚上我做東，請兩位差大哥喝酒。」二人原以為他只是順口一說，慌忙推謝。張泌道：「說好的，晚上金陵酒肆見。不過，在那之前，我有件小事想拜託二位……」上前低聲說了幾句，二人忙道：「張公放心，包在我兄弟身上。」應聲而去。張泌這才對耿先生道：「鍊師不如也隨我一道去看看府尹如何問案。」

二人悄然進來大堂，只見江寧府尹陳繼善高坐堂上，張士師和司錄參軍艾京各站在一側，另一側有孟光、宋江兩名書吏記錄，四下差役環伺，煞是可笑。德明也未下跪，只是雙手戴了一副木杻，站在案下陳說，正道：「貧僧確實是北方大宋皇帝派來的奸細，著意打探南唐朝廷的動向。大宋皇帝聽說南唐國主篤信佛教、禮佛極誠，便派貧僧南渡到金陵，想方設法見到國主，與他大談人生和宿命之說……」陳繼善道：「反正就是引誘官家就對了。明人不做暗事，你繼續說，到底打探過哪些軍事機密、害死過哪些朝中大臣？你下毒是要害韓熙載麼？陳致雍是你殺的麼？」德明道：「嗯，這個……」

張泌見陳繼善審案不得要領、夾雜不清，無心再聽下去，便向兒子打了個手勢，自己與耿先生又靜靜退了出去。片刻後，張士師也跟了出來，道：「有勞阿爹、鍊師，不知那邊狀況如何？」張泌道：「你猜到的凶手下毒方法完全正確，我已經驗證過，詳細情形可讓書吏直接向封三筆錄，以作為重要物證。」張士師應了。耿先生道：「典獄是如何想到這處關節的？」張士師道：「我不敢掠人之美，這不是我自己想到的，而是他……」順手指了指堂內。張泌一愣，隨即歎道：「也不知道這人到底是真聰明、假糊塗，還是假聰明、真糊塗。」

此刻正是午飯時間，張泌腹中饑餓難耐，估摸耿先生也是如此，便道：「你先進去辦正事，我與耿鍊師在衙門西面那家小館子等你。」又想起耿先生吃素，忙改口道：「還是去崇真觀罷，那裡安靜，說話方便。」

張士師應了，剛進堂內，便聽見陳繼善一拍驚堂木，叫道：「先退堂，容後再審。」自捂著肚子退入後堂，也不知道是疼痛還是饑餓。司錄參軍艾京忙跟上去。此刻案情正在審問中，主審官突然宣佈退堂，眾人不免面面相覷，一起望著張士師。張士師只好解嘲道：「先退堂，府尹要吃飯，大夥也要吃飯。」眾人哄堂大笑，當下上前將德明帶去重監監禁。

張士師交代書吏宋江去找封三錄一份毒西瓜的證詞，又鑒於犯人非同小可，為避免再出現老圃事件，趕去大獄用封條親自將大門封了。一名獄卒笑道：「典獄父子真是厲害，不到兩天功夫，就破了血水西瓜案，又破了金杯下毒案，這下可是轟動金陵，連我們江寧縣也要跟著沾光了。」

張士師大吃一驚，心想：「金杯下毒案已經破了麼？為何適才阿爹絲毫未提起？」便忙問道：「金杯凶手是誰？」獄卒道：「李家明啊，正關在裡面呢，典獄還不知道麼？是了，你適才在審案……」張士師不待他說完，忙道：「我去趟崇真觀，有事就去那裡找我。」

張士師即出衙門往崇真觀趕去，剛到宮城東便趕上了父親與耿先生二人，問道：「金杯案已經破了麼？凶手怎麼會是李家明？」張泌道：「不能算破了，因為還沒有找到確實的物證。」又大致說了在韓府問案的經過。張士師道：「既是如此，為何要將李家明捉到縣衙關起來？」張泌道：「方便我們去尋找更多證據。」耿先生道：「或者說，讓真正的凶手放鬆警惕。」張士師道：「話是如此，可是現下麻煩的是府尹要親自問案，倘若我們找不到物證，李家明堅持不肯承認的話，他多半會用酷刑逼供。適才府尹就打算對德明長老用刑，幸好艾參軍提醒他，方才作罷。」張泌道：「這世上不會有天衣無縫的謀殺案，也不會有完美無缺的凶手，一定有什麼線索是我們忽視了的。」

張士師道：「說起來，那毒西瓜案線索發現得確實僥倖。」當即說了韓熙載昨夜來訪縣衙、老圃夜半上吊自殺、自己正猶豫是要去聚寶山找韓熙載，還是去積善寺找德明之時，忽然為那名漁夫引到老圃瓜地，意外聽到了鐘聲，才知道積善寺原來就在老圃瓜地西側，往瓜中下毒方法是得到府尹陳繼善提示，而從爐中發現半瓶砒霜更是偶然。後來還不甘心，又再次去積善寺，想問清楚德明為什麼這樣做。德明還沒承認，府尹就帶著大批人馬到了，聲稱德明不僅有殺人嫌疑，還是北方宋人的細作，自己這才知道德明下毒殺人的緣由。總之，一切似乎有些太過順暢，令人覺得不可思議。

耿先生道：「或者典獄暗中得高人相助卻不自知呢。」張士師道：「高人？鍊師是指陳府尹麼？他一時精明，一時糊塗，還真令人難以捉摸。」耿先生道：「之前朝中名將林仁肇曾向官家進諫，說德明是北方細作，但官家重文輕武，總是聽不進去。這一次，德明捲入韓府命案，細作流言適時而出，也算是為南唐剷除了一個隱患，典獄功不可沒。」張士師道：「哪裡，不過分內之事，更無尺寸之功，鍊師過獎了。」

三人到崇真觀，吃了饘喝過湯，張泌說晚上還有事，自去午睡。張士師心中對老圃自殺一事仍感費解，請教耿先生。她想了很久，才道：「此事恐怕得先從那北方客的身分著手，只有去問韓熙載本人才能知道。」頓了頓，又道，「不過以他脾性之剛烈硬氣，除非是他自己想說，不然典獄怕是要一無所得。」

告辭耿先生出來，張士師揣摩著倘若韓熙載無從下手，老管家或許會知道一些內情，畢竟他自小跟在韓熙載身旁，對北方舊事多少知道一些。正躊躇要不要現下趕去聚寶山，忽見那老宦官寇英又出現了，老遠便招手道：「典獄叫人好找！快些隨我進宮，官家要見你！」

張士師一呆，雖然每日來回縣衙都要經過宮牆，他這輩子還沒進過王宮呢，甚至從來沒想過王宮裡面是什麼樣子。老宦官卻不容他發呆，揮了揮手，背後的小黃門立即上前拖了張士師便走。

崇真觀離王宮不遠，走東邊小門進去便是正宮門，門上築有高大的樓觀，南唐凡國主登基、改元、宣佈大赦等均在此舉行禮儀。穿過門道，便是一條又長又闊的甬道，直通正殿。老宦官卻領著張士師往西而去，曲曲折折穿過幾道戒備森嚴的宮牆，又過了一個大花圃，終於來到一處樓閣前，上面寫著「澄心堂」幾個鎏金大字。

張士師先候在階下，老宦官進去稟報。外面天氣雖然炎熱，宮中卻是林木陰翳，涼氣森森，絲毫不覺得難受。只是等了許久，絲毫不再見人出來，只隱約聽見裡面有女子的嬌笑發嗲聲。又等了大半個時辰，笑聲漸悄，老宦官才匆忙出來，道：「進去罷。」

跟隨老宦官慢慢走進，只見一座金碧輝煌的大廳中，一名三十餘歲的文士正站在案桌前揮毫欲書，見人進來，忙放下筆，問道：「你便是江寧縣典獄張士師麼？」張士師道：「正是下吏。」老宦官一旁低聲提醒道：「這便是官家。」張士師隨意散漫慣了，突然見到本國國主，不免有些惶恐，正欲上前下跪行禮，卻聽見李煜道：「不必多禮。我今日召你前來，是想聽你講講如何破了那毒西瓜奇案和金杯毒酒案。」

張士師心想：「官家的消息好快。」見他和顏悅色，一雙眼睛晶晶發亮[4]，又自稱「我」，而不是戲文中常聽到「朕」，為人似乎相當親切，便直言道：「回稟官家，金杯毒酒案尚未勘破。」李煜奇道：「凶手教坊副使李家明不是已經捉拿到案了麼？」張士師道：「這只是權宜之計，為的是找出真凶。」

李煜道：「嗯，我明白了。那麼毒西瓜奇案呢？」張士師道：「這案子確實甚奇，之前無論如何找不到線索，但昨日從老圃瓜地打開口子後，一切的結都自行解開了。」當即詳細講述問案經過，只是未提陳繼善從中提示一事。他越說越流暢，漸漸忘了聽者是南唐最至高無上的人，道：「我雖說未辱使命，卻總覺得自己在此案沒有出什麼力，就好比……就好比瞎貓撞上了死耗子……」

李煜「噗哧」一聲笑出聲來，嘴角露出兩個好看的酒窩，道：「你是瞎貓，德明長老豈不成了死耗子？」一語既出，才覺不妥，便轉換話題道：「典獄負責調查此案，想必與韓相公多有接觸。」張士師道：「是，打過一、兩次交道。」心中隱隱猜到官家下面要問的話才是今日重點，當真問他對韓熙載的看法，他又該如何回答？

卻聽見李煜悠然道：「韓府姬妾秦蒻蘭號稱『江南第一美女』，當真美豔不可方物麼？」張士師萬料不到官家會問出這樣的話，一時呆住，不知該如何回答。卻見李煜招手道：「你過來瞧瞧。」走過去一看，案桌上擺著一幅美人站立像，骨清神秀，輕倩靈巧，不是秦蒻蘭卻是誰。李煜問道：「她本人美貌比起這幅畫如何？」張士師道：「當然美多了，畫中人不及其萬一。」李煜歎道：「果真如此。早聞秦蒻蘭天生麗質，雖畫工之妙，始終不得其神，那該如何是好？」張士師不明所指，不敢接話。李煜凝視著那幅畫，嗟歎了一回，才揮手道：「你去罷。」

這一趟進宮，未免有些傳奇；傳說中，仁厚文雅的國主召一個縣吏到王宮，大談江南第一美女的美貌，不過只給張士師留下了莫名其妙的印象。他當然猜不到李煜背後想以美人計應付北方大宋的深意，以為是官家本人垂涎秦蒻蘭的美貌，多少有些替她擔心。

步出宮門，正想著不如再走一趟韓府，突然從虹橋邊躍出一人，一把拉住他，嚷道：「可讓我好等。」定睛一看，竟是江寧府司錄參軍艾京，忙問道：「艾參軍為何在此？」艾京道：「我奉尹君之命在此恭候典獄大駕。」不由分說，拉著張士師往江寧府而去。

江寧府就在虹橋東南，距離王宮極近。進到正廳，陳繼善正一人踱來踱去，神情焦急萬狀，一見張士師便奔上來問道：「官家問了些什麼？」張士師揣度，陳繼善不願旁人知道是他暗中指點西瓜下毒一事，忙道：「官家只略略問了案情。但教尹君放心，下吏並無半句提及尹君。」

陳繼善這才鬆了口氣，眉開眼笑地道：「本尹就知道典獄是個聰明人，不枉我將你從句容調來江寧。」頓了頓，又問道：「官家提及德明長老了麼？」張士師道：「提了，官家說下吏是瞎貓，德明長老是死耗子。」陳繼善哈哈大笑，道：「嗯，這個比喻倒也有趣得緊。典獄，如今這凶手都已抓到，只須犯人招供便可以報刑部結案，咱們這就一起去江寧縣審訊李家明。」張士師忙道：「萬萬不可。」陳繼善奇道：「為何不可？」

張士師不知該不該說捉拿李家明只是一種策略。正躊躇間，陳繼善卻自己失了興趣，看了一眼堂側的更漏，驚叫道：「呀，時辰到了，得趕緊去種珍珠了。」飛快地進入內堂，竟比兔子還要快，扔下了張士師一人。張士師越發覺得此人難以琢磨，當真可謂深不可測。

步出江寧府，已是日暮時分，今日無論如何都不能再去韓府了。他又回江寧縣一趟，重新檢查了大獄守衛、貼了門封，這才往崇真觀而去。回到觀裡，方知道父親已出門去金陵酒肆，心中納悶，問道：「阿爹是要去那裡調查案情麼？」耿先生道：「張公派江寧府差役梁尚、姜聞搜查李家明家，約了二人晚上在金陵酒肆飲酒。順便去打聽一下你三番兩次提及的那個神祕漁夫。」張士師道：「呀，這些事本該我來做的。」正欲趕去酒肆，耿先生一把拉住他，笑道：「張公交代，讓你今晚好好休息，養足精神，明日再去聚寶山會韓熙載。」

張士師心想有理，當下在觀裡吃過晚飯，借了件道袍，從觀裡的老井提了幾桶水起來，好好洗了個澡。正覺得遍體舒暢、捨不得從浴桶中出來時，耿先生在外面叫道：「典獄君，顧府剛剛來人，說顧閎中顧官人已經畫好你要的〈夜宴圖〉。不過因為天氣悶熱潮濕，墨跡不易乾透，暫時無法將畫作送來，你若是著急，便請你自己親自過去看。」張士師張眼一看，才發現外面天色早已經黑透，隔門答道：「太好了，我馬上就去。」飛快地穿好衣服出來。耿先生笑道：「典獄君，這又不是去衙門，你不必再穿公服，該不是嫌棄那件道袍太差？」

張士師見她臉含笑意，用手指了指鼻子，他這才恍然大悟，自己穿著這件公服在外奔波了兩天，早已汗臭熏天，忙重新進房換了道袍，又道：「等我回來再洗。」到得門口，顧府僕人已經離去另辦他事，只留了地址。

張士師剛走出觀門，又想起耿先生才智、見識遠在自己之上，叫上她一同前往大有裨益，忙重新折返回來。卻見耿先生正在院中替他洗那件公服，不由得大慚，忙上前道：「有勞錬師了。」耿先生笑道：「舉手之勞，何足掛齒。典獄回來，莫非是想叫上貧道一道前去觀畫麼？」張士師道：「正是。錬師聰慧過人，還請助我一臂之力。」耿先生也不推辭，將未洗完的衣服交代弟子後，才與張士師一道出門，因顧閎中住在九西門附近，距離甚遠，便雇了輛大車，往西面而去。

此時已經是夜禁時間，城門封閉，內外隔絕，城內卻熱鬧得很——一路過去，酒樓林立，人煙湊集，明角燈一盞接一盞，將大街照耀如白日。一直過了斗門橋，人才慢慢少了些。如此繁華景象，又怎能想到如今已是強敵環伺，南唐為討好大宋而左支右絀，不斷貢獻方物，早已力殫財竭，空有一副花架子了。

到得顧府門前下車，大門虛掩，叫了兩聲無人應門，正欲自己進去，忽有人拉開門，從裡面跌跌撞撞衝出一名漢子來。張士師忙道：「敢問顧官人是否……」

那漢子驀然見到耿先生與張士師站在門口，大吃一驚，拔腳便走。張士師見他神色慌張，不似顧府中人，上前一把扯住，喝問道：「你是誰？」那漢子道：「我……我是……」話音未落，便聽見顧府中傳來一陣嘈雜聲，有人高聲喊道：「失火了……不好了，畫室失火了！」

一驚間，那漢子卻趁機掙脫，轉身就跑，迅速消失在夜色中。張士師心想救火要緊，來不及上去追趕，忙道：「鍊師，煩勞你趕緊到九西門叫金吾衛士來幫忙滅火，他們有防火大桶[5]。」自衝進顧府救火。

耿先生匆忙來到九西門，向城門衛士說明情由。那衛士只吆喝了一聲：「失火了！」取出一面鑼敲了起來。城中失火非同小可，頓時有一群人騷動起來，不知道從哪裡提了尖底水桶，一手一只，奔過來亂嚷道：「在哪裡？在哪裡？」耿先生心想：「不是說有防火大桶麼？」不及思忖更多，忙道：「在這邊。」領著眾人朝顧府而去。

未進大門，卻見顧府上空雖有火光映出，卻並不鮮亮，估摸火勢並不大。眾人一股腦衝進大門，只往火光處而去。卻見失火之處原是一處單獨的石室，幾名僕人、婢女正用木桶汲取井水去澆火，也只是杯水車薪。畫院待詔顧閎中正無可奈何地愣在一旁，女眷們站在他背後，各有驚惶之色，忽見飛速來了援兵，倒是大感意外。

耿先生四下不見張士師，心中一緊，忙問道：「典獄君人呢？」顧閎中一指大火，道：「他說這場火是衝著〈夜宴圖〉來的，衝進去搶畫了。」耿先生跺腳道：「到底是畫重要，還是人重要？」

話音未落，便見張士師灰頭土臉地從火中衝了出來，背上猶帶著火苗，先將手中卷軸扔到地上，這才脫下身上的道袍扔在一邊。一名衛士提了桶水倒在那衣服上，「嗤」地一聲將火苗澆滅。

耿先生忙扯住張士師退到一旁，問道：「有沒有受傷？」張士師嘿嘿一笑，道：「鍊師放心，我衝進去前，往自己身上淋了桶水，一點事也沒有。」顧閎中脫下自己的外套，過來為張士師披上。張士師道：「多謝。」他便走過去揀起卷軸一揚，道：「〈夜宴圖〉我可是搶救出來了。」顧閎中道：「二位請到堂內歇息。」張士師道：「這火……」顧閎中道：「這是一處單獨的石室，燒不了多久便自會熄滅，又有錬師費心，及時叫了金吾衛士前來幫忙，二位不必憂心。」話雖如此，回頭凝視畫室烈火熊熊，知道許多心血已毀於一旦，還是忍不住一聲歎息。

幾人來到正堂，顧閎中命人取了一套乾淨衣服與張士師換上，再將〈夜宴圖〉展開，用支架豎立支好。畫幅毫髮無損不說，且因大火的緣故，丹青顏色竟也乾透了。顧閎中安排妥當，才鄭重道：「我尚須處理失火之事，二位請自便。有什麼需要，請直接告訴僕人，千萬不要客氣。」張士師知他掛念畫室，心中好生內疚，道：「抱歉得緊……」顧閎中道：「典獄言重了。何況未必是有人刻意針對〈夜宴圖〉縱火，只願這幅圖果真能對案情有所幫助。」張士師道：「好，多謝。」轉頭一掃那〈夜宴圖〉，便即呆住。

耿先生見他神色異常，問道：「典獄可是發現了什麼破綻？」張士師道：「這裡……」耿先生道：「看打扮、神色似乎是秦蒻蘭，不過面容倒也不十分像。」張士師道：「這畫的正是秦蒻蘭，我在官家那裡見過一模一樣的一幅畫。」

耿先生面色頓時凝重起來，道：「典獄是說顧閎中還另外畫了一幅〈夜宴圖〉交給官家？」張士師忙道：「不是……我看到的那幅畫中只有秦蒻蘭一人。」耿先生沉吟道：「貧道明白了，顧閎中、周文矩二人當晚去夜宴，並不是去試探韓熙載，而是為了秦蒻蘭。」

張士師全然糊塗了，道：「我不懂，錬師可否說得明白些。」左右無人，耿先生還是刻意放低聲音，道：「聽說北方宋帝貪慕美色，官家有意用美人計來緩解南唐危機。」

張士師自是知道耿先生消息靈通，她的「聽說」，一定是十分可靠的來源，只覺內心一點一點冰涼了下去，原來這江南三千里江山、高高在上的國主、滿朝的文武百官，竟要指望一個女子去拯救。

耿先生知他心意，當即大聲道：「沒有任何燈燭的佈景，卻能透過人物的手勢、眼神等動作，讓人感受到宴樂是在夜晚的室內進行，當真是又簡練又高明。」張士師一呆，問道：「什麼？」耿先生道：「貧道是在說這幅畫。典獄，這幅〈夜宴圖〉是你冒著生命危險搶救出來，請仔細看看罷。」

張士師定了定神，勉力將目光從秦蒻蘭像上移開，大致看了一遍，問道：「鍊師也認為這場火起得蹊蹺麼？」耿先生道：「畫室是間單獨的石室，位於花園正中，可見顧閎中極為看重，想來對防火也相當留意。這場火剛好生在這個時候，應該不是意外。」張士師點頭道：「我也認為是有人怕〈夜宴圖〉洩露了什麼祕密，所以雇人來放火。」

耿先生道：「這個人應當就是害死李雲如的真凶。」頓了頓，又歎道：「這場火倒是減輕了李家明的殺人嫌疑。」張士師道：「確實，他人在監獄，無法與外面通消息。可惜的是，適才在顧府門前讓那漢子逃了。」耿先生道：「若真有人雇他行凶，貧道倒有個法子可引他出來。」低聲說了幾句，張士師道：「好，我這就出去請那些金吾衛士幫忙。」

等張士師出去，耿先生便凝神觀摩〈夜宴圖〉。這圖共有兩幅，分別為琵琶圖和綠腰圖，描繪了夜宴開場李雲如彈奏琵琶及第二場王屋山跳舞的情形，人物纖毫畢現，古樸傳神。唯有一點十分怪異，眾多人物中只有朱銑與真人最像，與他本人一模一樣，而其他人倒也能分辨出誰是誰，但較之朱銑的栩栩如生、呼之欲出，還是差了一些。耿先生心想：「或許這是顧閎中有意藉此傳遞某種消息，他在委婉暗示朱銑就是金杯凶手？」

正沉吟間，張士師重新進來，道：「我四下問過，確實有個僕人見到火起前有人在畫室附近遊蕩，他趕過去，人又不見了，還以為是眼花，也沒有在意。我已經告訴金吾衛士，請他們四下散佈消息，說顧府失火只是一場虛驚，畫室絲毫無損。」耿先生道：「嗯，咱們就守株待兔看看。」

正要說朱銑畫像一事，忽聽見外面顧閎中的聲音道：「文矩兄這邊請。」只見顧閎中領著周文矩走了進來，向二人介紹道：「文矩兄聽說我先完成了〈夜宴圖〉，想來看看。」

略微寒暄，張士師問道：「不知道周官人的〈夜宴圖〉什麼時候能完成？」周文矩笑道：「我可不及閎中兄的快手，不過也只差一點點了，明日就能給你們送來。」轉頭凝視〈夜宴圖〉，感歎道：「閎中兄的用筆著色越來越高明了，設色既濃麗，又不失穩重，全畫工整精細，線條細潤而圓勁……」顧閎中道：「倒教文矩兄見笑。」周文矩笑道：「閎中兄，畫的事，我們出去再談，不妨礙典獄觀畫破案了。」頓了頓，又問道，「不過，不是聽說兩件案子都已經破了麼？」張士師道：「嗯，我還是想仔細看看二位的〈夜宴圖〉，也許會有什麼遺漏。」周文矩道：「難得。」自與顧閎中出去閒談論畫。

耿先生歎道：「這兩位畫院待詔倒是有趣，明明都是凶案的目擊者，顧閎中絕口不提案子，周文矩也點到即止，好像都對命案毫不關心。」張士師道：「他們是畫師，畫師的身分要求他們當以超脫的態度來看待周圍的人和事。」耿先生道：「未必，典獄再看看這幅〈夜宴圖〉中的朱銑像。」

張士師得到提醒，仔細一看，果然發現端倪，又來回比較眾人像，才問道：「為什麼這朱銑畫得格外像他真人？莫非，畫工畫人像不像與否，也要看對象麼？」耿先生道：「顧閎中是目識寫生大家，還分什麼對象不對象，貧道認為這是他在巧妙暗示我們：朱銑就是凶手。」張士師道：「我之前也懷疑朱銑，不過是在毒西瓜的案子上，只因他湊巧在切瓜前離開。但是在李雲如的案子上，我始終沒懷疑過他，以他的身分地位，沒有任何殺王屋山的理由啊。」耿先生道：「他沒有殺王屋山的理由，卻有為秦蒻蘭殺韓熙載的理由，向官家建議送秦蒻蘭去大宋以作緩兵之計的人，正是韓熙載。」

張士師一時愣住，他自是知道朱銑愛慕秦蒻蘭，卻不知道愛她愛到這個地步，也想像不出韓熙載竟是如此冷酷！

他一時全身無力，軟坐在椅中，只死盯著那幅〈夜宴圖〉看。瞧了許久許久，突然有所領悟，既然王屋山上場前還用自己的金杯喝過酒，下場後奉酒給李雲如導致她中毒，那麼下毒時間就在這當中一段時間內。而那圖畫得非常清楚，李雲如彈奏琵琶時，朱銑正坐在她面前的小肴桌旁，扭轉頭觀她彈奏；等到王屋山下場跳綠腰時，他則站在東側近門的地方，張士師後來更親眼看到他移往秦蒻蘭身邊，與她低聲交談，這其間朱銑始終未靠近金杯所在的肴桌。若說他是在中途張士師離開花廳後溜到肴桌下毒，可是當時臥榻上坐著李家明、李雲如兄妹，他們怎會沒有絲毫察覺？

張士師當即對耿先生說了自己的想法。耿先生道：「嗯，典獄說得對。當日典獄召集證人到韓府問案，許多人並不以為然，如今有了這〈夜宴圖〉，兩下比照，便顯出典獄的遠見來了。」張士師道：「我哪有什麼遠見，不過是瞎貓撞上死耗子罷了。」又想起官家之前的戲謔——他實在太不像個一國之主。

耿先生道：「典獄何必過謙。只是繞了一圈，重點又回到李家明身上。按照這兩幅圖中各人的位置變化推測，只有他才有機會往金杯下毒。」張士師走到圖前，道：「還有一個人也有機會——郎粲。鍊師請看，李雲如彈奏琵琶時，臥榻上只有郎粲與韓熙載二人，他一直沒有動過，直到王屋山下場後，他才離開臥榻，改坐到離王屋山更近的椅子上。在離開臥榻的一剎那，他完全可以將毒藥投到金杯中。」

耿先生道：「郎粲決計不會下毒殺人。」張士師道：「可是他不是與王屋山有私情麼？殺了韓熙載，他就能與王屋山名正言順地在一起。」耿先生道：「話是如此，可是郎粲少年及第，名利心極重，對他而言，最要緊的是前程而不是美色。想來他與王屋山交往，也不過是想利用她，請她求韓熙載向官家推薦。官家雖不喜歡韓熙載，但只要他所薦之人，無不加以重用。」張士師歎了口氣，道：「說起來，又只剩下李家明一人。」

忽聽外面有人接道：「李家明不是凶手。」只見張泌穩步進來，張士師又驚又喜，上前道：「阿爹如何找來了這裡？」張泌道：「我在金陵酒肆聽見有人喊西邊顧府失火，又有人喊〈夜宴圖〉沒事，估摸這裡面有點名堂，反正也隔得不遠，就走過來看看，沒想到你和鍊師都在這裡。」耿先生問道：「張公派差役搜查李家明住處可有發現？」張泌搖了搖頭。張士師道：「那阿爹如何斷定李家明不是凶手？」

張泌道：「李家明是左撇子，腰有毛病，右背過分凹陷，因此連帶右手有殘疾，平舉起來都有困難。你們看這圖中，他坐在最東首，在李雲如的左邊，而兩隻金杯都在最右邊，恰好離他左手最遠。如果他往金杯中下毒，不單李雲如會留意，在場站在門口正對臥榻的人也會立即注意到。」

仔細回憶起來，李家明確實一直是使用左手，而〈夜宴圖〉中的情形也證實他難以悄無聲息地往金杯中下毒。張士師道：「這麼說，我們連最後一個嫌疑凶犯都沒有了。」耿先生道：「還有一個人。」張士師道：「鍊師不是已經排除郎粲的嫌疑麼？」耿先生道：「貧道指的是韓熙載。」

張士師當即會意過來：「是了，王屋山到場邊預備開始跳舞後，韓熙載回臥榻坐了一小會兒，當時那裡只有他一人，隨後李雲如過去坐在他身邊，他突然說要親自擊鼓……」張泌道：「聽起來情狀確實可疑。韓熙載非常冷靜，完全有膽量在大庭廣眾下殺人於無形，可是他有什麼一定要殺王屋山的理由？」

張士師道：「或許他知道王屋山嫁他的動機不過是為了擺脫李家明，現在郎粲高中狀元，王屋山有了新靠山，隨時可能離開他，所以他氣憤之下起了殺機。」張泌搖頭道：「有些牽強，這不似韓熙載的為人。」耿先生也道：「韓熙載向來不將女人當回事，你看他如何對待秦蒻蘭便知曉。對府中姬妾多有偷歡之事，他未必真不知道，不過裝聾作啞罷了。」

三人議過一回，最終確定韓熙載沒有明確的殺人動機，嫌疑可以排除，那麼，到現在真的是一個嫌疑人都不剩。又說了放火燒畫室一事，張泌道：「想來這雇凶放火之人定是金杯真凶。只是你請顧、周二位畫〈夜宴圖〉一事，旁人並不知曉，凶手如何能得知？」張士師道：「這也正是孩兒費解之處。」

正說著，顧閎中疾步奔進來，道：「等到了！果然如典獄所料，有人爬上圍牆窺測拙府。只是……」張士師道：「難道又讓他跑了？」顧閎中忙道：「不是，只是這人我們大夥原都認識。」回頭叫道：「帶他進來罷。」

只見兩名僕人押著一年輕男子走了進來，那男子垂頭喪氣，低下頭，不敢看大家。張士師大驚道：「怎麼會是你？」原來那人正是他們剛剛排除了嫌疑的新科狀元郎粲。顧閎中不願參與其事，只將人帶進來，又領著僕人退了出去。

耿先生道：「狀元公，你在這裡做什麼？」郎粲道：「我是路過……」張士師道：「你是想來看看〈夜宴圖〉到底燒了沒有罷？在那邊呢。」郎粲掃了一眼〈夜宴圖〉，道：「我只是路過這裡，聽說顧府失火，想看個究竟。」張士師道：「可是以你狀元公的身分，可以大搖大擺地走進來，為何要不顧體面地爬牆呢？」郎粲無言以對，乾脆緘口不言。

張泌道：「狀元公你應該知道，我朝律法規定，放火燒私家舍宅者，至少流徙三年，若是被毀財物滿十疋，絞刑處死。顧官人畫室全毀，字畫價值加起來怎麼也超過十疋，想不到我朝新科狀元剛剛登第，便要落個如此下場。」郎粲忙道：「不、不，我沒有放火。」張泌道：「可是放火之人說是受你指使……」郎粲驚道：「你們抓到他了？」其餘三人會心而笑，想不到張泌一詐，他便如此輕易露出馬腳。

張泌道：「狀元公今晚無論如何脫離不了干係，不過……」郎粲正絕望之時，忽聽對方言語有緩和之意，忙問道：「不過什麼？」張泌道：「狀元公只須將實情告訴我，我就當今晚沒見過狀元公。」郎粲遲疑道：「那張典獄……」

張士師見郎粲明明間接承認是他雇人來放火，也就是說，他是金杯案的真凶，突然又見父親與其約定，暗有放走他之意，不免十分吃驚，但料來必有用意，當即道：「阿爹說什麼就是什麼。」郎粲當下再無猶豫，飛快地道：「是王屋山叫我來放火，不過並不是要害人，只是想燒掉顧官人新畫的那幅〈夜宴圖〉。」

所有人大為意外，王屋山明明是受害者，怎麼會對一幅〈夜宴圖〉這麼緊張？張泌問道：「王屋山為什麼要這樣做？」郎粲道：「這個……我也不知道，我說的是真話。我本來也不願意來，可是她要脅我……」耿先生道：「王屋山何以能要脅你？」郎粲知道時機稍縱即逝，一咬牙道：「我與王屋山一直有私情，她威脅說要向所有人公開我們的關係……她不過是個舞伎，聲名於她並不重要，可是對我……」張泌道：「你當真不知道她為什麼要這麼做麼？」郎粲跺腳道：「事到如今，我怎還敢欺瞞各位？」張泌思忖片刻，點頭道：「好，我信你。士師，天色不早，不便多打擾，你去向顧官人求借此畫，我們回去再說。」

幾人離開顧府出來，張泌便放郎粲離開。張士師尚有所遲疑，問道：「阿爹真的信他的話麼？」張泌道：「此人是名利之輩，絕不會拿前程來冒險。」張士師見父親和耿先生都這般認為，自是再無異議。

張泌又道：「不過，我在金陵酒肆也並非全無收穫，今夜又有人從飲虹橋上掉下，掉的位置跟李雲如一模一樣，我與梁尚、姜聞兩位小哥到上面試了一下，發覺橋頭因總無人行走，長了一大塊青苔，稍不留意就會從斜面滑下……」張士師道：「阿爹是說，李雲如是自己不小心摔下了飲虹橋？」張泌點了點頭，道：「李雲如掉下橋前，你不是聽她尖叫了兩聲麼？那第一聲當是她滑上青苔時叫出，第二聲則是她滑下橋時衝過了橋頭的矮欄杆、不由自主往河裡倒栽過去時叫的。若真有人推她，應當是長長的一聲尖叫。」張士師道：「可是李雲如為什麼堅持說有人從背後推她？」耿先生道：「或許她也認為飲虹橋是一座鬼橋，多少有些疑神疑鬼，以為有人將她推下橋。」

當下無言，幾人趕回崇真觀，立即展開〈夜宴圖〉，重點查看關於王屋山的所有細節：第一幅琵琶圖中，王屋山身穿天藍色舞衣，坐在李雲如面前小肴桌的西首，雙手攏在袖中，瞪視李雲如的目光極為怪異；第二幅綠腰圖中，她表情含蓄嫵媚，從右肩上側過半個臉來，微傾頭，稍低眉，回望椅中的郎粲，雙臂背在背後，手腕微翹，露出光潔如玉的手指來。

三人瞪大眼睛看了半天，也沒發現什麼可疑之處。張士師道：「既是如此，不如明日以唆人縱火罪派人直接捉拿王屋山，一審便知。」張泌沉吟半晌，道：「還是我們去一趟聚寶山，我正有幾個問題想問問韓熙載。」

議定後便各自回房歇息，張士師自往院中收取晾乾的公服，正撞上打水進來的小道士，險些弄翻水桶。張士師慌忙道歉，又幫小道士提水進去，出來才發現手臂在木桶上磕了一下，生生作痛。他突然想到韓府侍女吳歌做自陳筆錄時，曾提到王屋山下場時用手猛推她一把，指甲上的尖護甲還戳了她的手臂。於是，他再回到靜室細看那〈夜宴圖〉，頓時明白了其中的訣竅。因耿先生臥房就在一旁，忙敲了敲牆板，叫道：「鍊師，鍊師，我知道誰是金杯凶手了！」

耿先生根本未睡，忙過來靜室，張泌也聞聲趕到，問道：「是誰？」張士師道：「正是王屋山自己。」

1 長干橋：位於南唐金陵城南門外，正好跨越外秦淮河。

2 即杜鵑鳥。

3 揉肺俞穴可以清肺，這是最具中國特色的醒酒方法；按摩魚際穴則能令人鎮靜。

4 史載，李煜豐額駢齒，一隻眼睛重瞳子，即所謂「雙瞳孔」。相術認為重瞳是異相、吉相，上古的舜、西楚霸王項羽都是重瞳。

5 此為專門防火用的貯水桶，始於南漢劉鋹。古代靠手工汲水，一旦起火，大多只能靠人手以簡單的桶、盆等工具來回提水滅火，因而發生火災時往往無法有效控制火勢，會燒掉連片的住宅，損失巨大。唐律中對故意縱火的量刑有明確規定：凡官府廨宇及私家舍宅，無問舍宇大小，並及財物多少，但故燒者，徒三年。計贓滿五疋（※疋，古代布帛長度單位，一匹為四丈，布帛當時可當作錢幣直接流通※），流二千里；贓滿十疋者，絞；因放火而殺人者，斬；傷人折一支者，流二千里。甚至見到火起之人不參與救火，也要懲處：見火起，燒公私廨宇、舍宅、財物者，並須告見在及鄰近之人共救。若不告不救，「減失火罪二等」，謂若於官府廨宇內及倉庫，從徒二年上減二等，合徒一年；若於宮及廟、社內，從徒三年上減二等，徒二年；若於私家，從笞五十上減二等，笞三十。

卷十　日暮蒼山

踏上了長干橋，終於要進城了，金陵城就在眼前。以往雖有不少苦難的日子，但至少她還相信，幸福即使不在路上，也一定會在路的盡頭。而如今她已清楚知道，路的盡頭將是黑暗的牢獄。她突然回過頭去，朝背後的樊若水歉然一笑，隨即縱身躍入了秦淮河中。

次日清晨，張泌父子與耿先生逕直雇了車出城來到聚寶山，到琊琊榭時，王屋山正收拾細軟包袱，預備溜之大吉，見三人進來，忙將包袱藏在床頭，遲疑了一下，問道：「三位一大早到此，有何貴幹？」耿先生笑道：「王家娘子，你好聰明啊。這韓府裡面，沒有一個人是省油的燈，但最聰明的人卻是你。老實說，貧道這輩子見過的聰明人不少，但像你這樣心計如此深沉的女子，貧道還是第一次見，佩服，佩服。」嘿嘿了兩聲，也不知道是讚美還是嘲諷。王屋山驚道：「鍊師此話何意？」耿先生道：「咦，你下毒殺了人，難道還要裝作不知道麼？」

原來張士師昨晚意外發現〈夜宴圖〉中，王屋山跳舞時手指並未戴尖護甲，然而下場的時候卻突然戴上了，這樣的場合尖護甲只會礙事，沒有絲毫用處，除非是裡面另有玄機。她下場後故意撞到李雲如，再假裝賠禮道歉，拿金杯來斟酒，趁機將尖護甲中預藏好的毒藥下在酒中，再將毒酒奉給李雲如。李雲如礙於情面，不得不接過來，根本就不知道喝下的是毒酒。因為毒下在王屋山的金杯中，所有人都理所當然以為是有人要殺王屋山抑或韓熙載，結果卻誤殺李雲如。誰又能想得到，王屋山自己才是真正的凶手，一切都是她事先精心策畫好的局。她偶爾聽到江寧府差役梁尚與姜聞在門外議論〈夜宴圖〉一事，也聽說過顧閎中有過目不忘之能，擔心他的畫會洩露自己的機密，就要脅郎粲去燒畫。郎粲自己不敢做，又出高價從街上雇了個閒漢，他則躲在顧府附近等待消息，後來聽說火沒燒起來，一時來不及找到那閒漢興師問罪，便自己爬上牆想看看情形到底如何，不料卻被守在暗處的顧府僕人抓了個正著，由此供出王屋山。不然的話，張氏父子無論如何都懷疑不到王屋山身上。這本是個比毒西瓜更天衣無縫的殺人計畫，無懈可擊，若不是王屋山自亂陣腳，即使有〈夜宴圖〉在手，旁人恐怕也很難發現破綻。

王屋山卻還要強辯，道：「你們是說我殺了李雲如麼？不、不，絕對沒有，我絕對沒有殺人。」

耿先生道：「嗯，那貧道便直說了，雖然你王家娘子愛的人是郎粲，但你出於某種原因，並不打算離開韓府，所以當你看到李雲如越來越得韓熙載的寵愛，便動了殺機……」王屋山的臉色剎那間變得甚是難看。

張泌走到梳妝臺前，拉開首飾盒，果見裡面有一隻尖護甲，拿過去交給耿先生。耿先生聞了聞，道：「嗯，是斑蝥，正是金杯毒酒中的毒藥。」張士師也找出了藏在床頭的包袱，揚了揚，道：「是不是怕陰謀敗露，正預備逃跑？」

王屋山頹然坐倒在椅子上，沮喪道：「我知道她懷了孩子後，生怕……生怕……」耿先生道：「你是怕李雲如從此地位牢不可破，就想精心策畫、下毒殺她？」王屋山急忙辯解道：「不、不……我沒有要殺她！我往金杯中下的只是墮胎藥，不是毒藥。你們說的什麼斑蝥，我根本就不知道是什麼。你們不信可以去銀行街懸壺醫鋪問問，我就是在那裡買的藥。」

三人大感意外，互相交換了一下眼色。耿先生歎道：「李雲如的孩子，並不是韓熙載的。」王屋山十分驚訝，道：「不是相公的麼？難道……難道是舒雅的？呀，早知道，我又何必……」又忙道：「我真的沒有下毒，一定是另外有人在我酒杯中下了毒藥，想要毒死我……」臉上露出了驚懼的神色。

三人見她如此害怕，便信了她的話，只交代她不得輕易離開韓府。出來琊琊榭，一時無語，這案子的案情真可謂山重水複，本以為見到了曙光，卻又出現一重厚厚迷霧。商議了幾句，預備先下山驗證王屋山的話。張士師道：「阿爹不是還想見見韓相公麼？」張泌點點頭。不料尋過去，老管家卻說韓熙載天還沒亮就下山了，也沒說要去哪裡。三人只好就此下山。

耿先生忽道：「典獄，韓熙載會不會又去大獄找德明？」張士師道：「鍊師放心，我人未到，封條未揭，誰敢開門？」口中這樣說，心中還是有些打鼓。慌忙回到江寧縣衙，見獄門封條尚屬完好，這才放心開了封條，吩咐獄卒一定要嚴加看守。

張士師又取了那金杯證物，三人一起來到王屋山提到的懸壺醫鋪，說明情由。那店主名叫留一刀，五十餘歲，詢問他買家姓名總推說不記得，但卻爽快地接過金杯，略略一聞，便道：「沒錯，是我這裡賣的墮胎藥。」

耿先生是個道士，自幼出家，並不知道斑蝥也可以用來墮胎，忙問道：「可是這斑蝥不是毒藥麼？」留一刀雙眼一翻道：「不毒怎麼墮胎？」張士師道：「難道你就不怕毒死人麼？」

留一刀見他一身公服，忙道：「差大哥千萬不要話中有話，用斑蝥做墮胎藥墮胎，可是民間流傳了好幾百年的藥方。」頓了頓，「再說，墮胎本來就是有風險的，誰也沒逼著她墮呀。」張士師道：「那你知道有人為了墮胎，吃了墮胎藥後被毒死的事麼？」留一刀道：「只聽說女人有難產死的，從來沒聽說吃墮胎藥中毒死的。」

張泌道：「瞧這懸壺醫鋪的名字，料來閣下也有懸壺濟世之心，藥本該用來救人，閣下卻賣墮胎藥只求漁利，豈不有違醫德？」留一刀重重看了他一眼，肅色道：「大約一年前，一名叫小蘭的年輕女子持一對金釧來店裡買墮胎藥，被我嚴詞拒絕。過了一日，她又添了兩枝的貴重珠花，只為求藥，也被我趕走。過了幾個月，已經是冬天，某晚小蘭再來店中時，身孕已成，她哭斥如何命苦，為一老年男子所迷，又指責是我戕害了她母子性命，我還未及反應，她便衝了出去。次日，有人在飲虹橋下發現了她的屍體。」

張士師詫道：「原來她就是半年前跳飲虹橋自殺的女子。」留一刀道：「正是。我後來仔細思量這件事，小蘭自殺無非是姦情敗露，為家族所不容，當初我若同意賣藥給她，她墮下胎兒，猶可活命。我本欲成全那胎兒之命，結果反害了母子兩條性命。敢問老公，換作你，如何做才不算有違醫德？」張泌默然無語，良久才道：「冒犯了。」轉身走了出去。

張士師卻突然想起一事來，又問道：「店主適才說這墮胎藥放入酒中可用銀針驗出有毒，若是放入茶水中呢，還能用銀針驗毒麼？」留一刀道：「咦，看不出你小哥倒是個行家。墮胎藥放入茶水中，銀針插進去變黑，皂角水一擦就掉了，無法驗出有毒，但卻有一股奇特的味道；若是放入酒中，氣味是沒了，銀針卻可以驗出毒來。」

張士師大喜過望，忙謝過店主，出來告訴父親道：「原來之前我並沒有冤枉舒雅，他往李雲如的茶水中下了墮胎藥，墮胎藥放入茶水和酒水中，銀針的反應是不同的。」耿先生道：「呀，那不是他自己的孩子麼？」三人免不了又歎息一回。

張士師道：「王屋山沒有說謊，這金杯毒酒原來並不能致人死地，可是李雲如到底如何中毒而死呢？」張泌道：「只有一個法子能知道，重新驗屍。」張士師道：「可是之前韓熙載與李家明聯名寫下請文，申請免驗李雲如屍首。若要重新驗屍，須得二人同意，恐怕要再費一番周折。」張泌道：「現下韓熙載不在府中，李家明也被關在大獄裡……」張士師道：「孩兒明白了。」招手叫過街頭一閒漢，請他去江寧府傳話，自己便與父親、耿先生再往聚寶山而去。

耿先生問道：「毒瓜案，德明招供了麼？」張士師道：「只承認他是宋人細作。對於毒西瓜案，他的話總是模稜兩可，不承認也不否認，加上府尹總是胡亂發問，恐怕這案子要審上好一陣子。」驀然從「毒瓜案」中得到提示，眼前一亮，問道：「鍊師，最初談及如何往西瓜中下毒，你提到了荊軻刺秦的故事，鍊師當初的本意是要提醒我或許西瓜無毒、玉刀有毒，但我現在卻突然想起，或許李雲如並非飲毒酒而死，而是中了什麼有毒的利器。」張泌頓時醒悟，道：「說得極是。」

三人重新回到韓府，也不驚動諸人，悄然來到酒窖中。李雲如冷冷清清地躺在角落，儀態頗為安詳。雖說酒窖陰涼，但畢竟還是夏天，屍體已開始發出濃重異味。張士師靈機一動，取了一罈酒開封，潑到地面上。濃郁的酒香掩蓋了部分屍臭和腐爛的西瓜氣味，總算不那麼難聞。

張泌大致檢驗了面、頸、手、腳等裸露在外的部位，一無所獲，才道：「怕要有勞鍊師了。」耿先生道：「張公何必客氣。」本來公人驗屍不必忌諱男女，但既有女眷在場，自該儘量尊重死者，當下父子二人退出酒窖，留耿先生一人在裡面尋找外傷傷口。

過了一盞茶功夫，裡面還沒有動靜，張士師不免著急起來，道：「要不要孩兒下去看看？」張泌道：「鍊師是個仔細人，再等一等。」正乾等時，望見江寧府差役封三正領著數人穿過石橋。張士師驚道：「怎麼來了這麼多人？」張泌道：「閒人傳話往往誇大其詞，這還是好的，至少你想要的仵作到了。」

忽聽到耿先生在底下叫道：「張公、典獄，快下來，找到了！」二人忙步下地道。耿先生鬆開李雲如裙裾腰帶，略朝下拉了一下，露出一截腰身來，指著右腰處道：「全身都驗過了，就那裡有一處傷口，是個針眼。」

偏頭一看，李雲如右腰偏後的位置，果見有個針眼，針眼四周暈成一個一寸見方的紫黑斑。封三等人也奔了進來，只聞見窖中酒氣熏天，一時不知發生何事。

張泌道：「仵作，我們剛發現李雲如喝的金杯毒酒不過是下了墮胎藥，並不致命，這裡有處外傷，請你上前看一下。」楊大敞聽得案情離奇轉變，不由得大奇，上前一看，道：「這麼小的傷口，四周的肉成這樣的顏色，這毒藥厲害，似是烏頭[1]。」張泌道：「烏頭？那不是軍中專用毒藥麼？」楊大敞道：「正是。死者中了這麼厲害的毒藥，毒氣直接通過血液攻心，會迅速斃命。」

張泌道：「這麼說，李雲如是死在她換好衣服、重新走進花廳的時候。」張士師道：「我知道顧閎中為什麼要在〈夜宴圖〉中暗示朱銑是凶手了，朱銑當時離李雲如最近。其餘人那時都在留意毒西瓜，是聽到朱銑說了句『李家娘子，你怎麼了』，才回過頭來，發現李雲如正慢慢倒在屏風前。」

張泌道：「這只是顧閎中的看法，我想不出朱銑有什麼理由要用這種手段殺死李雲如。」頓了頓，道，「書吏，你將適才的情形全部記錄下來。我們再回去看看〈夜宴圖〉。」封三忙道：「小的出來時，周文矩周官人又送來一幅〈夜宴圖〉，說是要交給典獄。小的聽說昨天顧府失了火，有人想燒掉顧官人的〈夜宴圖〉，怕再出意外，特意將畫留在江寧府中。」張士師道：「太好了，正好可以兩幅圖比照著看。」

一行人正離開之時，韓府某處突然傳來一陣琵琶聲，有人和著音樂唱道：「好姻緣，惡姻緣，奈何天。只得郵亭一夜眠，別神仙。琵琶撥盡相思調，知音少。待得鸞膠續斷弦，是何年？」頗有淒涼之意。

張士師心想：「這不是秦蒻蘭的聲音麼？原來她唱歌這般好聽。」餘人也認為不過是韓府歌伎一時興起，隨口唱上一曲。唯有張泌和耿先生深為震撼，因為這正是昔日韓熙載派秦蒻蘭色誘大宋使者時，陶谷為她填的詞。此時此刻，秦蒻蘭突然再唱此曲，莫非也在憂懼官家要將她獻給大宋皇帝？電光火石間，張泌又想起一事。

進城後，張士師怕府尹又來胡攪和，便請父親與耿先生先回崇真觀，自己到江寧府衙去取周文矩的〈夜宴圖〉，才到江寧府門口，便見本縣獄卒郭見匆忙趕來道：「典獄，我有急事找你。」

張士師料來一時不得脫身，便請封三取了周氏〈夜宴圖〉送去崇真觀。郭見將他拉到一旁，道：「有兩件事，一是早上積善寺的小和尚送飯給他師父，被我擋了，他哭哭啼啼死活不走，說了許多夾雜不清的話，不過他無意中提到韓熙載一早就去了他們寺中，到德明長老房裡四下尋找，不知道在找什麼東西。我聽了格外留心，悄悄去了積善寺……」

張士師道：「結果你遇到韓熙載了？」郭見道：「倒是沒有，只遇到一位奇奇怪怪的漁夫……」張士師道：「又是那漁夫。他也在找東西麼？」郭見道：「正是。不過，他一見到有人來就跑掉了，我叫他也沒叫住。」

張士師心想：「此人總在關鍵時候出現，行蹤神祕，必有蹊蹺。」忙問道：「你知道他叫什麼麼？」郭見道：「問過小和尚，說是叫樊若水。」張士師道：「樊若水，嗯，這倒不像個漁夫的名字。」又問道，「你說有兩件事……」郭見忙道：「第二件事是我回衙門後不久，韓熙載就來了，說是要見德明，當時典獄來過衙門開了封剛走，我當然不肯放他進去，他就怒氣沖沖地走了。」

張士師道：「你做得好。」郭見笑道：「這樣，前一件事足可將功補過了罷？」張士師知他是指老圃上吊自殺一事，拍了拍他肩頭，笑道：「當然。我還有事要忙，回頭閒了請你喝酒。」郭見道：「一言為定。」眉開眼笑地去了。

張士師心想：「不知道德明藏了什麼重要的東西，韓熙載和那漁夫都在找，少不得下次審訊德明時要好好問一問。」正躑躅時，封三飛一般跑過來叫道：「典獄君，尹君急召你。」張士師見他手中拿著個卷軸，問道：「這便是周文矩的〈夜宴圖〉麼？」封三道：「正是。小的正預備送畫去崇真觀，請典獄君快些進去，尹君看上去十萬火急。」張士師道：「知道了，我這就去。」心中卻道：「他能有什麼急事。」

進來大廳，陳繼善正伏案翻看一堆書本、信箚，見張士師進來，忙揮手命差役退出，等到再無旁人，才招手叫張士師到案桌旁，將一封信交給他道：「這是從德明房中搜出來的信，你看看。」張士師心念一動：「莫非這就是韓熙載與那漁夫在找的東西？只不過他們不知道府尹已經搶先拿到手。」忙拆開信，只見開頭寫道：「叔言如晤……」忙問道：「請教尹君，叔言是誰？」陳繼善道：「是韓熙載的字，咳。」一把將信奪過，道，「還是本尹來告訴你罷，這信是韓熙載好友李谷病重時寫給韓熙載的，大概意思是希望臨死前能再見韓熙載一面，並說已向宋朝皇帝推薦韓熙載為相，望他見信後立即隨同信使返回北方，有玉扇墜為憑。」

張士師道：「原來被老圃殺死的北方客就是李谷的信使，只是這信如何落入了德明長老手中？」陳繼善道：「當然是老圃殺死北方客後交給他的，老圃不識字，也想弄明白死者身分。」

張士師開始覺得不對勁，德明長老是宋朝細作，既然早得到了這封信，無論是交給韓熙載本人，還是交給南唐國主李煜，都對宋朝大大有利，為什麼反而藏起這樣一封關鍵的信長達一年之久？

陳繼善見他不言不語，急得直跺腳道：「典獄，你到底明白過來沒有？德明是宋人細作不假，但卻不是往瓜中下毒的凶手。」張士師道：「是。德明長老要殺韓熙載，毋須下毒，只須將信公開，自有國主來殺他。」陳繼善道：「你小子總算聰明了一回。」

張士師道：「可是下吏仍不明白，德明長老為什麼要將信藏起來？」陳繼善道：「你是不是男人？

知不知道什麼叫惺惺相惜？」張士師道：「就算如此，德明長老也該將信交還給韓熙載呀。」陳繼善道：「德明是不想讓韓熙載再次處於兩難境地，換作本尹，也會這麼做。」

張士師問道：「那尹君要下吏如何行事？」陳繼善氣道：「呀，此時此刻，你還要問本尹如何行事？笨死了，還用問麼，當然是繼續找西瓜凶手！」張士師道：「是，下吏這就去。」

方欲退出，陳繼善叫住他，道：「你把這信拿去還給韓熙載，悄悄的，可別再讓旁人知道了。」張士師大為意外，一時愣住，陳繼善怒道：「怎麼，你還想要本尹親自跑腿送信麼？」張士師道：「下吏不敢。只是……想問問尹君，為什麼要把信還給韓熙載？若他見信後果真投奔大宋，不是於我南唐不利麼？」陳繼善道：「你小子還真是笨，韓熙載多年前曾出使北方，他若心向北人，早就留在那裡不回來了。」張士師道：「適才尹君還說也會學德明長老，將信藏起來的呀？」陳繼善道：「這信是一年前的事了，當時李谷病重垂死，韓熙載為了老友或許會心動，但目今李谷已死，北方對他再無意義。」

張士師此刻才真正領教了這位府尹的精明與見識，心中暗服，忙道：「尹君高見！」又道，「下吏不是奉承，是真心這樣認為。」陳繼善道：「比起你這個笨頭笨腦來，本尹當然是高見。」轉眼間又恢復了洋洋自喜、自鳴得意的老官僚姿態。見張士師望著自己發呆，忙喝道，「還不快去送信！」

步出江寧府，張士師正犯愁該上哪裡找人，卻見韓熙載朝他走來，心想：「這才真是踏破鐵鞋無覓處，得來全不費功夫。」忙上前道：「韓相公，我正要找你。」韓熙載道：「韓某也正要找你。張典獄，我想見見德明長老，請你通融。」他口中說「通融」，卻是一副命令的口氣。張士師道：「韓相公但有所命，下吏不敢不從。」

韓熙載在江寧縣大獄被擋了駕，去找江寧縣縣令趙長名，也未見到人，又忿忿來找江寧府尹陳繼善，不想先遇到張士師，順口一提，對方竟一口答應，不由得大感意外。

張士師道：「不過我也有件小事想問問韓相公，相公前晚到大獄私見老圃，不知跟他說了些什麼，使得他上吊自殺？」韓熙載冷冷道：「是他自己要死，關韓某何事？」張士師道：「嗯，韓相公是做大事的人，除了相公自己，原也沒有將旁人的性命生死放在眼裡。」韓熙載臉上閃出一絲慍色，道：「典獄是在怪罪韓某麼？」張士師道：「下吏不敢。這裡有封給韓相公的信。」

韓熙載森然看了他一眼，勉強接過信來，只一看信皮，臉色立即大變，道：「這不是……」張士師道：「信是從積善寺找到的，現歸還給相公，旁人並不知曉。還有那塊玉扇墜，相公也可自去縣衙證物房取回。」

韓熙載飛快地掏出信，雙手顫抖，嘴唇翕張，顯是極為激動。張士師卻始終對這個男人沒什麼好印象，只因他對秦蒻蘭的冷酷，當即道：「下吏先回縣衙為相公安排。」走出幾步，卻聽見韓熙載在背後叫道：「典獄……多謝了。」張士師心想：「你該謝的人是陳繼善。」也不答話，甚至也沒轉過身去。

回到縣衙，張士師先命人放出李家明。李家明道：「已經找到害死我妹子的真凶了麼？」張士師道：「還沒有，不過我們剛發現你妹妹不是死於金杯毒酒，而是腰間中了毒針。」李家明略微一呆，也不再多問，迅速離開縣衙。

張士師又命人鬆了德明的戒具，帶到抄案房等候。剛剛安排妥當，便見韓熙載匆忙趕來，直接讓人領他進了抄案房。

一見韓熙載進來，德明便雙手合十道：「貧僧實在有愧相公。」韓熙載道：「長老不必如此，不過是各為其主……」頓了頓，又道，「提到這個『主』字，韓某更該汗顏。」德明道：「你中有我，我中有你。」韓熙載道：「長老果真是韓某知己。」德明微歎一聲，道：「阿彌陀佛，知己不敢當，不過貧僧跟相公一樣身處夾縫中，感同身受……」忽揚聲道，「典獄，請進來罷。」

張士師一直躲在外面偷聽，見被識破，只好走了進來，隨口搪塞道：「我只想來問問德明長老，你到底有沒有在西瓜中下毒？」德明道：「貧僧本方外之人，卻為了不可告人的目的光顧夜宴，內心早已有毒。」張士師道：「那陳致雍呢？是長老殺的麼？」德明道：「不是。」張士師道：「長老是不是還有幫手？比如漁夫……」他心中一直對那漁夫有所疑慮，韓熙載到積善寺找信尚情有可原，那漁夫找信何用，莫非也想挾制韓熙載？

張士師正要說出樊若水的名字時，忽聽有人在外面叫道：「張典獄，幾位請出來罷。」聲音又尖又細。張士師聽出是老宦官寇英的聲音，忙趕出來，問道：「大官有何差遣？」老宦官道：「官家有命，請典獄立即釋放德明長老。」張士師一愣，心想：「官家這麼快就知道德明不是真凶？不應該呀，府尹那麼精明，絕不會透露信件一事。」

卻聽見老宦官對德明道：「長老，官家有命，請你即刻出城過江，不要再來我們南唐國土了。」張士師心想：「原來是驅逐德明出境。國主果然懼怕宋人，明知道德明是細作，卻還是要放他走。」

張士師心中多少有些沮喪，兩面便不再理會諸人，自往崇真觀而去。一進靜室，便見到東西各擺放著兩幅〈夜宴圖〉，顧閎中那幅他早已見過，周文矩那幅人物則要寫實得多，場面也有所不同，比顧氏要細膩很多。

張士師不見父親，忙問道：「阿爹呢？」耿先生道：「張公與封三去了懸壺醫鋪。」張士師奇道：「為何還要去懸壺醫鋪？」耿先生道：「懸壺醫鋪的店主留一刀託人帶了張紙條給張公，上面寫了一句詩——『抽刀斷水水更流』。」張士師道：「抽刀斷水水更流？店主想說什麼？」耿先生道：「這我們也沒猜透。張公說那店主既然叫留一刀，很可能留有關鍵一刀，所以便親自趕過去。」

張士師大奇，正困惑間，耿先生又道：「倒是這裡確實有件要緊事——典獄適才不在，貧道與張公仔細比照了這兩幅〈夜宴圖〉。你過來看，這周文矩的圖分三幅，琵琶、綠腰兩幅與顧閎中的差不多，不過視角有所不同，周圍環境細節更多些，但第三幅審案卻是顧氏所沒有，是非常好的補充。」

張士師道：「嗯，這是發現西瓜有毒後，我當眾推問案情時，忽然發現珠簾外有黑影的情形。」耿先生道：「不錯，典獄正回頭看著珠簾，表情非常生動。根據筆錄來看，典獄出去抓到韓曜、帶他進來後不久，李雲如便從屏風後出來，倒地而死。」張士師道：「正是如此。我帶著韓曜進來後，全廳的人加起來說不到五句話，李雲如就突然從屏風後冒出來七竅流血而死。」

耿先生道：「所以說周文矩這幅〈夜宴圖〉價值重大，你看，時間這麼短，又有這麼多人在場，有這麼多雙眼睛，凶手應該不會長距離移動。」張士師眼前一亮：「對，殺死李雲如的凶手應該就站在屏風附近。」看著圖道，「那麼，有朱銑、韓熙載、德明三人。」耿先生道：「還要算上周文矩自己，你看這幅圖，韓熙載、朱銑均是背對屏風，視角恰是自屏風前看到花廳的一切。」

張士師道：「這四個人中，只有韓熙還勉強可說有動機殺李雲如，也許是他知道她肚裡的孩子不是自己的，但其他三個人根本和李雲如毫無關係。而且就算韓熙載要殺李雲如，機會太多了，為什麼要選夜宴這樣的場合，又剛好選擇李雲如換好衣服回來的時候動手？」耿先生道：「這確實說不通，所以張公推測凶手應該是迫不得已才出手。」張士師道：「迫不得已？」耿先生道：「李雲如從屏風後出來時，正好站在眾人的背後，也許她看見了什麼不該看的東西，所以才被殺了滅口。」只聽見門外張泌的聲音道：「凶手最初的目標並非李雲如，一石不能殺二鳥，這是再簡單不過的邏輯。」

張士師愣了好半晌才會意過來，道：「這麼說來，無論是凶手，還是目標，都在朱銑、德明、韓熙載、周文矩這四人當中？」張泌道：「正是。」張士師道：「嗯，周文矩是不請自來，不會是目標。除了韓熙載外，大家也都不知道德明要來，他不是目標，也不會是凶手。」耿先生道：「那就只有四種可能性——朱銑要殺韓熙載、韓熙載要殺朱銑、韓熙載要殺周文矩、周文矩要殺韓熙載。」

張士師心想：「結論顯而易見，果然是朱銑，我就知道他會忍不住憤恨下手。」殺死李雲如的凶手終於浮出水面，忍不住長長舒了一口氣。又想起毒西瓜案，忙道：「忘了告訴大家，已有新的證據證明德明不是毒瓜凶手。」見並無外人，便詳細說了事情究竟。

不料，張泌、耿先生均不感意外，張士師奇道：「阿爹和鍊師早知道德明不是西瓜凶手麼？」張泌道：「說他是凶手不是意外之事，說他不是凶手也不是意外之事。」張士師不明所以，耿先生又問道：「那漁夫果真叫樊若水麼？」張士師道：「是，我覺得這漁夫十分可疑，準備派人找他來問話。」耿先生笑道：「樊若水可不是漁夫，他是與舒雅一道被除名的進士。」

原來樊若水曾與舒雅參加由韓熙載主持的進士考試，該榜取中九人，舒雅高中狀元，樊若水也一舉及第。當年大周后周娥皇尚在世，還準備將親妹妹周嘉敏，也就是現在的小周后許給樊若水。但後來落第士子聯名拜橋，指責韓熙載取中的九名進士中有五名跟他熟識，事情鬧大後，由國主李煜出面，取消了韓熙載認識的五名進士資格，舒雅、樊若水均在其中。

張士師大驚失色：「原來韓熙載認識樊若水。」張泌道：「這就是關鍵。我已經讓封三派人去找樊若水了。」張士師道：「呀，阿爹是什麼時候開始懷疑樊若水的？」張泌道：「買魚，從知道秦蒻蘭向他買魚開始。」又道，「我們走罷。」張士師道：「去哪裡？」張泌道：「聚寶山。我已經讓封三通知所有人趕去那裡，真相大白就在今日。」

此時早過了午飯時間，三人又簡單吃了些東西，只是出來後一路上都沒雇到大車，只好一路步行出城。三人到達韓府花廳時，除了陳致雍、德明，以及幾位侍女、樂伎外，參加過夜宴的人物都已到場，甚至連江寧府尹陳繼善、江寧縣縣令趙長名都聞訊趕來。王屋山縮在屋角，低著頭不敢看人；郎粲則遠遠站在門邊，現出一貫高傲的姿態。

張士師道：「有勞大家再次到場，現在請各位聽我指揮。朱相公、韓相公，請你們二位站到屏風這邊來。」二人依言走過來。張士師道：「朱相公請站在這個位置，韓相公你站這裡，站好了不要動。嗯，還缺德明長老，封三哥，請你過來站在這裡，就站在朱相公右首，好，你現在是代替德明長老的位置。」又叫道，「阿爹。」張泌便也走過去，站在韓熙載左首。

周文矩不解地問身旁的顧閎中道：「典獄這是要做什麼？」顧閎中搖了搖頭，示意不知。只聽見張士師道：「各位，當下正再現殺人時的現場。殺死李雲如的凶手就在各位當中，我們要把他找出來。」李家明終於急不可待地嚷了起來：「殺死我妹子的凶手到底是誰？」

張士師道：「別著急，請大家仔細看，看著屏風那邊，李雲如換好衣服出來了……」眾人聽說李雲如出來，驚叫一聲，一起望過去，見出來的卻是耿先生，笑道：「貧道是代演李家娘子的角色。」

張士師道：「大家再請看我阿爹……」只見張泌從袖中取出一根針，慢慢靠近韓熙載，正要將針去戳韓熙載的腰，突然回頭，發現耿先生正走過來，於是飛快地退後幾步，將針戳在耿先生的腰上，隨即迅速退回原位。

張士師道：「朱相公，現在請你回頭。」朱銑回頭一看，耿先生正痛苦地雙手緊捂腹部，不禁一呆，問道：「鍊師怎麼了？」

張士師道：「現在大家明白是怎麼回事了麼？」眾人尚不明所以，未完全會意過來，顧閎中突然走上前來，道：「典獄是說，張公扮演的凶手本來要用毒針殺熙載兄，結果被剛換衣服出來的李雲如發現了，凶手為掩飾自己，不得已殺了李雲如滅口……」張士師道：「正是。」又放低聲音道：「官人現在也知道了，朱銑並不是凶手，本來我也一直懷疑是他。」顧閎中竟點了點頭。

舒雅忍不住問道：「雲如不是死於金杯毒酒麼？怎麼……又變成毒針了？」張士師看了一眼牆角的王屋山，她正驚懼地看著自己，不免心想：「王屋山在金杯中下墮胎藥，舒雅在茶水中下墮胎藥，一個是嫉妒情敵而不惜加害無辜小生命，一個是為了聲名甚至可以戕害自己的親生骨肉，這世道也不知道怎麼了。」不願意再多談這些人心險惡之事，只簡單道：「酒中的毒並不致命，真正導致李雲如毒發的是刺在她腰間的毒針，她是中了烏頭劇毒而死。」

李家明狠狠地盯著張泌，道：「凶手是誰？」張泌道：「不是我，我只是臨時串演一下，就跟耿鍊師扮演李雲如一樣。真正的凶手……就在你旁邊！」李家明扭頭一看，旁邊竟然是秦蒻蘭，訝然道：「是你？」秦蒻蘭茫然反問道：「是我？」張士師忙道：「錯了，李官人，凶手在你的另一邊！」李家明轉頭一看，另一邊站的人恰是周文矩。

所有的人都愕然呆住，驚訝得張大嘴巴。周文矩自己也瞠目結舌，半晌才道：「我與韓相公素無交往，無冤無仇，為什麼要殺他？」

一旁江寧縣縣令趙長名聽說張士師幾日來大出風頭，想到他不過是自己手下一小小屬吏，不免很有些不忿，有心小露一手，以免讓人看輕，當即插口問道：「既是素無交往，周待詔為何冒昧到韓府參加夜宴？聽說周待詔是不請自來，豈非別有所圖？」又斜睥了顧閎中一眼，雖沒有明說，那意思卻分明是暗指他有幫凶嫌疑。

周文矩道：「趙明府有所不知，我與閎中兄是奉官家之命……」他明知道不該說出自己與顧閎中來到韓府是奉國主之命來窺探，可是若不解釋清楚，實在難以洗脫嫌疑，便有意略微一提「官家」即刻頓住，旁人立即明白過來，心想：「難怪總有人說官家想重用韓熙載，卻又無法完全信任他。」趙長名慌忙道：「原來如此，得罪了。」心中懊惱得要死，後悔實在不該插嘴。

眼見就要冷場，陳繼善重重咳嗽了一聲，道：「張公，周官人說他與韓相公素無交往，無冤無仇。」張泌道：「素無交往是真，無冤無仇倒未必。」周文矩笑道：「韓相公，你自己倒是說說，我與你有何冤仇？」韓熙載乾脆地搖了搖頭，道：「半點糾葛也沒有。張公，還請你明說，周官人為何要殺我？」張泌道：「因為周官人的小妹周小蘭。」

周文矩這時才真真正正大吃一驚，不知道張泌如何能知道自己小妹這等隱密之事，卻見張泌又轉頭問道，「韓相公，你認識周小蘭麼？」韓熙載自己也頗為吃驚，仔細想了半天，搖頭道：「不認識。」周文矩勃然大怒，道：「我小妹因你而死，你竟然說不認識她？」

他這樣說，便等於親口承認自己是凶手。眾人正駭異地望著他，卻見李家明衝過來扭住他撕打起來，罵道：「原來是你殺了我妹子！我要殺了你……」張士師忙命差役上去將二人拉開。李家明被按坐在椅中，猶自氣喘吁吁，朝周文矩怒目瞪視，憤恨不止。

周文矩甩開差役，整了整衣衫，冷笑道：「事到如今，我也不怕不承認，確實是我殺了李雲如。我本想利用官家派我來赴夜宴的大好機會，用毒針殺死韓熙載，然而人算不如天算，正要下手之時，被李雲如撞見，我不得不殺她滅口。」

張士師道：「後來我誤斷舒雅往茶水中下毒，以為找到真凶……」重重看了舒雅一眼，心想，「其實也算不上完全誤斷，只是你在茶水下的是墮胎藥。」舒雅似猜到他已知曉真相，一時赧顏，慌忙垂下了頭。

張士師續道：「顧官人提議大家不如就此散去時，周官人卻刻意提到毒西瓜一案，應當是想留在韓府，繼續找機會向韓相公下手罷？」周文矩道：「典獄猜得不錯。」陳繼善道：「可是你到底為什麼要殺韓熙載？」周文矩道：「我要殺他，自然有他該死的理由。」

眾人見他神色之間自有一股大義凜然的堅毅，無不心想：「莫非真是韓熙載犯下什麼十惡不赦的大罪？」卻聽他道，「我小妹周小蘭肚裡懷了韓熙載的孩子，為長輩不容，被迫跳飲虹橋自殺，她才二十歲……」

韓熙載的風度才華為無數女子所迷戀，這是眾所周知的事，他府中姬妾如秦蒻蘭、李雲如、王屋山等均是萬中之選，然則畢竟都是出身教坊的風塵女子，此刻忽聽他染指良家女子這等奇事，無不驚愕異常。

周文矩恨恨道：「韓熙載，你一大把年紀，為老不尊不說，府中又蓄養了這麼多美麗的女子，為何還要招惹我小妹？」韓熙載冷冷道：「韓某從來不招惹女人，只有女人來招惹韓某，況且我根本不記得認識周小蘭這個人。」周文矩道：「我小妹長相普通，你自是不記得。女人於你只是一件衣裳，用完了要麼扔掉、要麼送人，就連你府中這位江南第一美女，不也是如此下場麼？」

秦蘅蘭蒼白的臉上浮起了一層紅暈，隨即低下頭。韓熙載似是被戳到痛處，眼中閃爍著咄咄逼人的光芒，提高聲音，肅色道：「周文矩，我可以明白告訴你，韓某一生中確實有過很多女人，也辜負過很多女人，但只要是我韓某的女人，我都會記得很清楚。如果小蘭真有了我的孩子，我絕對不會讓她去死……」周文矩冷笑道：「韓熙載，你還真是個道貌岸然的偽君子，適才還說不記得周小蘭這個人，這會兒又叫上小蘭了……」

一旁陳繼善早就聽得索然無味，忙叫道：「來人，快將周文矩押下去！別讓他們在這裡婆婆媽媽地爭女人、孩子什麼的，一朝大臣，成何體統！」周文矩道：「陳府尹，韓熙載害了這麼多女子，若其中一個是你妹妹，抑或是你女兒……」不及說完，便被差役們蒙住嘴巴拉扯出去。

陳繼善道：「嗯，耳根總算清淨多了。典獄，李雲如的案子破了，毒瓜案呢？」秦蘅蘭驚道：「毒瓜案不是早就破了，德明長老就是毒瓜案的凶手麼？」張士師道：「娘子有所不知，德明長老不是凶手，凶手另有其人。」走到門邊，叫道：「帶他進來罷。」

只見兩名差役押著一名漁夫打扮的人走進來，此人正是那神祕的樊若水。雖然多年不見，舒雅還是一眼就認出他，驚道：「樊兄，你……你怎麼這身打扮？」張士師道：「他叫樊若水，就是西瓜凶手。」

秦蘅蘭驚道：「怎麼會是他呢？典獄不是說他在飲虹橋救過雲如麼？」張士師道：「那是因為若李雲如落水淹死，當晚夜宴就開不成了，他的精心計畫亦無法實現，權衡利弊，他當然要先救人。」頓了頓，又道，「樊若水，若非你急不可待地到積善寺找東西，我們本也懷疑不到你。」

韓熙載大為意外，問道：「你還在懷恨當初是因韓某才落榜麼？」樊若水昂然道：「不錯。我本滿腹才華，也憑自己的本事名中金榜，僅因為之前拜會過你幾次，便受你牽累被除名。」

韓熙載看了秦蒻蘭一眼，心想：「樊若水是你的同鄉，當初是你將他引薦給我，我知道你隱有讓我暗中關照他的意思，這是你第一次求我，所以亦如你所願。以他的文章水準，他真以為能高中進士麼？」他不願當眾說穿此事，自揭任人唯親之短，只輕蔑一笑，也不答話。

舒雅忙道：「樊兄原來是因此事懷恨恩師，可是這件事怎能怪恩師呢，分明是政敵暗中指使人興風作浪……」樊若水冷笑道：「若非韓熙載張牙舞爪、四處樹敵，又怎會牽連我被除名？舒雅兄，你自己也是受害者，為何還替他說好話？」舒雅道：「這個……」

陳繼善道：「罷了、罷了，你們自己的恩怨回頭慢慢再說。樊若水，你先說你到底是如何下毒的？」樊若水傲然道：「這有何難？我時常到老圃瓜地送魚，偶爾還會代他看瓜，有一次聽說他留了兩個大瓜給韓府，覺得報仇機會來了，就問了是哪兩個瓜，便用細桿插入瓜臍，注入砒霜毒藥。」

毒瓜案自一出現便十分詭異，凶手如何往瓜中下毒也困惑眾人許久，此刻聽到他說得如此輕描淡寫，許多人不免心想：「原來下毒害人如此容易，以後吃東西前可要好好用銀針驗過啊。」

張士師尚不明一事，問道：「那你為什麼要嫁禍給德明長老？」樊若水道：「我沒有想嫁禍給德明長老，只是砒霜沒用完，想找個妥當的地方藏好。我借住在積善寺，當然知道積善寺最安全的地方就是雷音堂，所以趁左右無人的時候，將瓶子塞進香爐灰裡。」

陳繼善道：「太好了，毒瓜案總算破了。書吏，快拿供詞給樊若水簽字畫押，回去就可以結案了。」張泌忽道：「不，這案子還沒有破。」陳繼善道：「凶犯都自己招供了，怎麼還沒破？」張泌道：「真正的主謀還沒找到。」

眾人頓時開始不自然起來，有些驚訝，又有些惶恐，心下忍不住要懷疑揣度他人，到底誰才是主謀。就連張士師也不知道尚有別情，大惑不解地看著父親。

陳繼善皺眉道：「還有主謀麼？」張泌道：「毒瓜殺人案籌畫周詳，主謀之所以選擇西瓜，一定是想親眼看到韓相公將毒西瓜吃下。」郎粲驚道：「這麼說，主謀也在夜宴當中？」張泌道：「當然，他人現在就在這裡。」便將目光緩緩投向秦蒻蘭，問道：「秦家娘子，你自己說，這毒瓜案到底破了麼？」

秦蒻蘭飛速看了樊若水一眼，毫不遲疑地道：「沒有。」慘然一笑，才從容不迫地道，「張公真是好眼力。只是不知張公是如何懷疑到小女子身上的？」頓了頓，又道：「嗯，應該是我適才太心急，忍不住出聲為若水辯解，提到他曾主動下河救雲如妹妹。」

張泌道：「不錯，這是個很大的破綻，小兒士師只向娘子提過李雲如落水後為一漁夫所救，並沒說就是你向他買魚的漁夫。那渡口靠近魚市，來來往往的漁夫多不勝數，你卻立即知道救人者是樊若水，可見你與他熟識，並暗中通過消息。不過，這只是其一，娘子即使適才不開口，我也早就知道了。」歎息道：「娘子的為人跟容貌一般無懈可擊，我本從沒懷疑過娘子，相信在場所有人也都沒懷疑過娘子。說起來純屬僥倖，只是我偶然聽到差役說韓府全家自半年前就開始吃素，便突然想起，起初小兒士師在金陵酒肆初見娘子時，娘子不是正向漁夫買魚麼？既然吃素已久，買魚便只是個遮掩，娘子與漁夫二人都有問題。再說西瓜一事，我也是後來才想通的，大瓜並非老圃主動預留、而是早被娘子預訂，想來這預留之計，也只是預先埋伏的棋子，好讓樊若水往裡面下毒。另一件可疑之事便是陳致雍之死，陳致雍分明已經進了韓府，看到娘子送店鋪夥計出府後，又非要跟出去看看。這『看』自然不是看熱鬧，而是他看到了可疑的人和事。我猜想，當時樊若水正在竹林中等候，娘子假稱送人，不過是要去竹林與他相會。你二人發現陳致雍跟蹤後，自然要殺他滅口……」

樊若水忙道：「是我殺了陳致雍，與蘭無干。蘭離開竹林後，我發現有人跟蹤，一時心急，就上前扼住他脖子，防他叫喊，等他死了才發現是陳致雍。」朱銑聽他直呼「蘭」，顯見二人關係非同一般，心中又是失望又是難過。

卻聽見秦蒻蘭道：「一切都是我主使，與若水無干。」陳繼善忙道：「不必相爭，兩人都有份。來人，將他二人都拿下！大功告成，準備回府。」差役們忙應聲上前拿人。張士師早就驚呆，一個字也說不出來，只心中反覆道：「怎麼會是她？怎麼會是她？」

卻聽見韓熙載道：「等一等。」他走到秦蒻蘭面前，急遽問道：「為什麼？你為什麼要這麼做？」秦蒻蘭一字一句反問道：「你──說──呢？」目光如刀鋒般掠過他臉上。他看得出來，她還愛著他，只是，她的愛比死亡更冷酷。

眼見差役要押人出門，朱銑追上前來，不顧眾目睽睽，一把扯住秦蒻蘭，不甘心地問道：「你……你原來是打算連我也一塊兒毒死麼？」秦蒻蘭不露聲色，只淡然看了他一眼，隨即掙脫他，昂然跨出了門檻。

陳繼善走過來拍了拍韓熙載的肩頭，饒有深意地道：「老韓，今晚你終於可以高枕無憂了。」韓熙載猛然撥開他的手，轉身就走。陳繼善道：「哎，本尹可是好意，你何必衝我發火，你當真以為這些女子都是上世欠你的，該任憑你擺佈？」韓熙載彷若未聞，只朝臥榻走去。

陳繼善見耿先生怔在一旁，似是感慨無限，忙走近去，低聲道，「珍珠，如今你總算明白，我比這韓熙載要好許多了罷。」耿先生道：「嗯，你很好。」陳繼善登時喜上眉梢，樂孜孜地道：「那我回府種珍珠去了。你……要與我一道下山麼？」耿先生道：「你先走，我等典獄。」扭過頭去，張士師正失魂落魄地站在屏風前，承擔著深沉而痛徹的複雜情感，尚未從發覺秦蒻蘭就是毒瓜凶手的巨大震撼中回過神來。

韓熙載飛奔上二樓，趕到窗邊，隔著窗櫺凝視著秦蒻蘭瘦削躑躅的背影，目送她走上石橋、進入複廊，遙遙聆聽著廊中回響的腳步聲，無限的哀傷騰升而起。他再次感到失去的悲哀——一別兩隔，一別生死，刻骨銘心。突然間，從來不肯流淚的他竟有股落淚的衝動。那一刻，他終於知道，有時候——災難並非不請自來，而是咎由自取。

也不知道過了多久，終於聽見有人走上樓來，回過頭去，原來是自己的親生兒子韓曜，他忍了許久的老淚終於潸然而下。

殘陽燒紅了晚霞，暮靄中帶著紫色，聚寶山也被妝點得格外奇幻華麗。眾人押著犯人們下山，誰也沒開口說話，心頭百般沉重滋味，只有如血夕陽將每個人的身影拉得老長老長。

自踏出花廳那一步，秦蒻蘭始終沒有再回頭，但卻慢慢開始留戀一路流淌的無盡蓮香與風光。到得山下，終於還是忍不住回望聚寶山，那處宅邸已被叢林遮住，完全看不到任何存在的痕跡。長久以來，她一直想著會有離開的一天，可是當這一天到來的時候，她的心仍然隱隱作痛。

踏上長干橋，金陵城就在眼前，終於要進城了。以往雖有不少苦難的日子，但至少她還是相信，幸福即使不在路上，也一定會在路的盡頭。而如今她已清楚知道，路的盡頭將是黑暗的牢獄，命運就是這般捉摸不定。她突然回過頭去，望著背後的樊若水——她要是長得沒這般美貌，定不會被家人賣入教坊，亦該早已嫁給這位青梅竹馬同鄉，或許可以小家小戶地過著賢良安寧的日子，種種花草，養養雞鴨，偶爾抬頭看看雲淡風輕，人生豈不完美？唉，實在可歎呀，生是如此偶然，死又是如此必然。歲月往復，多少歡樂，多少憂傷，多少酸甜，多少苦辣，都將過去。她朝自己的兒時夥伴歉然一笑，陰鬱蒼白的面龐突然漾開了兩朵燦爛的紅花，寫滿了純樸天真的童年往事，隨即縱身躍入秦淮河中。

樊若水急忙排開差役來攔她，卻只拉到了一片衣角。心愛之人就此從他手中溜走，情意毒酒的杯盞終被砸碎，剩下的只有冰冷塵世中的一腔絕望與怨恨。

差役怕擔負失職之罪，欲跳下河救人。陳繼善忙上前呵斥道：「還救什麼？你救她便是害她。」差役一愣，陳繼善又催道：「還不快走，可別耽誤了本尹回府種珍珠。」差役又上前去推樊若水，他卻死活不肯動，差役們費了好大的勁才將他從橋上拖走。

遠遠落在人群後面的張士師，聞聲趕到橋頭時，河中早已不見人影，甚至沒留下一點漣漪，只見舒緩從容的水面泛湧著夕陽波光，粼粼閃爍，搖曳有致。不知是何處畫舫又有女音唱道：「泛泛淥池，中有浮萍。寄身流波，隨風靡傾。芙蓉含芳，菡萏垂榮。朝采其實，夕佩其英。采之遺誰？所思在庭。雙魚比目，鴛鴦交頸。有美一人，婉如清揚。知音識曲，善為樂方。」

蕩漾河心，兩岸渺茫。有美一人，婉如清揚。風不著意，水卻含情。往者已逝，來者猶傷。長干橋從此籠罩了一縷淡淡的憂懷感傷，成了一幅鐫刻在張士師心中無法磨滅的風景。

1 烏頭因發毒快，是古代標準的軍用毒藥，用以塗抹於兵器、配置火藥。《三國演義》中，關公刮骨療毒，療的就是烏頭之毒。

尾聲

喧囂一時的夜宴落毒案，終於在一片震撼和悲憫的氣氛中落下帷幕，當人們議論紛紛、唏噓不已時，傳來了樊若水從大獄中傳奇逃走的消息，張士師也因看守不力被免職。而毒針案的凶手周文矩終被判處死刑，卻由於國主李煜的「命燈」長燃，得以免死。

韓熙載終於離開了聚寶山，回到闊別多年的鳳台里官舍，從此與老妻、兒子過了一年的平淡生活。有一日，他正在書房飲茶，忽朝窗外凝視，道：「咦，你終於來啦。」就此而逝。老管家聞聲趕進去察看，卻不見絲毫人影。再看韓熙載時，猶自臉帶微笑，大約欣慰到底能與他心愛的人團聚——在那個世界裡，他們將永遠不再分離。

韓熙載死後，韓府啞巴僕人石頭亦神祕失蹤，據說有人在江邊遇到過他，他正雇船渡江，言辭流利，操北方口音。坊間甚至有流言說，石頭本姓陶，是陶谷後人，潛入韓府只為殺韓熙載和秦蒻蘭報仇，但竟為秦蒻蘭美色所迷，始終沒有下手，直到秦蒻蘭死後，才下毒殺了韓熙載。

韓熙載死後，國主李煜十分傷感，後悔自己沒有知人之明，未及早任用韓熙載為相，決意詔贈同平章事。因為歷代並無追贈死去大臣為宰相職位的前例，有司對此表示異議。李煜說：「當自我開始。」更親自為韓熙載安排喪事，將他隆重安葬在聚寶山東側。

樊若水逃離金陵後銳意報復。當時南唐苟延殘喘，唯一可仗恃者唯大江天險，而北方大宋又缺少精銳水師，他便化裝成漁夫在採石江面釣魚，乘小船，載絲繩，往來南北岸幾十次，測得江面的準確寬度後投奔北方，向宋朝皇帝趙匡胤建議造浮橋渡江，被採納。宋軍南下之時，於採石架浮橋渡江，浮橋三日而成，與樊若水所測量的尺寸絲毫不差，步兵渡江，如履平地。樊若水由此成為大宋滅亡南唐的關鍵人物，不由得讓人歎息命運的無常。

兩幅成為破案關鍵的〈夜宴圖〉則被收入宮中，在南唐滅亡前被國主李煜刻意派人付之一炬。宋朝有位名畫師聽說之後，有意再現聚寶山夜宴的豪華盛景，便以驚人的想像力畫出了聽樂、觀舞、歇息、清吹和宴散五幅圖，並詭稱為顧閎中原作，這便是流傳後世的傑作〈韓熙載夜宴圖〉。

南唐滅亡後，舒雅、朱銑、張泊等昔日夜宴坐上客均投降宋朝，一轉身由南唐人變為宋朝官員，其中只有李家明死得慘烈。金陵陷落後，宋軍統帥曹彬大開宴席慶功，命李家明率樂工數人奏樂助興。李家明等人哀痛國破家亡，奏不成曲，曹彬勃然大怒，下令將其全部殺死。

而張氏父子離開金陵前再到聚寶山，遠遠望見有人在韓熙載大墓前祭拜，走得近些，那人卻又倏忽不見。唯有墓前幾絲淡雅香氣似曾相識，又再次挑起張士師心頭惆悵，久久揮之不去。正是，此情可待成追憶，只因當時已惘然。

夜宴背後的南唐史

「原來南唐開國國主李昪原名徐知誥，是徐溫的養子。為了從徐氏手中奪取軍政大權，徐知誥曾預備以毒酒毒殺徐溫的親子徐知詢，親自用金杯奉酒道：『願弟弟能活千歲。』徐知詢猜到酒中有毒，故意取了另一盞金杯，將毒酒一分為二，道：『希望和兄長各享五百歲。』堅持要與兄長各飲半杯。徐知誥臉色大變，環顧左右心腹，始終不肯接酒。兄弟二人正當眾僵持之際，伶人申漸高假裝貪戀金杯精美，上前奪過兩杯酒一同喝下，揣金杯入懷退出大殿，片刻便頭顱潰爛而亡，可見毒藥藥性之烈，而此刻徐知誥派來解救自己的人還在半路上。」上面這段在本小說中〈卷七〉提到的「金杯毒酒」慘烈故事，取自歷史真事，也由此可以看出李昪建立南唐，跟後來趙匡胤創建宋朝一樣，均是用陰謀取自他人之手，並無昔日漢高祖劉邦和唐太宗李世民馬上征戰打得天下的經歷。

李昪，徐州（今江蘇徐州）人，字正倫，小名彭奴。生父名叫潘榮，是一個虔誠的佛教徒。彭奴出生在唐朝末年，適逢黃巢領導農民軍起義兵敗身亡不久，時局混亂，兵荒馬亂，民不聊生。彭奴六歲時，父親潘榮病死，他隨伯父、母親一起來到淮南謀生。不久，母親也不幸染病身亡，彭奴成了孤兒，為了活命，跟著伯父投身到濠州開元寺做了一名小沙彌，勉強維持生計。剛好淮南節度使、吳王楊行密攻下濠州，到開元寺留宿，偶然見到彭奴相貌不凡，勤勞機警，對答伶俐，十分喜愛，就將他帶在身邊，還想收其為養子，但親生兒子們極力反對，楊行密無奈，只好將彭奴給了最得力的部屬徐溫，彭奴由此成為徐溫的養子，改名徐知誥。

楊行密死後，大權落在徐溫手中，徐溫死後，則落入徐知誥手中。徐知誥稱帝後，為了以唐正統作號召，復姓李氏，改名為昪，是為南唐烈祖。李昪還尊徐溫為義祖，表示不忘義父養育之恩，但奪位前後卻對養父親生兒子的勢力都已進行剷除和防範，譬如意圖用金杯毒酒毒殺徐知詢等，甚至連失勢已久的楊氏遺族（楊行密後人）也不放過，將他們全部從潤州（今江蘇鎮江）丹陽宮遷往海陵永甯宮（今江蘇泰州）監禁。這些人長期被關在宮中，與外界隔絕，為了延續宗祀，只能男女互相婚配，後全部被南唐所殺，一個不留。

李昪在位七年而卒，長子李璟繼位，即為唐元宗。李璟共兄弟五人，因李昪生前鍾愛次子和四子，並在病危時有傳位四子之意，由此造成李璟兄弟之間矛盾重重。李璟繼位時，「以仲弟遂為皇太弟，季弟達為齊王，仍於父柩前設盟約，兄弟相繼」，改元「保大」，希望不動干戈保持太平，由此可見李璟身上的文弱氣息。李璟即位之初，尚能銳意進取，攻滅閩國、楚國，南唐疆土遂「東暨衢婺，南及五嶺，西至湖湘，北據長淮，凡三十餘州，廣袤數千里，盡為其所有，近代僭竊之地，最為強盛」。

在外交政策上，南唐有心謀取中原，宋朝建立前，中原王朝更迭頻繁，南唐遂與塞北的契丹積極通好往來，隱隱有遠交近攻的策略。李昪在位時，契丹曾數度遣使至南唐，獻馬、羊等。中主李璟即位後，派遣公乘鎔由海上至契丹，以續舊好，自此兩國使節不斷，南唐宰相宋齊丘甚至還曾利用殺契丹使者的事件，離間後晉與契丹。不過由於南唐雄踞江南、地處江淮，契丹得到燕雲十六州後，處於中原腹地之北，契丹與南唐兩國互通友好，有夾擊中原之勢，後周因而對此深以為忌，有意從中破壞。後周顯德六年（西元九五九年）十二月，契丹派遣使者到南唐，南唐特意為契丹使者在清風驛舉行盛大的夜宴，使者酒酣之時，離席去上廁所，被後周泰州團練使荊罕儒派遣的刺客所殺。南唐久等不見使者回來，趕到廁所，才發現契丹使者的首級已被割走。從此，契丹與南唐斷絕往來。

醉生夢死的南唐國主

江南自古便是魚米之鄉，經濟富庶，民風溫軟，有濃厚的享樂傳統。李璟當了幾年皇帝後，生活也開始奢侈起來，專尚浮靡。他愛好文學，詩詞都寫得很好，現存詞四首，如〈浣溪沙〉：「風壓輕雲貼水飛，乍晴池館燕爭泥，沈郎多病不勝衣。沙上未聞鴻雁信，竹間時聽鷓鴣啼，此情惟有落花知。」果真是「時時作為歌詩，皆出入風騷」，而名句「細雨夢回雞塞遠，小樓吹徹玉笙寒」也是他的手筆。由此，李璟也重用文士，名士韓熙載、馮延巳、江文蔚、潘佑等都在南唐朝中當大官。但這些人都是繡花枕頭，對治國施政一竅不通。馮延巳專門拈弄筆墨，不以政事為意。而韓熙載為人更是放蕩不羈，他養有姬妾四十餘人，朝廷給他的俸祿，全被姬妾分去，他就穿上破衣，背起竹筐，扮成乞丐，走到各姬妾住的地方去乞食，以為笑樂。

南唐宰相孫晟、戶部尚書常夢錫等大臣十分討厭馮延巳這班只會做表面文章的文士。孫晟將馮延巳比喻成裝著狗屎的金杯玉碗。但李璟卻十分信任馮延巳，政事都委於他。馮延巳盡力向李璟獻媚，他曾說：「當初烈祖在安陸才喪失了幾千兵，就不吃不喝，長吁短歎多天，這是耕田佬的識量罷了，怎能成大事？哪裡比得上當今皇上，他派出數萬軍隊在外，還擊球宴樂像平日一樣，這才是真英主呵！」李璟受到這群文士的包圍，日夕飲酒作詩填詞，變得昏庸腐敗，過著歌舞昇平、倚紅偎翠的生活。

後周顯德三年（西元九五六年），後周世宗柴榮伐南唐，掠取江北半數之地。南唐軍節節敗退，精華喪失殆盡，無力反擊。南唐百姓因苦於博征及營田[1]，紛紛奉酒迎接後周軍隊。但後周軍隊軍紀極差，專事剽掠，視民如土芥，南唐百姓由此失望，以農具為兵器，襞紙為甲，發動起義，稱「白甲軍」。後周發軍討伐，竟屢次不敵這樣一支雜牌軍，於是後周所得南唐諸州大多為南唐收復。不久後，後周再伐南唐，攻取南唐江北各州，又於長江中擊敗南唐水師。南唐中主李璟忙割長江以北之地願以國為附庸，去帝號，改稱南唐國主，原所用天子之制皆降損，奉後周為正朔。從此，南唐國勢不振。宋朝建立後，李璟繼續納貢稱臣，奉宋為正朔。

西元九六一年，李璟憂病死去，終年四十六歲。第六子李煜繼位，世稱南唐李後主。李煜，初名從嘉，字重光，號鍾山隱士等。他「為人仁孝，善屬文，工書畫，而豐額駢齒，一目重瞳子」，本來是沒有機會做國主的，但他的五個哥哥都死得很早，所以才成為太子，意外成了國主繼承人。

李煜喜愛文學，比父親有過之而無不及，「自少俊邁，喜肆儒學，工詩，能屬文，曉悟音律。姿儀風雅，舉止儒措，宛若士人。」然而，他可謂生不逢時，他即位時，正值雄才大略的宋太祖趙匡胤統一天下，先後討平了南平、後蜀、南漢，李煜深怕遭受與這些亡國之君一樣的命運，憂懼不已。只是性情文弱的他對軍事和政治沒有任何興趣，不願銳意進取，只知道借酒消愁，與身邊的女人春花秋月。

李煜篤信佛教，禮佛極誠，據說這與他祖父李昪小時候在濠州開元寺當過和尚有關。他用庫府的錢招募人為僧，金陵的僧人多達萬人。又自取法號蓮峰居士，退朝後，與小周后換上僧人的衣服，雙雙跪在佛前，誦讀經書，由於長時間跪拜，額頭竟起了淤血。僧人犯了罪，不依法制裁，而是讓他誦佛，然後赦免。甚至親臨監獄審理囚犯，死罪免死，重罪減輕，小罪釋放，寬大不計其數。韓熙載為此上疏道：「獄訟乃有司之事，囹圄之中非陛下車駕所至，請捐內帑錢三百萬，充軍資庫用。」李煜欣然認「罰」，還說：「繩愆糾謬，靠（韓）熙載矣。」如遇齋日，便在佛前點燃一盞明燈，稱為「命燈」，如果命燈徹夜燃燒，罪犯便可減刑免死，反之則將依律處決。一些不法之徒見有機可趁，便重金賄賂宮中宦官，暗中在命燈中偷續膏油，好使自己逃避制裁。

李煜這一佞佛的「愛好」甚至被精明的宋太祖趙匡胤充分利用，他選了一名口齒伶俐、聰明善辯的少年南渡來見李煜，大談人生和性命之說。李煜信以為真，以為是難得的真佛出世，從此就很少注重治國安邦以及邊防守衛，而是整天念佛。有一次，他巡視僧舍時見小沙彌正在削製廁簡[2]，生怕廁簡芒刺粗糙，信手拿起來在自己面頰上刮試，直到光滑為止。一國之主如此，文武百官也紛紛仿效，莫不以素食齋戒奉佛為榮。中書舍人張洎每見李煜必論佛法，長於屬文的韓熙載專為寺院撰寫碑文，就連一些鎮守邊關的節度使也以專車載佛，隨時頂禮膜拜。

如此醉心佛事，貽誤朝政，也激怒了一些忠君憂國之士。歙州進士汪渙冒死上〈諫事佛書〉：「昔梁武事佛，刺血寫佛書，捨身為佛奴，屈膝為僧禮，散發俾僧踐。及其終也，餓死於台城。今陛下事佛，未見刺血踐發，捨身屈膝，臣恐他日猶不得如梁武也。」可惜李煜疏覽後絲毫不加收斂。

即使有將領提議加強邊防，李煜也極力壓制。宋開寶三年（西元九七〇年）冬，南都留守林仁肇提

1 南唐以茶鹽強民而征其粟帛，謂之「博征」；營田，官田的一種，募人耕種，量收租利，南唐曾於淮南大興營田。
2 長條狀竹製薄片，用途近似後世的廁紙。

出：「淮南諸州，戍兵各不過千人，宋朝前年滅蜀，今又取嶺表，往返數千里，師旅罷敝，願假臣兵數萬，自壽春北渡，徑據正陽，因思舊之民，可復江北舊境，彼縱來援，臣據淮對壘而禦之，勢不能敵。兵起之日，請以臣舉兵外叛聞於宋朝。事成，國家享其利，敗則族臣家，明陛下無二心。」表示願意領兵北上，收復舊地，甚至還預先為李煜鋪好了開脫的退路：他起兵的時候，李煜就向外宣稱林仁肇叛變。倘若事成，得利的是南唐，倘若失敗，犧牲的就是林仁肇全家，李煜不必承擔任何責任。林仁肇的這一安排十分妥帖，可是對這樣有限度的冒險李煜卻仍「懼不敢從」，只知念佛、填詞、醉生夢死。

沉浸軟綿溫柔鄉懦弱至極

林仁肇是南唐唯一的一員虎將，以致宋太祖趙匡胤千方百計要除掉他。宋太祖先派人到南唐，暗中畫下林仁肇的畫像。得到畫像後，宋太祖便把它掛到牆壁上，然後召見正被軟禁在汴梁的李從善（李煜親弟），問他認不認得畫像中的人是誰。李從善一時沒有認出來，宋太祖便笑道：「這是你們江南有名的大將林仁肇，他即將前來歸降，先送來畫像作為信物。」李從善回去後，馬上親筆寫了一封密信，告知兄長李煜，說林仁肇要謀反。恰巧那時林仁肇與部下將領不和，那人就造謠林仁肇與宋太祖勾結，妄圖割據江西自立為王。李煜派人賜林仁肇毒酒，造成大將未死敵手的悲劇。

不僅如此，李煜就連東邊實力弱小的吳越也不敢碰。沿江巡檢盧絳曾經對他說：「吳越是我們的仇敵，將來肯定會和宋朝一起攻擊我們、做其幫凶，我們應當先下手滅掉他，免去後患。」李煜卻說：「吳越是北方大朝的附庸，怎麼能輕舉妄動、發兵攻擊呢？」盧絳說：「臣請陛下以屬地反叛為名先予以聲討，然後向吳越乞求援兵，等他們的援兵到了，陛下就發兵阻擋，臣再領兵悄然前去偷襲，就能一舉滅掉吳越。」李煜根本就聽不進去。

李煜身邊有幾個著名的美女。宮女窅娘用帛纏成小腳，用足尖支撐身體舞蹈——「凌波妙舞月新升」，深得李煜讚賞。據說，這是中國古代芭蕾舞的發端，而婦女纏足也自窅娘起蔚然成風。李煜的妻子周后是錢塘著名美女。周后，小字娥皇，大司徒周宗之女，十九歲與李煜成婚。李煜即位，立為皇后。周后精音律，善歌舞，通書史，至於采戲弈棋，也無不絕妙，可稱得上是五代時期的一位才女。據《南唐書》記載：「唐朝盛時，霓裳羽衣曲為宮廷最大歌舞樂章，亂離之後，絕不復傳，後（大周后）得殘譜，以琵琶奏之，於是開元天寶之餘音復傳於世。」可見周后在音律上造詣極深，與李煜可謂志同道合，因此二人之間產生了真摯的愛情，堪比當年的唐玄宗和楊貴妃。可惜好景不長。周后的四歲兒子仲宣一日在佛堂玩耍，剛好有一隻大貓趴在佛堂中高懸的琉璃燈上。大貓突然躍下，琉璃燈跟著摔下，小仲宣受驚嚇而死。本已有病的周后驚聞兒子驚悸而死，病情轉重，也撒手西去。

周后有妹嘉敏，天真爛漫，清新自然，美色無雙。周后死後，周嘉敏妹順理成章當上了皇后，史稱小周后。據說周后臥病在床時，李煜已與小周后偷偷私會調情。陸游《南唐書・後紀傳》說：「或謂后寢疾，小周后已入宮中。后偶事幔見之，驚曰：『汝何日來？小周后尚幼，未知嫌疑，對曰：『既數日矣。』后恚怒，至死面不外向。放後主過哀以掩其跡云。」馬令《南唐書・后妃傳》又經：「后自羅惠殂，常在宮中。後主樂府詞有『衩襪下香階，手提金縷鞋』道類，多傳於外。至納后，乃成禮而已。」後來一些畫家以李煜與小周后為題材，將二人幽會的情景畫入畫中，即著名的〈小周后提鞋圖〉。

小周后性愛綠色，所穿衣服都尚青碧。有一富人，染成一匹縹絹，曬在苑內，夜間遺忘未曾收取，為露水所沾，第二天一看，其色分外鮮明，後主與小周后見了，一起稱美，於是妃嬪宮人，竟收露水，染碧為衣，號為「天水碧」。後來李煜又在妃嬪宮人的妝束上想出一種新鮮飾品，用速陽進貢的茶油花子，製成花餅，或大或小，形狀各別。令妃嬪宮女淡汝素服，縷金於面，用這花餅裝點在額上，稱為「百花妝」。

在風流浪漫生活的同時，李煜亦對宋朝卑躬屈節，不斷以金帛珠寶結宋朝皇帝的歡心，史載「（李）煜每聞（宋）朝廷出師克捷及嘉慶之事，必遣使犒師修貢。其大慶，即更以買宴為名，別奉珍玩為獻。吉凶大禮，皆別修貢助」，想以此維持他在江南一隅的統治。由於國庫已經枯竭，為了上貢需要，不得不在乾德二年（西元九六四年）採納戶部侍郎韓熙載建議，發行鐵錢以救急；同時巧立名目收稅以增加財政收入，到後來，就連民間的鵝生雙蛋、柳條結絮都要抽稅。有一陣金陵少雨，有人戲稱是：「雨懼抽稅，不敢入城。」

為了進一步討好宋朝，李煜又主動去唐號，改印文為「江南國主印」，將已封王的諸弟降封為公；貶損制度，下令稱「教」，改中書、門下省為左、右內史府，尚書省為司會府，御史臺為司憲府，翰林為文館，樞密院為光政院，其餘官稱多所更定；宮殿悉除去鴟吻；甚至親自穿紫袍接見宋朝使臣，執藩臣禮數。然而他的苟安、他的懦弱、他的無能、他的臣服，並無法改變趙匡胤消滅南唐的決心，便乾脆自暴自棄，日日沉湎於酒色。

北宋滅南唐李煜投降

趙匡胤滅南漢後，便在荊湖造大艦龍船數千艘。當時，江南池州人樊若水在南唐不得志，便想歸順宋朝。他假裝於採石江面釣魚，乘小船，載絲繩，往來南北岸幾十次，測得了江面的寬度，以此作為大禮上書宋朝，請造浮橋渡江。趙匡胤考慮到宋軍大多為北方人，不習水戰，便採納了樊若水的意見。

宋開寶七年（西元九七四年）的秋天，趙匡胤打算出兵攻打南唐，因師出無名，便派左拾遺、知制誥李穆出使江南，召李煜入朝。李煜畏懼宋朝軍威，準備入朝，但為大臣陳喬、張洎所阻，李煜遂稱病不朝。李穆勸道：「請國主深重考慮入朝一事，希望將來不要後悔。朝廷（指宋朝）兵精甲銳，物力雄富，恐怕江南不是對手。」李煜之弟李從善之前出使宋朝，一直被扣在汴梁，李煜生怕自投羅網，始終不肯答應。趙匡胤終於有了出兵藉口，隨即以曹彬、潘美為大將，率兵十萬討伐江南。曹彬自荊南領戰艦東下，潘美在採石架浮橋渡江，浮橋三日而成，和樊若水之前所測量的距離不差尺寸。宋軍渡江，如履平地。進至秦淮，江南水陸兵十萬列陣於金陵城下。宋軍涉水強渡，江南兵大敗。

李煜整日在深宮與僧徒道士談經論道，不問政事。金陵守將皇甫繼勳買通宮人，隱瞞戰事，李煜絲毫不知亡國在即。直到有一天，他偶然外出巡城，見到宋軍滿野，金陵岌岌可危，這才知道為左右所蒙蔽，狂怒之下殺皇甫繼勳。無計之下，又只好派徐鉉、周惟簡為使者到汴京（今河南開封）向趙匡胤求和。徐鉉說：「李煜無罪，陛下師出無名。」趙匡胤道：「朕令李煜入朝，為何違令？」徐鉉答道：「李煜事陛下，如子事父，沒有過錯，為何被伐？」趙匡胤道：「既為父子，為何分成兩家。」徐鉉無言以對，知道宋帝意在江南，再無迴旋餘地。

李煜求和不成，急調駐守上江的朱令贇入援金陵。朱令贇率十五萬大軍自湖口順流而下，欲斬斷採石浮橋，以解金陵之圍。到達皖口（今安徽安慶西南，皖水入江口）時，朱令贇大軍與宋行營步軍都指揮使劉遇五千人相遇。劉遇先揮軍急攻，朱令贇下令用火油攻燒宋軍戰艦，宋軍正節節敗退時，風向忽轉，火勢反燒朱軍，南唐軍隊不戰自潰，主將朱全斌慌忙間投火自盡。此戰宋軍僥倖得勝不說，還消滅了南唐主力精銳，金陵陷於孤城危蹙中，指日可下。

李煜無可奈何，只好再派徐鉉、周惟簡出使汴京，並帶去貢銀五萬兩、絹五萬匹，乞求緩兵。徐鉉道：「李煜不是敢違抗聖旨，而是因病不能入朝。請罷兵以拯救一邦之命。」趙匡胤道：「朕已曉諭將帥，不得妄殺一人。」徐鉉還要拿出文人的那一套嘴皮子功夫，趙匡胤大怒，拔劍道：「休要多言！江南有什麼大罪，但天下一家，臥榻之側，豈容他人鼾睡！」徐鉉驚出一身冷汗，急忙退出。

宋軍攻打金陵前夕，主帥曹彬忽然稱病不視事，諸將都來問候。曹彬說：「我的病不是藥物所能醫治，只須諸位誠心起誓，克城之後不亂殺一人，我的病就自然好了。」諸將許諾，焚香為誓。曹彬這樣約束將士，是因為出征前趙匡胤已下令保護金陵城和江南財富。果然，宋軍攻入金陵後，秩序井然。

李煜之前曾慷慨表示要「親督士卒，背城一戰，以存社稷」，一旦失敗，也要自焚殉國。他甚至已經在宮中堆好了柴草，但臨到最後一刻卻放棄，最終肉袒出降。南唐國亡。

「四十年來家國，三千里地山河。鳳閣龍樓連霄漢，玉樹瓊枝作煙蘿。幾曾識干戈？一旦歸為臣虜，沉腰潘鬢消磨。最是倉皇辭廟日，教坊猶唱別離歌。垂淚對宮娥。」李煜寫罷降表後，隨即感慨地寫下這首沉痛的〈破陣子〉。這首詞曾在後世引起莫大非議，大多數人認為李煜拜辭祖廟、北上而為俘虜，理應對著祖宗牌位痛哭流涕，愧對列祖列宗，愧對江南錦繡，愧對南唐百姓，而李煜卻是「垂淚對宮娥」。對感性的李煜而言，他唯一的不幸並非亡國，而是生在帝王家。

一代詞宗因〈虞美人〉上西天

宋開寶九年（西元九七六年），元宵節剛過，李煜及其子弟、官屬一行四十五人到達汴京，身穿白衣，到明德樓拜見宋太祖趙匡胤。趙匡胤沒有加害，減死罪一等，因其曾守城相拒，封「違命侯」掛名擔任光祿大夫、檢校太傅、右千牛衛上將軍。李煜有自己的宅第，但有人把守，不能隨意出入，不能與外人交往，實際上不過是比較體面的囚徒。

李煜被封違命侯後，成天長吁短歎，過著淒寂不堪的日子。好在身邊還有小周后相伴，總算為他絕望的生活平添一絲溫暖和安慰。就在這年冬天，宋太祖趙匡胤在萬歲殿駕崩，留下千古的「斧聲燭影」之謎。趙匡胤弟趙光義即位為宋太宗後，除去李煜違命侯的封號，改封隴西郡公。

然而，趙光義表面上優待李煜，暗地卻打美貌的小周后主意，不斷以宮眷的名義召小周后進宮。龍袞在《江南錄》中記載：「李國主小周后隨後主歸朝，封鄭國夫人，例隨命婦入宮。每一入輒數日，出必大泣罵後主，後主多宛轉避之。」明人沈德符《野獲編》又說：「宋人畫〈熙陵幸小周后圖〉，太宗戴襆頭，面黔色而體肥，周后肢體纖弱，數宮人抱持之，周后作蹙額不勝之狀。有元人馮海粟學士題曰：『江南剩有李花開，也被君王強折來。』」對妻子的境遇，身為丈夫的李煜除了落淚、任憑小周后泣罵外，別無他法。

也許霸占了別人的妻子多少有些心虛，趙光義總擔心李煜會有什麼不滿之詞，千方百計派人監視、打探他的一言一行。南唐舊臣徐鉉後來在宋朝當官，趙光義便宣召徐鉉進見，問他道：「你最近可曾見到李煜？」徐鉉知道宋朝皇帝明令禁止李煜與外人往來，立即惶恐地答道：「沒有陛下旨意，微臣安敢私自見他？」趙光義於是說：「我對你是信得過的，你儘管去見他。若有人問起，就說是我恩准的好了。」徐鉉本就難忘舊主，當下歡喜地去見李煜。這次會見，雙方都不知說什麼好。此時，昔日的君已是行動不得自由的階下囚，舊日的臣則效忠對君有滅國之恨的大仇人，當此情形，又還能說些什麼呢。然而李煜見到故臣，心情激動，居然一改往日的謹小慎微，長歎一聲說：「悔不該錯殺了潘佑、李平。」潘佑、李平都是因為在南唐滅亡前向李煜直諫被殺。徐鉉知道利害，沒敢接話。後來趙光義問及談話內容，徐鉉不敢隱瞞，據實稟告。趙光義聽了，心中動了殺機。

太平興國三年（西元九七八年）七月初七，這天既是乞巧節，又是李煜的生日。鬱鬱不樂中，他填了一闋感舊詞〈虞美人〉：「春花秋月何時了，往事知多少。小樓昨夜又東風，故國不堪回首月明中。雕闌玉砌應猶在，只是朱顏改。問君能有幾多愁，恰似一江春水向東流。」表達了悲哀無奈的心境，以及對「故國」「往事」的無限留戀，抒發了明知時不再來而心終不死的感慨，藝術上達到很高的境界，正所謂「不幸亡故國，有幸成詞宗」。李煜填完〈虞美人〉後，將它交給歌伎演唱，他自己也擊節相和，不知不覺已經淚滿衣襟。

詞成就了李煜詞宗的英名，但這首千古傳唱的〈虞美人〉也將他送上了西去之路。趙光義得知後非常惱怒，認為李煜故意借詞發洩心中不滿，當晚就派使者送牽機藥給李煜。牽機藥是一種劇毒之藥，吃下去後，人的頭部向前抽搐，最後與足部拘摟相接而死，狀似牽機。李煜在使者的監視下被迫服藥，在極度的痛苦中悲慘死去，死時年僅四十二歲。死後贈太師，追封吳王。清人袁枚曾引用《南唐雜詠》中的話評價他：「作個才人真絕代，可憐薄命作君王。」不久，悲痛欲絕的小周后也追隨李煜於地下。才子佳人終成黃土，只剩下長江水日夜不停，滾滾東去。

關於韓熙載

韓熙載，字叔言，濰州北海（今山東）人，平盧軍留後韓光嗣之子。他自幼勤學苦讀，曾與同鄉好友史虛白一起在中嶽嵩山隱身讀書，後遊學於洛陽，並參加科舉考試，一舉考中進士，此時他才二十歲出頭，正是胸懷天下的年紀。天成元年（西元九二六年），後唐發生多起兵變，中原陷入一片混亂，韓光嗣被殺，韓熙載被迫離開中原，與史虛白一道在好友李谷的掩護下逃往南方。

李谷，字惟珍，潁州汝陰（今安徽阜陽）人，後唐進士，為人厚重剛毅，善談論，與韓熙載交好。他因家鄉近淮水，熟悉地形，便讓韓熙載、史虛白偽裝成商賈，從正陽渡淮河，這樣便可順利逃入對面吳國境內。傳說幾人分手前舉杯痛飲，韓熙載對李谷說：「吳國如果用我為宰相，我必將長驅以定中原。」李谷回答說：「中原如果用我為相，我取吳國如同探囊取物。」於是二人就此約定各自要有一番作為。後來周世宗柴榮果然用李谷為相，採用其謀奪取了南唐淮南之地，李谷進封為趙國公，入宋後不久病死，宋朝贈其侍中，可謂仕途順利、一生榮光，而韓熙載和史虛白在南唐卻無所作為。

話說當年七月，韓熙載與史虛白經過長途跋涉，終於到達吳國都城廣陵（今江蘇揚州）。當時吳國大權已經旁落，實際執政的是徐知誥，也就是後來的南唐烈祖李昪，朝中最受信任的大臣為宋齊丘，史虛白一見他就說：「吾可代彼。」（《南唐書》）宋齊丘很是不平，想殺殺史虛白的傲氣，便設宴招待，等他喝得半醉時，有意讓他寫作朝廷書檄、詩賦、碑頌等各種文體。不料史虛白握筆在手，筆不停輟，瞬間寫完，詞采磊落，坐客驚服。徐知誥很是賞識，問他軍國大計，史虛白說：「中原方橫流，獨江淮阜。兵食俱足，當長驅以定大業，毋失事機，為他日悔。」意思是讓吳國趁中原兵亂，一舉北上，儘快實現統一大業。然而徐知誥正謀畫從吳國奪權，自己當皇帝，哪裡有這等遠見，因而只是敷衍了事。史虛白看出此人不足以謀，便以有病為由推辭官職，果斷離去，從此寄情山水，詩酒自娛，絕意世事，後與其子合力著有《釣磯立談》一書。

徒有抱負卻一生浮沉

史虛白看出徐知誥目光短淺、成不了大事，韓熙載肯定也看得出來，只是他出身顯貴之家，少年得志，名利之心極重，不肯輕易離開官場。初見徐知誥時，便獻上〈行止狀〉一篇，暢述生平之志，文采斐然，氣勢恢宏。然而徐知誥本出身貧寒，長期寄人籬下，為人謹慎，不喜張揚，對韓熙載這種自視極高又不拘小節的熱血青年，實在難以真心賞識，加上當時正全力奪權，因怕韓熙載節外生枝，有意放他到外地為官，歷任滁、和、常三州從事。

直到十一年後，升元元年（西元九三七年），徐知誥建立南唐，改名李昪，這才將韓熙載召回都城金陵為官，署為祕書郎，掌太子東宮文翰，屬於閒職。太子李璟即位後，因韓熙載是東宮舊僚，開始信用有加。韓熙載趁機又向李璟推薦了好友史虛白，說他有經世治國之才，堪以大用。李璟連忙派人召史虛白到金陵，想看看這傳說中的大才子到底有什麼本事。史虛白閉口不談國事，喝得酩酊大醉後在王宮的臺階上撒尿，李璟最終打消了起用他的念頭。韓熙載卻沒有史虛白那般超脫名利的勇氣，他起初尚得到李璟信任，數言朝事，無所迴隱。史虛白在著作《釣磯立談》中對好友有一段描述，生動描寫韓熙載如何為了報國而延納俊才，但他為人孤傲，不事逢迎，很快遭到權臣宋齊丘等忌恨，陷入朝中黨爭之中，從此無力自拔。

保大四年（西元九四六年），樞密使陳覺擅自調發汀州（今福建長汀）、建州（今福建建甌）、撫州（今江西撫州）、信州（今江西上饒）兵馬，進攻閩國福州（今福建），由於南唐將領互相爭功，又由於吳越發兵增援閩國，導致南唐軍隊慘敗，精銳盡失，雖滅了閩國，得到部分閩國土地，但得不償失，福州也被吳越占領。李璟下詔誅殺陳覺等人，經宋齊丘、馮延巳從中說合後，又改流放蘄州。韓熙載上表彈劾宋齊丘、馮延巳二人與陳覺等結為朋黨，禍亂國事。宋齊丘等立即大肆攻擊韓熙載性情懶散、嗜酒猖狂、朝直多缺，由於宋齊丘對南唐有開國之功，勢力極大，李璟不得不罷免韓熙載，甚至一度貶他為和州司馬。這一次被貶對韓熙載打擊很大，熱情終於逐漸冷卻，滿腔抱負經不起現實的考驗，人生充滿挫敗感，決意選擇隨波逐流以等待生命的終結；在外當了多年小官後，韓熙載的鋒芒也開始收斂，最終再次被召回京師，任虞部郎中、史館修撰，後拜中書舍人。

死後被追贈宰相

此時正值後周大軍進攻淮南，李璟命其弟齊王李景達為諸道兵馬元帥，以抵禦周軍，卻又因父親曾欲立李景達為太子而不放心，又加派忌賢妒能的陳覺為監軍使，韓熙載勸阻道：「親莫過親王，重莫過元帥，何必再任命監軍使！」然而李璟不聽，最終釀成南唐徹底慘敗，被迫割讓淮南十四州給後周，並稱臣納貢，從此再無實力與中原抗衡，只能苟安於一隅。後周一方謀畫的主要軍師，正是韓熙載的好友李谷。因痛失淮南，李璟怒殺心腹宰相宋齊丘，但仍不免時常鬱鬱，不久病死。後主李煜即位，任命韓熙載為吏部侍郎。不久因國用不足，韓熙載請鑄鐵錢，與宰相嚴續爭論，聲震殿廷，被李煜認為失禮而改授祕書監。但一年後仍然認為韓熙載有才，復官為吏部侍郎，並升任兵部尚書、充勤政殿學士承旨。

此刻的韓熙載，已在反反覆覆的仕途沉浮中消磨掉最後的雄心，日益曠達不羈，沉湎於聲色，不久被人彈劾放縱不檢點，貶為太子右庶子、分司南都，安置於洪州。韓熙載不願離開金陵，上表乞哀，表示要盡斥諸伎。李煜見他年老可憐，又有悔改之心，便將他留了下來，不料韓熙載立即故態復萌，又大開夜宴，夜夜笙歌。李煜由此歎道：「吾亦無如之何！」

開寶元年（西元九六八年）五月，韓熙載撰成《格言》五卷、《格言後述》三卷，進獻後主李煜，並上疏「論刑政之要，古今之勢，災異之變」。李煜讀後很是讚賞，遂升任韓熙載為中書侍郎、充光政殿學士承旨，這是韓熙載生前所任的最高官職，但始終未能擔任宰相。開寶三年（西元九七〇年），韓熙載病死。據《十國春秋》記載，其墓誌銘為：「庚午歲秋七月二十七日，沒於京鳳台里之官舍。」一直在重用或不用這位重臣之間徘徊不定的李煜，閱讀韓熙載舊作，非常痛惜，特下詔贈韓熙載左僕射、同平章事，即宰相之職，諡「文靖」。韓熙載生前未能得到的官職，終於在死後得到，他地下有知，不知該是何種反應。

關於秦蒻蘭／陶谷

秦蒻蘭色誘陶谷是古代外交史上的著名事件，以致後世再提類似的美人計時，都會直接說「用秦蒻蘭之計」。

陶谷，字秀實，邠州新平（今陝西）人，本姓唐，避後晉高祖石敬瑭諱而改姓陶。他父親唐渙本是夷州刺史，兵亂時被邠帥楊崇本所殺。當時陶谷年紀還小，跟隨母親柳氏改嫁楊崇本，在殺父仇人的養育下長大。他少時博聞強記，精通經史，善隸書，能寫一手好文章。出仕後晉，很快因文章才華得到宰相李崧賞識，奏為著作佐郎、集賢校理，改監察御史，後遷虞部員外郎、知制誥。後周時任戶部侍郎、翰林學士。

陶谷曾受後周世宗柴榮派遣出使南唐，南唐方面負責接待的正是韓熙載，因為都是北方人，開始倒也頗盡禮數。據說有一日陶谷在驛舍閒逛，順手在亭壁上題寫十二個字：「西川犬百姓眼馬包兒御廚飯。」眾人均不解其意，只有宋齊丘看了說：「這是一個字謎，『西川犬』是蜀犬，即『獨』字；『百姓眼』是民目，即『眠』字；『馬包兒』是爪子，即『孤』字；『御廚飯』，是官食，即『館』字。這個字謎的意思是『獨眠孤館』。」

後來陶谷面見李璟時，態度倨傲無禮，南唐君臣都很氣憤，卻因不敢得罪後周而無可奈何。只有韓熙載說他有辦法整治陶谷，於是派秦蒻蘭裝扮驛吏之女接近陶谷。秦蒻蘭纖纖弱質，溫柔美麗，果然引起陶谷的注意。秦蒻蘭又有意編造悲苦身世，引來同情，晚上時更是主動投懷送抱，陶谷又愛又憐，遂入圈套。他憐憫秦蒻蘭「際遇」，有意娶其為妻，特意填〈風光好〉詞以表心意：「好姻緣，惡姻緣，奈何天。只得郵亭一夜眠，別神仙。琵琶撥盡相思調，知音少。待得鸞膠續斷弦，是何年？」幾日後，中主李璟再設宴招待陶谷，陶谷不肯飲酒，頗有正人君子派頭。韓熙載於是喚秦蒻蘭出來勸酒，陶谷這才知道中了美人計，羞愧得無地自容，灰溜溜地回後周去了。宋朝創建後，陶谷改任吏部侍郎，仍為翰林學士承旨，宋代法物制度多為他所定。後累加刑部、戶部尚書。開寶三年（西元九七〇年）卒，享年六十八歲，贈右僕射。著有《清異錄》一書。

明人唐寅（唐伯虎）曾根據秦蒻蘭色誘陶谷的故事繪製〈陶谷贈詞圖〉，並在上題詩道：「一宿姻緣逆旅中，短詞聊以識泥鴻。當時我作陶承旨，何必尊前面發紅。」詩情畫意，寓意殊深，此畫現藏於臺北故宮博物院。

關於樊若水

樊若水，字叔清，南唐池州（今安徽貴池）人。他多次到金陵參加進士，屢試不第，又上事言事，不被權臣重視，遂謀降宋。開寶七年（西元九七四年）七月，樊若水聽說宋朝將伐南唐，便潛至汴京，上書陳平南唐策，請造浮橋渡江。宋帝趙匡胤立即召見，樊若水呈上長江形勢圖，趙匡胤大喜過望，如獲至寶。又問其名字來歷。樊若水說：「唐朝有個宰相叫倪若水，為人剛直，我很仰慕他，所以也給自己取了這個名字。」旁人一聽都暗笑不止，原來那唐宰相名字叫倪若冰。趙匡胤知道此人腹中墨水有限，也不好明說，便賜名為樊知古，字仲師，賜進士及第、舒州團練推官、贊善大夫。

舒州就在樊若水家鄉池州的對江。樊若水上任後，除了謀畫軍事外，還不斷派人過江，與潛伏在南唐的間諜一起探取南唐情報。他本人親人眷屬尚滯留在池州，怕南唐加害，直接寫信向李煜索要，李煜不敢得罪，急忙派船送他家屬渡江。後宋軍南下，樊若水充任嚮導，在採石造浮橋渡江，尺寸與其之前所繪圖形不差尺寸，宋大軍得以順利渡江，直抵金陵。可以說，樊若水是直接導致南唐滅亡的關鍵人物。南唐滅亡後，樊若水擢升侍御史，累任諸路轉運使。任西川轉運使時，境內爆發王小波起義，因望風而逃被免職，憂悸而死。

明人佘翹曾根據樊若水的故事創作傳奇劇本《量江記》，一度名噪一時，至今仍不時有劇團上演。

關於張泌

此張泌並非同時代詩人張泌，而是南唐句容縣縣尉張泌。與其他南方政權制度多不完備不同的是，南唐的縣級官制沿襲唐制，令、丞、簿、尉大都全設。

李煜初登帝位之時，正值淮南敗後，南唐喪師失地，內憂外患已趨嚴重，有識之士無不憂心忡忡。句容縣縣尉張泌有感國勢江河日下，上疏奏請致治，要他仿效西漢文帝——「服勤政事，躬行儉約，思治平，舉賢良」，並具體條陳十項「急務」：「一曰舉簡大以行君道，二曰略繁小以責臣職，三曰明賞罰以彰勸善懲惡，四曰慎名器以杜作威擅權，五曰詢言行以擇忠良，六曰均賦役以恤黎庶，七曰納諍以容正直，八曰究毀譽以遠讒佞，九曰節用以行克儉，十曰克己以固舊好。」最後語重心長地囑咐李煜：「審先代之治亂，考前載之褒貶，纖芥之惡必去，毫釐之善必為。」李煜覽疏大喜，優詔慰答，只可惜他能容忍臣下上疏卻不能從諫如流，未能付諸實施。

關於耿先生

耿先生的生平事蹟見宋人鄭文寶所撰《南唐近事》——「女冠耿先生，鳥爪玉貌，甚有道術。獲寵於元宗，將誕前三日，謂左右曰：『我子非常，產之夕當有異。』及他夕，果震雷繞室，大雨河傾。半夜雷止，耿身不復孕，左右莫知，所產將子亦隨失矣。」

關於李家明

李家明，廬州（今安徽合肥）人，南唐中主李璟時主導樂部，為人詼諧敏捷，善為諷詞。宰相宋齊丘權勢熏天，晚年得一兒子，卻又迅速夭折。宋齊丘十分悲慟，日夜哭泣。李家明便寫了一首詩〈諷宋齊丘哭子〉：「安排唐祚革強吳，盡是先生作計謨；一個孩兒棄不得，讓皇百口合何如。」前面兩句是說李昪廢掉吳國建立南唐，都是宋齊丘的計謀。李昪立國後，將吳國的楊行密後人全部關在海陵永甯宮（今江蘇泰州）。後周顯德三年（西元九五六年），周世宗柴榮攻打南唐淮南之地，為了利用楊氏聲望，下詔慰問被關在永甯宮的楊氏族人。當時南唐元宗李璟在位，聞訊後聽從宋齊丘之計，派兵將楊氏全部殺死，楊行密子孫由此滅絕。李家明後兩句提的就是這件事，意思是你自己死一個孩子都不得了，當時殺死楊氏百口人時又該如何，諷刺宋齊丘殺戮過重。李家明特意將這首詩寫在紙鳶上，放到宋齊丘家宅上空。宋齊丘看了詩後，頗覺有理，這才止住哭泣。

李家明在後主李煜時期事蹟不詳，只有與〈韓熙載夜宴圖〉有關的史籍提及他任教坊副使，與其妹李姬（即夜宴開場彈奏琵琶的女子）一道參加夜宴。另，〈全唐詩〉收其詩四首。

至於宋大將曹彬殺南唐樂工一事，為歷史真事。宋祖趙匡胤命諸將征江南，大將曹彬與諸將約定，城破之日，誓不妄殺一人。然而，入城後樂工因悲慟國破家亡、奏不成曲，終大開殺戒。死難樂工被埋在一處，後人將其墳命名為「樂官山」，有詩弔曰：「城破轅門宴賞頻，伶倫執樂淚沾巾。駢頭就戮緣家國，愧死南歸結綬人。」

關於舒雅

舒雅，字子正，安徽歙縣人。幼好學，才氣過人，善詩文，韓熙載門下數十人，共推舒雅為首，南唐保大八年（西元九五〇年）庚戌科狀元。但此人在南唐無所作為，留下的事蹟都是與韓熙載一道風流的浪蕩事蹟。南唐滅亡後，舒雅入宋為將作監丞，參與編纂校訂《文苑英華》《史記》《論語正義》《七經疏議》等書。累遷職方員外郎，後出守舒州。他與翰林學士楊億等人寫詩唱和，被後世稱為「西昆派」，結有《西昆酬唱集》一書。

關於德明

德明雖是僧人，卻是韓熙載的心腹友人。據《南唐拾遺記》記載，韓熙載曾對德明解釋自己為何夜宴笙歌，說：「吾為此行，正欲避國家入相之命。」意思是借酒色自污，以免被國主李煜重用拜相。德明問為什麼要這樣，韓熙載說：「中原常虎視於北，一旦真主出，江南棄甲不暇，吾不能為千古笑端。」可見他已經預料南唐將為宋所滅，正所謂「日月俱照，爝火銷光」，他不願意當一個亡國宰相，成為千古笑柄。史書記載為宋人細作的僧人另有其人，被稱之「小長老」，應該就是之前提過趙匡胤所派、與李煜談論佛法的伶俐少年。

關於郎粲

郎粲，籍貫、經歷不詳，約於宋乾德五年（西元九六七年）在南唐進士考試中奪魁，當時才二十來歲，因喜歌舞，也成為韓熙載夜宴席上的賓客。

關於陳致雍

陳致雍，莆田人，仕閩為太常卿。入南唐，以通禮及第，除博士，遷祕書監致仕。

關於朱銑

朱銑，南唐江南書法大家。徐鉉所撰蔣莊武帝廟碑，為其所書，在蔣廟門外。張懿公神道碑，亦其所書。

關於陳繼善

陳繼善的事蹟見宋人鄭文寶所撰《南唐近事》——「陳繼善自江寧尹拜少傅致仕，富於資產，性鄙屑，別墅林池，未嘗暫適。既不嗜學，又杜絕賓客，惟自荷一鋤，理小圃成畦，以真珠千餘顆若種蔬狀，布土壤之間，記顆俯拾，周而復始，以此為樂焉。」

關於夜宴中的樂舞

因為是夜宴，自然少不了音樂歌舞。

音樂的部分：李雲如所奏琵琶曲目已不可考，小說中的燒槽琵琶、雙鳳琵琶均為史實，為琵琶中的精品。實際上，〈韓熙載夜宴圖〉中，李氏彈奏用的長頸琵琶（即當今的琵琶）並非中國原創，而是南北朝時期從印度經由西域龜茲（今新疆庫車）傳入中原。琵琶原名批把——「馬上所鼓也，推手前曰批，引手卻曰把，象其鼓時，因以為名也。」（劉熙《釋名》）而中國本土的古琵琶四弦有柱，形似月琴，因魏晉名士阮咸（阮籍之侄）擅彈此器，又被稱為「阮咸」。漢宮女王昭君出塞，彈的其實是阮咸，而非真正的琵琶。

舞蹈的部分：王屋山跳的「綠腰」舞，亦作「六么」「錄要」「樂世」，是唐代創制的著名軟舞，流傳甚廣，故有「六么水調家家唱」的詩句。唐代詩人李群玉有一首〈長沙九日登東樓觀舞〉詩：「南國有佳人，輕盈綠腰舞。華筵九秋暮，飛袂拂雲雨。翩如蘭苕翠，婉如游龍舉。越豔罷前溪，吳姬停白紵。慢態不能窮，繁姿曲向終。低回蓮破浪，凌亂雪縈風。墜珥時流盼，修裾欲溯空。唯愁捉不住，飛去逐驚鴻。」極寫綠腰舞之飄逸嫵媚。

不過是件摹本而已？

藝術史學者　邱建一

認識〈韓熙載夜宴圖〉

一九四五年秋天，著名的國畫大師張大千預備在北京定居，正巧遇到一座清代王府出售，看屋後很滿意，談妥了價錢，預備買下來。恰在此時，他偶然聽說絕世精品〈韓熙載夜宴圖〉落在北京一古玩商手中，忙趕去看畫，鑑定為真品後，當場決定以五百兩黃金高價買下，之前籌畫已久的買房計畫自然泡湯。

得到此畫後，張大千視為無上珍寶，還特意製作了一枚「東南西北，只有相隨無別離」印章，加蓋在圖卷上。然而到了一九五一年，旅居香港的張大千移居國外時，突然以籌措路費名義，將手中的〈韓熙載夜宴圖〉、五代南唐董源的〈瀟湘圖〉、元代方從義的〈武夷山放棹圖〉低價賣給一位朋友；其中，〈韓熙載夜宴圖〉只賣了兩萬美金。不久，在周恩來的指示下，派鄭振鐸趕赴香港，從張大千那位朋友手中以原價購回三幅畫作。這三幅原由張大千收藏的國寶最終便以這種特殊方式，巧妙地留在中國大陸，現均藏於北京故宮博物院。

宮廷畫家顧閎中奉命創作

關於〈韓熙載夜宴圖〉創作緣由，有兩種不同說法。《宣和畫譜》記載，後主李煜打算重用韓熙載，得知他「多好聲伎，專為夜飲，雖賓客楳雜，歡呼狂逸……」；《五代史補》則說，韓熙載晚年生活放縱，「偽主（指李煜）知之，雖怒，以其大臣，不欲直指其過，因命待詔畫為圖以賜之，使其自愧，而（韓）熙載自知安然」，李煜想借此圖規勸韓熙載，希望他有所悔改。無論如何，此畫是顧閎中奉詔而作，確認無疑；據史書記載，另一待詔周文矩也曾作〈韓熙載夜宴圖〉。元人湯垕在著作《畫鑒》中記載：「李後主命周文矩顧閎中圖韓熙載夜宴圖，予見周畫二本；至京師見閎中筆，與周事蹟稍異。」可見元代時，顧閎中、周文矩兩畫尚在。

顧閎中，生卒年不詳，江南人，南唐元宗、後主時為畫院待詔，擅畫人物，是目識心記的寫生高手。周文矩（約九〇七年～九七五年），江寧句容（今江蘇句容）人，為人美風姿、擅丹青，頗具精思，工畫人物，尤擅仕女，多畫宮廷生活，傳世作品有〈琉璃堂人物圖〉〈重屏會棋圖〉〈宮中圖〉。顧、周二人齊名為五代的人物畫大家，在中國美術史上占有一席之地。

現傳世的〈韓熙載夜宴圖〉世代記為顧閎中所作，因畫卷題跋中寫著：「顧閎中，江南人也。事偽主李氏為待詔。善畫，獨見於人物。是時，中書舍人韓熙載，以貴遊世冑，多好聲伎，專為夜飲，雖賓客揉雜，歡呼狂逸，不復拘制，李氏惜其才，置而不問。聲傳中外，頗聞其荒縱。然欲見樽俎燈燭間觥籌交錯之態度不可得。乃命閎中夜至其第竊窺之，目識心記，圖繪以上之。故世有夜宴圖。」但經文物專家沈從文先生考證，此畫並非顧閎中原作，而是北宋人所臨摹，主要依據有兩點：一是畫中人物除韓熙載、僧人德明、狀元郎粲三人外，其餘男子皆穿綠衣，這是降官的服色，正好是南唐投降後不久宋朝頒佈的法令，降官「例行服綠，不問官品高下」，此令至淳化元年（西元九九〇年）始廢；二是畫中凡閒人均「叉手示敬」，這其實是宋人禮儀。

表面歡樂嬉笑，內藏抑鬱憂戚

無論作者是誰，就人物畫而言，〈韓熙載夜宴圖〉實已達到了極高的藝術水準，千年以來，凡有此畫著錄的各書都對它評價很高。

這幅畫全長三公尺餘，以連環長卷的方式描摹當晚韓熙載夜宴中的情形，共分五段，每段畫面以屏風相隔——第一段「聽樂」，描繪韓熙載在宴會進行中，與賓客們一起聽歌女彈琵琶的情景，表現賓主全神貫注側耳傾聽的神態。第二段「觀舞」，描繪韓熙載親自為舞女王屋山擊鼓，賓客都以讚賞的神色注視著韓熙載擊鼓的動作，似乎都陶醉在美妙的鼓聲中。第三段「歇息」，描繪宴會進行中的休息場面，韓熙載坐在床邊，一面洗手，一面和姬妾談話。第四段「清吹」，描繪韓熙載坐聽管樂的場面。他盤膝坐在椅子上，好像在跟一名姬妾說話，另有五名樂伎正準備吹奏，她們雖然坐在一排，但參差婀娜，動態各有不同，毫不呆板。第五段「宴散」，描繪眾賓客與姬妾們談話的情景。

這幅畫的精彩之處，在於將眾人玩樂時的神情和不同性格表現得十分逼真，用筆細潤圓勁，設色濃麗，人物形象清俊娟秀，栩栩如生。尤其深入描繪了韓熙載晚年失意、沉鬱寡歡的複雜性格——畫中，韓熙載雖處夜宴歡場，卻始終雙眉緊鎖，表情冷漠，他身上可說凝聚著深沉的現實矛盾和精神上的空虛苦悶。精微細膩的刻畫使這幅畫超越了一般私人生活的描寫，成為反映出那個特定時代風情的傑作；表面歌舞昇平卻有掩不住的深刻危機，而韓熙載貌似風流實則悲苦難言的情態，亦超出狹小的個人情感範圍，成為南唐王朝「流水落花春去也」的生動縮影。

（文／吳蔚）

現藏於北京故宮博物院的〈韓熙載夜宴圖〉（以下簡稱夜宴圖）是一件畫風技巧卓越的名作，這是藝術史學者公認的事實；但它其實也是一件後期的「摹本」（臨摹複製版本），這也是所有學者公認的另一項事實。

中國繪畫史的畫家們講究技法師承，講究風格流派，所以師徒同門弟兄之間為了學習技法而臨摹，因此誕生了許多摹本。再加上早期宮廷畫家肩負了如同「國家禮品局」的特殊功能，畫家們有時得奉旨做些名作的複製品，作為君臣之間搏感情的恩典，甚至是鄰國友邦之間的禮貌性餽贈之用，這便是為何歷代畫作摹本流傳甚多，車載斗量多如過江之鯽的緣故。海峽兩岸的故宮博物院，珍稀典藏品比比皆是，摹本其實一點都不足以為奇，頂多只能作為附鯽、二軍而已，大家隨意看看也就隨意談談，沒人會把摹本當個真，對它太過認真！

但是，有些摹本卻能引起廣泛的注目、引發多方的討論，這可就不是一句「不過是件摹本而已！」可以簡單帶過的，必定是有它獨特的歷史定位、技巧風格獨到卓越之處，而〈夜宴圖〉就是這樣的作品。這件作品經過歷代學者研究，根據畫作中屏風上的「屏風畫」呈現出的「李郭畫系」風格，再加上畫面中的人物線條勾勒方法等等，這些特徵都暗示著它最早應該不出於北宋晚期，甚至有學者認為可能是晚近到南宋末期、至元代初期才成畫。

但是，這件作品卻又在歷史文獻當中斑斑可考，北宋晚期成書的《宣和畫譜》（卷七〈人物三〉）就已將它列名在五代南唐畫家顧閎中（生卒年不詳）的名下，而這也是顧閎中出現在史料記載中最翔實的一次。《宣和畫譜》明白記載這位出身南唐畫院的畫家，被封為最高職級的「待詔」，而且曾奉後主李煜之命，與當時另一位名叫周文矩的畫家一起到大臣韓熙載家中窺探，並把當時的宴會情況畫了下來，讓國主李煜了解——官至中書舍人的世襲貴族韓熙載，私下居家生活實況。根據《宣和畫譜》記載，在徽宗朝的官方御府收藏當中，還保有五件與韓熙載有關的作品，除〈夜宴圖〉之外，還有名為〈明皇擊梧桐〉的畫作四張。

雖然北宋的官方記載提到這件現藏於北京故宮的名作，但是典籍中記載的那件〈夜宴圖〉就是現今流傳的這幅〈夜宴圖〉嗎？其實，藝術史學者都抱持比較謹慎的看法，因為單純就畫面來看，這件作品的技法實在太過成熟了，筆法精練流暢，與一般認知的五代時期早期人物畫稍微古拙的樣式差異很大。而且，畫面中有兩個屏風與一個床榻，屏風與床榻上都裝裱有山水畫作；根據現今對山水畫的研究已知現存於北京故宮的這件〈夜宴圖〉，上面的山水畫整體風格樣式，乃至構圖的方法、樹枝結葉的筆法、山石的皴法等等，都屬於北宋晚期以後的風格，甚至畫面右方最大型的屏風，上面的山水畫根本已是南宋初期以後的「半邊山水」樣式。

現存的〈夜宴圖〉實際創作年代，看來與《宣和畫譜》記載的那件〈夜宴圖〉，年代有一段不小的差距。所以，最有可能的狀況是——流傳至今的這件〈夜宴圖〉，應該是原作的複製版本，在藝術史上我們稱之為「摹本」。

不過，按照一般日常語彙的理解來說，就算是臨摹複製版本的畫作，也應該盡最大可能保持與原作的相似度啊？就算不能做到百分百，但至少也應該有個九成相似罷？要不然哪能稱為複製呢？而實際的情況是，繪畫史上的摹本畫作大多與原作有段差距，這是因為除了在「刻意地作偽而複製」這種情況下會力求近似之外，其實動手做「摹本」的畫家們都會按照自己的意思去修改原始畫作。簡單地說，原畫作往往只是參考而已，摹本允許畫家適度修改原作，只要精神相似即可，至於細節處、甚至是原作中不存在的畫面，則允許添補修改。這便是為何，明明都叫做〈清明上河圖〉，但清院本的〈上河圖〉與原始北宋張擇端版本的〈上河圖〉，差異如此之大的緣故。

過去有人說，把「臨摹」二字拆開來看，儘量力求近似的複製版本稱為「摹（搨）」，而只求精神相似的稱為「（意）臨」。不過，這種語意上的分類對書法比較有用，對繪畫來說其實並沒有多大意義，因為有時臨摹的界線是很模糊的，尤其過去的時代並不以臨摹作「摹本」為恥，甚至這些摹本也被當作正式的作品看待，所以畫家們對原始畫作修修改改、加油添醋是很常見的現象，這便是為何現今流傳的〈夜宴圖〉，屏風上會出現宋代山水畫樣式的緣故。事實上，宋代之前的屏風畫大多是以花鳥人物為主，敦煌出土的實物資料與壁畫以及許多文獻記載都可以證實。但到了北宋中期以後，卻開始流行山水畫的「畫屏」，這在《宣和畫譜》裡有明確記載，這也是藏於北京故宮的〈夜宴圖〉何以出現山水畫屏的可能原因之一。

因此，當初作〈夜宴圖〉摹本的畫家很可能出於當時的習慣，一股腦地把所有屏風、床榻都加上當時最流行的「李郭畫系」山水畫作為裝飾。李（成）郭（熙）這兩人代表了北宋中期到元代初期的宮廷繪畫主流，他們創造出的山水畫樣式，在我們現今看來雖然很古典，但於這件摹本創作的時代可是非常流行的時尚主流。或許作〈夜宴圖〉摹本時，這位不知名的畫家想創造出合乎韓熙載這位夜夜笙歌大臣的時尚生活，於是就按自己的意思加上了這三座屏風、床榻裝飾畫。以當時的眼光來說，這新潮的亮麗屏風是完全合乎理解與想像的，雖然它等於洩漏了摹本創作的真實年代；不過如同先前所說，過去的時代裡，摹本可是被當成正式作品看待的，並無抄襲原作創意、侵犯著作權的問題，所以畫家作摹本時添添補補是無傷大雅的行為。

於是我們可以知道，有關〈夜宴圖〉的討論其實很複雜，首先它是摹本，現存的這個版本並非《宣和畫譜》中所說的那件〈夜宴圖〉，沒有人可以確定原始版本是不是就是這樣的內容！但它還有一個更大的爭議——原畫的內容前後次序可能經過更動，簡單地說，人物出場順序是重新安排後的結果。於是，在真偽尚且有爭議的情況下，藝術史領域其實較少去討論這幅畫作的內容。在正式的藝術史中，談到顧閎中的〈夜宴圖〉，往往都將它當成參考品；在學校裡，這張畫通常拿來作為藝術辨偽的基礎教材，用來練學生的眼力之用。

但有趣的是，《宣和畫譜》雖記載了有關畫家顧閎中所作〈夜宴圖〉的珍貴史料，但就在敘述了此圖的由來後，這部極為重要的官方著作又作出以下評論：「李氏雖僭偽一方，亦復有君臣上下矣，至于寫臣下私褻以觀，則泰至多奇樂。如張敞所謂不特畫眉之說，已自失體，又何必令傳世哉？一閱而棄之可也。」這段話談到，〈夜宴圖〉的內容雖如藝評家張敞所說，描繪了不登大雅之堂的臣下「私褻（閨房）畫眉之樂」私生活，但這卻是李煜要顧閎中畫的，他是皇帝而韓熙載是臣下，在天地君臣的禮教觀念下，雖是偷窺行為，但也不失君臣之間的上下之別，算是某種平淡無聊的宮廷生活中，追求「奇樂」的展現罷！

《宣和畫譜》之所以會有這種說法，理由是，在傳統價值觀底下，繪畫不只是審美的娛樂展現而已，還肩負了政治道德教化的責任。〈夜宴圖〉這種內容的作品是極為罕見的，所以北宋官方得為這件作品存在的合理性找出一個說法，而「奇樂」是他們提出的官方版本解釋！

是「奇樂」？還是「私褻」？觀畫者的心理角度不同，自然會有不同的解釋。但這件〈夜宴圖〉所呈現的內容，確實充滿了爭議性與話題性。

只是一件摹本嗎？那可不。透過南唐畫院待詔顧閎中的手筆，透過本書作者吳蔚女士流暢的文筆，南唐宮闈故事才將要展開！君君臣臣父父子子，奇幻詭譎的宮廷內鬥與心機角逐，就在這個畫面尺幅、小說篇幅之內，就在那個荒唐逸樂但卻又兵馬倥傯戰亂連年的時代裡！

一場夜宴，一家興衰，一朝更替

吳蔚

《韓熙載夜宴》小說是一個在傳世名畫〈韓熙載夜宴圖〉上發揮了想像力的原創故事。

這個故事所發生的時間，選擇為西元九六九年（開寶二年），也就是韓熙載死前一年、南唐滅亡的前六年。在這樣時代背景下舉辦的夜宴，本身就有著極大的功利性，美酒女色、輕歌曼舞中混合著天下局勢、南唐國運、君臣猜忌、賓主心機、男女謊言，由此上演了一幕荒誕離奇的悲喜劇。

在本小說中，沒有絕對的主角人物，真正的核心角色只是「韓熙載夜宴」。一場夜宴，一家興衰，一朝更替。

後主李煜本是個感性的文人，對政治亦毫無興趣，因而南唐國事到了他手中時，常有不依制度、率性而為之舉。而處於大變局中的歷史人物，始終只是歷史博弈的棋子，不可避免地為時局所挾制，如韓熙載，如秦蒻蘭，如樊若水等，常常表現出驚人的複雜性與多面性，本能地或有意地做出一些大異於本性的舉止來，因而本小說中的故事，雖是筆者所杜撰，卻未必完全沒有可能發生。

歷史人物是在真實與虛妄之間，而人性還在最深處。

本小說除了故事以外，歷史環境、人物均盡可能復原為古代風貌，在各種細節上力圖做到有考據可循——主要人物均為〈韓熙載夜宴圖〉中之真實到場人物，人物命運和故事背景亦符合正史；文中所涉及的古代刑事案件司法流程，官府對案發現場的勘驗、監當，甚至包括監獄的方位、建制、守衛、進出管理、對犯人的具體看守等等，均取自相關典籍；並還原描繪了南唐金陵的山水勝景、酒茶簞食、奇聞逸事、風土人情等，讓讀者不僅可以看到歷史人物的悲歡離合、愛恨情仇，也可以一覽南唐時期的官場百態及市井眾生相。小說中所描繪的金陵地形圖採用了《金陵地志圖考》中的〈南唐江寧府圖〉，有部分地名與《十國春秋》一書不符，特意說明。

正如小說中〈尾聲〉所提，流傳於後世的〈韓熙載夜宴圖〉（今收藏於北京故宮博物院）並非南唐人顧閎中原作，而是由宋人所臨摹，這點已經為沈從文先生明確考證，不再贅述。

國家圖書館出版品預行編目資料

韓熙載夜宴／吳蔚著;—— 初版. ——臺中市:好讀,
2011.07
面：　公分，——（吳蔚作品集；02）（眞小說；02）

ISBN 978-986-178-195-2（平裝）

857.7　　　　100010375

好讀出版

真小說 02

吳蔚作品集——韓熙載夜宴

作　　者／吳　蔚
總 編 輯／鄧茵茵
文字編輯／簡伊婕
美術編輯／張裕民
行銷企畫／陳昶文
發 行 所／好讀出版有限公司
台中市 407 西屯區何厝里 19 鄰大有街 13 號
TEL:04-23157795　FAX:04-23144188
http://howdo.morningstar.com.tw
（如對本書編輯或內容有意見，請來電或上網告訴我們）
法律顧問／甘龍強律師
承製／知己圖書股份有限公司　TEL:04-23581803

總經銷／知己圖書股份有限公司
http://www.morningstar.com.tw
e-mail:service@morningstar.com.tw
郵政劃撥：15060393 知己圖書股份有限公司
台北公司：台北市 106 羅斯福路二段 95 號 4 樓之 3
TEL:02-23672044　FAX:02-23635741
台中公司：台中市 407 工業區 30 路 1 號
TEL:04-23595820　FAX:04-23597123

初版／西元 2011 年 7 月 15 日
定價／280 元
如有破損或裝訂錯誤，請寄回知己圖書台中公司更換

Published by How-Do Publishing Co., Ltd.
2011 Printed in Taiwan

ISBN 978-986-178-195-2

讀者回函

只要寄回本回函，就能不定時收到晨星出版集團最新電子報及相關優惠活動訊息，並有機會參加抽獎，獲得贈書。因此有電子信箱的讀者，千萬別吝於寫上你的信箱地址

書名：韓熙載夜宴

姓名：______________ 性別：□男 □女　生日：____年____月____日

教育程度：________________________

職業：□學生　□教師　□一般職員　□企業主管

□家庭主婦　□自由業　□醫護　□軍警　□其他______________________

電子郵件信箱（e-mail）：________________________ 電話：________________

聯絡地址：□□□ ____

你怎麼發現這本書的？

□書店　□網路書店（哪一個？）__________________ □朋友推薦　□學校選書

□報章雜誌報導　□其他 ____

買這本書的原因是：____

□內容題材深得我心　□價格便宜　□封面與內頁設計很優　□其他____________

你對這本書還有其他意見麼？請通通告訴我們：

____

你買過幾本好讀的書？（不包括現在這一本）

□沒買過 □ 1 ～ 5 本　□ 6 ～ 10 本　□ 11 ～ 20 本　□太多了

你希望能如何得到更多好讀的出版訊息？

□常寄電子報　□網站常常更新　□常在報章雜誌上看到好讀新書消息

□我有更棒的想法 ____

最後請推薦五個閱讀同好的姓名與 E-mail，讓他們也能收到好讀的近期書訊：

1. ____

2. ____

3. ____

4. ____

5. ____

我們確實接收到你對好讀的心意了，再次感謝你抽空填寫這份回函

請有空時上網或來信與我們交換意見，好讀出版有限公司編輯部同仁感謝你！

好讀的部落格：http://howdo.morningstar.com.tw/

請填妥後對折黏貼，直接投郵即可，無須貼郵票。

廣告回函
台灣中區郵政管理局
登記證第 3877 號
免貼郵票

好讀出版有限公司　編輯部收

407 台中市西屯區何厝里大有街 13 號
電話：04-23157795-6　傳真：04-23144188

沿虛線對折

購買好讀出版書籍的方法：

一、先請你上晨星網路書店http://www.morningstar.com.tw檢索書目或直接在網上購買

二、以郵政劃撥購書：帳號15060393 戶名：知己圖書股份有限公司並在通信欄中註明你想買的書名與數量

三、大量訂購者可直接以客服專線洽詢，有專人為您服務：
客服專線：04-23595819轉230 傳眞：04-23597123

四、客服信箱：service@morningstar.com.tw